KB085169

늘 건강하세요

한비야

중증외상센터

GOLDEN
HOUR

골든 아워

한산이가
지음

중증외상센터

GOLDEN
HOUR

골든 아워

XIV

몬스터

차례

이곳의 유일한 병원

준비는 정말이지 오래 걸렸다. 강혁을 비롯한 의료진은 그 와중에 진료도 쉴 수 없었으니 정말이지 바쁜 나날들이었다고 할 수 있었다. 그래서 드디어 한국에서 출발한 비행기가 콜롬보에 도착했다는 말을 들었을 땐, 병원에 있던 모두가 환호성을 질렀다. 뭔가 이제야 이 지난하면서도 신경 쓰이던 일의 끝이 보이는 것 같아서였다.

"드디어……."

"하아."

"뒤지는 줄 알았네."

특히 이번 일에 주요한 역할을 맡았던 이들은 아예 쓰러지듯 소파에 앉았다. 그럴 만도 했다. 말이 쉽지, 수풀이 우거졌던 땅 1000평을 뒤집어엎고 술집을 만들지 않았나. 그것도 한 달이라는 촉박한 시간 내에 저지른 일이었다. 심지어 나름 인테리어도 신경을 썼더랬다. 여기 와서 단 한 번도 짜증 낸 적이 없었던 임혜란 작가마저 막판에는 카메라를 집어 던질까 말까 고민했을 정도였으니 말 다 한 셈이었다.

"휴."

단 한 명 정도가 아쉬워했는데, 바로 한석준이었다. 다들 개고

생으로만 여기던 일을 오직 그만이 데이트로 여기고 있어서였다.

'좋았는데…….'

"자, 다들 늘어져 있지 말고."

방금 촬영팀이 도착했다는 말을 전했던 강혁이 손뼉을 두 번 쳤다.

"열흘이 진짜 중요해. 그동안 연기한다고 생각해. 세상에서 제일 좋은 사람들이 되라고."

듣기에 따라서 정말로 어이가 없을 수 있는 얘기였다. 사실 여기 있는 그 누구보다 제일 조심해야 하는 인간이 강혁 아닌가. 민낯을 보였을 때 제일 위험한 게 백강혁이라는 데에 그 누가 이의가 있을까. 하지만 강혁은 정말로 뻔뻔한 얼굴을 하고선 한 명 한 명을 가리키기 시작했다.

"우선 리처드. 너 노상 방뇨하면 진짜 뒈진다."

"아……. 네. 근데 그걸 굳이 이 사람들 앞에서 말할 필요가 있었을까요?"

"여기 너 노상 방뇨하는 거 모르는 사람이 누가 있어? 너 인마, 학생들도 다 알더라."

"아니, 그건. 알았어요. 알았어."

"조폭. 너 무표정하게 있으면 진짜 조폭 느낌 나는 거 알지? 친절하게 웃어야 된다."

"알죠. 저야 방송 한두 번 타나."

"하긴. 넌 잘하더라. 그래, 그리고 1호…… 너…… 자세 똑바로 하고 있어. 노예처럼 구부정하게 있지 말고. 누가 보면 등짐 지는 줄 알아.”

“아, 네. 근데 힘들어서 그래요.”

“운동하니까 좀 낫지 않아? 더 할래?”

“아뇨, 아닙니다.”

장미와 재원만이 아니라 다른 이들에게도 따발총처럼 지적이 쏟아졌다. 억지로 까는 거 아닌가 싶었으나, 놀랍게도 전부 합리적인 지적이어서 모두가 고개를 숙여야만 했다. 마지막까지 뻣뻣하게 서 있던 건 최윤섭이었는데, 지적이 없어서가 아니라 마지막이어서 그랬다.

“노인…… 아니, 스승님.”

“응?”

“알죠?”

“뭘 알아.”

“어지간하면 카메라 왔을 땐 수술방에 있든지 하세요.”

“야, 인마. 그게 너 할 말이냐?”

최윤섭은 정말로 속이 상했다. 아니, 다른 애들한테는 행동으로 지적하더니 나한테는 얼굴을 지적해? 사람이 그러면 안 되는 거 아닌가? 이건 타고나는 건데. 뭐 그런 생각을 하고 있으려니, 강혁이 말을 이었다.

“링컨의 말을 상기하세요.”

“링컨? 아니, 갑자기 그 양반은 왜.”

“나이 마흔 넘으면 자기 얼굴에 책임을 질 줄 알아야 한대요.”

“이 개새끼.”

최윤섭은 뻔뻔한 사람은 못 되어서 고개를 끄덕이고야 말았다.

그제야 누와라엘리야 팀의 준비가 끝난 셈이었다. 강혁은 만족했다는 얼굴로 고개를 끄덕이고는, 밖으로 향했다.

"그럼 나 없는 동안 잘 지키고 있어."

"언제 다시 오죠?"

"3일 뒤. 근데 와봐야 열흘 동안은…… 없는 사람이지."

"거참. 아무튼, 파이팅입니다."

장미는 의사가 방송에 진심인 것을 보면서, 심지어 어디 쇼닥이나 되어서 돈이나 벌겠다는 사람도 아니고 백강혁이 그러는 것을 보면서 황당하단 생각이 들었다. 물론 이유를 알기에 이 쇼에 가담하기는 한 참이었다.

'확실히 방송의 위력이 장난이 아니긴 하지.'

약간 쇼가 가미되기는 할 거라 양심의 가책이 느껴지기는 하지만. 뭐가 되었건 이 지역은 유서 깊은 휴양지이지 않나. 한 번이라도 오게 되면 매력에 빠지게 될 터였다. 게다가 지금은 도로가 정비되기도 했고, 호텔도 좋은 호텔이 지어져서 더더욱 접근성도 좋아진 마당이었다.

'그래, 잘해봐요.'

해서 장미는 웃으며 강혁을 보내주었다. 마침 강혁도 내적 갈등이 있던 참이었는데, 다행히 강혁이 그나마 제일 신뢰하는 이 중 하나인 장미가 지지해준다는 느낌을 받아서 더 홀가분하게 나올 수 있었다.

'그래, 길도 완전히 잘 닦였네.'

그러곤 차를 타고 콜롬보로 향했다. 거기서 하루 정도는 같은 팀이 돼서 움직일 배우들과 합을 맞추고, 콜롬보를 대강 돌아본 후 누와라엘리야로 돌아올 예정이었다.

'내가 잘할 수 있을까?'

계속 바쁘게 움직이면서, 머릿속에 큰 그림만 그리고 있을 땐 몰랐는데 막상 방송에 정말 나가야 된다는 생각이 드니까 조금 걱정도 들었다. 지금까지 방송에 꽤 많이 나오긴 했지만 예능은 처음이지 않나.

'잘해야 될 텐데.'

게다가 꽤 중요한 방송이었다. 좀 과장해서 말하면 여기에 누와라엘리야의 명운이 걸려 있었다. 그렇지 않나. 여기에 산 깎아서 반도체 공장을 세울 수도 없는 노릇이니, 결국은 관광 자원에 기대야 했다. 그러자면 현재 전 세계에서 가장 핫한 문화 강국이 되어 가고 있는 대한민국 방송이 터져줘야만 했다.

'에이씨.'

생각을 하면 할수록 자꾸 부담감만 커지는 기분이었다. 리처드나 재원과 같은 이였다면 차라리 익숙할 수도 있는 일이었다. 원래 외상 외과 의사는 그럴 수밖에 없어서였다. 하지만 강혁은 너무 뛰어난 사람 아닌가. 대부분의 수술에서 이만한 중압감을 느끼지 않았다. 딱 보자마자 이건 이렇게 하면 살겠군, 싶어서였다. 하지만 지금은 그런 길이 보이지 않았다.

"교수님, 오늘은 안 주무시네요?"

"아, 잠이 안 오네요."

"항상 피곤해 보였는데, 오늘은 안 그래 보여서 좋네요."

"음, 그래요? 그래요……. 뭐."

해서 말똥말똥한 눈으로 주변 풍광을 보고 있으려니 기사가 오해를 하고는 덕담을 건넸다. 아무리 강혁이 성질이 더러운 사람이라고 해도 본인이 돕고자 하는 집단의 사람에게까지 까칠하게 대하기는 어려운 법이었다. 해서 강혁은 그냥 그렇게 치기로 하고 계속 풍광을 바라보았다.

"다 왔습니다."

언제까지 그랬냐면 정말로 호텔에 닿을 때까지 그랬다.

"와……. 여기서 자나?"

"네, 주소는 여긴데요?"

"확실히…… 럭셔리랑은 거리가 있구만."

호텔은 강혁이 팀 접대할 때 가던 곳과는 수준이 다른 곳이었다. 보통 이렇게 말하면 되게 좋은 곳을 의미하는데, 여기서는 반대였다.

'게스트 하우스인가? 여기서 이런 데를 어떻게 찾았어, 이거.'

콜롬보 구시가지에 있는 오래된 가옥이었다. 아무리 봐도 식민지 시절 또는 그 이전에 지어진 건물 같았다. 고풍스러운 유럽 양식의 건물인 것만 봐도 알 수 있었다. 이런 건물이 흔하기는 했다. 워낙에 오래 식민 통치를 당해서였다.

"아, 안녕하세요!"

입구에서 서성이고 있으려니 서글거리는 인상의 PD가 다가왔다. 워낙 카메라에 나오는 걸 좋아한다고 하더니만, 지금도 카메라를 대동하고 있었다. 렌즈에 묘하게 걸쳐 있는 건 덤이었다.

'내 친구랑 진짜 닮았네.'

강혁은 그런 PD를 보면서 유튜브 하는 친구를 떠올렸다. 어쩜 피 한 방울 안 섞인 남이 저렇게 닮았을까.

"와, 진짜 배우같이 생기셨네요. 직접 보니까 더 잘생겼다."

PD는 생긴 것만 서글서글한 게 아니라, 성격도 그래서 시원스레 인사를 건넸다. 안에 담긴 말을 거침없이 쏟아내면서였다.

"그런 소리 맨날 듣습니다. 하하."

"와, 좋은데요? 콘셉트를 그렇게 잡으신 거죠?"

PD가 잠깐 당황스럽다는 얼굴이 되었다가 껄껄 웃었다. 오히려 좋지 않나. 광고주, 그것도 제일 큰 광고주가 고집해서 강혁을 뽑기는 했는데 걱정이 되었던 것도 사실이었다. 의사들이 잘 생겨봐야 얼마나 잘생길 것이고 또 재밌어봐야 얼마나 재밌겠는가. 하지만 처음 보니 확연히 달랐다.

'캐릭터 잡히겠는데? 미리 연구를 좀 하고 온 것 같아.'

뭐 이런 생각이 들어서였다.

"콘셉트요? 잘생긴 게 콘셉트가 될 수가 있나요? 진짜 그렇게 생겨야 되는 건데."

"그렇죠, 그렇죠! 아유, 좋네. 일단 들어오세요. 서진이 형이랑 다 기다리고 있어요."

나 PD는 잘생긴 게 어떻게 콘셉트기 되냐는 말을 하고 있는 강혁을 돌아보면서, 허허 하고 웃었다. 약간은 귀엽다는 생각도 들었다. 전해 듣기론 대한민국 중증외상센터의 아버지라지 않았

나. 아니, 그전에 그냥 엄청나게 유명한 의사였다. 나 PD도 불과 몇 해 전까지는 백강혁이 주류 언론이나 TV에 나와 떠드는 것을 본 적이 있을 지경이었다.

'근데 하는 건 꼭 예능 처음 나와서 설레는 아이돌 같네.'

"어, 안녕하세요! 박서진입니다."

고풍스러움과 낡음 사이 어딘가에 간신히 발을 걸치고 있는 숙소 안으로 들어서자, 중정에 놓인 야외 탁자에 앉아 있던 이가 몸을 일으켰다. 이제 나이가 벌써 쉰을 넘어서 「꽃보다 할애비」 메인에 더 어울릴 수도 있단 평을 듣는 그였지만, 워낙에 동안인 데다가 관리도 잘해서 강혁은 또래를 만나는 듯한 인상을 받았다.

"아, 안녕하세요. 팬입니다."

그러곤 그러한 인상과는 관계없이 밝게 웃으며 인사를 건넸다.

'연기하는 거다, 연기.'

"정말요?"

"네, 특히 「꽃보다 할애비」에서 노예…… 아니, 짐꾼으로 나온 거 재밌게 봤어요."

"아, 노예. 하하. 하여간 바쁘실 텐데, 감사합니다."

"바빠도 쉴 때는 쉬어야죠."

강혁은 뻔한 거짓말을 입에 침도 안 바르고 술술 내뱉었다. 강혁이 어떤 인간인데 예능을 보겠는가. 남들에게는 평소에 간혹이라도 보는 것처럼 얘기했지만, 사실 이 계획을 떠올리고 나서 몰아 본 게 다였다.

"근데 정말 잘생기시지 않았어요?"

나 PD는 역시 방송 짬밥이 묻어 나오는 연륜으로 강혁과 대화를 잘 이어나가고 있는 박서진에게 질문을 던졌다.

"아, 네. 진짜 잘생기셨네요. 무슨…… 배우나 모델 같아요."

"하하, 그런 얘기 많이 듣습니다."

"와……. 보통 이런 말 하면 예의상 아니라고 하던데……."

"제가 그런 말 하면 안 될 것 같아서요."

"왜요?"

"전교 1등이 공부 못 한다고 하면 다른 친구들은 뭐가 됩니까. 하하."

강혁은 나름대로 재밌게 대화를 풀어나가는 중이었다.

"하하하."

나 PD까지 합세해서 한바탕 웃더니만, 결국엔 나 PD가 다시 입을 열었다.

"근데 윤석이랑 강유랑 남길이는 어디 갔어요? 애들도 교수님 얼굴 보고 놀라야 되는데?"

"아, 개네? 스리랑카가 카레 유명하다며. 그거 사러 갔어. 오늘 저녁으로 카레 먹자고. 교수님은 어때요? 카레 좋아하세요?"

박서진도 이런 일에 익숙한지 자연스레 답을 해주었다. 마지막엔 강혁을 바라보면서였다. 강혁은 카레란 말에 자기도 모르게 인상을 쓰고 있다가 겨우 웃었다.

'대체 카레밖에 없는 나라에 와 있는 한국인한테 카레를 또 먹이려는 건 어떤 새끼 대갈통에서 나온 생각이지?'

그냥은 못 웃을 것 같아서 속으로라도 욕을 한 바가지 쏟아붓고서였다. 그 모습을 잡고 있던 카메라맨만 속으로 흠칫했다. 워낙에 빨리 표정이 바뀌어서 다른 이들은 못 봤지만, 강혁 담당 카메라맨은 뭐가 되었건 강혁만 보고 있지 않나. 놓치는 게 더 이상했다.

'와…….인상 쓰니까 더 잘생겼네. 그에 비하면 웃는 얼굴은 왜 이렇게 어색하지?'

이것도 어설프게 잘생긴 사람이었으면 왜 방송 나오면서 인상을 쓰고 있나, 역시 일반인이라 카메라에 익숙지가 않구나 등등 별의별 생각이 다 들었을 텐데. 강혁은 강혁이다 보니 카메라맨은 그저 아까 그 표정을 어떻게 살려야 하나 이런 생각만 하고 있었다.

"좋아, 좋아합니다."

"잘됐네요. 저도 스리랑카가 카레 유명하다는 말은 처음 들어봐서요. 궁금하네."

"그러니까. 나 한국 카레도 한번 하면 일주일씩 먹거든."

"나도."

"근데 우리나라에서 먹는 카레랑은 좀 다를 거예요."

원래는 그냥 좋아한다고 하고 넘어가려고 했다. 한데 이놈들이 진짜 카레만 먹고 사는 사람 앞에서 카레만 먹고 살 수 있다고 호언장담을 하고 있으니 열이 확 받았다. 해서 여기 카레에 대해 설명을 좀 해주어야겠다는 생각이 들었다.

"아, 그래요?"

"인도 카레도 좋아하는데."

"그게…… 일단 여기서 고기 사는 게 힘들어요."

"어, 그래요? 왜지?"

"불교라……."

"아, 불교. 불교가 국교예요?"

"거의 그렇죠, 뭐. 국가 행사가 불교 행사일 정도니까요."

나는 시금치 카레도 좋아하는데!라고 할 수도 있겠지만. 잘 생각해보면 한국에서 먹는 시금치 카레에는 고기가 들어가 있지 않나. 우리가 생각하는 것보다 육즙이 내는 맛은 아주 중요한 것이었다. 그게 결여된 음식도 먹다 보면 당연히 나름의 맛이 있을 수 있겠으나, 익숙지 않은 사람에게는 먹기 힘든 맛일 뿐이었다.

"게다가 힌두교까지 꽤 퍼져 있어서 고기 구하기가 하늘의 별 따기예요."

"아……. 그럼 어쩌지?"

"카레 말고……."

"한번 먹어보는 거지."

"하긴 언제 먹어봐."

"그래, 네."

호응이 좋은 것 같아 카레 말고 다른 음식으로 유도해보려고 했건만, 이를테면 최근 스리랑카 내에서 유행하기 시작한 제육볶음을 필두로 하는 한식으로 꼬시려 했건만 둘 다 여기까지 와서 한식을 먹을 생각은 없이 보였다.

'하긴……. 여행 와서 한식은 무슨 한식이냐.'

생각해보니, 강혁도 여행을 갔을 땐 한식을 찾아본 적이 없는

사람이었다. 한때는 그게 세련된 사람이란 생각도 했었고. 지금
와서는 다 부질없는, 그야말로 뭘 모르는 놈의 생각이었다 판단
하고 있기는 하지만.

'좋은 생각, 좋은 생각.'

하여간 강혁은 지금 이게 단순 방송 출연이 아닌, 누와라엘리
야를 위한 연기라고 판단하고 있었기에 애써 웃고 있었다. 다른
이들이, 그러니까 먼저 나갔다던 이윤석, 강유, 강남길 등이 돌아
와서 되지도 않은 솜씨로 말도 안 되는 카레를 만들어 들이밀었
음에도 웃기는 웃었다.

— ㅋㅋㅋ 백 교수 표정 봄?
— 내가 웃는 게 웃는 게 아니야 현실판이던데.
— 와, 근데 잘생기긴 진짜 잘생겼더라…….
— 얼굴이 진짜 미쳤던데? 거기 다 배우들이고, 나름 이윤석 말고는
  얼굴로도 탑급인데……. 안 밀리더라.
— 안 밀리는 정도가 아니라 혼자 밀던데.

그런 강혁의 모습은 곧 방송 예고편, 그러니까 나 PD가 방송
국과 따로 운영하고 있는 유튜브에 올라갔다. 반응은 꽤 좋았다.
좋을 수밖에 없었다. 나 PD가 여행 예능으로는 꽤 오랜만에 복
귀하는 것이기도 했거니와 강혁을 제외한 모든 배우가 탑급이었
으니까. 게다가 거기에 조미료처럼 첨가된 강혁도 나름 좋은 케
미를 만들고 있었다.

─ 근데 본인이 본인 잘생긴 거 너무 잘 아는 느낌임.

─ 알 수밖에 없게 생기지 않았음?

─ 응, 근데 그걸 티 내는 게 웃김. 아, 재수 없다는 게 아니라…….

─ 뭔 느낌인지 앎. 뭔가…… 묘하게 웃김.

"와……. 여기 길 좀 봐."

팀의 막내이자 짐꾼을 자청하고 있는 이윤석이 밖을 내다보며 입을 열었다. 얼굴만 보면 어둠의 백강혁 역을 맡아도 되겠다 싶을 정도로 인상적인 얼굴을 하고 있었다. 미남들만 가득한 이 모임에도 나 PD와 더불어 모종의 카르텔을 형성하고 있는 느낌이랄까? 물론 배우는 배우다 보니 당연히 나 PD보다는 훨씬 선명한 마스크를 하고 있기는 한데, 그 방향성이 에러였다.

"네가 말하니까 길에 누구 죽어 있을 것 같잖아."

박서진도 그렇게 생각하는지, 아니면 그냥 놀리는 건지는 몰라도 하여간 낄낄 웃으며 대꾸했다. 그러면서도 몸을 돌려서 밖을 보기는 했다. 그러곤 탄성을 질렀다.

"와."

"거봐요. 장난 아니죠?"

"야, 니들도 일어나 봐. 밖에 좀 봐라."

정글 속 산을 깎아 만든 도시가 바로 누와라엘리야 아니던가. 만들던 당시로 돌아간다면, 이윤석 배우의 어조가 훨씬 어울리는 감상이 되기는 하겠지만. 수십만의 희생을 딛고 만들어 낸 길

위에서 바라보는 풍경은 과연 절경이었다. 게다가 예전과는 달리 길 위에 아스팔트까지 깔려 있지 않나. 심지어 도로 너비도 확 넓어져 있었다. 그 말은 곧 낭떠러지에 떨어질 것 같은 불안감에 할애했던 심적 여유까지 모두 끌어서 바깥 풍경을 즐길 수 있게 되었다는 얘기였다.

"와……. 무슨 도시가……."

"아바타 같네. 구름이 끼어서 그런가."

강남길과 강유도 졸린 눈을 비비며 중얼거렸다. 피곤한 와중임에도 불구하고 진심이 담겨 있었다. 연기력일 수도 있겠지만, 하여간 듣는 사람은 이 사람들이 정말 놀라고 있다고 느낄 수밖에 없었다.

'이 사람들은 약이라도 먹나…….'

반면 강혁은 눈을 감은 채 버티고 있었다. 아닌 게 아니라 정말로 힘들었던 탓이었다. 태화물산이 하도 난리를 쳐서 일정 대부분을 누와라엘리야로 빼기는 했지만, 이게 또 스리랑카 관광청과 연계된 프로그램이기도 하다 보니 콜롬보 내에서 뽑아낼 건 뽑아내야 해서 그랬다. 차라리 병원에서 당직 서는 게 낫겠다는 생각이 들었을 정도로 혹독한 일정이었다.

'아니, 그건 아니긴 한데.'

솔직히 그렇게까지 험악한 일정은 아니었는데, 성격이 달라서 그런가 훨씬 더 힘들게만 느껴졌다. 피곤해 죽겠는데 움직이라고 할 때마다 지금 사람 살리러 가는 것도 아닌데 왜 움직여야 하나 하는 생각만 들었던 것. 심지어 방송에서 볼 때는 그냥 아무렇지도 않은 등장 씬조차 알고 보니 여러 번 찍어야 했다. 이 앵글, 저 앵글 돌아가면서. 주먹을 불끈 쥐고 물어보니, 이게 그나마 나 PD가 리얼을 추구하는 사람이라 엄청 적은 거라는 답변만 들었다.

― 와 백 교수 팔뚝에 힘줄 돋아나는 거 봤나?
― 난 사람 치는 줄.
― 의사가 왜 사람을 쳐?
― 백강혁은 친다던데?

해당 클립에는 이런 댓글도 달렸다. 태화에서 하도 난리를 쳐 대는 바람에, 나 PD도 유튜브 채널에 날것 그대로의 영상을 컷 편집만 해서 짧게 올리고 있어서 그랬다. 이렇게 화제를 미리 만들어 두면 본방 때 터지지 않겠냐 의견 때문이었다. 처음엔 뭐 이렇게까지 하나 싶었는데, 의외로 반응이 좋아서 나 PD 측도 열심이었다. 하여간 답글을 확인한 바 있는 강혁은 자는 척하면서도 이상한 미소를 짓고 있었다.

"교수님. 교수님도 일어나보세요."

사람이 자면서 그런 표정을 지을 수는 없다고 판단한 박서진은 강혁의 몸을 흔들었다.

― 미친 저러다 맞는데?
― 누군데 자꾸 의사가 사람 친대.

― 나 리처드.

― 리처드가 뭐야.

그 모습을 후에 확인한 리처드는 몸서리를 쳤지만, 강혁은 계속 머릿속으로 좋은 생각을 되뇌고 있는 참이었다.

"아, 네."

그에 더해 참을 인 자를 몇 번인가 더 외워야 하기는 했지만, 하여간 강혁은 미소를 띤 채 눈을 떴다. 억지로 짓는 미소긴 했지만 동시에 강혁이 거울을 보고 연습하던 그 미소와 닮아 있는 미소기도 했다.

'댓글 보니까 웃음이 어색하다고 했지? 이것도 어색한지 한번 보고 판단해라 이놈들아.'

누군가를 협박하거나 회유해야 할 때 짓던 그 미소라는 얘기였다.

'어우, 이거 뭐야?'

강혁을 모니터하고 있던, 그러니까 뒤따라오는 차량에 탑승하고 있던 촬영감독이 순간 돋아나는 소름을 확인했다. 오버하는 거 아닌가 싶을 수도 있겠지만, 사실 그 사람이 강혁을 소름 돋게 한 전적이 더 많았다. 내심 촬영하는 사람들이라고 하면 예술가라는 생각이 들지 않나. 하지만 실상은 군인 같은 인간들이었다. 맨몸으로 다니는 강혁도 힘들어 죽겠는데, 그 무거운 장비를 들고 신음 소리 한번 내지 않고 돌아다닐 수 있다니.

"이것 좀 봐."

"오……. 백 교수님 표정 좋은데요? 약간 잘생긴 거 알아서 그 거 십분 활용하는 미소 같기는 한데…….”

"어, 그런데 보기는 좋지?”

"네. 좋은데요?”

"이 미소 계속 지으면 따로 빼서 클립으로 올릴까?”

"오. 좋을 것 같아요.”

물론 예술가적인 면모도 갖추고 있었다. 촬영감독은 순간적으로 캐치한 미소에서 뭔가 후킹할 수 있을 거란 느낌을 받았는지 더 열정적으로 모니터링하기 시작했다.

"여기 진짜 절경이네요. 와……. 저도 나름 이 프로 하면서 멋진 데 많이 가봤는데, 이런 데는 처음이에요.”

"네, 뭐. 저는 딱…….”

하여간 강혁은 박서진과 대화 중이었다. 박서진은 왜 나 PD가 배우를 좋아하는지를 행동으로 설명해주는 사람이었다. 뛰어난 연기력을 바탕으로 자신의 감상을 백배는 더 강화해서 보여줄 수 있는 사람이라는 얘기였다. 그에 비하면 강혁은 시니컬하기 그지없는 인간 아닌가. 게다가 이곳은 정말이지 신물 나게 돌아다닌 곳이었다. 해서 딱히 별 느낌 없다는 말이 스스럼없이 나갈 뻔했다.

‘아니, 아니지. 나 여기 광고하는 거야. 연기한다, 백강혁이 연기한다!’

하지만 강혁의 이성은 꽤 뛰어난 편이라 가까스로 멘트를 다 잡았다.

"딱?"

"아니, 딱 좋다고요."

"응?"

"딱 좋다가…… 제 말버릇입니다."

"한 번도 못 들었는데."

"긴장했었나봐요."

"아……. 전혀 안 그러신 것처럼 보였는데, 이제야 사람 같아 보이네요."

"하하. 하하하."

그렇게 강혁은 난생처음 써보는 표현인 딱 좋다를 말버릇으로 만든 채 누와라엘리야로 향했다. 머릿속은 다시 자고 싶다는 생각만 하고 있었으나, 그럴 수가 없는 상황이 이어지고 있었다. 상대적으로 어린 배우들이 질문을 쏟아내고 있었다.

"아, 근데 교수님."

"네?"

"그렇게 잘생기셨는데 모델이나 배우 제의 한 번도 못 들어보셨어요?"

"아."

딱히 강혁이 답하고 싶어 하는 종류의 질문은 아니었다. 그렇다고 화를 낼 수도 없었다. 생각해보면 자업자득이었어서 그랬다.

'조폭이 괜히 잘난 척하라고 해서…… 그게 먹힐 거라고 했지? 돌아가면 뒈졌다, 너는.'

장미는 분명 남 까는 것보다는 차라리 진짜 잘난 사람이니만큼 잘난 척을 하는 게 낫지 않겠냐고 한 것이었지만, 강혁은 늘 그렇듯 본인 편하게 받아들인 지 오래였다. 장미가 이런 속마음을 들을 수 있었다면 억울한 마음에 펄쩍 뛰겠지만, 지금껏 숱한 사람들을 억울하게 만든 바 있는 강혁은 뻔뻔하게도 그 생각을 이어나갔다. 머리가 어중간히 좋은 사람이라면 단지 그 생각만 하기도 벅찼겠지만 강혁은 천재들의 천재인 만큼 대화도 이어 나갈 수 있었다.

"제의야 많이 받았지."

박서진 말고는 말을 놓아서 반말로 이어나갔다. 배우들이 강혁에 대해 호감을 품고 있어서 가능했던 일이었다. 일단 백강혁이 특이하지 않나. 게다가 배우들 중 의사 배역에 욕심 없는 사람도 드물었다. 심지어 지금 한국에서 중증외상센터를 배경으로 한 드라마 제작 논의가 한창인 모양이었다. 공교롭게도 박서진을 제외한 이윤석, 강유, 강남길에 한빈이라는 배우까지 물망에 올랐다고 해서 그런가 더더욱 강혁과의 대화에 열의를 불태웠다.

"그렇죠? 역시 그럴 줄 알았다니까."

"어디서 받았어요?"

"마주치는 사람 다 줬을 것 같은데."

강혁은 후 하고 한숨을 쉬곤 아차 하는 표정과 함께 다시 웃으며 이윤석, 강유, 강남길을 돌아보았다. 강혁이야 TV도 잘 안 보고 영화도 잘 안 보는 사람이니 얼굴이 낯설기는 했으나 오기 전에 장미나 재원, 경원에게 듣기로는 정말이지 엄청난 스타들이라고 했더랬다. 얼굴이나 분위기만 봐도 그럴 것 같았다.

'하긴 나도 그렇긴 하겠지.'

보통 사람 같으면 이럴 때 역시 배우들이란 생각을 하겠지만. 강혁은 그래도 내가 더 나은데란 생각만 들었다.

"응, 뭐……. 기억도 안 나는데. 하도 많이 받아서. 감독한테 전화 온 적도 있고."

"전화가 와요? 감독 누구요?"

"봉…… 순호?"

"와, 미쳤네. 언제요?"

"최근에도 왔어."

"최근? 하긴…… 교수님 마스크에 분위기면 줄 만한 배역 있겠다."

"나도 그렇게 생각하긴 해. 분장도 거의 필요 없지 않겠어?"

"재수 없는데 잘난 배역하면 딱일 것 같긴 해요."

"하하, 하하하."

강혁은 리처드였으면 때렸다는 생각을 하면서 웃었다. 후에 클립으로 해당 영상을 본 리처드도 동일한 생각을 했다.

─ 와 백 교수님 연기 잘하네. 저기서 안 때리고 참았네.

─ 연기 아니라 예능인데?

─ 아님, 저거 연기임.

─ 뭐래. 근데 너 왜 영어 섞어 씀?

─ 리처드라니까.

─ 미친놈인가.

— 넌 백강혁이냐?

— 뭐라는 겨…….

참지 못하고 댓글을 달았을 정도였다. 하여간 우여곡절 끝에 일행은 누와라엘리야에 닿았다. 더 정확히 말하자면 이제 막 공사를 마치고 서비스 교육 및 접객 준비에 한창인 태화호텔에 닿았다.

"오. 어떻게 여기에 이런 호텔을 지었지?"

딱 도착하자마자 나 PD가 보이지 않는 곳에서 사인을 보냈다.

'아, 광고구나.'

보니까 자기가 좋아서 내보내는 장면에는 꼭 얼굴을 들이밀던데, 그렇지 않거나 돈을 받아야 하는, 그러니까 광고주 의견이 반영된 장면에서는 얼굴을 꼭꼭 숨겼다. 강혁은 그 생각이 들자마자 자신에게 주어졌던 멘트를 곱씹었다. 사실 다들 비슷했는데, 누가 배우들 아니랄까봐 대사를 정말이지 맛깔나게 쳤다.

"그러니까요. 이거 짓는다고 도로포장도 한 거라던데……."

"호텔 이름 뭐라고? 이거 겉만 이러고 또 속은 아닌 거 아냐? 한두 번 속았어야지."

"아닙니다, 아니에요! 진짜 믿어주세요. 여기서 제일 좋은 호텔이야."

"정글 속이라…….”

"어, 형? 여기 한글 있는데?"

"응? 정말?"

나 PD도 광고 한두 번 하는 게 아닌지 너스레를 떨었다. 얼굴은 안 나오지만 목소리는 나와도 되는 모양이었다.

"그러네? 태화? 교수님, 이거 태화가 설마 우리가 아는 그 태화예요?"

하여간 강혁 순서가 왔다. 강혁뿐만 아니라 모든 이가 긴장했다. 지금까지는 리얼 예능이었던 만큼 딱히 주어진 대사가 없지 않았나. 잘해오긴 했지만 일반인은 이럴 때 얼어붙기 마련이었다. 하지만 그건 강혁을 얕본 결과라 할 수 있었다. 강혁은 그 어떤 때보다 대가가 확실할 때 제일 잘했으니까.

'와우…… 진짜 배우 해도 되겠네.'

'뭐 저렇게 자연스럽게 태화 자랑을 하지?'

하여간 일행은 아직 피교육자 신분인 직원들의 안내에 따라서 방으로 들어가 짐을 풀었다. 애초에 좋은 위치에 자리한 호텔인 데다가 방도 신경 써서 배정해준 덕에 전망이 정말이지 장난이 아니었다. 호텔 단지와 차밭 전경을 한눈에 담을 수 있는 곳은 아마 앞으로도 여기뿐이지 않을까?

'새끼들 눈 돌아가는 거 봐라.'

강혁은 배우들뿐 아니라 카메라 감독들도 유심히 살폈다. 딱 배우 각각을 따라붙어야 하는 카메라 감독 말고는 전부 창가에 붙어 바깥 풍경을 보고 있었다.

"와…… 미쳤네."

"여기가 왜 원래 휴양지인지 알겠다."

"아니, 지금까지 왜 이런 곳을 아무도 몰랐지?"

강혁은 흐뭇하게 웃고 있다가 마지막 말, 그러니까 박서진이 도무지 이해가 안 간다는 얼굴로 중얼거린 말을 듣고는 쓴웃음을 지어 보였다. 왜 몰랐겠는가. 여기 있는 놈들이 의도적으로 지들끼리만 돌려쓴 탓이었다. 치부가 드러나서는 안 되니까.

'뭐, 이젠 달라졌지.'

지금의 누와라엘리야는 말 그대로 빛의 도시이지 않나. 기껏해야 비추는 빛이 강혁이라는 미미한 한 줄기 빛이긴 하지만. 어둠 속의 광명은 원래 힘이 있는 법이었다.

"자, 그럼 직접 가서 봐야지. 여기 차밭이 있대."

"저기로 가는 거죠?"

"응."

"와우. 가야죠, 그럼."

오가는 사람들의 표정도 달라진 마당이었다. 떠올리기만 해도 행복해지는 표정이라고나 할까?

'응? 자기 자랑도 안 하는데 비슷한 미소를 짓고 있네? 뭐지?'

강혁이 방금 지은 미소에 카메라 감독이 고개를 갸웃거렸다. 뭔가 자신이 놓친 멘트가 있나 싶어서 영상을 이리저리 돌려 보기도 했다. 하지만 그런 건 없었다. 뭔가 하나 짚이는 것이 있다면, 사람들이 누와라엘리야를 보며 감탄하고 있을 때쯤부터 미묘한 표정 변화가 있다는 것뿐이었다.

'정말 이 지역을 좋아하기는 하나보다.'

하긴 그러니까 봉사를 오지 않았겠나. 예능이다보니 재밌는 사람으로 비춰지고 있지만, 실상은 대단한 사람 아니던가. 멀리

갈 것도 없이 대한민국 중증외상센터 정상화를 시켰던 주인공이
었다. 카메라 감독은 그런 백강혁이었음을 떠올리며 다시금 강
혁을 따라나섰다. 평소보다 어쩐지 좀 더 힘차 보이는 발걸음이
었다. 그도 그럴 수밖에 없는 것이, 이제부터는 정말 강혁이 준비
한 무대이지 않나. 기획부터 연출 그리고 총감독에 주연까지 다
맡고 있는 강혁으로서는 힘이 들어갈 수밖에 없었다. 일행은 차
에 올라 방문이 예정된 차밭으로 향했다. 이 점에 있어서는 촬영
팀이 무척 편하게 되었다고 할 수 있었다. 원래 유명 관광지의 경
우는 촬영을 미리 다 허락받아야 하지 않나. 한데 여기는 시장이
할 거 다 하라고 해준 데다가, 심지어 관광객에게 양해를 구할 필
요도 없었다. 차밭도 아직 민간에 열리지 않은 곳이었으니까.

'아, 여기도 포장 좀 하라니까.'

촬영팀의 가벼운 마음과는 달리 강혁은 조금 초조해졌다. 여
기 올라오는 길은 죄 포장이 되어 있었던데 반해 이곳은 아직 멀
어서 그랬다. 벌써 덜컹거리는 것이 느껴져 마음이 불편했다. 박
서진은 그런 강혁의 마음을 읽었다.

'이 양반이…… 겉으로 보이는 게 어떻건 간에 얘기해보면 정
말 이곳을 위하는 마음만은 진짜란 말이지.'

그럼 도와줘야 하지 않겠나.

"백 교수님은 약간 부모님한테 학예회 준비하는 애 같네."

"네?"

"지금 막 여기 자랑하고 싶은데 실망하면 어쩌나 걱정하고 있
는 거 아니에요?"

"아……. 그건, 그렇긴 해요. 제가 볼 때는 진짜 좋은 곳인데 그렇게 안 보이면 어쩌나."

"걱정 마요. 나는 이미 만족하고 있어요. 생각해봐요. 정글 위에 지어진 도시만 해도 신비로운데 거기에 차밭이 있잖아."

"그럼 다행이고요."

해서 능숙한 위로를 건넸다.

강혁은 음흉한 미소와 함께 이제 슬슬 가까워져가고 있는 차밭을, 그러니까 본인이 조작해둔 무대를 바라보았다.

"와……. 녹차밭이 이렇게 산에 있는 건 또 처음 보네요."

"그러니까. 경치가 진짜…… 식상한 말이지만 끝내주네. 그냥 차밭만 있는 게 아니라……. 저기 저게 호텔 단진가?"

"네. 저기서부터 저기까지가 다 호텔 단지. 식민지 시절에 지은 거라 유럽식이죠."

"표정은 다 허물어버리고 싶어 보이는데, 말투는 부드럽네. 그거 어떻게 하는 거예요? 연기할 때 써먹게."

"무슨 표정 짓고 있는지 모르겠어요."

"아, 하긴."

강혁은 서진의 말대로 인상을 팍 쓰고 있었다. 저놈의 건물들을 볼 때면 본능적인 혐오감이 들어서였다. 이를테면 저게 다 적산 가옥 아닌가. 이곳을 누군가 다른 놈들이 지배했다는 증거이기도 하고. 마음 같아선 죄다 허물고 싶었다.

'근데 그럴 수가 없네?'

하지만 이렇게 높은 차밭에 올라서 내려다보면, 예쁘긴 또 더럽게 예쁜 것도 사실이었다. 지금 배우들이나 나 PD를 포함한 스태프들 반응만 봐도 알 수 있지 않나. 죄다 눈을 빼앗긴 지 오래였다.

'그래, 이용해야지.'

강혁은 머릿속으로 간신히 남기는 쪽으로 결론을 내리곤 입을 연 참이었다. 일단 이곳을 좋게 포장해야 된다고 생각하고 있지 않나. 덕분에 말투는 또 나긋했다.

"하여간 안쪽에 가시면 여기 역사에 대해 간략히 알 수 있는 영상이 있어요."

"아, 맞아. 이럴 때가 아니지. 야! 이따가 경치 보고 일단 들어가자! 경치는 노을 질 때가 더 멋지대!"

"네, 선배님!"

박서진은 그렇게 강혁이 열과 성을 다해 전달한 말을 듣고는 고개를 끄덕였다.

'백강혁 교수도 합류할 거야.'

처음 강혁이 온다는 소리를 들었을 땐 솔직히 한숨이 절로 나왔다. 나 PD와 하루 이틀 본 사이는 아니었지만, 불편한 사람과 일을 시키겠다면 출연료를 더 불러야 하는 거 아닌가 하는 생각마저 들었고. 하지만 마주한 강혁은 불편하다기보다는 그저 대단한 사람이었다.

'까칠하기는 해. 그런데……'

연예계에서 이 정도 까칠한 건 아무것도 아니지 않나. 물론 스스로 좀 조심하고 있다는 게 느껴지긴 하지만, 그 덕에 같이 있기 싫다는 생각은 전혀 들지 않았다. 오히려 대체 이런 사람이 왜 오지까지 와서 고생하는지 더 듣고 싶어졌다. 아마 후배들이 대놓고 강혁을 따르기 시작한 것도 우연은 아닐 터였다. 간혹 눈을 빛내며 이 지역, 그러니까 강혁에게 있어서도 생판 관계없는 곳인 누와라엘리야에 관해 얘기할 때면 서진도 자신도 모르게 자세를 바로 할 정도였다.

'명석이도 괜히 그거 할 때 안 끼어드는 게 아니겠지.'

나 PD 또한 그때마다 조용히 촬영감독에게 지시하는 게 보였다. 아마 나중에 따로 편집해서 그림 만들어줄 게 뻔했다. 사실 프로그램 띄워야 하는 입장에서 제일 쉬운 건 출연자 간의 갈등을 만들고 그걸 부각시켜 보여줌으로써 시청자들의 이목을 집중시키는 거지만, 이제 나 PD는 그럴 만한 사이즈가 아니지 않나. 게다가 나 PD는 오히려 감동을 줌으로써 이목을 끄는 데 도가 튼 사람이었다. 하여간 어린 배우들은 서진의 말을 거스를 수 없는 사람들이었기에 곧 모두가 커다란 헛간 안으로 들어설 수 있었다. 물론 원래 어떤 모습으로 지어졌는지 아는 강혁을 제외하고는 그 누구도 이곳을 헛간이라 생각하지 못했다. 바깥 모습은 그대로 살려뒀지만, 안에는 완전히 리모델링을 해둔 덕이었다. 게다가 다니엘이 애지중지 모으던 옛 물건들을 싹 갖다두어서 정말 박물관 같은 느낌을 주었다.

"와……. 이거 진짜 총인가?"

"응, 그거 쏘면 아직도 나가더라."

"엥? 박물관에 있는 걸 쏴봤어요?"

"얼마 전에 내가 압류…… 아니, 구한 거 넣은 거야. 여기 있는 거 원래 다 내 거."

"와……. 대단하네요, 교수님. 허락만 하시면 형이라고 부르고 싶다."

"형?"

원래도 대단한 배우였지만 허깨비로 톱 배우로서의 입지를 완전히 굳힌 강유가 유리함 안에 놓인 총을 보며 감탄을 내뱉었다. 아닌 게 아니라 얼마 전까지 다니엘이 열심히 닦아댄 덕에 얼핏 보면 고풍스럽게 만든 요즘 물건 같아 보이기도 했다. 반면 강혁은 형이라는 호칭에 집중한 지 오래였다.

'형이라.'

지금의 강혁을 보면 상상이 잘 안 가겠지만, 강혁은 아주 오랫동안 외톨이로 살아온 사람이었다. 어린 시절에 엄마를 잃고 아빠의 일터에 나가 놀았으니 그럴 수밖에 없는 노릇 아닌가. 장성한 후에는 일방적으로 따르는 이들은 있었으나, 어쩐지 강혁을 어려워하는 사람들이 대부분이었다.

"아, 형이란 말 싫어하시는구나."

하도 낯설다 보니 형이란 단어를 몇 번인가 되뇌고 있었다. 그걸 확인한 강유가 민망한 얼굴로 다가와 사과했다. 의료계도 수직적이고 경직된 사회지만 연예계야말로 만만한 곳이 아니지 않나. 붙임성도 있으면서 동시에 예의도 발라야 롱런할 수 있는 곳이었다. 성격이 좋다, 이 말이었다.

"어? 아냐, 아냐. 날 형이라고 부른 사람이 처음이라."

"방금 그 대사 되게 로맨스 같네요. 표정도 그렇고. 날 이렇게 대한 사람은 네가 처음이야, 라고 하는 것 같아요."

"그랬나? 하여간 날 아는 사람들은 다 날 어려워해서."

"너무 의료계 사람들만 만나서 그런 거 아니에요? 저희도 배우끼리는 되게 위계질서 심한데, 같은 연예인이라도 다른 분야 분들 만나면 조금 편해지거든요."

"그런가. 그러네."

강유야 별생각 없이 지른 말이겠지만, 강혁으로서는 꽤 복잡해지는 말이었다. 쉼 없이 살았다는 건 알고 있었다. 하지만 그 때문에 인간관계도 의료계나 정치계처럼 진짜 필요해서 맺은 관계만 있구나, 하는 생각이 들자 잠시 허탈하단 생각이 들었다.

'아버지……'

고개를 들어 하늘을 바라보았다. 그래 봐야 보이는 건 오래된 헛간의 천장뿐이었지만.

'어느새 제가 당신 나이가 되어갑니다.'

강혁의 뛰어난 두뇌는 이제 죽은 지 20년이 훌쩍 넘은 아버지의 얼굴도 쉽게 재구성할 수 있었다. 남들은 잊을 법한 작은 주름 하나까지도. 그 모습은 당연히 지금의 강혁과 무척 닮아 있었다.

'아직은 더 힘을 내볼게요.'

그래서 그랬을까?

당시의 감정도 선명하기 그지없었다. 낭연히 그때, 아버지의 처참한 주검 앞에서 했던 맹세도 단 한 톨도 흐트러지지 않은 채 떠올릴 수 있었다.

'아버지…… 다시는, 다시는 이런 허망한 죽음이 없도록 제가 만들겠습니다.'

잠시 그렇게 있던 강혁은 이내 사회적인 미소를 지으며 강유를 돌아보았다.

"그래, 나도 그럼 배우 동생 하나 만들어보자. 형 해봐."

"오, 형이라고 해도 되는 거예요?"

"응."

"형."

"그래."

"오."

"하여간 영상 보자. 좋은…… 네가 원하면 이따 쏘게 해줄게. 저 비슷한 거 되게 많아."

"아싸."

그러곤 강유와 함께 영사실로 향했다. 안에는 데니스와 한석준이 대기 중이었다. 둘 다 이제는 이런 작은 농장에 올 만한 짬은 아니지만, 방송이지 않나. 보통 방송도 아니고 평균 시청률이 무려 20퍼센트에 가깝게 나오는 나 PD의 방송이었다.

'잘해라.'

둘은 강혁이 무표정한 얼굴로 했던 말을 떠올렸다. 호들갑을 떨며 말했어도 반드시 잘해야겠단 생각이 들었을 텐데, 그렇게 말하니까 잘못하면 뒤질 것 같았다.

"어서 오세요. 일단 이쪽으로 앉으시고요."

"와……. 진짜 배우들이라 그런지 들어오자마자 방이 환해지네요."

"그러니까요."

"하하."

둘은 최선을 다했다. 데니스는 최대한 교포 느낌을 내라고 했던 강혁의 말을 떠올리며 영어와 어색한 한국어를 섞어 말했다. 사실 원래도 작전을 위해 한국어를 공부한 데다가 지금은 주변에 한국 사람이 더 많아서 유창해진 지 오래였으나, 노력은 배신하지 않았다.

"교포신가 보다."

"와……. 어떻게 여기까지 오신 거예요?"

"제 인맥이죠. 저래 봬도…… 미 정부에서 일했어요."

"와, 미국 정부!"

강혁은 그런 데니스를 보며 잘하고 있다는 뜻으로 윙크를 해 주었다. 하던 대로 자기 자랑을 늘어놓으면서였다. 장미가 봤다면 정말 너무한다는 말이라도 했겠지만, 애석하게도 이 자리에는 그럴 수 있는 사람이 없었다. 아니, 오히려 부추기는 사람밖에 없었다. 예능에서는 캐릭터가 있어야 한다는 걸 다 이해하고 있어서였다. 게다가 이상하게 강혁이 하는 자기 자랑은 그렇게 밉지가 않았다. 그 누구보다 강혁을 가까이서 담고 있는 카메라 감독의 생각도 크게 다르지 않았다.

'아까 대체 천상 보면서 뭔 생각을 했길래…… 그런 표정이 나온 거지?'

아니, 오히려 카메라 감독이 제일 강혁을 좋아했다. 이 나이에

숨겨져 있던 취향을 알게 됐나 하는 생각이 들 지경이었다. 강혁의 눈에 잠시 맺혔던 눈물방울에 심장이 떨어질 뻔할 줄이야.

'내가 그래서 아직도 솔로인 건가?'

강혁은 카메라 감독이 자신을 그런 눈으로 바라보고 있는 줄은 꿈에도 모른 채, 심혈을 기울여 제작한 영상을 틀었다. 잔뜩 기대한 얼굴을 하고서였다.

─꽃 좀 사주세요!

─이 꽃 사주세요!

영상은 위험천만하기 그지없어 보이는 비탈길을 제대로 된 신발도 없이 뛰어서 오르내리는 아이들로 시작했다. 손에 든, 솔직히 말하면 누와라엘리야 전 지역에서 너무도 쉽게 접할 수 있는 꽃을 꺾어 쥔 채였다. 다음 장면은 차밭에서 태어나 죽은 후에도 차밭의 거름이 되어 묻히는 이곳 특유의 장례식이 나왔다. 본인들조차 그 근원을 모르는, 이제는 많이 희석된 타밀어 노래를 부르고 있었는데 표정만은 진중했다.

─살려주세요, 제발!

곧, 아까 꽃밭에서 뛰던 아이가 쓰러져 있는 장면이 나왔다. 차가 닿을 수 없는 곳이다 보니 다들 발만 동동 굴렀다. 멀리 있는 엄마의 비명만이 하늘을 수놓았다. 그때 강혁이 등장했다.

─희망이요? 그런 건 없어요.

─그냥 이렇게 살다 가는 거예요…….

다음으로는 차밭 노동자들의 인터뷰가 나왔다. 이미 상황이 바뀐 시점에 찍은 것이지만, 너무도 오래 시달려 온 까닭인지 고생한 얘기는 술술 나왔다. 보통의 인터뷰라면 한두 명 잡고 오래 말을 걸었을 테지만 임혜란은 많은 사람들의 한마디를 담고 싶어했다. 정말로 한마디만 시킨 것은 아니고 오래 인터뷰를 하면서 제일 표정이 극적이었던 장면을 잡아냈다. 덕분에 시간이 정말 더럽게 오래 걸렸는데, 영상을 보면 보람이 느껴졌다.

—이젠…… 더 나은 삶을 살 수도 있겠다 싶어요.

—저는 늦었어요. 하지만 제 아이는 어쩌면…….

아까 나왔던 사람들이 전혀 다른 표정으로 전혀 다른 말을 할 때의 그 카타르시스는 현장에 있던 모든 이들을 환호하게 했다.

'딱히 현장 사람들한테만 통하는 건 아니구나.'

강혁은 아까 꽃 파는 애들 나왔을 때부터 꺼이꺼이 울고 있는 이윤석을 보며 생각했다. 배우니까, 감수성이 예민해서 이러는 걸까? 그건 아닐 터였다. 의식적으로 냉정함을 지키고 있어야 할 나 PD조차 훌쩍이고 있었으니까. 강혁조차 울지 않았나. 나중에 알고 보니, 임혜란이 부린 마술 때문이었다. 영상을 보면 후반부로 갈수록 뒤에서 서서히 해가 떠오르는 느낌이 일었다.

'괜히 빛의 마술사라는 별명이 있는 게 아니지.'

*

영상은 단순히 이곳 사람들만 보여주고 끝나지 않았다. 강혁과 장미 등등이 나와 스리랑카의 역사에 대해 간략히 설명도 해주었다. 타깃이 주로 대한민국 사람이었던 만큼, 고대부터 인접

한 대국인 인도에 시달려 온 모습과 오랜 식민지 생활 그리고 내전에 집중했다.

—저희도 대한민국처럼 잘 살고 싶습니다!

—제 꿈은 한국에 가서 일하는 거예요.

—선생님이 되고 싶어요!

마지막은 드디어 교육을 받기 시작한 아이들의 인터뷰가 흘러나왔다. 비록 정식 교사 자격증도 없는 대학생들의 강의가 주를 이루고 있긴 하지만, 자신의 뿌리조차 잊고 살아야만 했던 이들에게는 너무나도 뜻깊은 강의들이었다. 무엇보다 더 나은 미래를 꿈꾸게 해주지 않았나. 교육은 그런 힘이 있었다.

—저요? 저는.

마지막 아이는 바루간이었다. 이제 더는 아이라 부르기도 애매할 만큼 커버린 녀석이었으나, 하여간 누와라엘리야 1호 유학생으로 밀고 있는 녀석 아닌가. 워낙에 뚱한 녀석이니만큼 그냥 빼고 가자는 말도 있었지만, 임혜란의 고집에 의해 영상을 찍기는 했다. 물론 임 작가도 결국엔 편집해야 할 수도 있을 거라 생각했는데 찍고 보니 웬걸? 아주 기특한 말을 했더랬다.

—저는…… 백 교수님처럼 의사가 되어서 우리 지역을 돕고 싶어요.

표정은 뚱하긴 했다. 하지만 말이 워낙에 의미가 있다보니 피날레를 장식하기에 부족함이 없었다. 그 냉정한 강혁조차 이 대목에서 다시 한번 눈시울을 붉히지 않았나. 누군가의 롤모델이 되는 게 낯설어서는 아니었다. 당장 한국만 해도 제2의 백강혁을 꿈꾸는 의사들과 중고생이 얼마나 많던가. 하지만 현장에서 이런 말을 듣는 건 강혁으로서도 퍽 특별한 일이었다.

'하 씨……. 다시 봐도 찡한데?'

어찌 되었건 그들의 마음을 녹였단 소리 아닌가. 나도 당신처럼 되고 싶다는 말을 지금 도움을 받고 있는 사람 입에서 들을 수 있다니. 아마 지금 현장에 있는 사람뿐 아니라, 단 한 번만이라도 현장에 나가 본 적이 있는 사람이라면 죄다 찡했을 터였다. 심지어 이건 강혁에게 더 특별했다. 그의 나르시시즘을 건드리기 때문이었다.

'근데, 나 같은 의사는 아무나 되는 건 아니란다.'

강혁은 언젠가 바루간에게 초 치면서 말했던 것을 기억하며 천천히 주변을 돌아보았다. 영상이 끝났음에도 그 누구도 움직이지 못했다. 여운이 남아서일 터였다. 영상 자체로만 봐도 썩 훌륭한 결과물이었다. 역량 있는 작가를 갈아 넣었으니 당연한 일이었다. 하지만 그것만으로는 설명되지 않는 무언가가 있었다.

"와……. 나 진짜 오랜만에 울었네."

냉정하다 못해 틱틱 대는 말투 때문에 초반에 싸가지 없다는 평을 들어야만 했던 박서진마저 울고 있었다.

"으흐흑."

"아……."

"여기가 이런 곳이었구나. 빛의 도시라는 뜻이라길래 그냥 잘 어울리는 이름이라고만 생각했는데……. 아니, 어떻게 이럴 수가 있지?"

이윤석이야 아까부터 그냥 통곡 중이었고 다른 배우들도 더 듬거리며 말을 이어야만 했다. 마지막에 강남길이 한 말에 담겨 있는, 이 현장이 가진 특이성 때문이었다. 빛의 도시라는 이름과 그 풍광과는 완전히 유리되어 있는 잊혀진 족속들의 아픔을 이 제야 비로소 알게 되지 않았나. 아마 그저 그들의 비참했던 모습 만 보여주었다면 지금처럼 웃으며 울지도 못했을 터였다. 하지 만 한 줄기 희망을 봐서 그런가, 오히려 더 마음 편히 울어낼 수 있었다.

"자 그럼, 차밭 노동자 체험 한번 해보시겠어요? 여기서 일하 던 분들이 직접 알려드릴 거예요."

"아, 그럴 수가 있어요?"

"네. 여러분이 내는 체험비는 모두 이곳 복지를 위해 쓰여요."

"와, 대박……. 아니, 땅 파서 장사해요?"

"봉사니까요. 하하."

데니스는 잠시 울음이 잦아들기를 기다렸다가 어눌한 한국어 로 말했다. 한석준이 아나운서 뺨치는 발성으로 말하는 것보다 는 오히려 현장에서는 더 진정성 있게 다가갈 거라는 판단 때문 이었다. 딱히 의미가 있었는지는 모르겠으나, 영상 때문에 그런 지 다들 이미 누와라엘리야라는 지역에 넘어가버린 지 오래였 다. 지금 당장은 뭘 하자고 해도 다 할 것 같았다. 아니, 박서진은 말도 안 했는데 뒤에 놓인 후원함에 적힌 계좌로 거액을 송금하 고 있었다.

'개꿀.'

이렇게 되면 계좌도 방송에 노출되지 않겠나. 미담 제조기로 소문난 나 PD라면 반드시 그럴 터였다. 박서진이야말로 나 PD의 절친이자, 그가 만드는 방송의 키 멤버이기도 했으니까.

"여기서부터 이렇게 따요?"

"네. 원래는…… 이런 주머니에 넣어야 하는데, 체험이니까."

"와……. 이렇게 많이? 그럼 하루에 얼마나 벌었어요?"

"1달러."

"1달러? 미친. 지금은요?"

"지금은 일당이 아니라…… 뭐더라. 아, 월급 받아요."

붙임성 좋은 녀석이니만큼 강유는 벌써 노동자와 비슷한 행색을 하고 가이드로 따라붙은 전직 차밭 노동자와 대화를 나누었다. 강혁은 진작에 지켜보고 있다가 딱 애매한 말이 나올 만한 시점에 끼어들었다.

"500불 받아. 거의 20배."

"와……. 근데 그것도 많지는…….."

"여기 평균 임금이 300불 미만이야."

"아, 그렇구나. 그럼 여기가 장사는 돼요?"

"이전만큼 미친 듯이 남지는 않겠지만, 그래도 남아."

"와……. 전에 여기 있던 놈들은 진짜…….."

"식민지 농사 지은 거야. 나쁜 놈들이지."

"그렇네요. 아니, 어떻게……."

덕분에 강혁은 자신이 꼭 말하고 싶었던 바를 방송에 담을 수 있었다. 기분이 좋아진 강혁은 찻잎을 따서 담고, 그 잎으로 우

린 녹차도 마시고, 홍차도 마시고, 녹차, 홍차 아이스크림도 먹고
는 다음 일정으로 향했다.

"홍차도 맛있더라. 한국에 있을 땐 홍차 맛 잘 몰라서 마셔본
적이 없는데."

"그러니까요. 아이스크림도 묘하던데요? 저는 녹차보다 오히
려……."

"저도 그랬어요."

누가 배우들 아니랄까봐 가는 차 안에서도 오디오가 비질 않
았다. 이곳을 필사적으로 어필해야 하는 강혁이나, 방송이 터져
야 하는 나 PD로서는 잘된 일이었다.

"근데 다음은 어디로 가지?"

"일단 동네나 한 바퀴 돌아볼까요? 호텔 단지야 어차피 갈 거
고, 진짜 여기 사는 사람들 있는 곳."

"좋다. 안 그래도 나도 궁금해졌어."

"고고."

하여간 일행은 동네로 향했다. 말이 동네지 타밀족이 사는 롱
하우스 쪽은 아니었다. 관광객들을 상대로 운영하는 식당이나
호텔에서 일하는 이들과 트럭 기사들 그리고 관리인들이 사는
곳이었다. 당연히 롱하우스보다야 사정이 낫기는 했지만, 이쪽도
가난하기는 마찬가지였다. 애초에 이곳을 식민지의 일환으로만
생각했던 이들이 고용주로 있지 않았나. 정당한 대가를 줄 생각
은 전혀 없었다.

"와……."

"저는 이런 곳은 처음 와봐요."

"너무하네."

대한민국 사람이 보기엔 처참한 광경이었다. 삐걱거리는 나무 문하며, 저게 의미가 있는 건가 싶은 천장 그리고 눈이 빨갛게 충혈된 허름한 차림의 노인들. 자세히 보면 눈이 그저 빨갛기만 한 게 아니라 조금 하얗기도 했다.

"백내장 때문이야."

"아, 백내장이요?"

"그래. 백내장이 심해지면 저렇게 하얗게 돼. 그래서 백내장이라고 부르는 거야."

"아……. 저는…… 이상하네? 저희 할아버지도 백내장 수술받았는데."

"한국에서는 저렇게 아무것도 안 보일 때까지 방치되는 사람이 거의 없어서 그래."

"아……."

"우리 병원에서 백내장 수술도 하긴 하는데, 이따 와볼래?"

"좋죠. 구경 갈게요."

애초에 동네 한 바퀴를 돌려면 병원을 들러야만 했다. 밖에서라도 봐야 했다는 뜻인데, 이렇게 강혁은 자연스레 병원 안으로 향하도록 만들었다.

'아무래도…… 내밀힌 사정을 보려면 병원 안을 봐야지.'

병원이 비리라도 있거나 하면 보여주기가 좀 그렇겠지만, 누와라엘리야 병원은 세상에서 그러한 것과 가장 거리가 먼 사업

체이지 않나. 비록 일생을 협박과 사기 그리고 협잡으로 살아가고 있는 강혁이지만, 그런 강혁이 키우고 있는 병원은 깨끗하기 그지없었다. 후원금은 100퍼센트 투명하게 쓰이고 있었고, 심지어 여전히 강혁이 여기저기 묻어 둔 돈에서 나오는 수익이 일부 쓰이고 있었다. 녹차밭에서 나는 수익이 아직은 죄 복지에 재투자되고 있으니 당연한 일이었다. 아마 앞으로 몇 년간은 더 이렇게 가지 않을까?

'후원은 아무리 들어와도 부족하단다.'

강혁은 나이는 어린 동생이지만 벌어들이는 돈을 보면 형이라고 불러야 할 배우들을 보며 껄껄 웃었다. 아까 박서진은 힐끔 보니까 1억을 보냈던데, 애들도 그 정도 보내면 어찌 되겠나. 4억이면 누와라엘리야 병원 같은 규모의 병원에서는 한두 달 돈 걱정 없이 돌릴 수 있게 될 만한 큰 도움이었다. 그렇게 강혁의 부푼 꿈을 안고 차는 곧 병원 쪽으로 향했다. 이쪽은 그나마 강혁의 특명에 의해 도로 정비를 한 참이었기에 나름 속도를 낼 수 있었다. 창을 다 열고 생소한 길을 달리고 있다보니 상쾌한 기분이 들었다. 아닌 게 아니라 공기만큼은 한국보다 이쪽이 훨씬 낫지 않은가.

"좋다."

"그러게요."

"되게 한적하네……. 나무들도 울창하니."

"정말요."

그렇다 보니 다들 기분이 좋아져 미소를 머금었다. 강혁만은 예외였다. 눈만큼은 아니더라도 남들보다는 예민하다는 말도 부족할 정도로 뛰어난 그의 청각 때문이었다.

'아씨. 하필…… 지금…….'

차량이 급히 움직이고 있었다. 앰뷸런스만 해도 두 대 모두. 거기에 다른 차량도 따르고 있었다. 환자가 한둘이 아니라는 뜻이었다. 그렇다 해도 어느 정도 대응이 되기는 하겠지만, 아직 외래가 끝날 시간도 아니지 않나. 어쩌면 강혁이 나서야 할 수도 있었다.

'큰 그림…….'

만약 강혁이 야망에 불타는 사람이었다면 지금쯤 고개를 저었을 터였다. 아무래도 방송이 나중에는 더 도움이 될 거란 판단을 내렸을 테니. 하지만 강혁은 의사였다. 눈앞에 있는 환자를 저버릴 수 없는.

'상황 봐서 필요하다 싶으면 들어가야겠다.'

한편 강혁을 찍고 있던 카메라 감독은 또다시 변해버린 강혁을 보며 고개를 갸웃했다.

'이 사람은 왜 별 계기도 없이 얼굴이 이렇게까지 드라마틱하게 변하는 걸까?'

사실 강혁으로서는 그리 특별한 일이 아니었다. 남들보다 훨씬 예민하다는 건 그만큼 신경 쓰이는 일도 많을 수밖에 없다는 뜻이었으니까. 팬히 타고난 성격보다도 더 더러워졌겠는가. 다 이유가 있는 법이었다. 하지만 그러한 내막을 모르는 사람이 보기엔 그저 신기할 따름이었다.

"조금 더 서둘러줄 수 있을까요?"

급기야 강혁은 기사에게 더 빨리 가달라고 요청까지 했다.

"응? 네, 어려운 일은 아닙니다만. 왜⋯⋯."

일정 이상 속도가 빨라지면 카메라로 풍경 잡기가 어렵지 않겠나. 기사는 자연히 카메라를 들고 있는 감독들을 돌아보며 물었다. 아까까지의 강혁이었다면, 그러니까 방송인으로 가장한 강혁이었다면 당연히 좋게 웃었을 터였다. 하지만 지금의 강혁은 의사 백강혁이었다.

"환자가 있어요. 이제부터는 앞만 보고 병원으로 달려요."

"아, 네."

좀 더 달리다 보니 어디선가 사이렌 소리가 들려왔다. 여기 뭐 다른 게 있을 리는 만무하니, 무조건 병원 앰뷸런스라고 보면 되었다.

"아, 진짜 들린다."

"응급 터졌나⋯⋯?"

"그럼 더 빨리 가야 되는 거 아니에요?"

"저, 지금이 최선입니다. 더 달리면 타이어 터져요."

"아."

강혁이야 아까부터 그 소리를 듣고 있었으나, 다른 이들은 이제야 들은 거 아닌가. 게다가 강혁처럼 매일같이 이런 응급 상황을 가슴에 품고 사는 사람들도 아니었다. 그래서 그런가 오히려 더 서두르는 모습을 보여주었다. 나 PD는 덩달아 초조해지면서 동시에 주먹을 불끈 쥐었다.

'대박인데? 약간 결이 달라지기는 하겠지만⋯⋯.'

백강혁이 대한민국에서 어떤 위치에 있었던가. 워낙 새로운 일들이 끊임없이 터지는 데다가, 거기에 너무 익숙해진 나머지 휘발성 화제에 몰려다니게 된 현대 사회의 특성상 조금 잊혀지기는 했다. 하지만 그럼에도 강혁이 한국에 남긴 인상은 대단한 것이었다.

'어차피 백강혁 교수 나온다고 했을 때, 이런 모습을 기대했던 사람들이 있기는 할 거야. 나만 해도 잊지 못하는 장면이 있잖아.'

나 PD는 한국대학교 병원의 헬기 이착륙장 개소식을 떠올렸다. 이제는 대통령이 된 박성민 전 원내대표가 멋들어진 연설을 하고, 막 박수를 치려는데 헬기가 날아들었다. 강혁은 그걸 타고 날아가 사람을 살렸다.

'만약 여기서 그런 느낌을 준다? 미쳤지.'

당장 사람 생명이 왔다 갔다 하는 마당에 이런 생각이나 하고 있다는 게 조금 양심에 걸리긴 했지만. 뭐 어쩌겠는가. 방송하는 사람 특유의 본능이 꿈틀대고 있는 것을.

'알겠습니다.'

'저도 그럼 일단 백 교수님.'

'저는 빠져서 전체적으로.'

나 PD만 흥분에 빠진 건 아니었다. 카메라 감독들도 그랬다. 그들은 약속이라두 한 것처럼 상황이 발생하자마자 나 PD를 바라보았고, 눈빛 교환만으로 뜻을 알아먹었다. 그사이에도 당연히 차는 계속 달렸다. 아까보다 확연히 더 빨랐다. 기사가 말로는 최선을 다하고 있었다고 했으나. 의식하지 못한 사이에 왜애앵 거리는 사이렌 소리에 맞춰 달리게 된 까닭이었다. 그만큼 차 안은 더 아수라장이 되었으나 이제 와서 여기에 불만을 품을 수 있는 사람은 아무도 없었다. 쓸데없는 고생이나 불편한 건 딱 질색이라고 잘라 말했던 박서진도 마찬가지였다.

"아이고……."

"뭐야 저거…… 차가 왜 이렇게 많이 달리냐……."

"무슨 큰 사고라도 난 걸까요?"

대신 손잡이를 꼭 쥔 채 앞을 보며 걱정을 한두 마디씩 내던졌다. 그럴 수밖에 없는 것이 차량 앞으로 앰뷸런스가 무려 두 대나 지나가고 있었다. 그 뒤로도 웬 트럭이 딱 봐도 아파 보이는 사람 여럿을 싣고 가고 있었고, 덜컹거릴 때마다 아픈 사람들 엉덩이가 튀어 올라가는 게 보이는데 마음이 여간 불편한 것이 아니었다. 할 수만 있다면 이 차라도 내어주고 싶었다. 태화에서 나 PD 랑 배우들 온다고 따로 빌려준 차량이지 않나. 당연히 성능이 누와라엘리야 평균에 비하면 비교하는 게 미안할 정도로 우수했다.

"추월할 필요는 없어요. 어차피 들어가는 길 하나니까."

우르릉 소리를 내며 앞으로 튀어나가려던 것을 강혁이 제지시켰다. 별 의미가 없을뿐더러 어차피 지금 병원에는 의사들이 꽤 있어서였다.

"아, 네. 교수님. 저도 모르게."

"괜찮아요. 원래 저 사이렌 소리가 사람 미치게 하는 구석이 있거든."

소리에 낯선 사람만 심장이 벌렁거리는 게 아니었다. 익숙한 사람은 도리어 더했다. 특히 외상 외과 사람들은 저 소리를 들을 때마다 이때까지 저 소리와 함께 받았던 환자들을 떠올릴 수밖에 없지 않겠나.

'아직 연락이 안 온 걸로 봐서는 나름 자체적으로 해결 가능할 거라 판단하고 있는 모양인데…….'

강혁은 초조한 얼굴로 휴대폰을 내려다보았다. 사실 사이렌 소리를 들었을 때부터 이미 전화가 곧 올 거라 생각했는데 여전히 묵묵부답이었다.

'지금 보니까 그럴 만한 사이즈가 아닌데.'

강혁도 누와라엘리야 병원의 역량이 한구나 초반 한국대학교 병원에 비할 바는 아니라 여기고 있기는 했다. 하지만 여전히 태반은 강혁에게 의존하고 있지 않나. 어쩔 수 없는 일이었다. 아마 앞으로도 불가능을 가능케 하는 의사는 강혁뿐일 테니.

앞서가던 앰뷸런스는 차례로 병원 안으로 들어갔다. 애초에 도로 쪽 입구가 바로 응급실로 향하도록 설계가 되어 있는 덕분에 그쪽으로는 사람이 거의 드나들지를 않았다. 거의 모든 사람들이 도보로 다니는 특성을 이용한 설계였는데 이럴 때 주효했다.

"환자는!"

"의식 불명! 머리를 다쳤어!"

"이런 망할……."

"오는 길에 감압술은 했는데…… 일단 CT 찍고 들어가 봐야 해! 손 남는 사람이 있나?"

"왜, 직접 못해요?"

"뒤에 트럭 봐."

"트럭……?"

응급실에서 뛰어나온 이는 장미와 샘이었다.

"아, 저거 뭐야. 한둘이 아니잖아."

장미는 재원의 말에 돌아본 트럭을 보고는 혀를 찼다. 앞에 앰뷸런스가 둘이나 따라붙은 까닭에 애매하게 돌고 있었는데, 그 덕에 뒤에 탄 이들을 볼 수 있어서였다. 그나마 앉아서 온 사람들이야 어떻게 대강 보면 될 것 같은데, 누워 있는 사람들도 있었다.

"어, 외래는 어떻게 됐지?"

"미루면 되기는 한데……. 한 100명은 남았어요."

"이 상황에서 미루면 오늘 외래는 못 볼 텐데."

"이런."

원래 병원이라는 곳이 고객 만족을 추구하는 곳은 아니라고 하지만, 요즘 들어 외래를 늘려서 가동하면서 부쩍 이런 일이 잦아지고 있었다. 그나마 장미와 콜롬보 대학생들이 최선을 다해 조정해 넣음으로써 진료 못 보거나 밤에 보는 인원을 매일 열 명 안쪽으로 커트하고는 있었는데 100명은 너무 많았다.

"백 교수님은……."

"촬영 중일 텐데."

"전화하면 올걸."

"그거야 그렇죠. 교수님이야 원래 그러니까. 하지만 그 방송이 교수님 개인을 위한 게 아니라 이 지역을 위한 거잖아요?"

"그야 그렇지. 병원 견학은 내일인가?"

"네. 오늘은 차밭."

"그럼 동선도……."

"네."

둘은 어쩌지 하면서도 뭐가 되었건 환자를 안으로 끌고 들어 갔다. 샘에게 일단 외래에 예상보다 환자가 훨씬 많다는 것을 알 리라고 전해둔 후였다. 드르륵. 다음 앰뷸런스에서도 중증 환자 가 나왔다. 아니, 이 환자가 딱 봐도 더 중해 보였다.

"후."

피에 손은 물론이거니와 팔뚝까지 젖은 한유림이 한숨과 함께 환자를 끌었다.

"어때요?"

"일단 허벅지 찢어진 건 오면서 처리했어. 문제는……."

"배구나. 아니 대체 뭐예요?"

"지금 여기 돈이 좀 들어오잖아. 딱히 우리 쪽 아니더라도. 공 사가 여기저기 진행 중인가봐."

"공사 현장이구나……. 아이고."

샘이 아이고 하면서 한숨을 쉬고 있으려니 차가 하나 더 들어 왔다.

"와 또 있어?"

해서 기가 찬다는 듯 말을 했더니 한유림이 고개를 갸웃거렸다.

"아닌데? 트럭만 있었는데……? 저거 다른 현장인가? 아니지?

저거 벤츠 스프린터잖아? 여기 주변에 저런 차가 어디……. 아,
백 교수."

한유림의 말에 샘도 고개를 다시 돌렸다. 백강혁이 여기서 갑
자기 나온다고? 오늘 분명 차밭 갔다가 로컬 음식점에 간다고
했는데? 방송이라는 게 이렇게 막 바뀌기도 하는 건가? 뭐 이런
생각이 들었다.

"나 잠깐 없다고 아주 쩔쩔매는구만."

강혁은 그런 둘과 환자를 슬쩍 살피며 다가오고 있었다.

"어어, 백 교수! 일단 이 환자 배 좀! 트럭 위에도 환자가!"

"알아요, 트럭 위에 머리 다친 환자 하나 더 있지?"

"어떻게 알았어?"

"보면 알지."

"오."

"근데, 일단 이 환자 좀 보고 있어봐."

"왜?"

"트럭 위에 정리 좀 하고 올게. 샘 너 짐 들고 와."

"아, 네!"

강혁은 의학적인 모든 상황에서 절대적인 위력을 발휘하는 사
람이었다. 하나의 환자가 심각하게 다쳤을 때도 의지가 되고, 여
러 환자가 발생했을 때도 마찬가지였다.

'인도에서 보니까…… 이 인간은 역시 대형 재난에서 짱이야.'

하지만 인도에서 체감했듯 강혁은 환자가 많으면 많을수록 더
미친 수준의 활약을 할 수 있는 인간이었다.

"믿고 맡기고, 거기 나 좀 도와줘!"

해서 한유림은 다른 간호장교를 불러서 환자를 살피기 시작했다. 여기까지 오는 동안 내내 이 환자를 보아 오지 않았나. 또 다른 파악은 필요 없었다. 그저 해야 할 일을 하면 되었다.

"아, 네!"

한유림의 실력이야 검증된 것 아니던가. 강혁에 비하면 처지긴 하지만, 비교할 생각이 든다는 거 자체가 대단한 일이었다.

"배에서 출혈이 너무 많아서…… 이거 여기서 열면 죽어요. 일단 중심정맥관부터 삽입합시다."

"네! 바로 준비하겠습니다!"

"오케이."

한유림이 자신이 싣고 온 환자를 처치하기 시작한 사이, 강혁은 훌쩍 뛰어올랐다.

"샘, 이분은 일단 내리라고 해."

"들것 가져올까요?"

"아니, 팔만 다쳤어. 부러지긴 했는데…… 내가 지금 대강 맞췄거든?"

"네?"

"사실 지금 맞춘다."

"으아아아악!"

그와 동시에 비명이 울려 피지기 시작했다.

'올 것이 왔구나.'

샘은 예상하고 있었다. 아니, 강혁과 오랫동안 함께한 이들은 다 알고 있었다. 강혁은 원래 환자가 많아지면 많아질수록 오로지 '치료'에만 집중하는 사람 아닌가. 뭘 하겠다고 설명하거나, 따뜻한 위로의 말을 건네거나 하는 일반적인 의료 행위의 준비 과정 따위는 전혀 없었다.

"네! 자, 이리로."

"으아……."

"아픈 건 아는데…… 일단 내려가야 뭐라도 놔줘요."

"으어."

강혁의 치료는 정말이지 우악스러웠으나 샘은 전혀 놀라지 않은 얼굴로 환자를 안내했다. 밑에서 대기 중이던, 그러니까 외래를 보다가 사고를 전해 듣고 일단 혼자 튀어나온 리처드도 마찬가지였다.

"자자 그쪽 팔은 안 움직이게 주의하시고……. 뭐 어차피 안 움직여지겠지만……. 이리로."

"으어."

리처드는 샘에게 환자를 인계받아 응급실 천막으로 향했다. 한유림이 바로 옆에서 중심정맥관 삽입을 하고 있는 바로 그곳이었다. 리처드는 환자를 눕히면서 한유림의 술기를 살폈다.

'노인네……. 잘하네.'

부풀어 오른 배하며, 이미 들어가고 있는 수액이나 혈액들만 봐도 혈관이 얼마나 수축했을지 가늠이 되건만, 한유림은 망설임 없이 정맥관을 삽입하고 있었다. 아무리 21세기 들어 노화가 뒤로 많이 밀렸다고는 하지만 사실상 외과 의사의 전성기는 40

대에서 50대로 인식되고 있는 것을 감안하면 실로 놀라운 일이었다. 최근 한유림은 비단 이러한 비교적 간단한 시술에서만 두각을 나타내는 게 아니었으니까.

'질 수 없지. 형님도 아니고.'

양재원이 상대였다면 라이벌 의식을 불태우지도 않았을 터였다. 같이 지내면 지낼수록 양재원은 대단한 인간이어서 그랬다. 수술도 수술이지만 강혁에게 툭하면 개기는 게 더 대단해 보였다. 하지만 한유림은 뭔가 맨날 자신처럼 뒤로 숨는 겁쟁이가 아닌가. 물론 한유림은 이게 현명한 것이고 직진하는 양재원이 멍청한 거라고 하지만……. 하여간 비슷한 인간이니만큼 순순히 져 줄 생각은 없었다.

"일단 진통제."

"네."

"자, 이제 좀 나을 겁니다."

"으아."

하여간 응급실은 예상치 못했던 규모의 환자들임에도 불구하고 순식간에 정리가 되고 있었다. 강혁이 등장했기에 가능한 일이었으나 하여간 보는 이들에게는 인상적이었다. 특히 이 모든 것을 카메라에 담고 있는 이들로서는 인상적인 것을 넘어 기적처럼 느껴질 지경이었다.

'와……. 무슨 군대 같지 않아?'

'그러니까요. 딱딱 맞춰서 돌아가네…….'

'백 교수님은?'

'트럭이요.'

'잘 찍고 있지?'

'네, 그럼요. 근데…….'

하나 문제가 있다면 강혁이었다.

"으아아!"

"참아!"

"으아!"

"참으라고!"

말만 들으면 저게 의사인지 아니면 고문하는 사람인지 헷갈릴 지경이었다. 화면까지 보면 조금 이해가 가기는 하는데, 그래도 좀 거친 거 아닌가 싶었다.

"자, 이제 내려가."

"으어."

"내려갑시다."

"으어."

하여간 강혁이 손을 댄 환자들은 어김없이 트럭 아래로 향했다. 아니, 향할 수 있게 되었다고 하는 게 맞을 것 같았다. 어깨가 빠져 있거나, 피가 미친 듯이 나거나 아니면 허벅지가 부러졌거나 하는 환자 개개인의 사정은 크게 관계가 없었다. 뭐가 되었건 간에 강혁이 손을 대면 일단 상황이 일시적으로나마 정리는 됐다.

"피가 멎었는데……. 쑤셔 박은 거니까 너무 흔들리면 안 돼."

"어떻게 할까요?"

"이 환자 보는 중간중간 내가 처리할게. 준비만 하라고 해."

"아, 네."

환자를 동시에 보겠단 말까지 들려왔다. 물론 나 PD를 포함한 배우들은 의료진이 아니었기에 이 말이 얼마나 황당한 말인지 인지하지 못했다. 그 전에 이미 현장에 압도되었기에 아무 말도 하지 못하고 있어서 더했다. 어마어마한 일이지 않나. 듣자니 공사 현장이 무너지면서 사고가 난 것이라고 했다. 엄청나게 많이 다친 환자들도 꽤 있는 상황인데, 이 작은 병원이 이렇게 침착하게 대응할 수 있다니.

"배우도 멋진 직업이라고 생각했는데……."

"백 교수님도 개멋있네, 진짜."

"그러니까. 의사가 아니라 무슨 지휘자 같지 않아?"

"어? 어. 그러니까."

그나마 어린 배우들은 조금씩 대화를 나누고 있었다. 뭐가 되었건 할 수 있는 일은 없다는 걸 인지하고 있는 데다가, 처음부터 강혁만 집중해서 본 까닭도 있었다. 강혁은 정말이지 의지가 되는 사람 아닌가. 의료의 이응 자도 모르는 사람에게도 마찬가지였다.

"좋아, 이제 숨 쉴 수 있어."

"쉭."

"말은 못 하고, 대답할 생가 말고 내려 있어요."

"쉭."

방금은 혀가 다치면서 뒤로 말려 들어간 나머지 정말 어렵게 어렵게 숨을 쉬고 있던 이의 목에 구멍을 뚫어준 참이었다. 환자로서는 정말 무서운 일이라 할 수 있었다. 최선을 다해 숨을 쉬느라 의식이 완전히 깨어 있는 상황에서 목에 구멍을 뚫지 않았나. 그래서 벌벌 떨면서 들것에 실린 채 아래로 향했다.

"괜찮아요. 이제 살았어."

"쉭."

"대답은 하지 마시고. 이따가 말할 수 있게 해줄 테니까."

"쉬익."

연신 목에 뚫린 구멍을 통해 바람 소리를 내면서였다. 샘은 그런 환자를 무덤덤한 얼굴로 내려다보면서 말을 이었다. 강혁이 해주지 않았던 말을 해가면서였다. 그렇게 친절해 보이지는 않는 어투긴 했으나, 그것만으로도 환자는 적잖이 안심한 얼굴이 되었다.

'숨 못 쉬네?'

강혁에게 목 뚫리기 전에 들었던 말은 이게 다여서 더했다.

"일단 응급 상황은 지나갔어요."

"어, 그러네. 저기서 쨀 거야?"

"네. 무슨 검술 하듯이."

"저 양반이 원래 그렇지. 하여간…… 그럼 좀 후순위로 미뤄야지. 일단 앰부 안 짜도 되잖아? 자발 호흡 있으니까."

"네, 그래도……."

"불안해한다고?"

"네."

"의료진은 부족한데……."

샘에게 환자를 인계받은 리처드는 곤란하다는 표정을 지었다. 확실히 환자를 혼자 두는 것은 못 할 짓이었다. 괜찮다는 거야 의사 생각 아닌가. 환자 본인은 그렇게 생각하지 않을 공산이 컸다. 생각해보면 당연한 일이었다.

'멀쩡히 일하다가 다친 거 아냐.'

딱히 공황장애 같은 것이 기저에 없더라도 좁은 침대 위에 목에는 구멍까지 난 채로 혼자 덜렁 놓여 있다가는 사고가 날 수 있었다. 실제로 다 치료했는데 환자가 발버둥 치는 바람에 바닥에 떨어지면서 발생한 사고 때문에 잘못되는 경우가 어디 한두 번이던가.

'음.'

그렇다고 누굴 붙이기에는 애매한 상황이었다. 학생을 불러오는 것도 좀 그랬다. 자신이 빠지면서 안 그래도 벅찬 외래가 더 바빠졌으니까.

"아. 거기, 손 남는 분!"

해서 누구 없나 하고 둘러보다보니 백수처럼 보이는 사람 넷을 확인할 수 있었다. 카메라도 들고 있지 않고, 그냥 두리번거리고만 있는 이들이었다. 한국에서는 꽤 유명한 배우들이었으나 리처드는 미국 사람인 데다가 워낙 TV는 안 보는 인간이다 보니 미국 배우도 모르는 인간이었다.

"어, 저요?"

"아니, 거기 무섭게 생긴 사람 말고……."

"아, 저요?"

"그래요."

해서 강유를 불러내는 데도 망설임이 없었다. 보통 이렇게 잘생긴 사람들을 보면 일반인은 아니겠구나 해야 하는데, 안타깝게도 리처드 주변의 한국인 중에는 외모가 출중한 사람들이 너무 많았다. 백강혁에 박경원 그리고 장미까지, 연예인 뺨치는 수준이 아니던가. 해서 한국인들은 최윤섭, 한유림, 강성지처럼 함부로 생기지 않았으면 연예인처럼 생기는 거라고 생각하고 있었다.

"네, 왔습니다."

하여간 강유는 그렇지 않아도 좀 도울 수 있는 일이 없나 하고 있던 참이었기에 후다닥 달려왔다. 해외 진출 준비를 하느라 해두었던 영어 공부가 도움이 되어서 다행이라 여기면서였다.

"별건 아니고…… 저기 저 환자 옆에 좀 있어줘요."

"뭐라고 하면서요?"

"그냥 웃어주면 될 것 같아요. 그 얼굴이면."

"아, 네."

"그리고 안 떨어지게만 해주시고요."

"네, 네."

"근데 백 교수님은 아직도 트럭이네. 뭐 하시는 거지?"

리처드가 궁금해하고 있을 때, 강혁은 트럭 위에 있었다. 더 정확히 말하자면 머리 다친 환자를 마주하고 있었다.

'검정으로 분류했었구나.'

딱 보자마자 왜 앰뷸런스 대신 트럭에 태웠는지 이해할 수 있었다.

'그래, 현명한 선택이었어.'

강혁은 환자의 상태를 면밀하게 살펴보면서 동시에 재원과 한유림의 결정을 점검했다. 아마 둘은 환자의 두개골 골절을 치명적인 외상으로 판단했을 터였다. 아닌 게 아니라, 뇌를 싸고 있는 막이 살짝 보이고 있었다. 그나마 막은 찢어지지 않아 다행이라고 할 수도 있겠으나, 사실 이 지경이 되면 도긴개긴이라 할 수 있었다. 누와라엘리야가 아니라 대한민국 서울이라도 이만한 부상을 입게 되면 살기 어려웠다.

'하지만 나라면…… 여기서라면.'

곁에서 보면 느릿느릿 움직이는 듯했다. 실제로 여러 각도에서 강혁의 모습을 잡고 있는 카메라 감독들은 하나같이 이런 생각을 하고 있었다. '아, 아까까지는 살 수 있는 환자들이었고…… 저 환자는 죽는구나. 살다 살다 타지에서 사람 죽는 걸 두 눈으로 보게 되는구나. 이 필름은 쓸 수 없겠구나.' 등등. 하나 강혁의 머리는 그 어느 때보다도 팽팽 돌아가고 있었다. 우선 이 환자를 어떻게 옮겨야 할지부터, 처치실에서는 어떤 처치를 할지 그리고 수술실로 옮기면 무엇부터 해야 할지를 정하고 있었다.

'이거 하고 나면 오늘 촬영은 종 쳤다.'

술집에 데려가서 노는 모습을 보여줘야 하는데. 이곳을 라오스의 빙비엥처럼 만들어야 할 텐데. 물론 방비엥에서 창출되는 부의 대부분은 타지의 부자들과 외국인들이 가져가고 있지만, 이곳은 오히려 그렇지 않게 만들어줄 수 있을 텐데. 강혁이라고 해서 고민이 아예 없던 것은 아니었다. 이제 강혁은 예전의 강혁이 아니었기에 그랬다. 다시 말하자면 한 사람의 환자가 아니라 한 지역을 품게 되었다는 얘기였다.

'어쩔 수 없지.'

하지만 여전히 강혁은 의사였다. 한 사람의 의사. 눈앞의 환자를 그냥 지나칠 수 없었다. 특히나 이렇게 고생한 증거가 역력한 환자라면 더더욱 그랬다. 환자에게 너무 감정이입을 하면 안 된다지만, 어쩌란 말인가. 이렇게 거칠게 삭아버린 손을 보면 자연히 아버지가 떠오르는데. 죽을 때까지 홀로 강혁을 키우느라 고생만 하지 않았나.

'젠장.'

강혁은 나지막이 욕설을 내뱉고는 뒤를 돌아보았다. 이미 강혁의 이런 모습을 여러 차례 목도한 바 있는 샘은 잠자코 기다리고 있었다.

'살리자고 하겠지?'

샘이 본 강혁은 무작정 환자를 놓지 못하는 그런 우유부단한 의사가 아니었다. 오히려 환자 분류가 세상에서 제일 빠른 의사였다. 그 말은 곧 블랙이라고 판정하면 뒤도 안 돌아보고 고통 없이 가시게 하라는 말만 남긴단 얘기였다. 지금처럼 시간을 들여서 관찰했다는 건 뭔가 해보겠다는 얘기였다.

'말이 되나 싶지만……'

샘이 비록 강혁처럼 시력이 이상하리만치 좋은 건 아니지만 하여간에 눈알이 있기는 하잖나. 두개골이 부서져 찌그러져 있는 건 다 보인단 얘기였다. 저런 상황에서 환자가 산다고? 보통은 고개를 절레절레 흔들어야만 했다. 하지만 강혁이 나선 이상 보통이니 뭐니 하는 말은 다 필요 없었다.

"내리자. 들 것 있지?"

"네, 있죠."

"어떻게 살릴 거냐고 안 물어봐?"

"궁금하기는 한데……."

"근데?"

"두 눈으로 보는 게 빠를 것 같아서요. 어차피 묻는다고 바로 말해줄 것도 아니잖아요?"

"하긴, 그것도 그래."

강혁은 군말 없이 나서는 샘이 기특하기도 하고 대견하기도 해서 살며시 미소를 지어 보인 후, 이미 트럭 위에 옮겨져 있던 들 것 위로 환자를 옮겼다. 의식은 이미 없었으나 불수의적 운동은 얼마든지 가능한 상황이었다. 머리가 손상되었다고 해서 환자가 항상 가만히만 있게 되는 건 아니지 않나. 구토를 할 수도 있었고, 경련을 일으킬 수도 있었다.

"묶어."

"네. 어, 저 혼자요?"

"이 환자 뇌압이 높아서…… 일단 호흡부터 잡고. 그리고 내릴 거야."

"아, 네. 보조 안 해도……. 아."

샘도 그런 생각을 하고는 있었다. 그러니까 환자를 고정해야 한다고 판단을 했다는 얘긴데, 그 전에 호흡은 어쩌냐고 물으려 했다. 하지만 강혁은 이미 어느 틈엔가 뽑아 든 칼 아니, 메스로 획 하고 목을 쨌다. 피가 살짝 났는데 정말 살짝이었다.

'언제 봐도 저건 황당하네.'

아니, 무슨 소드마스터도 아니고 사람 목을 급하다고 저런 식으로 연단 말인가. 응급의학과에서 급할 때 목 따냐고 물을 때마다 저 인간들은 좀 너무하는 거 아닌가 싶었는데, 이 모습을 보고 있자니 정말 목을 딴다는 표현만큼 잘 어울리는 표현도 없어 보였다.

"됐고. 너는?"

"아, 저도요."

아마 처음 강혁을 마주했다면 샘은 그대로 몸이 얼어서 아무것도 하지 못했을 터였다. 하지만 이제 샘은 아무도 없는 곳에서 시발이라는 욕을 달고 살 만큼 강혁에 익숙해진 지 오래였다. 딴 생각을 하면서도 해야 할 일은 다 할 수 있다는 얘기였다. 강혁은 역시 그래야 누와라엘리야 노예지, 라고 생각하면서 트럭에서 훌쩍 뛰어내렸다.

"머리 쪽은 내가 잡았어. 거기만 안 떨어지게 밀어. 천천히."

"네."

그러곤 큰 키를 이용해 들것을 머리 쪽에서부터 평행하게 밖으로 빼냈다. 사실 이게 말처럼 쉬운 일은 아니었다. 쉬웠다면 의료진들이 앰뷸런스용 들것을 만들기 위해 그렇게까지 골머리를 썼겠는가. 트럭에서 상하차를 해본 사람은 알겠지만, 필연적으로 물건이 됐건 뭐가 됐건 간에 흔들리게 되어 있었다.

"와."

하지만 지금 강혁이 잡은 들것은 미동도 없었다.

"제가 도울게요."

"좋지."

모두가 놀라고만 있는 동안 이윤석이 달려들었다. 백지장도 맞들면 낫다는데 들것이라고 다를 거 없다고 생각해서였다.

"거기 잡고 움직이지 마."

"아, 네."

물론 할 수 있는 일은 지극히 제한적이었다. 이게 딱히 의료인만 할 수 있는 일이라서는 아니었다. 위에서 돕고 있는 샘도 할 수 없는 일이었다. 그냥 강혁만 할 수 있는 일이었다.

"넘겨."

"네."

강혁은 이윤석을 시켜 머리 쪽을 고정한 채로 들것 밑으로 달려 샘에게서 다리 쪽을 넘겨받았다.

"샘, 네가 가서 받아."

"네."

그러곤 샘이 머리 쪽을 잡자마자 신호를 주고는 천천히 들기 좋은 위치로 들것을 내렸다. 샘도 처음엔 이게 잘 안 됐는데 이제는 곧잘 하는 편이었다. 강혁에게 배우다 보면 그렇게 될 수밖에 없었다. 늘 완벽한 시범을 눈앞에서 볼 수 있어서만은 아니었다.

'못하면 뒤집니다.'

샘은 어떻게 그렇게 군인처럼 절도 있게 움직일 수 있냐는 눈빛을 보내고 있는 이윤석을 보며 지난날을 회상했다. 원래 같았으면 지금쯤 파키스탄 대사관에 있다가 미국 본토로 돌아가 나름 대우받으면서 살 수 있었을 터였다. 아니, 사실 파키스탄 대사관에서의 대우도 나쁘지 않았더랬다. 워낙에 전직 간호장교 출신인 데다가 파병으로 전쟁에 참여한 전적도 있고, 심지어 일도 잘했으니 누가 건드렸겠는가.

'그걸 백 교수님이…….'

일을 너무 잘하는 것도 탈이라는 걸 그때 배웠다. 강혁의 눈에 띈 샘은 그날로 한구로 잡혀갔고 지금은 누와라엘리아에 있었다.

'이게 대체 뭔…….'

생각해보면 황당한 일이 아닌가. 인생 계획이 송두리째 변해버렸다 할 수 있었다. 샘을 더 환장하게 하는 건 자꾸만 이런 삶도 괜찮지 않나 하는 생각이 든다는 점이었다.

'오히려 좋아.'

리처드 때문일 수도 있었다. 녀석이 맨날 입버릇처럼 이 말을 해대지 않나.

"감압할 거야. 감염은 이미 됐을 테니까 항생제 달고 있어."

"아, 네."

강혁은 그런 샘에게 고민할 시간도 주지 않았다. 그럴 수밖에 없었다. 애초에 블랙으로 분류되었던 환자 아닌가. 재원이나 한유림이 무슨 돌팔이들도 아닌 만큼 까딱하면 죽을 수 있다는 얘기였다. 강혁의 생각만이 아니라 샘도 동의하는 바였기에 어쩔 수 없이 따라야만 했다. 푹. 하여간 강혁은 샘에게 지시를 내린 후 곧장 환자의 등에 바늘을 꽂았다. 환자가 천장을 보고 누워 있는 상황인데다가, 머리 문제로 움직일 수도 없는데 어떻게 등에 꽂았냐면 애초에 들것이나 침대나 응급실용은 등 부분이 창살 모양처럼 조금씩 뚫려 있어서였다. 당연히 강혁의 아이디어였다. 처음엔 그런다고 저게 효과가 있을까 싶었는데, 강혁은 가능했다. 뚜루룩. 바늘이 꽂히자마자 붉게 물든 뇌척수액이 밀려 나왔다. 두개골이 부러질 정도로 충격을 받았으니 안에 출혈도 있지 않았겠나. 뇌압이 올라가는 것도 당연한 일이었다.

'주의해야겠지.'

하지만 그렇게 올라간 뇌압을 줄이겠다고 뇌척수액을 등 쪽으로 무한정 빼는 건 너무 위험한 일이었다. 뇌척수액이 아래로 쏠리면서 뇌간이 두개골에서 척추 쪽으로 빠지는, 일명 뇌간 탈출이 일어날 수도 있어서였다. 그러니 일반적으로는 이런 짓은 하면 안 된다고 봐야 했다. 뜨륵. 하지만 강혁은 그 예민한 감각을 통해 환자의 변화를 속을 들여다보지 않고도 예측할 수 있는 인간이었다. 해서 뇌압을 딱 뇌간 탈출이 일어나지 않을 정도만 감압하고는 등에 꽂힌 라인을 잠가버렸다.

"이건 아무한테도 따라 하지 말라고 해. 알았지?"

그러곤 벙찐 얼굴로 자신을 보고 있는 샘을 보고 말했다. 샘이야 당연히 그럴 생각이 없었다. 아니, 다른 의사들도 그럴 터였다. 말은 안 했지만 강혁에게는 뭔가 특별한 것이 있다는 것 정도는 다들 알고 있었으니까.

"당연하죠……. 이걸 누가 해요."

"혹시 또 몰라."

"모르긴 뭘 몰라요……."

"말대꾸 존나 하네?"

"아니, 아닙니다. 근데 카메라 있는데 욕해도 돼요?"

"알아서 편집하겠지. 그리고 환자 치료하는 게 중하지 방송이 중해?"

"아니, 언제는 연기하라고……."

"어허."

강혁은 습, 이란 소리로 샘을 조용하게 만들어버린 후, 수술실 쪽을 돌아보았다.

"1번 방, 2번 방 다 들어갔나?"

재원도 한유림도 없어서 하는 말이었다. 강혁이 보기에 둘 다 수술을 해야 하는 상황이지 않았나.

"네."

"그럼 안쪽 처치실로 가자."

"이걸 처치실에서요?"

"그럼 어떡할래. 여기서 해?"

"아니, 아뇨. 기다리면……."

"기다리면 죽어. 그건 동의하지?"

"아, 네."

샘은 오랜만에 내가 죽는다는 건지 아니면 환자가 죽는다는 건지 헷갈린다는 얼굴로 고개를 끄덕였다. 하여간 그렇게 환자는 처치실에서 수술을 받도록 결정되었다.

'하……. 이거 수술하려면 역시 수술방이…….'

샘은 환자를 이동식 침대를 통해 처치실 안으로 끌면서도 못내 아쉬운 마음을 감추지 못했다. 암만 봐도 지금 수술해야 하는 세 명 중에서 이 환자가 제일 중해 보여서 그랬다. 드르륵. 그때 엘리베이터 문이 열리고, 지하에 있는 CT실에 갔던 환자가 밖으로 나왔다. 재원과 장미가 침대를 끌고 있었다.

"빨리, 빨리!"

"이러다 뇌간 탈출하겠어!"

"아까 드레인 했는데도 이러네."

"이런 망할! 뇌압이 너무 높아요!"

마치 샘의 생각에 반박이라도 하겠다는 듯 긴박한 외침이었다. 뭐라 할 말이 없었다. 상대적으로 이쪽이 더 중할 뿐, 저쪽도 만만치는 않았으니까.

'하긴……. 셋 다 살게 되면 다 죽다 살아나는 거지…….'

그렇지 않나. 누구라도 지금 당장 숨이 넘어간다 해도 이상할 것이 하나 없었다.

"뭘 멍하니 서 있어? 빨리 안 들어와?"

"아, 아 네!"

그사이 강혁은 이미 처치실 안에 들어가 있었다. 환자를 머리 쪽으로부터 끌면서였다. 물론 강혁만 안에 들어간 건 아니었다.

"어떤 환자죠?"

외래에서 또 하나의 의사가 충원되었다. 노예를 자처하고 있는 미군 측 군의관 중 하나였다. 다른 하나는 보이지 않았는데, 외래에 있거나 아니면 한유림 수술실에 끌려 들어갔을 터였다. 어떻게 인계가 되고 있는지는 몰라도 여기 오는 인원 중 농땡이 피우려는 사람은 단 하나도 없었다.

'잘됐지.'

강혁은 실력이야 좀 처지긴 하지만 그래도 열정이 있는 군의관을 보며 입을 열었다.

"공사장에서 사고가 났대. 나도 현장에 있었던 것도 아니고 신고를 받은 것도 아냐. 하지만…… 상태를 보면 뾰족한 것에 부딪혔어."

"아……. 공사장인데 둔기 같은 것이 아니라요?"

강혁은 환자를 처치실 가운데로 옮기고, 샘, 군의관 등과 함께 수술 준비를 하면서 동시에 말을 이었다. 어찌 됐건 미군 측에서 공짜로 인력을 보내주는 건 여기서 배우는 게 있을 거란 믿음 때문이라는 걸 잘 알고 있어서였다. 생각해보면 이러한 것들 모두가 예전과 달라진 점이었다.

'발전한 건가?'

옛날 같았으면 머릿속엔 온통 환자 생각뿐이었을 터였다. 어떻게 보면 그게 옳아 보이지만, 그러다 보면 주변을 돌아보지 못할 수밖에 없었다. 혼자만 잘하고 팀은 키우지 못할뿐더러 심지어 팀이 와해되는 경우도 왕왕 있었다. 어찌 보면 한국대학교에 처음 갔을 때도 크게 다르지 않았는데 그걸 버텨낸 장미나 재원이 대단하다 할 수 있었다.

'으……. 분위기…….'

그렇다고 부드러운 분위기 속에서 수술이 진행되지는 않았다. 그 바람에 엉겁결에 따라붙은 강혁 담당 카메라 감독도 감히 처치실 내부로 들어올 생각은 못 했다. 문밖에 서서 카메라 렌즈만 간신히 걸쳐 놓고 있을 뿐이었다.

'무리하지 마. 수술 방해하는 건 절대 안 돼.'

'네, 네. 알겠어요.'

나 PD도 그를 더 밀어내거나 하지 않았다. 방송 욕심이 나지 않는 건 아니었다. 세상에 놀러 와서 재난에 휩쓸리는 일이 어디 흔하겠는가. 그냥 유튜브에만 올려도 조회 수 대박 날 각이 보였다.

'아냐, 안 돼.'

하지만 이성이 방송꾼의 본능을 잡아주고 있었다. 여기서 더 욕심을 부렸다가는 일을 그르칠 것 같았다.

"응, 아냐. 둔기였으면…… 이 환자 죽었어. 둔기로 두개골 골절이 생겼다? 보통은…… 안이 다 터지지."

"아……."

"근데 이 환자는 일단 뇌막도 안 터졌잖아. 아마 뾰족한 게 머리에 박힌 다음에 2차 충격으로 흔들리면서 두개골이 깨졌을 거야."

"그렇군요."

하여간 나 PD와 카메라 감독 둘이서 문 앞에 옹기종기 서서 열악한 환경에서 애써 화면을 만들어내는 동안에도 강혁은 쉴

새 없이 교육을 진행했다. 남들이 들으면 다소 끔찍할 수 있는 말들뿐이었는데, 정작 듣고 있는 군의관은 진중한 얼굴이었다.

"천운이 만들어낸 기적이라 할 수 있지. 살려 보자고."

"네!"

강혁은 그 외에도 뾰족한 것에 의한 부상과 둔중한 것에 의한 부상의 차이를 이것저것 설명한 후 환자의 어깨를 살짝 두드렸다. 의식은 없겠지만 강혁 나름대로 힘내란 제스처를 취한 것이었다.

'와, 미친.'

샘은 그런 강혁을 보며 놀랐다. 그가 기억하기에 단 한 번도 강혁이 저렇게 따뜻한 모습을 보여준 적은 없어서였다.

'저번에 오진승인가 하는 정신과 의사랑 통화를 하더니만 그때 배웠나? 아니면……'

아무리 생각해도 저 사람이 남의 말을 듣고 변할 사람 같지는 않았다. 만약 그런 인간이었으면 벌써 변하지 않았을까? 백 교수는 다른 건 다 잘하는데 보호자 컨트롤이나 환자 설명은 진짜 못한다는 말을 십수 년째 듣고 있으니.

'설마.'

샘은 자신도 모르게 뒤쪽을 돌아보았다. 나 PD가 대한민국 최고의 PD 중 하나라더니 과연 대단한 인간이었다. 어지간한 인간이었다면 겁나서 여기까지는 오지도 못했을 텐데 이걸 다 담고 있다니.

'카메라 앞이라고……?'

연기하라고 하더니 진심은 진심이었구나 싶었다. 아무래도 어려운 환자를 앞에 두고 있다보니 날 선 분위기가 되기는 했으나, 그래도 신경을 쓰고 있지 않나. 다른 사람들에게는 당연하거나 오히려 부족한 일일 수도 있겠지만 강혁에게는 대단한 일이었다.

　'미친.'

　같은 시각 군의관은 전혀 다른 이유로 놀라고 있었다. 그도 여기 들어온 이래 귀를 강혁에게 기울이긴 했지만 단 한 순간도 쉬지는 않았다. 수술 준비를 열심히 했다는 얘기였다. 그러면서 동시에 처치실에서 잠깐 했다는 처치에 놀라기도 했다. 한데 강혁의 움직임을 잠시 놓쳤나 싶은 순간 다시 그를 돌아보니 벌써 처치실에 있던 마취 기기를 연결해놓은 참이었다. 어느새 앰부를 놓고 환자를 가만히 내려다보고 있었다.

　"됐어. 이제 시작하자. 가위 줘봐."

　"네."

　더 놀라운 것은 샘을 비롯해서 여기 같이 들어와 있는 의료진 모두 놀라지 않는다는 점이었다.

　'이게 늘상 있는 일인가? 이렇게 빠르다고?'

　군의관은 강혁이 인도에 갔다 온 이래 계속 따라붙은 참이었다. 하지만 이곳의 환경이 빠르게 개선됨에 따라, 그러면서 동시에 통행량은 그리 많지 않음에 의해 응급은 그리 많이 겪지 못했다. 거의 예약 수술만 들어갔다는 얘기였다. 그것만으로도 충분히 만족스럽긴 했다. 당장 따라 할 수 없는 술기가 대부분이었으나, 저런 게 가능하다는 걸 알았다는 것만으로도 시야가 넓어지는 기분이었다고 할까?

'이거 따라가려면 오늘 엄청 바쁘겠는데.'

하지만 단연코 오늘 같은 날은 없었다.

'어쩐지……. 대단한 의사긴 해도 애들이 그렇게 혀를 내두를 정도는 아니라고 느꼈는데……. 그냥 보여줄 기회가 없었던 거야.'

군의관은 마른침을 꿀꺽 삼킨 후 재빨리 강혁의 움직임을 쫓았다. 사각사각. 강혁은 샘에게 건네받은 막가위로 환자의 머리를 자르고 있었다. 원래 응급 상황에서의 머리 수술에서는 그냥 대강 자르고 마는 게 보통이었다. 드라마나 영화로만 신경외과 수술을 접한 사람은 마치 이게 필수로 느껴지겠지만, 사실 머리카락을 자르는 건 감염을 피하기 위함과 시야 확보를 위해서일 뿐이었다. 그 말은 곧 머리 자르느라 허비할 시간보다 빨리 여는 게 더 급한 경우엔 생략할 수도 있단 말이었다.

'벌써 이렇게 밀었어?'

하지만 뭐가 되었건 제대로 밀면 좋은 법. 할 수 있으면 그렇게 하는 게 나았다. 강혁은 할 수 있는 사람이었고, 그래서 그렇게 했다.

"소독할 거."

"네."

"이름 뭐였지?"

"1호라 불러주십쇼."

그 모습을 옆에서 보고 있다보니 절로 주인님 소리가 나왔다.

안 그래도 인계도 그렇게 되고 있는 상황이다 보니 아무래도 더 그랬다. 강혁은 카메라가 돌고 있다는 생각에 이게 어떤 오해를 불러일으키지 않을까 싶었지만, 지금은 그런 게 중요하지 않았다.

"그래, 1호. 머리 고정해본 적 있어?"

"네. 있죠."

"오케이. 그럼 소독하고 나 손 닦고 오는 동안 고정해."

"네!"

해서 일단 해야 할 일부터 지시를 한 후, 소독을 빠르게 진행했다. 얼핏 보면 소독은 평범했다. 소독이 비범하면 또 얼마나 비범하겠나. 하지만 고정 준비를 하느라 환자 머리에 달라붙어 있어야만 했던 군의관 1호는 거기서 또 뭔가 느꼈다.

'뼛조각이 없어진다……. 이거 설마 의도하는 건가.'

두개골은 기둥처럼 생긴 뼈가 아니라 넓적한 뼈 아닌가. 그렇다 보니 부러질 때 아무래도 더 조각이 많이 생성되기 마련이었다. 그 말은 곧 다친 부위 근처에 뼛조각이 엄청나게 많다는 얘기였다. 그런 게 있으면 그냥 성가시기만 한 게 아니라, 감염의 위험을 초래하기도 했다. 원래 내 몸에 있던 건데 뭔 소린가 싶겠지만, 일단 우리 몸은 부서져서 밖으로 튀는 순간 오염이 된다고 보면 되었다.

'근데 이걸 소독하면서 동시에……? 이렇게 되면 이따 세척하는 시간이 줄어.'

미쳤나 하는 생각에 고개를 들어 보니 강혁도 1호를 보고 있었다. 알아먹었다는 걸 대견해하는 얼굴을 하고서였다.

"고정해."

"네."

그러곤 밖으로 나갔다. 필연적으로 문가에 서성이던 카메라 감독과 나 PD를 지나쳐야만 했다. 둘은 눈을 마주치는 동시에 같은 생각을 떠올렸다.

'어떡해요?'

'무, 물어봐. 지금 어떻게 되어가는지.'

'아까는 방해하지 말래놓고선?'

'나왔잖아.'

강혁은 본인이 원할 땐 눈치가 비상해지는 사람 아닌가. 둘을 보자마자 뭔 말을 하려고 저렇게 입술을 달싹이나 하고 들여다 봤다.

"지금 환자는 아마도 뾰족한 기구에 머리가 부딪히면서 두개 골 골절이 생긴 것으로 보입니다. 보통 두개골 골절까지 생긴 경우 치사율이…… 외상의 경우에는 보고하는 기관마다 차이가 좀 있지만 대개 50퍼센트를 넘어갑니다. 이렇게 안쪽으로 두뇌가 보이는 경우는 더 높고요."

"아……."

대한민국에서는 사실 이런 종류의 연구가 아직 활발하지는 않았다. 대한민국의 중증외상은 결국 공사장 또는 공장에서의 사고 아니면 교통사고이지 않나. 그런 사고에서 두개골 골절이 있다는 얘기는 다른 데도 엄청나게 다쳤다는 뜻이 되기에 그랬다. 하지만 미국처럼 치안이 상대적으로 좋지 않고 총기까지 있는 경우엔 무기 종류에 따른 치사율까지 다 연구가 되어 있었다.

'50퍼센트보다는 높겠지만…… 어떻게 말해도 나는 살릴 거니까.'

강혁은 잠시 예전에 보았던 논문을 떠올리다가 말을 이었다.

"그래도 최선을 다해 보려고 합니다. 그렇지 않아도 힘들게 사시는 분들인데…… 이렇게 가면 안 되니까요."

"머리 수술은…… 근데 후유증이 많이 남지 않나요?"

"오."

강혁은 의외라는 얼굴로 카메라 감독을 바라보았다. 그리고 그의 눈 속에 담긴 회한을 읽었다. 아마 가까운 누군가가 머리 수술을 받았던 모양이었다.

"그러지 않도록 노력해봐야죠. 저는 이 지역의 유일한 병원을 이끄는 팀장이니까요."

"아……."

해서 강혁은 애써 따뜻한 눈빛을 보내준 후, 처치실 안으로 다시 향했다. 환자를 살리는 건 당연하고, 기왕이면 이전 모습 그대로 살 수 있게 만들어줘야겠다고 다시금 다짐하면서였다.

큰 그림을 그리는 사람

처치실은 아무래도 수술실에 비하면 좀 미흡한 지점이 있을 수밖에 없었다. 아무리 강혁이 처치실 디자인을 잘했다고 해도 마찬가지였다. 슈욱. 훅. 일단 마취 기기도 수술실에 있는 것보다는 후졌다. 심지어 이곳엔 마취과 의사가 있지도 않은 상황.

'경원이 보고 왔다 갔다 하라고 하기엔……'

1, 2번 수술실이 다 돌아가고 있지 않나. 아마 박경원도 그 두 곳을 번갈아 살피느라 바쁠 터였다. 물론 간호장교들에게 나름 마취 유지에 관한 교육을 하기는 했지만. 그럼에도 응급상황이 벌어지거나, 바이털을 조정해야 하는 상황이 오면 경원이 가야만 했기에 그랬다. 또, 지금 환자들이 워낙 중환자들이기에 바이털이 계속 흔들리고 있을 게 뻔했다.

'그럼 역시……'

강혁은 외래를 떠올렸다. 지금 이곳에 의사가 무려 6명이 와 있으니, 그쪽에 남은 인원은 이제 겨우 3명일 터였다. 최윤섭, 강성지 그리고 인도에서 잡아 온 쿠트라팔리. 그중에서 여유가 좀 있을 만한 놈은 누굴까.

"쿠트라팔리 불러."

"네."

안 그래도 옆에 있던 샘이나 다른 간호장교들 모두 쿠트라팔리를 떠올리고 있던 참이었다. 그를 부르게 되면 외래는 한층 더 밀리게 되긴 하겠지만, 어차피 아까 몰려온 환자 다 보려고 했으면 아예 중단했어야 할 상황이었다. 그랬던 걸 강혁이 재빠르면서 동시에 다소 우악스럽기까지 한 처치로 거의 다 처리를 해준 마당 아닌가. 오라면 오는 게 맞았다.

"온다고 합니다."

게다가 쿠트라팔리는 이곳의 현실을 보자마자 열심이었다. 인도도 빈부격차가 세계에서 제일 심한 국가 중 하나이고, 여전히 카스트 제도가 있을 정도로 약자에게 가혹한 국가이긴 하지만 정작 그곳에 있을 땐 약자에게 별 관심이 없어서였다. 아마 이번 봉사가 그의 인생에 있어 어떤 모멘텀이 되지 않을까? 강혁은 그렇게 생각했다. 누구에게나 처음은 있는 법이니까. 심지어 강혁도 그랬다.

"좋아. 그럼 일단 지금은 괜찮으니까…… 핀셋부터 줘."

"네."

"너는 일단 지금 당장은 할 일 없으니까, 수술 부위 보면서 배우고 모니터 잘 봐."

"네, 주인님."

"음."

강혁은 영어로 주인님이 마스터라는 게 다행이라고 생각했다. 속뜻을 알고 있는 입장에서야 당연히 너무 이상하게 들리지만. 아마 다른 이들은 원래 집도의에게 마스터라고 하기도 하겠다 싶을 터였다. 실제로 나 PD와 카메라 감독은 똑똑히 들었음에도 불구하고 별반 반응이 없었다.

'이제 시작한다……. 수술 장면까지 담으면 더 좋기는 한데.'

'네? 그러려면 아예 저 뒤로 돌아가야 해요.'

'근데 우리는 다큐가 아니라 예능이니까, 딱히 그럴 필요는 없고. 스케치는 딸 수 있겠어? 살짝만 안으로 밀어서 슥 훑어봐.'

'아……. 그거 그림 되겠다. 그거야 어렵지 않죠.'

대신 어떻게 하면 이걸 더 그럴싸한 그림으로 만들 수 있을까에 대한 심도 있는 토론을 나누고 있었다. 누가 방송하는 사람들 아니랄까봐 언제 어떻게 쓰일지도 모르는 영상임에도 불구하고 열과 성을 다했다. 아니, 사실 나 PD는 총괄 PD이면서 동시에 현재 대한민국에서 가장 그림 잘 만드는 사람 중 하나인 만큼 전반적인 흐름은 잡고 있었다.

'이거…… 이렇게 해서 내면…… 더 급박하지. 이미 충분히 급하긴 하지만…….'

하여간 두 방송 장인이 최선을 다해 움직이는 동안, 강혁은 깨진 뼛조각을 하나하나 제거해 나갔다. 핀셋을 이용해서였는데 사실 특별할 것도 없는 처치였다. 말로만 들으면 그랬다. 슥. 슥. 하지만 옆에서 보고 있는 입장에서는 그렇게 생각할 수가 없었다.

'어떻게 이렇게 빠르고…… 정확하지? 그러면서도…….'

뇌막에는 전혀 손을 대지 않는 느낌이었다. 미동도 없이 둔 채로 슥슥 뼛조각만 제거하고 있었다. 아주 작은 조각도 있고, 큰 조각도 있고 또 지들끼리 엉겨 붙은 놈들도 있고 아직 다 부서지지 않고 큰 조각에 달라붙은 녀석들도 있었음에도 그랬다. 어째 강혁의 핀셋에만 닿으면 마법처럼 툭툭 떨어져 나왔다.

"드릴."

"네."

놀라고 있는 건 1호 군의관뿐이었다. 강혁의 말에 샘은 이미 예상했다는 듯 드릴을 건네주었다. 이제 샘도 장미와 함께 호흡을 맞춘 지도 꽤 오래된 덕이었다. 장미도 강혁 못지않게 성질이 급한 데다가, 워낙 중증외상센터 초창기부터 있었다 보니 강제로 티칭 마인드가 뛰어나진 덕도 있었다. 덕분에 샘은 꽤 훌륭한 전천후 간호사가 되어가고 있었다. 강혁은 RPM도 딱 적당하게 맞춰서 준 샘을 보고 싱긋 웃어준 후, 감압에 필요하다 생각되는 만큼의 범위로 두개골 조각을 절제해 나갔다. 한구였다면 드릴이 아니라 망치와 정으로 깨야 했을 텐데라는 생각을 하면서였다. 물론 강혁이 그걸 지금이라고 못하는 건 아니었다. 하지만 이게 훨씬 수월했다.

'진짜 용케 했다.'

확실히 돈이 좋기는 좋다는 느낌이랄까? 이 병원 꾸리는 데 투입된 돈이 하나도 아깝지 않게 느껴지는 순간이었다.

'미친……. 뭐가 이렇게 빨러?'

반면 1호는 강혁의 드릴질에 맞춰 부단히 손을 움직이고 있었다. 원래 드릴 같은 단단한 물건은 오히려 뇌막같이 부드러운 건 잘 못 째는 특성을 가지고 있긴 하지만, 하여간 사람 몸에 갖다 대는 처치이지 않나. 이럴 때면 늘 조심을 해야만 했다. 그 말은 곧 지금 잘려나가고 있는 두개골 밑으로 뭔가를 가져다대거나 아니면 두개골과 아래 뇌막 사이의 공간이 뜨도록 당겨야 한다는 뜻이었다.

"아니, 거기 말고. 이렇게."

"아, 네."

"되게 느리네. 나 여기 있잖아."

"네네."

"이거 나 아니었으면 뇌막 뚫었을 수도 있어."

"죄송합니다."

말만 들어도 느낌이 올 텐데, 당연히 드릴질 하는 것에 비하면 훨씬 쉬운 일이었다. 하지만 1호는 정작 드릴질을 하고 있는 강혁을 따라가지 못해 헉헉대고 있었다. 너무 빨랐다.

'진짜…… 이거 백 교수님 아니었으면 사고 났…… 아니지. 이 사람 아니었으면 내가 이거 보조를 못 따라갈 리가 없지.'

그나마 다행인 것은 강혁의 드릴질이 워낙에 신묘하다는 점이었다. 밑에 아무 보호장치도 없이 그냥 두개골을 갈아낼 때조차 뇌막에는 손상이 가지 않았다. 귀신같이 딱 두개골만 갈아내었다.

'밥 먹고 이것만 하는 것도 아닌데…….'

이 사람이 어떤 삶을 살고 있는지는 다 알고 있지 않나. 파견 오기 전에는 감히 상상도 할 수 없었을 정도로 피곤한 인생이었다. 날마다 밀려오는 환자만 보기도 벅찬데, 그 와중에 이런저런 잡무까지 처리하고 있었다. 심지어 이제는 방송까지 나가고.

'헤르미온느 시계라도 있나.'

종래에는 이런 생각까지 들었다. 딸깍. 하여간 강혁이 드릴을 내려놓는 순간 어지럽게 깨져 있던 두개골이 하나의 조각이 되어 튀어나왔다.

"이건 다시 쓰기 좀 어렵겠는데……. 나중에 티타늄 제작하거나 해야겠네."

어마어마한 일이 벌어진 셈인데, 강혁은 도리어 불만이라는 얼굴로 혀를 츠츠 찼다. 이 와중에 이걸 다시 쓸 생각을 하고 있었던 모양이었다.

"아니, 이 정도면……."

"그러게요. 의뢰할게요."

"아니, 이 미친."

1호는 그게 아니라고 하려다, 샘이 마찬가지로 아쉽단 표정을 짓자 저도 모르게 욕을 하고 말았다. 다행히 강혁은 말은 이렇게 해도 자기 술기에 만족하고 있던 참이기도 했고, 또 하필 그때 딱 카메라 감독과 눈이 마주치기도 해서 화를 내진 않았다.

"욕을 해?"

"아니, 죄송합니다."

"일단 계속 가자고."

"넵."

"칼."

게다가 지금은 갈 길이 너무 먼 상황이었다. 쓸데없는 일로 심력을 소모할 수는 없다 이 말이었다. 어차피 누군가를 혼내기에 이곳은 너무 좋은 곳이지 않나. 제아무리 도로 상황이 좋아졌다고 해도 차 없이는 어디도 갈 수 없는 오지였다. 그리고 모든 차량의 운행 권한은 강혁이 틀어쥐고 있었다. 지이익. 언제든 혼낼 수 있다는 생각을 하자 마음이 푸근해진 강혁은 후후 웃으며 뇌막에 칼을 그었다. 어떻게 보면 참 끔찍하면서도 무서운 광경이었다. 웃으면서 사람 뇌를 후비고 있다니. 미친 거 아닌가. 하지만 나 PD는 이런 것도 다 그림으로 만들어낼 수 있는 사람이었다.

'다 찍어. 다.'

'네. 근데…….'

'괜찮아. 내 머릿속에서는 완성됐어.'

'아, 그래요? 그럼 뭐…… 영감이 되는 현장이긴 하구나.'

'그럼, 이런 곳에 내가 또 언제 와 보겠어.'

'그것도 그래요.'

카메라 감독은 섬찟하단 생각이 들었지만 나 PD가 그럴 수 있다고 하니 그런갑다 하기로 했다. 지금껏 이 양반이 만들어낸 그림들이 있지 않나. 특히 여행 예능에서 더 그랬다. 이걸 대체 왜 찍으라고 하나 하는 것들이 있어도, 나중에 보면 어딘가에 다 쓰였다. 그것도 기깔 나게.

"석션 줘봐."

"네? 제가…….."

"아니, 지금 목적이 좀 달라서. 시야 확보가 아니라…… 치료 목적이야."

"아."

"잘 보고 배워. 이런 식으로도 할 수 있다고."

"네."

그사이 강혁은 절개를 마치고 1호가 들고 있던 석션을 받아 들었다. 석션은 보조의의 가장 중요한 임무 중 하나였기에 1호도 이번만큼은 좀 거부했으나 목적이 시야 확보가 아니란 말에 손에 힘을 풀었다. 슉. 처음 석션은 보통의 석션과 크게 다르지 않았다. 흘러나온 핏덩이가 사라지고 있었으니까. 그러면서 동시에 시야가 좋아지고 있었으니까.

'어?'

하나 시간이 가면 갈수록 좀 이상했다. 핏덩이가 너무 많이 사라지는 느낌이었다. 그러면서도 뇌척수액은 그대로 남아 있다고 할까? 원래 같으면 이 반대가 돼야 정상이었다. 밀도의 차이가 있으니.

'뭐야, 이게.'

하지만 분명 눈앞에서 벌어지고 있는 건 핏덩이의 소실이었다.

"어떻게 하는지 알겠어?"

"네? 아뇨, 이건…….'

"그래, 사실 이건 남들이 따라 하기는 좀 어렵지. 확인할 게 있어서 해본 거야."

강혁은 1호의 얼굴에 떠오른 경악을 읽어내고는, 이 녀석의 망막에 비치는 건 분명 일반인과 다르지 않을 거라 판단했다. 그렇다면 이런 식이 교육은 의미가 없었다. 절대 따라 할 수 없을 테니까.

"하여간 출혈 있는 부위는 보이지?"

"네."

"운이 좋다고 해야 할지……. 하여간 아주 깊은 쪽은 아냐. 저 것만 잡으면 되겠어. 뇌 좀 당겨라."

"네네."

"조심하고. 너무 세게 당기면 그거 때문에 더 부어. 어차 피…… 이거 열어서 뇌압이 오르진 않을 텐데, 그래도 조심은 해 야지."

"네."

강혁은 뻥 뚫어 놓은 구멍과 그 덕분에 훅 하고 꺼진 뇌압을 보며 말했다. 하여간 이제 죽을 일은 없을 터였다. 하지만 이후 에 어떤 삶을 살게 될지는 여전히 물음표였다.

'최대한 덜 건드리면서 피를 멎게 해야겠지.'

현대 의학이 그간 미친 듯이 빠른 속도로 발달해 오긴 했으나, 그럼에도 뇌는 미지의 영역이지 않나. 비슷한 손상을 겪은 환자 인데 경과는 전혀 다르게 흘러가는 걸 본 적이 한두 번이 아니었 다. 이런 상황에서 집도의가 할 수 있는 건 그저 최대한 뇌에 추 가적인 손상이 가지 않게 노력하면서, 이미 있는 손상을 치료하 는 것이었다.

'나는 할 수 있지. 나는…….'

강혁은 잠시 그렇게 환자의 뇌 속을 바라보았다. 보다 정확히 말하자면 천천히 피가 차오르고 있는 고실과 주변의 출혈들을 바라보았다. 본래 고실이란 뇌척수액이 차 있어야 하는 빈 공간 인데, 지금은 붉은 피가 차 있었다. 당장 걱정해야 할 만한 일은 아니었다.

'어차피 뇌압이 더 올라갈 일은 없어. 그보다 더 큰 문제는……'

사실 이것만 해도 수술을 진행해야 할 정도긴 했다. 하지만 환자에게 있어 진정으로 커다란 문제는 그 주변부에서 끊임없이 흘러나오고 있는 출혈들이었다. 그중에서도 터진 동맥이 정말 커다란 문제였다.

"교수님, 이거……."

강혁은 아까부터, 그러니까 머리 뚜껑 연 다음부터 줄곧 보고 있던 지점이었으나 군의관 1호는 강혁이 출혈을 비롯한 여러 가지를 정리한 다음에서야 동맥을 명확히 볼 수 있었다. 머리에 있는 혈관들은 무엇 하나 제외할 거 없이 그냥 다 중요한 것들이라고 보면 되었다. 그중에서도 이름이 있는 녀석들, 그러니까 딱히 신경외과 의사가 아니라 그냥 의대 교육을 받은 사람들도 알 수 있을 정도의 혈관들은 그 중요도가 미쳐 날뛰었다.

"이거……. 좌측 전뇌동맥이……."

"왜 그렇게 놀라나 했더니, 이제 봤나?"

"아, 이미 알고 계셨어요?"

"응. 그러니까 이렇게 고민 중이지. 그리고 그렇게 말하면 부정확하지 않아? 얘는 앞으로 쭉 뻗잖아."

"아, 그럼 A2였나요?"

"그래. 공부 허투루 하진 않았네."

외과 의사긴 하지만 외상 외과를 포함한 일반 외과는 엄밀히 말해 배를 보는 과 아닌가. 다시 말하면 배 안의 구조물이라면 귀신같이 보는 것이 정상이겠지만 그 외의 부위는 까맣게 잊는 게 보통이란 얘기였다. 특히 미군 군의관이라면 어차피 다른 과와 협업이 긴밀하게 이루어질 게 뻔하지 않나. 애초에 외상 외과 섹터에 외상 외과 의사뿐 아니라 정형외과, 신경외과, 흉부외과 의사가 상주했다.

'그 말은…… 내 제자들이 그래도 꽤 잘 인계를 해주고 있다는 얘긴데.'

하지만 그렇다 해도 결국, 외상에 있어 메인은 외상 외과 의사가 맡아야만 했다. 대개의 경우에서 머리만 다치는 것보다는 배도 다치는 확률이 훨씬 높았으니까. 게다가 생명과 관계된 부상은 배에 있는 쪽이 더 흔했다. 만약 중세 이전의 시대였다면 압도적으로 적기는 했을 터였다. 괜히 두개골이나 갈비뼈와 같은 구조물이 배에는 없는 게 아니었으니. 하지만 칼이나 창이 아닌 총과 폭탄을 쏴 대는 시대가 된 지 오래였고, 또 동시에 그냥 들짐승에게 치이는 정도가 아니라 자동차라고 하는 고철 덩어리에 치이는 시대가 된 지 오래였다.

'처음 보는 의사가 어느 정도 오리엔테이션을 잡아 주면……. 다른 과에서 사람 살리는 게 훨씬 수월해지지.'

이제는 복부 손상이 결정적인 손상이 되는 시대란 얘기였다. 때문에 외상 외과의 판단이 대단히 중요했는데, 이 의사가 다른 쪽의 부상에 대해 얼마만큼의 지식이 있고 경험이 있고 또 이해도가 있는지에 따라 환자 예후가 달라졌다.

'니들이 나처럼 다 할 수 있기를 바라는 건 아냐.'

대한민국과도 상황이 다르지 않다. 수가를 타이트하게 잡아두어 모든 과가 여유 없이 돌아가는 바람에, 중증외상센터가 있어도 센터로써 바로 필요한 인원을 부를 수 있지 못하고 상주 인원 몇이 초기 처치를 모두 담당해야만 했다. 그렇다 보니 재원과 같은 외상 외과 의사들이 그냥 다 할 수 있을수록 좋았다. 다른 나라라고 해서 이게 나쁠 리는 없는데, 그렇게 키워내려면 수년이 필요했다. 재원도 한유림도 리처드도 몇 년을 강혁 밑에서 굴렀음에도 불구하고 배울 것이 더 남지 않았나. 불과 두 달씩, 길어야 세 달씩 있다 가야 하는 군의관들을 그렇게 만들어줄 수는 없었다.

"잘 봐. 이걸 이제 이어줄 거야."

"네? 전뇌동맥을요?"

"어. 거의 안 하는 짓인데…… 여기 사람들은 이렇게 해주지 않으면 절대 못 살아."

"하지만 시간이 지체되면 죽을 수도 있는데요……."

"나는 지체 안 돼. 일반적으로 나는 3분의 1 정도라고 생각하면 돼. 내가 했다고 남들 할 수 있다고 생각지는 말고. 알았어?"

"그건 말하지 않아도 알고 있습니다."

"그래도 잘 봐둬. 다른 수술에서도 응용할 수 있는 방법으로 할 테니까."

"네, 주인님."

대강 어떻게 하는지 보여주는 것만으로 만족하는 것이 좋다는 얘기였다. 하지만 얘기가 어떻게 됐는지, 나름 준비를 철저히 하고 오고 있었다. 이렇게 되면 강혁으로서도 자신의 모든 걸 다 보여주는 수밖에 없었다. 여기서 얼마나 배울 수 있을지는 모르겠지만, 그야 재능에 달렸을 터였다.

'뭐 거기까진 내가 어떻게 더 해줄 수는 없는 노릇이고. 그래도 의사까지 했는데 똑똑하겠지.'

강혁은 예스, 마스터라는 소리를 들으며 샘을 돌아보았다. 샘도 많이 늘기는 했으나 지금 당장은 뭘 어떻게 해야 할지 모르겠단 얼굴로 서 있었다. 손을 내려다보니, 봉합 기구를 네 개나 들고 있었다. 크기별이었다.

"제일 작은 거."

"이거요?"

"아니, 대가리는 그건데…… 더 긴 거 있을걸? 생각해봐라. 이게 저기 들어가면 내 손도 뇌에 닿잖아. 되겠냐? 내가 힐러냐? 뇌에 막 손이 닿으면 되겠어?"

"아니, 안 됩니다."

샘은 안 될 거 있나 싶었다. 강혁의 실력을 곰곰이 생각해보면 솔직히 힐러라고 해도 손색이 없는 수준 아닌가. 처음에 리처드에게 강혁에게 뭔가 판타지스러운 능력이 있다는 얘기를 들었을 땐 역시 약쟁이구나 싶기만 했다. 그때 한창 리처드가 노상 방뇨도 하고 혼자만의 야릇한 시간도 갖는 걸 들키고 해서 더 그랬다. 하지만 지금까지 강혁의 수술을 지켜보고 또 듣기도 한 결과, 샘도 생각이 좀 달라졌다.

'그냥 잘하는 게 아냐, 이 사람은…… 이 사람은 뭔가 달라. 뭐

가 더 있어.'

알아보니 딱히 리처드만 그렇게 생각하는 건 아닌 모양이었다. 훨씬 더 윗선에서도 그렇게 생각하고 있었다. 특히 얼마 전 소장으로 승진한 아단 컨트는 일종의 확신을 하고 있는 것 같았다. 괜히 강혁을 미군 측에서 말도 안 되는 조건을 제시해가면서 써먹고 있는 게 아니란 얘기였다. 결과물이 늘 보여주고 있지 않나. 인도에서 총리 딸 살려낸 것부터 해서 지금까지 강혁이 살려낸 수많은 미군 병사들까지. 무엇 하나 기적에서 크게 비껴가는 것들이 없었다.

"좋아, 이거면 되겠어."

생각이야 이렇게 하긴 했지만 하여간 달라고 한 걸 주기는 줬다. 그렇게 하지 않았다가는 처맞을 게 뻔하기 때문이었다.

"너무 세게 당길 생각은 말아. 알겠지만 하여간 손상은 최소한 으로 가는 게 좋아."

"네."

"대답만 씩씩하게 하지 말고. 여기 머리라고, 배가 아니라."

"아, 네."

"잘 봐. 어떻게 하는지. 이거 배 속 깊숙이 혈관 나갔을 때도 써먹기 좋아. 못하겠는데 해볼 생각은 말고."

"네."

"쥐 가지고 연습하면 좋아. 알지? 우리 지하실에 연습실 있는 거? 거기서 해. 우리 애들 거기 자주 가니까."

"아……. 네."

군의관 1호는 병원 지하에 있는 CT, MRI실 외에 또 다른 세미나실이 마련되어 있단 걸 기억했다. 그중 하나는 정말로 의학적인 교육만 이루어지는 곳이었다. 자신을 비롯한 의사를 위한 강연도 있기는 했지만, 대개는 지역 간호사를 위한 것들이 많았다. 또 지역 주민 중 그나마 영향력이 있어 보이는 이들을 위한 교육도 많았다. 대한민국만 해도 이미 고등교육이 상식이 된 사회고 그로 인해 많은 미신들과 민간요법들이 서서히 사라져가고 있지만, 이곳은 지난 수십 년간 제대로 된 교육이 소실되어버린 곳이었기에 그랬다.

'그 옆에…… 감옥처럼 생긴 곳…….'

그곳에서는 수술 연습이 이루어지고 있었다. 비단 의사들만 가서 하는 게 아니라, 간호장교나 다른 간호사들도 끌려갔다. 수술 보조라는 게 그냥 막 할 수 있는 게 아니라서 그랬다. 물론 직접 술기를 펼쳐 보여야 하는 의사들이 주를 이루었다.

'대체 거기 동물들은 어디서 오는 거래요?'

군의관 1호와 2호가 제일 궁금해했던 것은 바로 동물 수급이었다. 동물로 수술 연습하거나 실험하는 일은 현대 의학에 있어 필수 불가결한 일이지 않나. 동물 단체를 비롯한 여러 단체에서 비난을 받기도 하긴 하지만, 그 덕분에 살려낼 수 있었던 생명들이 적지 않음까지 인정하지 않을 수는 없었다. 하여간 1호나 2호도 여기저기서 접해보기는 해서 그 자체는 이상하게 여기지 않았으나, 바로 그 때문에 이런 수술 연습에 쓰이는 동물 수급이 얼마나 어려운지 알고 있었다.

'아, 그거 잡아 오는 거야.'

'네?'

실험에서는 멸균 수준에서 키워내는 동물들을 썼다. 왜냐면 그래야 실험에 오류가 생기지 않기 때문이었다. 그에 비해 수술에 쓰이는 동물들은 이론적으로는 기준이 좀 널널하기는 할 터였다. 하지만 아무래도 병원에 둬야 하는 아이들이니만큼 당연히 위생적으로는 신경을 썼다. 때문에 잡아 온다는 말을 들었을 땐 당연히 귀를 의심해야만 했다.

'신청 미리 받는 이유가 그거야. 백 교수님이 밤에 잡아 오던데?'

'쥐…… 쥐를요?'

'어, 누구 시키는 게 낫지 않냐고 했더니……. 자기가 하면 5분도 안 걸리는데 뭐 하러 남 시키냐고 시키면 데 뛰어나가시더라.'

'그럼 야생 쥐로 하는 거예요?'

'어. 어차피 농장에서는 쥐가 골치거든. 겸사겸사해.'

'아니, 그럼 너무 더럽잖아요…….'

'어차피 소독하는데?'

'그…….'

하지만 그 말을 전하는 리처드는 너무 덤덤했다. 강혁과 함께 있다 보면 그런 일이 자주 있는 모양이었다.

"진준."

"아, 네."

"이제부터 중요해. 이거 혈관문합술 왜 잘 안 하는지는 알지?"

"네. 얇아서 어렵기도 하고…… 이으려고 막으면 그사이에 뇌가 죽으니까요."

"응. 그래서 이렇게 하는 거야."

"이게…… 인조혈관을 라인으로?"

"1cm 정도는 압력으로 넘어가거든. 오래는 못 써먹지만……. 하여간 급해. 붙어."

"네, 네!"

쥐 혈관도 우습지 않게 연결하는 인간들이다 보니 사람 동맥 정도는 쉬운 모양이었다. 그 동맥이 심지어 뇌동맥이었음에도 그랬다. 1호는 정말이지 생전 처음 보는 모양새의 혈관문합술을 보면서 최대한 머릿속에 담기 위해 심혈을 기울였다. 나중에는 눈도 아플 지경이었다. 눈을 하나도 안 깜빡이고 있었으니 그럴 만도 했다.

"잘하네, 그래 그렇게 보라고."

강혁은 1호의 노력을 칭찬하면서도 계속 혈관을 이어나갔다. 푹. 지이익. 원래 이렇게 얇은 혈관을 잇는 건, 당연하겠지만 어려운 일이었다. 일단 바늘을 제대로 찌르기도 어려웠다. 찔렀다 해서 끝인 것도 아닌 게 당기다가 찢어지는 경우가 허다했다. 그러다 보면 오히려 봉합을 시도하기 전보다 더 상태가 나빠지기도 했다. 주류 의학에서 시도하지 않는 데에는 다 이유가 있는 법이라고나 할까.

"휴, 끝."

"와……."

하지만 강혁은 바늘을 가져다대고 얼마 지나지 않아 봉합을 끝낼 수 있었다. 심지어 임시로 거치해놓았던 라인을 떼자 피가 하나도 새어 나오지 않고 쑥쑥 들어갔다.

"와!"

1호는 그걸 보면서 저도 모르게 환호성을 질렀고, 강혁은 그런 그를 말렸다.

"아니, 일단 이 뒤로도 피 터지는 부위 없는지 봐야지. 이제야 피가 잘 흐르는 거잖아."

"아."

"오케이. 됐어."

"벌써 다 보신 거예요?"

"어."

"아."

"닫자, 이제. 앞으로는……."

강혁은 다른 사람으로서는 상상도 할 수 없는 수술을 마친 즉시 하늘을 올려다보았다. 자신에게 남들에게는 없는 능력이 있는 만큼, 어느 정도 신의 존재를 믿고 있어서였다.

"위에 있는 양반에게 달렸지."

내가 최선을 다한 만큼 그도 최선을 다해주길 바랄 뿐이었다.

"쿠트라, 끝났다."

강혁은 머리를 닫으면서 뒤를 돌아보았다. 뼈가 빠져나간 후였기에 두피만 닫아주고 있었는데, 모르는 사람이 보기엔 다소 끔찍한 광경이라 할 수 있었다. 머리가 단단해 보이질 않고 물렁

물렁해 보이지 않나.

"아, 네. 깨우진 않을게요. 어차피 중환자실 가서 제가 봐야 하니까…… 인계할 필요도 없고 좋네요."

카메라 감독과 나 PD가 머리에서 눈을 떼지 못하는 사이, 인도에서 잡혀 온 내과 노예 쿠트라팔리는 갇혀 있다 구조되었을 때보다도 더 퀭해진 낯빛을 한 채 답했다.

"아, 그렇네. 어차피 네가 보는 거지?"

"네."

"그래, 근데 외래는 어찌 되어가고 있어?"

"아……. 혹시 응급 터지면 어쩌나 하는 생각으로 속도를 내기는 했어서요. 아마 지금쯤이면 거의 끝났을걸요. 밥이야 못 먹었겠지만."

"우리도 못 먹었는데 뭐. 혼자 먹으면 잘도 넘어가겠다."

"그건…… 그거야 그렇죠."

쿠트라팔리는 이제 본색을 굳이 감추지도 않는 강혁을 보며 허허 웃었다. 인도에 있을 때만 해도 말이 살짝 거칠기는 해도 세상에 다시 없을 성인이라고만 생각했는데, 이젠 그런 게 아니라는 걸 알게 된 지 오래였다. 그럼에도 쿠트라팔리가 보기에 강혁은 뭐가 되었건 좋은 사람이었다.

'이유 없이 여기까지 와서 고생하는 사람…….'

자기 민족도 아니고, 그렇다고 영국 사람이라 죄책감이 있는 것도 아니고 정말 순수하게 봉사 정신을 발휘하고 있는 사람이지 않나. 워낙 자기 얘기를 아끼는 사람이다 보니 기저에 뭔 생각을 하고 있는지 명확하지는 않았지만. 뭔가 자신의 실력이 그냥 주어진 것은 아니라고 여기는 듯했다. 어설프게 강혁을 아는 사람이 보면 이건 또 무슨 말도 안 되는 자의식 과잉인가 싶을 수도 있겠지만, 옆에서 본 바에 의하면 절대 그렇지 않았다.

'이만한 실력은 전 세계 어디를 뒤져봐도 없을걸.'

쿠트라팔리만 해도 나름 유학파였다. 영국에서 살아도 될 정도로 전도유망한 사람이었다는 얘기다. 뉴델리 병원 측에서 엄청나게 좋은 조건을 제시하지만 않았다면 아마 거기 남았을 터였다. 하여간 영국 의료가 예전 명성만 못하다고는 해도 세계적인 순위를 보면 대영 제국이었던 짬바가 있어서 그런가, 꽤 높은 순위를 자랑하고 있는데, 거기에 있던 그 어떤 의사도 백강혁 발치조차 따라가지 못했다.

"가자."

"네."

다시 존경심이 스멀스멀 흘러나오면서, 쿠트라팔리는 1호와 함께 강혁을 도와 환자를 처치실에서 중환자실로 옮기기 위해 침대를 밀었다. 여기 수술실은 나름 넓어서 중환자실 침대를 안에다 밀어두고 여기서 바로 옮겨다가 밀어갈 수 있는데, 처치실은 그것까지는 고려하지 못한 상황이었다. 아니, 고려는 했는데 현실적으로 그렇게까지 하진 못했다. 해서 그냥 얇은 침대를 밀어야만 했다. 사실 처치실에서 중환자실로 바로 가는 경우가 적기도 해서 낭비라 판단한 탓이었다.

"잘…… 잘 끝난 겁니까?"

침대가 처치실에서 빠져나오자마자, 나 PD가 들뜬 얼굴로 물었다. 분위기만 봐도 딱 잘된 것 같아서였다. 그렇지 않았다면 눈치 좋게 뒤로 빠졌을 텐데, 일단 다들 표정이 밝지 않나.

"잘되기는 했는데, 여기 계속 있어도 되는 거예요? 수술 아무리 빨리했다고 해도 2시간은 걸렸는데."

신경외과 의사가 들었다면 기함했을 터였다. 머리를 열고 안에 있는 출혈을 잡았을뿐더러 심지어 혈관까지 잇는 데 2시간밖에 안 걸려? 보통 8시간 가까이 걸리는 수술이라는 것을 감안하면 기적 같은 것보다는 거짓말일 거란 생각부터 할 수밖에 없을 터였다. 하지만 나 PD는 방송의 전문가이지, 의사는 아니었기에 시간 자체에는 놀라지 않았다. 아니, 오히려 길긴 길었다는 생각만 했다.

"걱정 마세요. 서진이 형이 나름 그림 만들고 있을 거예요. 아까 외래에서 대기 중인 사람들한테 가보라고 했으니까……."

"박서진 배우님이?"

"네, 그 형이 안 그래 보이는데 마음 따뜻한 사람이잖아요. 아시죠? 기부도 통 크게 한 거."

"아, 알죠. 그건 좀 놀라긴 했죠."

"아마 거기서도 애들 있으면 잘 놀아주고 있을걸요. 애 진짜 좋아해요."

"아하."

강혁은 환자를 엘리베이터 안에 밀어 넣으면서 동시에 잘됐단 생각을 했다. 이번만큼은 큰 그림이니 뭐니 하는 생각 때문이 아니라 순수하게 수술 때문에 오래 기다리게 되었을 외래 환자들이 그나마 덜 지루했겠단 생각이 들어서였다. 대한민국에서야 더 이상 연예인을 보는 일이 특별한 일이 아니게 된 지 오래고 또 방송국 카메라를 보는 것 또한 그리 낯설지 않은 일이 되었지만, 이곳에서는 아니지 않나. 아마 방송국 카메라는 처음 보는 사람이 대다수일 터였다. 심지어 농장에서만 일하는 사람들은 외국인도 거의 못 본 사람들도 많았다. 세계적인 휴양지에서 그게 대체 무슨 일인가 싶을 수도 있을 텐데, 사실상 노예 생활을 해 왔다는 걸 감안해보면 놀랄 일도 아니었다.

'엄청 좋아했겠는데?'

어차피 기다리지 못할 만큼 아픈 사람이 있으면 예진에서 걸러서 다 오전에 빼거나 아예 응급실로 보내지 않나. 거기 있는 사람들은 대개 만성 질환자들이거나 하여간 기다릴 수 있을 정도의 환자들이란 얘기였다.

"또! 또 해봐요!"

"아이, 이거 미안해서 어쩌지? 이럴 줄 알았으면 풍선 챙겨 오는 건데."

아니나 다를까 배우팀은 외래 환자들에게 엄청난 환영을 받고 있었다. 어느 정도였냐면 한참 전에 진료 끝난 환자들조차 떠나지 않고 있었다. 어지간한 사람들, 그러니까 일반 봉사자들이었다면 그들의 시선이 부담되어서 몇 마디 말도 못 했을 거란 생각이 들 정도로 주목받고 있었다. 하지만 배우들이라 그런가, 오히려 즐기고 있었다. 특히 봉사 정신이랄 것까지는 없어도 애들을 좋아하는 박서진이나 이윤석은 물 만난 고기처럼 날뛰었다.

"혹시 풍선 남는 거 없어요?"

"야, 너 이거 어떻게 이렇게 잘해?"

"말씀드렸잖아요. 저 인상 더러워서 탈 쓰는 알바 많이 했다고. 그거 하려면 풍선으로 칼이랑 토끼는 만들 수 있어야 해요."

"아……. 하긴 네가 좀 인상파다."

둘은 스태프들이 우연히 들고 있던 기다란 풍선으로 칼과 토끼 등을 만들어 환자로 기다리고 있는 아이들이나 집에 혼자 있을 수 없어 따라온 아이들을 즐겁게 해주고 있었다.

"내 칼 받아랏!"

"으, 으억."

심지어 그냥 만들어주기만 하는 게 아니라 같이 놀아주는 것도 잘했다. 이윤석과 박서진이 만든 칼을 가지고 강유와 강남길은 아이들과 무사 놀이를 했다. 다들 연기력으로 어디 가서 처지지 않는 실력자들이지 않나. 이런 건 딱히 말이 통해야 하는 놀이도 아니다보니, 게다가 다른 놀잇감이 없는 곳이다 보니 아이들은 거의 자지러지고 있었다.

"부럽다."

이윤석이 인상파라지만 하여간 남들 앞에 얼굴을 들이밀어도 되는, 그러니까 영화 스크린이나 안방극장에 주연급으로 나올 수 있는 얼굴인데 반해 진짜 그냥 깡패 얼굴인 최윤섭은 진료실 안에서 창을 통해 그 장면을 보면서 중얼거렸다. 손에 들린 풍선 뭉텅이를 내려다보면서였다. 생긴 것과는 달리 그 누구보다 아이들을 좋아하는 최윤섭은 사실 여기 오자마자 풍선부터 마련했더랬다. 애가 들어와서 울면 딱 접어서 달랠 생각에서였다. 하지만 들어오다가 울면서 나가버리는 애들이 태반인 까닭에 아직까지 풍선 접는 건 단 한 번도 하지 못했다.

'이 사람 내가 모르는 상태에서 봤으면 유괴범인 줄 알았을 거야.'

옆에 서 있던 콜롬보 대학생은 풍선을 든 채 아이들을 보며 웃고 있는 최윤섭을 보면서 이런 생각을 했다. 어째 풍선으로 애들 꼬여다 어디 팔아먹을 인상으로만 보여서 그랬다.

"저기 교수님."

"아, 환자 봐야지."

"네, 그것도 그런데……."

하지만 여기 와서 본 결과 최윤섭은 정말 좋은 사람이었다. 말투가 좀 거칠고 무뚝뚝하긴 해서 그렇지, 속은 정말 깊었다. 일단 이 양반이 한국 기업 쪽으로 일자리 주선해준 학생만 벌써 여럿이었다. 맨날 공짜로 부려 먹을 생각만 하는 강혁하고는 천지 차이였다.

'아니, 뭐 그렇다고 그 사람이 나쁜 건 아닌데.'

학생은 그런 생각을 하면서 말을 이었다.

"풍선 밖에 줄까요? 못 받은 애들은 울더라고요."

"아, 그래줄래?"

"근데…… 이거 교수님이 직접 하려고 산 거 아니에요?"

"나? 그건 그런데……."

최윤섭은 잠시 자신이 저기에 끼는 생각을 했다. 애들이랑 칼싸움 놀이를 하면 얼마나 즐거울까? 생각만으로 미소가 절로 지어지는 상상이기는 하지만, 사실 아예 경험이 없었던 건 아니었다.

'웬 오지랖 넘치는 아줌마가 신고했었지?'

무안대 병원에 있을 당시 근처 고아원에 봉사를 갔는데, 거기서 애들이랑 칼싸움하고 놀고 있으려니 경찰이 왔다. 여기 유괴범이 흉기로 애들 위협한다고. 아니라고 항변했으나 애들이 또 타이밍 좋게 단체로 울음을 터뜨리는 바람에 아주 곤란했다.

'그때 강혁이…… 그놈 아니었으면 일단 한번 잡혀가기는 했을 거야.'

속마음과는 달리 천사의 얼굴을 할 수 있는 강혁이 딱 나서자마자 애들이 다시 풍선 칼을 휘두르면서 꺄륵 하는데 어찌나 속이 상하던지. 굳이 저기 껴서 또 상처받을 필요가 있을까? 최윤섭은 고개를 절레절레 흔들고는 풍선을 건넸다.

"아냐, 괜찮아. 어차피 난 쓸 일 없을걸."

그 말이 꽤나 쓸쓸하게 들리는 바람에 대학생은 울컥했지만, 그 또한 쓸 일이 없어야 된다고 생각하고 있기는 했기에 고개를 끄덕였다.

"네. 그럼 환자 부르고…… 보고 계시는 동안에 전달할게요."

"고마워."

"네."

덕분에 외래 대기 줄에는 다시금 활력이 한바탕 일었다. 풍선 받지 못해 울고 있던 애들이 울다가 웃으면 엉덩이에 털 나는 줄도 모르고 깔깔 웃는 바람에 그랬다.

"아⋯⋯. 진짜 신났네."

"그렇죠? 애들 진짜 좋아하네. 저도 좋네요."

"우리도 풍선 접는 걸 좀 배워야겠다."

중환자실에 환자를 인계하고 외래로 부리나케 온 강혁은 나 PD와 더불어 대기 공간을 보면서 한 가지 깨달음을 얻었다. 확실히 너무 큰일에 대해 고민만 하다 보면 시야가 좁아지기는 하는 모양이었다. 애들은 놀아야 한다는 걸 잊고 있었다니.

'여기 놀이터도 좀 만들어야겠어.'

생각해보니 이곳 애들은 게임은커녕 놀이터도 없지 않나. 어찌 보면 정말 끔찍한 곳이라 할 수 있었다. 그럼에도 저렇게 해맑게 웃을 수 있는 애들이 대단하단 생각도 들고. 하여간 어른으로서, 그것도 아무 어른이 아닌 이 지역을 책임지리라 마음먹은 어른으로서 그 정도는 해야겠다고 다짐하게 되었다.

*

"어떻게 하실래요? 한바탕 수술하셔서가지고⋯⋯. 힘드실 것 같은데."

머릿속으로 놀이터와 그 놀이터에서 지금보다 더 신나서 떠들고 있는 아이들을 상상하고 있는 강혁에게 나 PD가 물었다. 그 또한 푸근한 미소를 짓고 있었다. 다른 배우들이 알아서 그림을 만들 거라 기대하기는 했지만 이렇게까지 잘 해낼 줄은 몰라서였다.

'애들이 진짜 밝네. 여기 엄청 어려워 보이는데……'

배경을 아예 몰랐다면 그냥 애들이 원래 천진하지 뭐, 하고 넘어갔을 수도 있었을 터였다. 하지만 나 PD는 그간 강혁에게도 얘기를 많이 들었고, 또 아까 수술하는 동안 학생이나 기타 다른 이들에게도 이 지역에 대해 들은 참이었다. 참혹하다고밖에 달리 표현할 길이 없는 이곳의 역사에 대해 어느 정도는 알게 되었다는 얘기다. 그 역사와 배경 그리고 현실과는 정반대로 너무 해맑게 뛰고 있는 아이들을 보면서, 나 PD는 말로 설명하기 어려운 감정을 느끼고 있었다.

"응? 아, 다음 스케줄이요?"

나 PD가 이런데 강혁은 어떻겠는가. 물론 시리아에 있었을 때의 강혁이나 하다못해 한국대학교 병원에 있었을 때의 강혁이었다면 조금은 냉담한 생각을 하고 있었을 수도 있었다. 그때의 강혁은 멀리 있는 목표에도 그렇지만 눈앞의 환자를 살려야 한다는 강박에 매몰되어 살았으니까. 그 때문에 오히려 주변 사람들에게, 심지어는 환자나 보호자들에게도 상처를 주면서 살았더랬다.

'아, 울 뻔했다.'

하지만 지금의 강혁은 그때보다 훨씬 성숙했을뿐더러 시야도 넓어져 있었다. 단순히 나이가 들어서만은 아니었다. 늘 주변 사람들에게 영향을 주는 줄로만 알았으나, 어떻게 사람 관계가 그렇게 된단 말인가. 시리아에서는 그게 그렇긴 했다. 아무래도 강혁이 완전히 마음을 열지 않았으니까. 하지만 중증외상센터에서부터 한구 그리고 누와라엘리야 병원에서 만든 인연들에겐 도저히 그럴 수가 없었다. 특히 재원이나 경원, 장미, 한유림 등에겐 더더욱 그랬다. 인생 전반을 송두리째 바꾼 주제에 어떻게 마음을 닫는단 말인가.

"괜찮아요. 씻고 나올게요. 어차피 저기 시간 좀 걸릴 것 같은데……. 기다려줄 수 있어요?"

"네? 아, 네. 근데 진짜 괜찮아요? 너무 힘들어 보이는데."

"괜찮아요. 저 체력 진짜 좋아요."

"그…… 그건 뭐 좋으니까 이 일을 하시는 것 같기는 한데."

"숙소에서 씻을 테니까 대강 숙소 어떻게 생겼는지 스케치 따셔도 좋고요."

"아, 정말요? 그거야 우리는 좋죠. 그림은 많으면 많을수록 좋습니다."

그러다보니 재원에게는 남에 대한 배려를, 경원에게는 일에 있어서의 꼼꼼함을, 장미에게는 넓은 시야를, 한유림에게는 부드러움을 배워가고 있었다. 처음엔 망망대해에 위태롭게 떠 있는 조각배 같은 감성들이었으나, 지금은 나름 그 바다의 수면을 뒤흔들 수 있을 정도로는 커져 있었다. 덕분에 강혁은 남을 놀리지도 않았는 데도 어느 정도 체력을 충전할 수 있었다. 그저 아이들의 웃음만 봤는 데도 그랬다.

"숙소는 여기예요."

  강혁이 숙소로 들어간 사이, 박서진을 비롯한 배우들은 해가 뉘엿뉘엿 저물어 가는 걸 보고 나서야 한시름 놓을 수 있었다. 아마 걸어갈 수 있는 아이들이었으면 지금도 풍선으로 만든 칼을 있는 힘껏 휘둘러 대고 있었을 터였다. 일단 이런 장난감 비슷한 것도 처음인데, 배우들과 합을 맞춰 놀았으니 얼마나 재미있었겠나. 다행인지 불행인지 셔틀버스가 아니면 돌아갈 수 없는 사람들이 태반이었던지라 지금은 수많은 사람들로 인해 붐비고 있던 병원 앞 공터는 텅 비어버렸다. 남은 것은 아이들에 대한 기억들뿐이었다. 그중에서도 특히 깔깔대던 웃음소리는 시간이 한참 더 지난다 해도 쉬이 잊힐 것 같지 않았다.

  "이제 슬슬 사람 빠지네요."

  "그러니까. 아유, 힘들어서 혼났네."

  "애들이 진짜 진심이죠? 이럴 만한 기회가 별로 없었나봐요."

  "풍선……. 처음 보는 것 같은 애들도 있더라."

  "따지고 보면 아프리카 같은 오지도 아닌데, 어떻게 이럴 수 있나 싶어요."

  "그러니까. 풍경 봐. 저기 저게 호텔 단지지? 관광지는 보통 이렇지는 않던데."

  "그러니까요. 어떻게 이런 곳이 있지."

  "백 교수님이 와 있어서 참 다행이다. 그러고 나서 많이 나아졌다며."

"네, 그냥 하는 말들이 아니라…… 여기서 지내는 사람들이 다 그렇게 말을 하더라고요."

"사람 하나 온다고 뭐가 달라질까 싶기도 한데……. 그게 백 교수님 같은 사람이면 또 얘기가 다르지."

"맞아요, 사람이…… 와. 선배님, 저기 좀."

"응? 왜? 와. 저거 뭐냐."

배우 중에서 특히 아이들을 좋아하는 편인 박서진과 이윤석은 여운에 젖은 목소리로 대화를 하다가, 숙소동을 바라보자마자 말을 잃었다. 비단 그들뿐만이 아니라 그냥 이 자리에 있던 이들이 다 그랬다. 강혁이 씻고 옷까지 갈아입고 나타났기 때문이었다. 원래도 잘생긴 줄은 알고 있었으나, 새카만 셔츠에 까만 바지를 매치해 멋까지 부리니 진짜 배우 중에서도 톱 배우 같은 모습이었다.

"아니, 정말 배우를 하시지."

"이참에 데뷔?"

"근데 머리 그렇게 하시니까 약간 노는 사람 같네요. 클러버 같아."

"아, 그렇네요. 머리 살짝 내리고 있을 땐 그래도 교수님 같았는데……. 옆으로 넘겨버리니까 완전……."

배우들이 다들 한마디씩 던지자, 강혁은 기분이 더 좋아졌다. 보통 사람 같으면 이런 이모를 한 사람들이 외모 칭찬을 하면 당연히 겸손한 말을 하겠지만 강혁은 보통과는 거리가 먼 인간이었다.

"잘생기긴 했죠?"

"와, 이렇게 말하는데도 화가 안 나. 진짜 어이가 없네."

강혁은 자연스레 칭찬을 받아들인 후, 차에 올랐다. 다른 이들에게도 오르라고 손짓을 해대면서였다.

"여기 노천 펍이 있어요. 분위기 진짜 좋아요. 가시죠."

"말도 저렇게 하니까 진짜 노는 사람 같네. 알았어요, 가요."

강혁은 자신의 안내에 따라 차에 오르는 이를 보면서 며칠 전을 떠올렸다. 분위기 좋은 노천 펍이라고 했지만, 사실 펍으로서의 기능을 해본 건 그날이 처음이었다. 그래서 이게 될까 걱정도 했으나 결론적으로 말하면 기우였다. 다니엘과 그 친구들은 제대로 놀 줄 아는 친구들이었다. 거의 무슨 클럽계의 전문직이 있다면 이런 느낌이 아닐까 싶을 정도였다. 노천이다 보니 광란의 댄스 같은 건 볼 수 없었으나, 오히려 그래서 더 신나고 즐거워 보였다.

'그리고 다니엘…… 인상이 좀 달라졌어.'

처음 봤을 때 그 재수 없던 얼굴은 온데간데없이 사라져버렸다. 대신 정말 사람 좋은 미소를 짓는, 훈남 사장이 되어버렸다. 그렇다보니 사정을 모르는 관광객 중에는 다니엘에게 호감을 표시하는 이들까지 나오고 있었다.

'죽다 살아나서 그런가?'

그 덕에 강혁은 되지도 않은 확신을 갖게 되었다.

'사람을 바꾸고 싶으면 일단 죽기 직전까지 몰아붙이고 살려내면 되는 거지? 그런 거지?'

강혁이 세상의 악인들이 듣게 된다면 벌벌 떨 만한 생각을 하는 사이, 차량은 천천히 병원을 빠져나갔다.

노천 펍이 딱 눈앞에 나타나자마자 시선을 확 사로잡았다.

"와……. 분위기 좋다, 좋다 하더니 장난 아니네."

"사람 많은 것 좀 봐."

"여기가 진짜 관광지는 관광지구나. 외국인들이 엄청 많네요."

"외국이니까 당연히 외국인이 많지."

일단 술집의 경관이 장난이 아니었다. 무심하고도 시크하게 공터에 천막을 쳐두고 조명을 달아두었는데, 자칫하면 촌스러울 수도 있는 조명들이 조화를 기가 막히게 이루고 있어서 그런가. 대단히 운치가 있었다. 거기에 더해 안을 채우고 있는 물건들은 또 스리랑카 물건들이 많아서 무언가 앤티크한 느낌도 주었다. 한데 잘 보면 중세 유럽 물건들도 있어서 서양인에게는 오리엔탈리즘에 입각한 환상을 채워주었고, 동시에 동양인에게는 옥시덴탈리즘에 입각한 환상을 채워주었다.

'그래, 좋지?'

강혁은 반응이 좋아서 비로소 미소를 되찾을 수 있었다. 단지 공간 때문에만 놀란 건 아니었다. 안을 채우고 있는 사람들 또한 범상치 않았다. 흐르는 음악도 좋고, 유려하게 춤을 추거나 즐거운 얼굴로 얘기를 나누는 이들 또한 보통 이들은 아닌 것 같다. 어디 이비자 클럽에나 가야 볼 수 있을 것 같은 사람들이 여기 있으니 얼마나 어색한가.

'뭐야? 여기 내가 알기론…….'

다른 스태프들이나 배우들이야 원래 있는 곳으로 알고 있겠지만. 나 PD는 태화 측 스폰을 받으면서 내건 조건 중 하나가 답사였기 때문에, 본인이 직접 오진 않았어도 대강 이 지역에 뭐가 있는지 정도는 다 알고 있는 상황이었다. 그게 기껏해야 3주 전인가 그랬는데 이런 게 있다는 얘기는 들어본 적이 없었다. 팀이 실수했을 리는 없었다. 벌써 몇 번이나 손발을 맞춰본 사람들 아닌가.

'거의 세계적인 명소 느낌이잖아. 게다가 저 사람.'

한데 이런 곳을 놓쳐? 무슨 마법에라도 걸린 듯한 기분이 들었다.

일행은 연신 두리번거리면서 펍 안으로 들어섰다. 카메라도 대동하고 있는 데다가, 다들 배우고 또 백강혁도 끼어 있어서 비주얼이 미친 수준이었음에도 불구하고 지나치다 싶을 만큼의 관심을 주진 않았다.

'잘해라. 잘 못하면 다 죽는다.'

"아, 어서 오세요. 한국분들?"

다니엘은 펍 안에 들어와 주문을 위해 서성이고 있는 일행들을 향해 미소를 지으며 말했다. 예전이었다면 저 미소에 다분히 인종차별적인 분위기가 뒤섞여 있었을 텐데, 지금은 진짜 죽다 살아나면서 다시 태어나기라도 한 건지 뭔지 순수하게만 보였다.

"어떻게 알았어요?"

"보통 잘생긴 사람들 보면 한국분들이던데. 아닌가요?"

게다가 강혁이 주문했던 말을 더 자연스럽게 떠들어대기까지 했다.

"하하, 여기 사장님이 말 좀 치시네."

"그러니까요."

"여기 뭐가 제일 괜찮아요?"

제일 어린 이윤석이 웃으며 묻자, 다니엘은 잠시 강혁 쪽을 보다가 이내 입을 열었다. 아주 잠시 쓴웃음이 스치고 지나갔으나 정말 잠시뿐이어서 누구도 눈치채지 못했다.

"대개 여기서 재배하는 야채랑 샴페인이 궁합이 좋아요. 샴페인은 마침 크룩 빈티지가 정말 저렴하게 들어왔거든요?"

"네? 크룩은 비싼데……. 저희는 그럼 그냥 맥주……."

"아아, 저희 리뉴얼 개장이라 엄청 싸요. 하프 보틀에 5만 원."

"네? 그럼 손해 아니에요?"

"그…… 아닙니다. 하하. 하하하."

하프 보틀이더라도 어지간한 가게에 가면 거의 30만 원 돈은 받을 수 있는 게 크룩 샴페인 아닌가. 맛도 맛이긴 한데, 이름만 대면 누구나 다 아는 모엣 샹동을 취급하는 세계적 명품 브랜드 LVMH에서 크룩을 취급하고 있어서 더 그랬다. 즉 루이비통모엣 헤네시 그룹이 미는 샴페인이라는 얘기였다.

'하……. 이걸 5만 원.'

다니엘은 명망 높은 가문 출신임에도 불구하고 모자란 능력 때문에 인정 욕구가 남다르게 남아 있던 인간이었다. 그러다 보니 소위 명품이라고 하는 물건에 과도한 집착을 보였더랬다. 그냥 옷장 안에 하나쯤 있으면 기분 좋지 않겠나 해서 가방 사는 수준이 아니었다. 아무리 능력이 없어도 뭐가 되었건 러셀 가문의 일원으로서 재력을 보장받지 않았나. 생각이 제대로 박힌 놈이었다면 그 막대한 돈으로 차라리 LVMH 주식을 샀을 텐데, 이 인간은 그냥 그런 명품에 엄청난 소비를 해댔다. 그 결과, 다니엘만 비밀번호를 알고 있던 창고 안에 어마어마한 술과 가방들이 쌓여 있었는데 강혁이 그곳에 대한 압류를 해제해주는 대신 이렇게 염가로 팔게끔 만들어버렸다.

'그래, 그래도…… 여기서 이렇게 있을 수 있는 게 어디냐.'

예전의 다니엘이었다면 그저 화만 났을 터였다. 그럴 수밖에 없지 않나. 불합리한 착취였으니. 하지만 그때의 위치에서는 감히 상상조차 할 수 없었던 밑바닥의 밑바닥을 찍고 와서 그런가, 머리 돌아가는 구조가 많이 달라져 있었다. 그저 고생만 하고 온 게 아니라서 더했다. 한때 자신이 그렇게 괴롭히고, 그것도 모자라 아예 사람 취급을 하지 않았던 이들에게 온정을 느끼지 않나.

'가끔 그 친구들도 와서 뭐 먹을 수 있게 하려면 싸게 가야지.'

정말 우스운 일인데, 매일 수천만 원씩 드는 파티를 하던 때보다 오히려 일 끝나고 밍밍한 싸구려 맥주를 마시며 같이 일한 동료들과 담소 나누던 때가 덜 외로웠다. 비로소 누군가 자신을 온전히 받아들여 준다는 느낌이라고 해야 할까?

"입맛에 맞으시나요?"

"아, 네. 되게 좋네요……."

"야채 튀김도 기가 막히네요. 이것도 사장님이 직접?"

"아, 아뇨. 그건 저기 저분이."

물론 마음가짐이 바뀐다고 바로 뭔가를 더 할 수 있게 되는 건 아니었다. 그런 일은 누군가의 상상 속에서나, 아니면 만화 속에서나 일어나지 않겠나. 사실 강혁도 일단 시켜보기는 했다. 혼자 일 다 할 수 있으면 제일 좋으니까.

  '너 여기 월세 비싼데 사람 쓰면서 낼 수 있겠냐?'

  지역 발전 분담금 명목으로 엄청난 월세를 떼어먹을 생각이지 않나. 하지만 그런 강혁이라고 해서 형태를 알아보기 힘들 정도로 부스러진 튀김을 만들어 팔게 할 수는 없었다. 아무리 여기가 분위기가 진짜 좋고, 사실상 유일무이한 갈 만한 펍이라고 해도 그건 좀 아니었다.

  "아……. 누구신데요? 한국 사람…… 같은데?"

  "어? 그렇네?"

  "와, 인사하신다. 진짜 한국 분이시구나?"

  해서 강혁이 급하게 한국 측에 수배를 내렸다. 실력 있는데 자영업 하기 어려운 청년 있으면 좀 보내달라고. 아주 좋은 기회가 있다고. 잘만 하면 스리랑카에서 부자 될 수 있다고.

  '그게 되더라.'

  옛날 같았으면 어림도 없을 만한 일이었을 텐데, 이제 강혁도 거물이 된 지 오래였다. 그 누구도 강혁이 말하는 기회를 허투루 여기지 않았다. 강혁은 그냥 유명하기만 한 사람이 아니라 정말 좋은 일은 하는 사람이란 이미지도 갖고 있어서 그랬다.

  "튀김이 그래서 약간 동양스러워요. 재료는 완전 한식이랑은 동떨어져 있는데 튀김 자체가 그렇다 보니까 맛이 묘하죠."

강혁은 처음 한국에서 온 젊은 요리사의 요리를 먹었을 때를 떠올렸다.

'드디어 카레 말고 다른, 제대로 된 음식 먹겠구나!'

물론 마음만 먹으면 강혁도 요리를 해먹을 수는 있는 사람이었다. 하지만 일단 그 마음먹는 일이 보통 어려운 일이 아니었고, 마음을 먹는다 해도 시간이 나는 날이 거의 없었다. 계속 환자 보기도 바빠 죽겠는데 어느 세월에 요리를 한단 말인가. 그리고 그건 다른 이들도 다 마찬가지였던지라 슬금슬금 카레만 먹는 삶으로 회귀해버렸다.

"그러게요. 아, 그리고 보니까 소스에 간장도 주셨네. 난 마요네즈만 있는 줄."

"어때요, 여기 분위기 묘하죠?"

"네. 음악도 그렇고. 어때요, 먹으러 온 것도 아닌데 더 취하기 전에 춤이나 한번 추죠?"

"춤? 아, 그게."

"응?"

"어?"

"혹시?"

그러다 보니 이 튀김은 물론이거니와 다른 요리들도 먹을 때마다 만족스럽기 그지없었다. 그 때문이었을까? 긴장감이 훅 풀려 버려서 여기 막 자랑을 하다 보니 자신도 모르게 춤추는 섹터까지 가리키며 말을 하고야 말았다. 일반인들이나 보통의 의사들이었으면 아무리 신나게 춤을 추고 있다고 해도 딱히 같이 추자는 말 따위는 나오지 않았을 텐데. 여기 있는 이들은 다 배우들이었다. 배우라고 다 몸 흔드는 걸 좋아하진 않겠지만, 카메라가 돌아가고 있는 상황이라면 얘기가 좀 달라지지 않겠나.

"아, 아니. 저는 춤은."

"와 나 이러시는 거 첨 보네."

"그러니까. 아, 아까 쫄아 있던 게 설마……?"

"대체 얼마나 못 추길래 이래요? 같이 가요!"

게다가 완전무결해 보이는 백강혁이 쭈뼛대는 모습을 보이자 다들 몰아가기에 정신이 팔려버렸다. 그 와중에 박서진은 그림이 어떻게 나올지 궁금해 나 PD를 살짝 돌아봤는데, 나 PD도 오케이 사인을 보내고 있었다. 딱 봐도 재밌지 않다. 원래 춤은 아주 잘 추는 사람 아니면 아예 못 추는 사람 보는 게 제일 재밌는 법이었다. 어설프게 잘 추는 사람 춤은 흥도 그닥인데 그렇다고 대놓고 비웃기도 뭐해서 분위기만 어설프게 만들 뿐이었다.

"아……."

강혁은 아까부터 계속 전에 자기 춤추는 거 재원이 찍어놨던 영상을 머릿속으로 돌려보고 있었다. 어떤 의미에서는 대박이기는 했다. 그제야 비로소 쥐구멍에 숨고 싶다는 게 무슨 말인지 알게 되었으니까.

'리처드 새끼가 그거 복사해서 매일 돌려보는 것 같던데……'

보니까 리처드뿐 아니라, 다른 제자들까지 보고 있었다. 심지어 여기 없는 강행이나 사대진도 보고 있는 듯했다.

'개새끼들.'

그만큼 웃긴다는 얘기였다.

'방송…… 시청률…….'

정말 싫지만, 시청률 잘 나와서 여기 터지면 잘된 일 아닐까? 정신을 차려보니 그런 생각과 함께 탁 트인 공간에 서 있었다.

"와우."

"교수님!"

뭐가 되었건 강혁은 가만히 있으면 어지간한 톱 배우보다도 멋있는 사람 아닌가. 강혁은 다시 한번 고민에 빠졌다. 아무리 이 지역을 살리겠다는 취지가 있다고 하지만. 그렇다고 해서 이렇게까지 해야 되는 건가. 뭔가 다른 방도는 없는 걸까.

"오, 오! 박서진 님 춤추는 건 진짜 첨 본다!"

그때 옆에 있던, 이 자리에서 가장 연장자라 할 수 있는 박서진이 몸을 흔들기 시작했다. 솔직히 생긴 것도 굳이 따지자면 좀 점잖게 생긴 편이고, 또 말하는 것도 시크해서 춤이라고는 못 출줄 알았는데 나름 몸 흔드는 것이 박자감이 있었다.

"백 교수님. 나도 하는데 가만히 있을 거예요?"

심지어 고개도 까딱거리면서 이따위 말까지 할 수 있을 지경이었다.

'이런 망할.'

박서진이 이 말을 하자마자 이윤석, 강유, 강남길까지 다 미친 듯이 몸을 흔들기 시작했다. 애들은 젊어서 그런가, 정말이지 광란의 춤사위였다. 특히 이윤석은 생긴 건 누구 하나 죽이게 생겨가지고 춤은 또 꽤나 잘 췄다. 이 틈바구니 안에서 강혁이 춤을 추게 되면 혼자 추는 것보다도 더 웃길 것 같았다. 그렇다고 가만히 있자니 이것도 이것대로 좀 어이없는 장면이었다.

'에라 모르겠다.'

해서 강혁은 될 대로 되라는 마음으로 춤을 추기 시작했다.

"오."

"와."

"아……."

"이래서……."

다들 알다시피 강혁은 눈썰미가 정말로 좋은 사람이었다. 거기에 더해 기억력도 어마어마해서 한번 본 것은 그게 심지어 춤이라고 해도 온전히 기억할 수 있었다. 이번에 강혁이 고른 것은 BTS의 〈버터〉였다. 쉬울 리가 없는 춤이었다. 세계적인, 그야말로 세계적인 그룹의 춤이지 않나. 하지만 강혁은 자신이 마음만 먹으면 못 출 리 없다는 생각에 만용을 부렸고, 그 결과는 그의 평소와는 달리 처참하기 이를 데 없었다.

"흡."

"풉."

그나마 강혁과 가까이 있는 사람들은 예의를 갖추느라 대놓고 웃지 못했으나, 뒤에 있던 카메라 감독과 나 PD는 그야말로 빵 터져버렸다. 자신의 작품이 방송에 어떻게 나갈지 궁금해 숨어서 술을 홀짝이던 임혜란 작가와 그냥 임 작가랑 어떻게 조금이라도 더 있어 보려고 나왔던 한석준도 빵 터져버렸다.

"와……. 교수님이…… 나 팬인데……."

"와……. 아니지, 이럴 때가 아니라."

"어디 가요?"

"찍어야죠. 이런 거 아니면 제가 저 사람 언제 놀려요."

"아, 저도. 제가 이걸로 찍을게요."

"진짜요? 4K로 저걸?"

"네. 진귀한 광경이잖아요."

"좋다, 좋다."

— 미친 이 사람 뭐야?

— 웃기려고 이러는 거지? 우리 교수님 웃기려고 이러는 거라고 좀

　해 줘.

— 표정은 또 왜 이렇게 진지한데?

— 이거 설마 버터야?

— 지랄 노. 버터는 개뿔.

— 아니, 춤 자체는 버터 같은데……. 백 교수님이 BTS 좋아한다고

　한 적 있지 않음?

— 그 말 하고 보니까 진짜 버터 같잖아……. 와……. 미쳤다, 진짜

　개웃기네.

— 아미에서 고소할 듯…….

— 이건 봐줄 듯. 학예회 느낌 아니냐?

　100퍼센트 짤로 퍼질 만한 장면이 계속 생성되고 있으니 반응이 폭발적일 수밖에 없었다.

〈교수님 어지간하면 유튜브 들어가지 마세요. 기사도 보지 마시고.〉

강혁은 모든 걸 잊고자 한잔 더 하고 호텔에서 잠들었다가 깨자마자 도착한 문자를 보았다.

"후."

"교수님 춤 한 번만 더 추면 안……. 오, 그렇게 보시니까 진짜 때릴 것 같아요."

"아휴."

그러곤 앞에서 깐죽거리는 이윤석을 노려보았다. 잠깐이었다. 연기를 해야 할 시간이지 않나. 게다가 오늘은 정말 중요한 일정이 있었다.

'드디어 예선이지?'

강혁이 다리를 고쳐준 사싯의 경기가 있는 날이었다.

아이들이 뛸 수 있는 곳

"후."

사싯은 크게 숨을 내쉬었다. 강혁이 고쳐준 다리를 내려다보면서였다. 완벽한 수술을 받았지만 큼지막한 흉터가 남는 것까지는 어쩔 수 없었기에, 바지를 입었음에도 한눈에 흉터가 들어왔다.

"떨리니?"

강혁도 재원도 한유림도 장미도 그 외에 누와라엘리야 병원의 모든 이들도 사싯과 시간을 많이 보내긴 했지만, 심지어 강혁이 모셔 온 재활 치료사보다도 더 오래 사싯과 시간을 보낸 건 임혜란이었다. 애초에 사싯에 대한 서사가 이번 누와라엘리야 다큐멘터리의 한 축을 담당하고 있었으니 그럴 수밖에 없었다. 거기에 더해 사싯이라는 아이의 노력이나 열정 또한 임혜란 작가의 마음을 건드렸다.

"네? 네."

그런 임 작가의 말에 사싯은 커다란 눈망울을 한 채 고개를 끄덕였다. 어지간한 상황이었다면야 빈말로라도 안 떨린다고 할 수 있었겠지만, 안타깝게도 지금은 함부로 입방정 떨 수 있는 상황이 아니었다.

"그래, 나도 떨린다……."

임혜란은 물론이거니와 그 주변을 채우고 있는 모두가 긴장한 나머지 말도 제대로 꺼내지 못하고 있었다. 특히 감독은 바짝 마른 입술을 연신 핥고 있는데도 물기가 묻어나지 않았다. 아까부터 화장실을 들락날락하더니만 몸에 남은 수분이 거의 없는 모양이었다.

"후."

"감독님, 좀 앉아요. 아니, 감독이 그렇게 떨면 선수들은 어떡해요."

"그게 아휴. 이게…… 지금 밖에 보세요."

"아까부터 보고 있어요."

지금 축구팀과 그들을 찍어줄 임혜란 그리고 병원에서 사싯이나 다른 아이들에게 혹 발생할 수 있는 응급상황에 대응하기 위해 나온 재원과 장미는 급조한 축구장 한 켠에 마련된 컨테이너 안에 들어와 있었다. 세상에 선수 대기실이 컨테이너라니 너무 열악한 거 아닌가 싶을 수도 있겠지만, 처음에 이곳이 원래 어떠했는지 아는 사람이라면 감히 그따위 말은 못 할 터였다. 어찌나 고생을 했는지, 태화물산 부장도 와 있었다.

"너무 걱정 마시죠. 경기장 상태는 아주 좋아요. 평소대로만 하면 될 겁니다."

다른 이들과 차이가 있다면 별로 긴장하고 있지 않다는 점 정도였다. 오히려 후련해 보였다. 그간 여기 깎아내고, 중심 맞추고, 잔디 구해 와서 심었던 걸 떠올려보면 당연한 일이었다.

'당연히 방송 나가는 것처럼 하시더니……'

이게 다 누구 때문인고 하면, 역시나 백강혁 때문이었다. 정확히 말하면 방송 나가서 최선을 다할 테니 대신 예쁜 그림 나오게 태화도 최선을 다해달라고 했다. 그러면서 공터 사진을 보냈는데, 말이 좋아 공터지 그냥 쑥대밭이었다. 그걸 한 달 안에 축구장으로, 그것도 관중석도 있는 축구장으로 만들어놓으라니.

'어이가 없다, 어이가.'

지금 생각해도 아찔했다. 호텔도 마무리 공사에 들어가 있던 상황이었으니 그럴 수밖에 없었다. 근데 또 이걸 무리한 갑질이라고 하기에는 또 애매했다.

'그 덕분에 지금 스리랑카 전국에 우리 이름이 나가고 있긴 하지.'

기업인데 어디 공짜로만 일을 하겠는가. 여기 오는, 정말 한 줌의 사람이라도 태화가 한 선행을 알 수 있도록 여기저기 태화물산이라는 이름을 박아두었다. 한데 강혁이 사이즈를 키우는 바람에 방송을 타고 있었다.

'나 PD도 여기로 온다고 했지.'

심지어 한국 방송도 타게 생겼다. 거기에 더해 사싯을 눈여겨보고 있는 스카우터들, 그러니까 유럽 명문 리그의 스카우터들도 몇몇이 와 있었다. 그걸 또 흘려서 그런가, 이름 모를 외신 기자들도 몇 명 와 있었다. 그 사람들이 다 어디서 묵겠나. 관광 온 게 아니다보니 감성이고 나발이고 편하고 좋은 숙소가 제일이었다. 결국, 죄다 태화에서 묵고 있었다.

'대체 몇 수 앞을 내다보고 있는 거야, 그 양반은.'

이게 의사 머리에서 나온 생각이라니. 태화물산 부장은 의사만 아니었으면 탐나는 인재였을 거라고 중얼거리면서 뒤를 돌아보았다. 꿈과 희망만 보고 있던 그와는 달리 뒤는 거의 초상집같았다.

"아이고, 감독님. 좀 앉아요."

그 누구보다 감독이 제일 힘들어 보였다. 아무것도 안 했는데, 심지어 여기는 고산 지대라 긴팔 안 입으면 살짝 추울 정도로 선선한 날씨인데도 불구하고 땀을 비 오듯 흘리고 있었다.

"잠시만요. 진짜 앉아봐요. 괜찮나 보게."

"아이고, 선생님……."

"앉으라고요. 장미야, 혈압 좀. 아무래도 좀."

"네, 네."

어찌나 이상해 보였는지 재원과 장미도 그에게 따라붙었다.

"헐."

"왜."

"심장박동 수가 140이에요. 혈압도…… 170에 130."

"아니, 원래 좀 안 좋아요? 부정맥 있다는 소리 들어본 적 있어요?"

"없을걸요? 우리가 다 검진해줬잖아요."

"그럼 왜 이래. 왜 이렇게까지 긴장을 하는 거야."

"아, 맞다. 교수님이 이거 혹시 필요할 수도 있다고 했는데."

"그게 뭐……. 아, 인데놀?"

"네."

실제로 바이털이 흔들릴 정도로 안정을 취하지 못하고 있었다. 그런다고 진짜 안정제를 놨다가는 감독 없이 뛰어야 하지 않겠나. 지금 봐서는 이런 감독이 있어봐야 대체 얼마나 도움이 될까 싶기도 하긴 했지만 그래도 뒤에 선 선수들은 감독을 의지하기도 하고 또 좋아했다. 그들에게 축구란 운동을 알려준 스승이기도 해서 그랬다.

'뭐…… 좋은 사람이지. 그러니까 이렇게…….'

강압적인 감독도 아니었다. 심지어 축구만 알려준 것도 아니었다. 아이들의 어려운 가정환경을 어떻게든 도우려고 애를 쓰고 있잖은가. 재원은 정작 감독은 집에 TV도 없이 지내고 있었다는 걸 상기한 후, 인데놀을 들려주었다.

"이거 먹어요."

"이게 뭔데요?"

"그…… 심장박동 수 강제로 좀 떨어뜨리는 약이에요."

"괜찮은…… 거죠?"

"백 교수님이 주신 거예요."

"아, 그럼."

감독은 재원이 살짝 빈정이 상할 만큼 급작스러운 태도 변화를 보였다. 비난할 만한 일은 아니었다. 감독에게 강혁은 거의 신이었으니까. 이제 다 끝났다 싶을 때 구원의 손을 내밀어주지 않았나. 감독은 사싯이 이전처럼 뛸 때마다 강혁의 위대함을 되새기고 있었다.

"흠. 그럼 나갈 준비할까!"

인데놀을 먹어서 그런지, 아니면 그 약을 강혁이 줬으니 무조건 도움이 될 거란 믿음 때문인지는 몰라도 감독은 약을 입 안에 털어 넣자마자 딱 정신을 차렸다.

'무슨 판타지 힐러도 아니고…….'

재원과 장미는 어이가 없어서 서로를 마주 보았다. 그렇다고 벌써 약효가 있을 때가 아니란 말로 산통을 깨지는 않았다. 좋은 게 좋은 거 아니겠나.

'이 경기가 사싯에게 진짜 중요하다고 했지.'

둘은 그런 생각을 하면서 동시에 사싯을 돌아보았다. 감독이 등을 두드려주자 거짓말처럼 가쁘게 쉬던 숨이 안정을 되찾았다. 감독으로서 실력이 어떤지는 몰라도 선수와의 관계 형성은 기가 막히게 한 모양이었다.

—누와라엘리야 팀, 캔디 팀 경기장으로 입장하세요!

곧 안내 방송이 나왔다. 아무래도 대한민국 체전에서 하는 것과는 좀 다른 느낌이었다. 어설프다고 해야 할까? 그럴 수밖에 없었다. 전반적으로 돈이 부족하다보니, 얼렁뚱땅하는 게 많았다. 지금 안내 방송도 그냥 학교 선생님이 와서 하고 있었다. 멘트도 발음도 부족한 것이 많았다.

"오, 나온다. 나온다."

"와……. 스리랑카에 와시 로컬 축+ 경기를 다 보게 되네."

"근데 여기 고산 지대인데 괜찮나?"

"애들은 여기 사는 애들이라서요. 그리고 우리가 양측 팀 닥터로 지원했어요. 저기 보면 한국대학교 병원 중증외상센터장 양재원이랑 수간호사 백장미, 캔디 팀은 전 보건복지부 장관 한유림, 미 대사관 출신 샘."

"팀 닥터 수준은 거의 국내네."

그런 것도 한국에서 온 방송팀에게는 다 새로운 경험이었다. 약간 한국인으로서의 자부심이 차오르기도 했다.

─경기에 임하기에 앞서 무상으로 축구장을 지어주신 태화물산에 감사 인사를 전합니다!

축구팀 감독도 한국인, 팀 닥터도 한국인, 축구장 지어준 사람도 한국인. 심지어 이 지역을 책임지고 변화시키려는 사람도 한국인이었다. 비교적 나이가 젊은 배우들보다는 아무래도 박서진이나 나 PD의 감상이 남다를 수밖에 없었다.

'나 어릴 땐 원조 받았었는데……'

'이런 날이 오네.'

세계 NGO들. 특히 유니세프와 같이 유서 깊은 단체에서 늘 상 하는 말이 있기는 했다. 대한민국은 유일하게 원조를 받던 나라에서 도움을 주는 나라가 된 국가라고. 백날 들으면 뭐 하는지 실감할 수가 없는데. 하나 여기 와서 보니 진짜 그렇다는 걸 온몸으로 느낄 수 있었다.

"와……. 저기 한국 배우들 왔어!"

"정말?"

"와……."

방송이 나가고 얼마 지나지 않아, 몇몇이 강혁과 배우들이 있는 쪽을 보며 외쳤다. 그게 시발점이 되어 온 경기장에 번졌다. 일반적인 축구장과는 달리 관중석이 한쪽에만 있을뿐더러, 좌석도 4줄 정도뿐인 작은 곳이다 보니 정말 금방이었다.

"아우, 민망해."

"이거 연출이라고 욕먹겠다……."

"억울하네, 이건. 이건 진짠데."

돌연 스포트라이트를 받게 된 일행은 얼굴을 가리기도 하고 손을 흔들어주기도 했다. 강혁은 당연하게도 후자였다. 언제나 당당한 사람 아닌가. 게다가 누군가의 칭송을 받을 때면 지나치다 싶을 정도로 즐기는 편이었다. 지금은 아예 일어서서 손을 흔들어주고 있었다.

"와……. 백 교수님 뻔뻔한 거 봐."

"여기 와서 뭐 좋은 일 많이 하시긴 했잖아요."

"그래도 저건 좀……."

"약간 히틀러 느낌 나는데……. 예능적으로 풀면 재밌는 그림 나올 것 같은데요?"

"어, 백 교수님이 그러긴 했어. 자기 이미지는 상관없다고. 어떻게든 여기 사람 많이 오게만 해달래."

"아 또 찡하다. 저거 다 설마 연기인가. 여기 띄우려는."

"글쎄."

치음엔 나 PD노 상혁이 의사인데 무리한다 싶었더랬다. 하지만 며칠 관찰한 결과, 그럴 리가 없다고 확신하게 됐다.

'그냥 사람이 좀……. 그냥 저런 것 같은데.'

사람들이 연예인이라는 게 그냥 잘생기기만 하면 된다고 믿지만, 사실 절대 그렇지가 않지 않나.

벌써 PD 한 지 20년이 훌쩍 넘어가는 입장에서 보면 무엇보다 중요한 특성은 저런 독특한 개성이었다.

'연예인 했어도 톱 했을 거야, 저 양반은.'

저 얼굴에, 저 키에, 저런 캐릭터?

독보적이었을 터였다. 자기 자랑을 저렇게 쉬지 않고 하는데 밉지 않을 수 있다니.

—각 팀 인사!

이런저런 생각을 하는 사이, 경기가 시작되었다. 선공은 사싯이었다. 최선을 다해, 그야말로 근육이 찢어져라 달렸다. 교통사고를 당했을 때만 해도 절망에 빠져 있었다. 수술이 잘 되었다는 말을 들었을 때도 그랬다. 사실 재활 치료사가 왔을 때도 크게 다르지 않았다. 하지만 포기하지 않고 치료에 임했던 건, 태어나 처음 누군가의 온전한 도움을 받아서였다. 그들의 최선에 배반하고 싶지 않았다.

"어, 어!"

"수준이 다른데? 시작하자마자?"

사싯은 그대로 수비수 셋을 제치고 상대 진영을 짓밟더니만, 경기 시작한 지 5분도 채 지나지 않아 첫 골을 넣었다.

"교수님 감사합니다!"

그리고 곧장 강혁이 있는 곳으로 달려와 한국식 큰절을 올렸다. 머릿속으로 몇 번이나, 정말 몇 번이나 상상했던 그대로였다.

해당 경기는 무척 다양한 루트를 통해 이곳저곳에 방영 중이었다. 우선 스리랑카 전역에 방송 중이었다.

"저 사람이 뭐 큰 은인인가보지?"

"아버지는 아닐 거 아냐? 누가 봐도……."

"에이, 한국인인데, 말이 돼?"

사실 대한민국만 해도 중학교 전국 축구 대회라고 하면 대체 누가 보나 싶을 터였다. 그 시간에 다른 거 볼 게 얼마나 많은데. 애초에 편성 자체가 어려웠다. 하지만 스리랑카는 아직 케이블은커녕 공중파 채널도 변변치 않은 상황이다 보니, 시청률이 썩 괜찮게 나오는 편이었다. 다른 프로그램 만드는 것도 다 돈인데 이건 그냥 몇 명 보내서 찍으면 고만이니까. 그렇다 보니 동네에 삼삼오오 모여서 기껏해야 중학생들이 하는 축구를 보는 장면을 그리 심심치 않게 볼 수 있었다.

"근데 잘하네."

"응, 방금 뭐…… 거의……."

이게 대한민국 60, 70년대였다면 그냥 잘하네 하고 말았을 터였다.

"쟤는 유럽 가는 거 아냐?"

"에이……. 유럽 유소년 축구팀이 얼마나 잘하는데."

"방금 움직임은……."

"상대가 못해서 그래."

하지만 지금은 인터넷만 되면 유튜브가 되었건 뭐가 되었건 간에 세계 각지에서 벌어지는 일을 볼 수 있는 시대였다. 나라가 아무리 못 살아도 그건 마찬가지였다. 국가가 나서서 통제를 하고 있다고 해도 어떻게든 방법을 찾는 시대 아닌가. 그러다 보니 시청자 중 일부는 사싯의 특별한 점을 꿰뚫어 볼 수 있었다.

> — 와……. 이거 연출 아니겠지?
> — 백 교수님은 저기 가서 또 뭔 짓을 했길래 애가 골 넣자마자 부모님이나 감독이 아니라 백 교수님한테 가서 절을 하지.
> — 협박한 거 아님?
> — 협박? 뭔 개소리?
> — 몰라서 그런데 백강혁 협잡꾼임.
> — 너 신고.

장미가 운영하는 유튜브 채널로 송출 중인 라이브도 있었다. 유튜브 특유의 느림과 끊김이 끊임없이 시청자들을 괴롭히고 있긴 했지만, 하여간 벤치에서 송출되는 방송이다 보니 나름 시청자들이 꽤 있었다.

> — 역시 한류…….
> — 방송에서 태화 얘기하는데 잘못 들었나 했네.
> — 요새 우리나라 동남아에서 너무 잘나가는 거 아님?
> — 이것이 k-건설이다!

나 PD 측도 아주 짧게나마 영상을 송출해주고 있었다. 사람

심리라는 게 남들이 좋아하는 모습을 보면 또 자기도 모르게 더 좋아하게 되지 않나. 그래서 예전부터 방송국에서 돈을 줘서라도 방청객 아르바이트를 썼던 것인데, 지금은 그 역할을 실시간 채팅창이 대신하게 된 지 오래였다. 나 PD는 최근 아프리카 TV라든지 트위치라든지, 아니면 유튜브 라이브와 같은 방송들이 주류 방송을 위협하게 된 가장 큰 요인이 바로 이 실시간 채팅이라고 판단하고 있었다.

'그렇더라도…… 그림만 만들고 그만두려고 했는데……. 방금 이건 뭐냐.'

해서 짤방으로 넣을 댓글 수집 목적과 그 외에 유튜브 클립 목적으로 5분에서 10분 정도만 틀고 끄려고 했는데 그럴 수가 없었다. 일단 반응이 너무 뜨겁지 않나. 오버하는 게 아니라, 나 PD 본인도 가슴이 뜨거워짐을 느끼고 있었다. 그토록 많은 여행 예능을 찍어왔고, 또 외국으로 나가본 적도 한두 번이 아니었지만, 지금처럼 진심 어린 호감을 느껴본 적은 없었다.

'아니라고 했지만……. 솔직히 섭외한 적도 많잖아. 영 엉뚱한 소리 하는데 자막으로 좋게 포장한 적도 많고…….'

비단 나 PD 측 예능만 이러는 건 아니었다. 리얼 예능을 표방하는 거의 모든 예능이 다 그랬다. 원래 생 현실은 생각만큼 재밌지도 않고, 심지어 잔혹하기까지 하니까. 그러다보니 PD가 그림 만들 욕심에 출연자들을 놀아세우다가 싸움이 나서 아예 프로그램이 망해버리는 경우도 종종 있을 지경이었다.

'이건…… 이건 진짜 연출 아닌데.'

한데 지금 눈앞에 펼쳐지는 광경은 솔직히 두 눈 뜨고 보고 있으면서도 잘 믿기지 않을 지경이었다.

'이거 진짜 뭐냐고.'

아까 사싯이 큰절 올리는 광경을 봤을 때만 해도 이제 이거 후로는 딱히 뭐가 없겠다 싶었다. 그렇지 않나. 외국 애가 와서 한국 사람에게 한국식 큰절까지 한 마당에 뭔가 더 새로운 일이 있기를 바란다면 그건 욕심이었다.

"와…… 뭐야, 이거?"

"여기서 왜 태극기가……."

"교수님이 시켰어요?"

"응? 아니, 나는…… 나도 이런 건 좀 과하다고 생각하는데……. 뭐지?"

사싯이 골을 넣고 얼마 지나지 않아 누와라엘리야 측 관중들이 무언가를 주섬주섬 꺼내 흔들기 시작했다. 한 손으로는 사자가 그려져 있는 스리랑카 국기를, 다른 한 손으로는 태극기를 들고 있었다. 그렇다 보니 양국 동맹팀이 뛰는 듯한 느낌이 들었는데, 따지고 보면 아주 틀린 얘기도 아니었다. 선수들이야 다 누와라엘리야 중학생들이지만 감독은 한국인이지 않나. 게다가 팀 닥터나 주치의들도 죄 한국인들이었다.

"누와라엘리야 파이팅!"

"와아아!"

사싯이 한 골을 더 넣었다. 녀석은 이번에도 골을 넣자마자 어디론가 달렸는데, 이번에도 한국 사람 앞으로였다.

"감독님! 감사합니다!"

사싯 입장에서 백강혁이 두 번째 기회를 준 사람이라면, 감독은 그에게 첫 번째 기회를 준 사람 아닌가. 큰절이 과하지 않았다.

"치료사님 감사합니다!"

"작가님 감사합니다!"

"양 선생님 감사합니다!"

"장미 선생님 감사합니다!"

사싯의 큰절 세리머니는 그 후로도 계속되었다. 그 말은 곧 사싯이 경기 동안 무려 6골을 넣었단 얘기였다. 상대 수준이 지나치다 싶을 만큼 떨어지던 것도 아니었다. 오히려 중학생 축구다 보니 아예 사싯만 막자는 작전으로 돌변해 막았음에도 골이 들어갔다. 심지어 사싯은 어린 선수 특유의 욕심도 부리지 않았다. 자신에게 마크가 눈에 띄게 몰리자, 비어 있는 동료에게 패스를 돌려 골 어시스트를 몇 개나 하기도 했다.

'10대 0…… 성적도 놀랍지만…… 쟤는 진짜 인상 깊은데. 이따 감독 통해서 반드시 만나봐야겠어.'

'높은 사람이 부탁했다고 그냥 가서 얼굴만 비추면 된다고 하더니만……. 이런 괴물이 있어?'

'쟤는…… 쟤는 물건인데.'

일반인들에게도 인상적이었지만 이 자리에 반강제로 와 있게 된 스카우터들은 다들 충격을 받았다. 사실 여기 오기 전에 다들 구단 측의 푸시를 받았더랬다. 말도 애매하게 했다. 높은 사람이 누와라엘리야 예선전에 꼭 가서 사싯이라는 선수를 눈여겨보라고 했다고. 근데 가서 보고 눈에 차지 않으면 굳이 좋게 평할 필요는 없다고. 뒷말은 마음에 들었지만, 누와라엘리야라는 말이 싫었다. 대체 자신들이 왜 이런 오지로 와야 한단 말인가.

'죽기 싫으면 가라고 하던데…….'

항변을 했더니 돌아오는 말이 가관이었다.

'높으신 분이 마피아인가.'

뭐 안 좋은 일이 있을 거라든지, 아니면 말을 들으면 좋은 일이 있을 거라든지 보통 이런 말이 있어야 하지 않나. 대뜸 죽을 수도 있다니, 이게 대체 무슨 일인가 싶었다. 하여간 효과는 있었다. 제아무리 콧대 높은 사람들이라 해도 죽기는 싫었으니까. 하여간 기대 없이 왔다가 월척이 얻어걸린 느낌이 들었다.

"어어, 줄 서."

"야, 나는 프리미어야!"

"어쩌라고 인마."

"아오."

해서 부리나케 달려갔더니, 낯익은 놈들이 죄 감독에게 붙어 있었다.

"어…….'

감독은 얼떨떨한 얼굴이 되어 있었다. 그럴 수밖에 없는 것이, 자기가 요청했던 곳은 몇 군데 되지도 않았을뿐더러 이렇게 명망 있는 클럽들은 있지도 않아서였다.

'설마?'

그럴 리가 없을 거란 생각이 들었지만. 머릿속을 스치고 지나가는 사람은 오직 하나, 백강혁뿐이었다. 그쪽을 저도 모르게 바라보았더니, 강혁은 다른 배우들과 담소를 나누다 감독을 향해 윙크를 보냈다.

'제일 좋은 곳으로, 제일 좋은 조건으로 보내길.'

무언의 신호를 보내면서였다.

'대체 저 사람은…… 사싯아, 큰절 한 번으로는 안 될 것 같다…….'

*

그 후로도 강혁은 촬영팀과 며칠 더 시간을 보냈다. 심지어 누와라엘리야 말고 다른 지역도 갔다. 제아무리 방송 목적이, 그러니까 최대 후원사인 태화물산의 목적이 누와라엘리야 띄우기에 있다고는 해도 딱 여기만 보여줘서는 뭔가 스리랑카라는 나라의 매력도를 다 보여주기 어렵다는 판단 때문이었다.

"여기가 시기리야구나."

"응. 오래된 성이지."

"근데 진짜 바위 위에 있네."

"그렇더라. 엄청 신기해. 앞에 가이드해주겠다는 사람들 바글바글한데, 죄다 사기꾼. 막상 가보면 나무위키보다도 잘 몰라."

"돈은 얼마나 요구하는데요?"

"뭐……. 나한테는 안 붙어서 잘 모르겠어. 보통 10달러 정도면 엄청 잘 주는 거지. 여기 임금 생각해보면……. 몇 시간 움직이고 그거 버는 거니까."

"하긴, 저라도 교수님한테는……."

배우들을 비롯한 촬영 팀은 시기리야 및 식물원 그리고 반군 영역이었던 정글 등을 살피자마자 콜롬보로 돌아가 인도양을 즐겼지만, 강혁은 그거까지는 따라가지 않고 병원으로 돌아왔다. 나머지 애들이 있으니 잘 돌아가고 있을 거란 믿음이 있기는 했지만 그럼에도 걱정이 자꾸 들어서였다. 아니, 그보다도 그거 좀 떨어져 있었다고 멤버들이 그리웠다. 심지어 지금 눈앞에 서서 강혁에게 이런저런 질문을 던져 대고 있는 재원마저도 그랬다.

"뭐 인마?"

"아니, 아니. 교수님이 표정 무섭게 하고 있으면 진짜 무섭잖아요. 지금도 봐. 이거."

"하, 이 새끼. 이거. 내가 이걸……."

"왜요? 보고 싶기라도 했어요?"

"너, 너. 이리 와."

물론 잠깐 말 섞자마자 그리웠던 기억은 저 멀리 사라지고, 두들겨 패고 싶은 마음만 들었다. 재원의 놀라운 재능 때문이었다. 예전 생각해보면 정말이지 어이가 없을 지경이었다. 원래 말을 잘하는 사람도 아니었지만, 특히 강혁 앞에만 서면 더듬거리기 일쑤였는데. 그러던 놈이 이렇게 깐죽거릴 수 있게 될 줄이야.

'실력과 깝침이 비례하는 인간이다, 이건가.'

강혁은 이리 오라고 하기 전에 이미 장미 뒤로 쑥 숨어버린 재원을 바라보았다. 아까 병동 회진 때 본 재원의 환자들을 떠올리면서였다.

'확실히 실력은 좋단 말이지.'

다른 제자들과는 달리 재원만큼은 정말 사람이 없어서 고른 녀석이었는데, 그럼에도 불구하고 발군의 기량을 보여주고 있었다. 아니, 아직까지는 비교할 만한 제자가 없었다. 수제자 그 자체라고나 할까.

"어어, 나온다. 나온다."

하필이면 수제자가 저런 인성이라니. 맨날 두들겨 패면 좀 변할까? 아니면 다니엘처럼 정말 죽다 살아나게 해줄까? 뭐 이런 소름 끼치는 생각을 하고 있으려니, 장미가 소리쳤다. 숙소동 거실에 설치된 TV를 가리키면서였다.

"아, 나오네. 편집팀 진짜 바빴겠다. 이게 벌써 나오네."

강혁이 참여했던 여행 예능 1화가 방영되고 있었다. 나 PD가 꽤 오랜만에 여행 예능으로 복귀하는 것이기도 했고, 출연진들도 빵빵했기 때문에 벌써부터 인터넷 톡 창은 난리였다.

　　— 박서진은 늙지를 않네.

　　— 짐꾼으로 나와야 꿀잼인데.

　　— 야, 이제 몇 년만 지나면 박서진이 할배로 나와야 될 수도 있는 나인데. 어려 보인다고 어린 게 아님.

　　— 짐꾼은 누구야. 아, 이윤석. 약간 무서운데.

　　— 이윤석이 얼굴만 저렇지 사석에서는 진짜 착하다던데.

　　— 진짜? 그 얼굴로 착하다니까 믿기지가 않네.

― 이윤석 바이럴…….

모두 칭찬은 아니었지만 그렇다고 악플은 아니었다. 그저 다들 신나서 떠들고 있다는 느낌이랄까. 하여간 톡 올라가는 속도만 봐도 이 예능의 화제성이 이미 엄청나다는 것 정도는 예측할 수 있었다.

'교수님, 저희는 요새 이걸로 프로그램 망할지 잘될지를 봐요. 걱정되시면 이걸 보세요. 워낙 그림 좋기도 하고 많이 잡혀서……. 재밌을 겁니다. 근데, 정말 웃기게 해도 돼요? 교수님 이미지가…….'

'괜찮습니다. 띄워주기만 하세요. 이미지로 수술하는 것도 아닌데.'

강혁은 헤어지기 전 나 PD와 나눴던 대화를 떠올리며, 창을 살피면서 동시에 입을 열었다.

"이제 한다, 한다!"

약간 들뜬 목소리였는데 이건 어쩔 수 없는 일이었다. 강혁을 잘 모르는 사람은 강혁이 참 심드렁한 인간이라 생각할 수도 있겠지만. 이게 오해지, 사실 강혁은 꽤 잘 들뜨는 인간이었다. 반응이 시원찮은 건 머릿속에 품은 뜻이 워낙 커서 사소한 변화에 그리 관심을 두지 않아서였다.

'대박 날 수도……. 그럼 예약 확 차고…… 경기 일어나면…….'

하지만 이번 건은 절대 사소한 일이 아니었다. 예능 한번 터진다고 뭔 일 생기겠나 싶을 수도 있겠지만, 대한민국 급의 나라에서도 예능 한 번의 파급력이 얼마나 대단하던가. 스리랑카에서는 더더욱 그럴 것이었다. 이제껏 여러 여행 예능이 이를 증명하기도 하지 않았나.

"태화 측에서 돈을 엄청 썼대요. 푸시도 엄청 하고."

"하긴……. 저거 이제 곧 개장인데 방송 나와야 확 잘 될 거 아냐."

"유튜브 올라간 것만으로도 어느 정도 예약이 차기는 한다는데, 그래도 뭐……. 기업 하는 입장에서는 마케팅이 중요하죠."

"재원 선배는 어떻게 그런 걸 다 알아요?"

"아……. 우리 아빠도 사업해서서. 마케팅 엄청 중요하다고 하더라고요."

"아, 맞다. 재원 선배, 완전 금수저지."

강혁이 톡 창과 방송을 번갈아 보느라 대화에 적극적으로 참여하지 못하고 있는 사이, 재원과 경원이 대화를 나눴다. 둘 다 강혁이 여기 없는 동안 나름 태화 측과 대화를 나누어서 그런지 아는 게 꽤 있었다. 게다가 재원은 원래 아버지가 사업을 꽤 크게 하는 사람이다 보니 이쪽으로 아는 게 있기도 했다. 본인은 전혀 관심이 없긴 하지만. 하여간 모두의 기대 속에서 첫 화 방송이 끝났다. 처음은 강혁이 콜롬보 숙소에서 배우들과 만나 첫인사를 나누고, 그러면서 동시에 본인이 잘생겼음을 최선을 다해 인급하는 장년이 수를 이루었다.

"아니……. 왜 이렇게 가서 자기 자랑을 했어요?"

보다 못한 장미가 이마를 짚었다. 정작 장본인인 강혁은 뻔뻔한 얼굴이었다.

"왜? 난 네가 시키는 대로 했는데."

"제, 제가 언제 이런 걸 시켜요? 말끝마다 자기 잘생겼다고 하는데."

"남 까지 말고 자랑하라며."

"아니, 그건…… 깔 것 같으면 차라리 그러라는 거지……. 반응은 어때요?"

"반응? 반응은 좋은데."

"좋다고? 이 인간은 내가 못 믿겠는데."

강혁은 세상만사를 굉장히 자기중심적으로 받아들이는 편이지 않나. 악플도 악플로 안 읽는 재주가 있었다. 심지어 얼마 전이었나, 쇼닥이라는 댓글을 보고서도 껄껄 웃지 않나. 내가 방송을 잘하긴 잘하지 하면서. 아마 장미 같았으면 그거 보고 그거 쓴 인간을 추적했을 터였다. 세상에서 강혁처럼 쇼닥과 거리가 먼 삶을 사는 인간이 어디 있다고 그런 댓을 다나 하면서.

"어……?"

당연히 이번에도 그러고 있을 거라 생각했는데, 의외로 반응이 정말로 좋았다.

　　─ 백 교수님 애쓴다.

　　─ 예능 처음 나오니까 캐릭터 이렇게 잡으라고 한 것 같은데.

　　─ 근데 진짜 잘생기긴 함.

　　─ 이분 근데 왜 교수라고 함? 배우 아님?

— 배우 아니라 의사임.

— 구라 ㄴㄴ

— 진짠데.

생각해보니까 그럴 수도 있을 것 같긴 했다. 원래 강혁을 알고 있는 이들이야 강혁이 좋은 사람이라는 걸 알고 있지 않나. 배우나 방송인이 아니라 의사라는 것도 알고. 그런 상황에서 저렇게 잘생겼다고 주절거리고 있으니 약간 귀엽지 않나. 모르고 있던 사람에게도 크게 문제가 되진 않는 모양이었다.

'역시 뭘 해도 잘생기고 볼 일이다……. 이건가.'

장미는 역시 내가 잘생기긴 했다고 하면서 방송과 톡을 연신 보고 있는 강혁을 보면서 불편하지만 변하지 않는 진리를 떠올렸다. 생각해 보면 강혁은 정말 자기 외모로 인한 특혜를 많이 보고 있는 사람이었다. 사람 살리는 거랑 생긴 거랑 뭔 상관이 있나 싶겠지만, 실제로 강혁은 현재 전 세계에서 개인 후원을 제일 많이 받는 의사였다. 워낙 대한민국이 기업 후원보다는 개인 후원 문화가 강하게 자리 잡은 나라이기 때문이기도 하지만, 유니세프나 국경없는의사회와 같은 NGO 단체들과의 경쟁에서 개인이 이기는 것은 쉬운 일이 아니었다.

"톡 창 터진다, 터져."

"그러게요."

그사이에도 강혁은 들뜬 얼굴로, 심지어 맥주 한 캔에 얼굴이 불콰해진 채로 떠들어대고 있었다. 톡창도 그렇고 방송도 그렇고 죄다 강혁의 기분을 좋아지게만 만들고 있어서였다. 심지어 드론으로 찍은 예고편도 그랬다.

"와……. 예고편 봐라. 저건 내가 봐도 가고 싶다는 생각이 드 네."

"약간 사긴데?"

"원래 방송이 사기도 치고 해야 잘 되지."

"아니, 저거 생각하고 여기 왔다가…… 실망하면 어째요."

"아냐 아냐. 너네가 정신없이 일할 생각만 하고 있어서 그렇지 여기 예뻐."

"저 정도는……."

"예뻐."

"네, 알겠습니다."

재원은 예쁘다는 말로도 협박을 할 수 있다는 걸 몸소 체험하 면서 고개를 끄덕였다. 평소에도 무서운 사람인데 술 때문인지 뭔지는 몰라도 얼굴이 빨개진 상태로 저런 말을 하니까 더 무서 웠다. 이럴 때 괜히 심기 거슬러서 좋은 일이 있을까? 여기서 더 개기는 건 정말이지 멍청한 짓이었다.

'역시 형님……. 줄다리기의 마왕.'

벌써 방송 시작하기 전에 부적절하게 개기다가 한 대 맞고 한 켠에 찌그러져 있던 리처드에게는 그런 재원이 너무 대단해 보 였다.

"근데 이렇게 되면…… 우리는 더 바빠지는 거 아냐?"

다들 방송이 잘되는 것 같아 좋다는 말만 하고 있는데, 한유림이 정반대 의견을 냈다. 들어봄 직한 의견이기도 하거니와 이제 한유림은 강혁이 막 때려도 될 것 같은 나이를 지나기도 한 상황이었다. 더군다나 한유림은 뭔가 의견을 개진할 때 보통 대책도 얘기하는 편이었다. 해서 강혁은 물끄러미 한유림을 바라보았다.

"여행객들이 많아지면 그만큼 환자가 늘긴 하잖아. 왜냐면 여행객들은 일반적으로 좀 들떠 있다 보니……. 특히 여기 지금 개발 중인 관광 코스가 트레킹이잖아? 저기 술집도 그렇고."

"태화에서 개발 중이지. 그래서 최대한 안전하게 가기는 간다고 하던데. 그래도 확실히 다치는 사람이 늘긴 할 거예요. 뭐 방법 있어요?"

"아는 내과 선생한테 문자는 보내놨어. 혹시 돌아가면서 올 생각 없는지. 어차피 휴양지이기도 하니까…… 근데 보통 애들 때문에 다들 저어하더라고."

"아, 너무 오래 오면 애들이 좀 그런가?"

"그렇지. 요새 우리나라 경쟁 장난 아니잖아. 그 뭐냐? 학종? 어유, 미쳤대 진짜."

한유림은 자기 때랑 다른 것은 물론이거니와 지영이 때랑도 또 다르다고 하면서 혀를 내둘렀다. 재원이나 장미, 경원 등도 끼어들어서 고개를 저었다. 강혁만 딴생각을 했다.

"학종이라……. 그게 막 공부 말고 다른 활동도 해야 되고 그런 거죠?"

"응? 그렇지?"

"지금 제일 인기 많은 단과대가 뭐야. 의대 아니에요?"

"응……. 그것도 맞지."

"백강혁이 뭐 써주면 그거 충분히 좋은 활동 되는 거 아닌가? 전직 보복부 장관도 있고. 여기 랩실 하나 열지 뭐. 봉사에 연구까지 한 큐에. 어때요."

"어……?"

랩실을 연다라. 한유림은 강혁을 미친놈 보듯 바라보았다. 말도 안 되는 소리를 해서는 아니었다. 실로 악마의 계책 같아서였다.

'이미 있기는 있지…… 쥐야 백 교수가 잡아 오면 될 일이고.'

실험이라고 해봤자 고등학생이 솔직히 뭐 거창한 실험을 하겠는가. 대학교에 있는 연구실에 간다고 해도, 그러니까 제대로 된 연구를 하고 있는 곳에 가도 고등학생이 거기서 할 수 있는 건 고작해야 뭐 나르는 게 다였다. 심지어 그런 것도 안 하고 그냥 대학원생이랑 같이 실험실 견학하고 노가리 까다가 도장 받아가는 경우도 허다하다 했다.

"혈관 잇는 거 실험해보면 되잖아."

"아니, 그걸 애들이 어떻게 해."

"내가 가르치면 되지?"

"가르치는 거 잘 못 하잖아."

"그렇다고 하기엔 니들 실력을 봐라."

"니들? 니들이라고 했어?"

"막말로 한 교수님도 처음 나 봤을 때랑 지금이랑 비교하면 어때요. 실력이 어때. 양심에 손 얹고 말해봐요."

"으……."

양심에 손을 얹으라는 말을 강혁이 하다니. 약간 모욕적으로 까지 느껴지는 일이었다. 하지만 맞는 말이긴 하지 않나. 확실히 실력이 일취월장하기는 했다. 아니, 그전과 비교하는 게 실례이기도 했다. 그런데도 왜 잘 가르쳐서 이렇게 된 건 아닌 것 같단 생각만 들까?

'너무 강압적으로 배워서가 아닐까?'

학생들도 그렇게 가르치겠다고? 안 될 일이었다.

"아니, 아니. 그래 그건 인정. 근데…… 가르치는 건 나나 양 선생이 하는 게 나을 것 같은데……. 아니면 리처드나."

"그래? 그래요, 그럼."

해서 자기가 하겠다고 나섰더니만 망설임 없이 고개를 끄덕이고 있었다.

'설마 이 새끼?'

그러고 나서야 일이 떠맡겨졌다는 생각이 들었다. 강혁이 껄 껄 웃는 것을 보자 100퍼센트 확신까지 들었다.

'아……. 이 망할…….'

왜 항상 당하고서야 눈치를 챌까. 백강혁이라는 인간이 협잡 꾼이라는 것 정도는 진즉에 알아챘음에도 이랬다.

"그럼 바로 좀 짜보지, 뭐. 우리 그…… 어? 여기서도 학종 생기부라고 해?"

"그 말은 또 어디서 배웠어?"

"난 한 번 들으면 안 까먹잖아요."

"잘난 척하네, 또."

"하여간 여기서도 된다고 광고 때려. 그럼 알아서들 올 거야. 대신 엄마나 아빠의 노동력을 제공해야 된다고 하고. 숙식비도 내라고 하고."

"강도냐……."

말도 안 되는 연구 프로그램 열면서 노동력도 강탈해? 거기에 돈도 내라고? 어처구니가 없었으나 강혁은 이미 눈이 돌아가 있었다.

"뭐가 문제야? 어차피 대학교 연구실도 인맥 없으면 못 들어간다며? 비리의 온상 아냐?"

"그렇게 말하지 말고……. 사람들이 들으면 그런 거 다 비리인 줄 알겠다."

"다 같이 저지르는 비리 나도 좀 하면 안 돼? 돈 벌어서 좋은 일에 쓰겠다고."

"일단 전제가 좀 틀렸다고, 너."

몇 번이나 한유림이 정정을 해주려 해도 별 소용이 없었다.

"하여간 그렇게 하자."

"뭘 해?"

"아까 말한 거. 한 교수님이 인맥 좋으니까 각 대학교에 변통을 넣어요. 의대 교수들 쪽으로. 의대 교수들……. 자식들 의대 보내려고 애쓰잖아?"

"그렇다고 교수들 휴가를 여기서 보내라고 하자고?"

"방송 나갔잖아요. 휴양지라고 해. 낮에 몇 시간만 일하고 놀라고 해."

"그…… 알았다."

한유림은 더 안 된다고 하려다 말았다. 어차피 이런 조건에 여기까지 올 만한 사람이 있겠나 싶어서였다. 그렇지 않나. 대한민국에도 훌륭한 랩실들이 많은데 굳이 여길 와? 말이 안 된다 생각했다.

"아, 나도 생각난 김에 다시 연락해야지. 이제 바쁜 일 한동안 없으니까."

해서 한유림은 전화기를 붙들고 어디론가 사라졌다. 강혁도 그의 뒤를 쫓았다. 딱히 한유림이 제대로 얘기를 하나 지켜보려고는 아니었다.

"아, 뭐야 감시해?"

"아니, 나도 전화할 건데?"

"누구. 누가 있는데."

"나도 아는 사람 많거든요?"

정신과 오진승 선생을 섭외하기 위함이었다. 인도에 갔을 때 비로소 깨달은 바가 있지 않나. 너무 커다란 고난은 불특정 다수에게 트라우마를 일으키기 마련이었다. 물론 고난이 있었다고 해서 모두가 트라우마를 겪는 건 아니긴 했다. 강혁은 지금껏 그토록 많은 일을 겪었음에도 불구하고 괜찮지 않나. 이따금 환자나 보호자에게 과몰입하는 문제가 있기는 했으나, 그 흔한 악몽 한번 꿔본 적이 없을 지경이었다.

'다 교수님처럼 강한 건 아니거든요. 사실 PTSD라는 게 강한 사람, 약한 사람을 가리는 것도 아니고요. 거기는 제가 들어보니

까……. 너무 오래 지속됐어요. 어린아이들 괜찮을까요?'

하지만 제인에게 들어보니 확실히 문제가 있을 것 같았다.

"아, 백 교수님."

"네, 오진승 선생님."

해서 강혁은 정신과 의사를 초청해서 도움을 받아보기로 작정했다. 다행히 강혁의 명성이 워낙에 대단한 데다가, 누와라엘리야의 이야기는 누가 들어도 말이 안 나올 정도로 비극적이었기에 오진승 쪽도 적극적이었다.

"제가 이제야 시간이 좀 나서요. 전에 얘기했던 거 혹시 진행 가능할까요?"

"네. 그렇지 않아도 한 달가량 휴가를 내려고 생각 중입니다."

"개원의신데 그래도 되나요?"

"다행히 환자분들이 이해를 해줘서요. 부원장 선생님들도 다들 좋으신 분들이라."

오진승 선생이라는 사람 자체가 시간이 없을 땐 돈으로나마 기부를 했던 사람이니만큼 나름 봉사 정신이 있기도 했다. 원래 그런 인간들이 있지 않나. 본인 생계가 해결되고 나면 다른 이들의 비극이 눈에 들어오기 시작하는. 심지어 오진승은 딱 시간이 좀 날 때쯤 절친에게, 강혁의 지인이기도 한 이비인후과 의사에게 이끌려 시리아에 다녀온 경험이 있었다. 그때 본 어린아이들의 트라우마는 오진승에게 있어 잊을 수 없는 기억으로 자리하고 있었다.

"그것 잘됐네요."

"그럼 언제 가면 될까요?"

"저희는 빠르면 빠를수록 좋죠."

"네, 제가 이번 달은 아직 진료가 좀 남아서⋯⋯. 아마 다음 주 주말쯤에는 갈 수 있을 겁니다."

"다음 주면⋯⋯."

"아, 그때는 문제가 있나요?"

강혁은 오진승의 말을 들으며 거실 쪽을 돌아보았다. 이미 프로그램이 끝나서 그런가, 리처드랑 다른 이들이 모여서 넷플릭스를 보고 있었다. 맨날 진료만 보는 놈들이 지겹지도 않은지 「A.I. 닥터」라는 이상한 SF 의학 드라마를 보고 있었다.

'재미는 있지.'

바루다라고 하는 싸가지 없는 놈이 좀 기분이 나쁘긴 하지만, 그래도 꽤 잘 만든 드라마였다. 내과적인 고증도 잘되어 있고 캐릭터도 좋고.

'바루다가 존댓말 쓰는 백강혁이라는 말에 대해 어떻게 생각하세요?'

재원이 한번 깝치기에 두들겨 패준 기억이 있긴 한데 하여간 지금 중요한 건 저게 아니라 아까 나온 방송이었다.

"아뇨, 미리 예매를 해야 할 것 같아서요."

"응? 거기 비행기 텅텅 빈다고 하지 않으셨어요?"

"네, 근데 아마 다다음 주에는 안 그럴 수도 있어요."

"아⋯⋯. 알겠습니다. 뭔 일 있나보네요."

"네. 근데 뭐 우리가 준비해야 할 것은 없나요?"

"아……. 실은 꽤 있습니다. 제가 메일로 보내 드리겠습니다."

"알겠습니다."

강혁은 젠틀한 목소리로 전화를 끊었다. 이미 한참 전에 통화를 마친 한유림이 그런 강혁을 뜨악한 얼굴로 바라보았다.

"목소리 뭐야."

"나 원래 이런데."

"지금 다른데."

"꼬셔야 되는 인간이잖아요. 부드럽게 가야지."

"그래 놓고 오면 붙잡아두려고?"

"응. 부자야, 이 사람. 병원 잘돼서. 여기 좀 있어도 돼."

"아니……. 부자가 죄냐?"

"누가 죄래?"

"아, 그렇게는 말 안 했구나."

말은 그렇게 하지 않았지만, 표정이나 말투를 보면 뭔가 부자니까 뜯어먹어도 좋겠단 생각을 하고 있다는 게 명확했다. 아마 조선시대 산중턱 쯤 위치한 산적두목들이 저런 얼굴을 하고 있지 않았을까? 한유림은 오히려 본인이 굳이 따지자면 양반 쪽보다는 산적 쪽 얼굴에 가깝다는 생각은 하지 못한 채 쯔쯔 하고 혀를 찼다.

"하여간 뭐래요?"

"뭐래긴. 공문 만들어서 내린다지."

"이야, 아직도 끗발 날리네?"

"그렇지 뭐. 대통령하고 개인적으로 안부 묻고 사는 사이인 데다가……. 백 교수, 나도 이제 원로야. 학회 내에서 엄청 높다고. 돌아가면 원장 시켜주겠다는 병원이 한두 갠 줄 알어?"

"못 돌아가는데 뭐."

"아, 그래? 나 못 돌아가?"

"어, 한동안은 못 가요. 갈 생각이었어, 설마?"

"아니, 그건 아닌데. 안 가는 거라고 생각하고 있었지. 못 돌아가는 거였구나."

강혁은 황당한 얼굴이 된 한유림 어깨를 두드리면서 말을 이었다.

"방송도 좋고 학종도 좋은데 일단 잡시다. 자야 내일 또 일하지."

"어……. 알았어."

턱으로 침실을 가리키면서였다. 동시에 맞는 말을 했다. 한유림은 내심 「A.I. 닥터」를 보고 싶기도 했지만, 지금 저 소파 앞에 주르륵 앉아 있는 놈들과는 달리 나이가 있는 몸이란 자각도 있었다.

'최 교수님도 벌써 자잖아.'

아마 강성지도 자고 있을 터였다. 노화라는 게 어찌나 무서운지, 이제는 무리하면 바로 몸에 티가 났다. 한유림뿐 아니라 이제 마흔인 강혁도 그럴 터였다. 아니, 그럴 거라 확신하고 있었다. 한데 강혁은 침실 쪽으로 향하는 대신, 맥주 한 캔을 더 까고 소파에 앉았다.

"넌 안 자?"

"난 저거 좀 보고. 재밌던데?"

"나보곤 왜 자라고 해. 나도 저거 보는데."

"어차피 넷플릭슨데 낮에 보든지 해요. 노인네 못 자면 일찍 죽어."

"너도 마흔이야, 인마."

"어, 신체 나이는 스무 살이더라."

"하."

열 받는 소리도 연신 해댔는데 한이 맺히는 건 그 말에 딱히 틀린 소리는 없다는 점이었다. 실제로 강혁은 얼굴로 보나 몸으로 보나, 심지어 생화학적 검사로 보나 젊어 보였다. 아니, 이쯤 되면 그냥 젊다고 해야 옳을 것 같았다. 세상에 대체 누가 저놈을 나이 마흔으로 보겠나. 말마따나 대학생으로 보지.

'개놈새끼.'

순간 열이 뻗쳐서 나도 보겠다고 할 뻔했으나, 때맞춰서 딱 하품이 나오는 바람에 자리에 누운 한유림은 자기 직전까지 강혁 욕을 하다가 뻗었다. 결론적으로 보면 잘한 일이었다. 현지 환자들은 방송과는 아무 관계없이 물밀 듯 밀려왔으니까.

"교수님, 환자 왔어요. 200명."

"어, 나눠서 보자."

"네. 한 차 더 온다던데…… 한 40분 후?"

"어, 나눠서 보자."

그렇게 바쁜 나날을 보내는 와중에도 누와라엘리야에 무언가 일이 벌어지고 있다는 건 다들 느낄 수 있었다. 원래 누와라엘리야가 나름 관광 도시긴 하지만 서양 사람들이나 돌아다니던 곳 아닌가. 한데 머리가 까만 동양인들이 부쩍 늘어버렸다. 특히 방송에 나왔던, 그러니까 다니엘이 운영하는 술집은 그야말로 바글바글했다. 타이밍 좋게 태화호텔이 문을 열며 오프닝 행사로 할인을 진행해서 더더욱 몰리고 있어서였다. 그 바람에 비행기도 연일 매진이었다. 텅텅 비어서 명맥만 유지하고 있던 노선인데 지금은 꽉 차서 온다는 얘기였다. 그 사이에 껴서 온 오진승은 강혁이 했던 말을 상기하며 중얼거렸다.

'정말 그날 예약 안 했으면 못 올 뻔했네.'

한때 정신과는 현장에서 불필요한 거 아닌가 하는 의견도 있었던 적이 있었다. 무리도 아니었다. 바로 앞에서 생명이 스러져가는데 대체 정신과가 왜 필요하다 생각했겠는가. 비단 다른 과 의사들뿐만 아니라, 정신과 의사들조차 그렇게 생각했더랬다.

'그런 생각이 바뀌기 시작했던 게…… 베트남전 이후지.'

베트남 전쟁은 다른 전쟁들이 그러한 것처럼 결과적으로 수많은 사람들에게 상처를 남긴 전쟁이었다. 특히 미국에서는 전후 가파르게 따라오기 시작한 일본의 추격과 둔화하는 성장세, 더불어 상처 입고 돌아온 군인들에 관한 과제를 받아야만 했다. 거기서 미국 정신건강의학회는 생각보다 훨씬 더 많은 사람들이 전투로 인한 신체적인 부상보다 단지 그 현장에 있었다는 이유만으로 정신이 망가진다는 걸 알게 되었다.

'그게 비단 전쟁에서만 그럴 리가 없다는 의견도 나왔고.'

전쟁만 비극인 것은 아니지 않나. 어떤 곳은 삶 자체가 비극이었다. 가령 오진승 박사가 다녀온 아프리카가 그랬고, 중동이 그랬고 또 동남아 일부 국가들이 그랬다. 그곳에서 아이들이 그린 그림을 보고 몇 날 며칠을 울었는지 몰랐다. 그리고 그 순간이 바로 오진승의 삶이 완전히 뒤바뀌어버린 때이기도 했다.

"안녕하세요, 원장님. 누와라엘리야에서 왔습니다."

"네, 안녕하세요. 한국분이시네요?"

"네, 한석준이라고 합니다."

"봉사 단체에 있으신가 봐요."

"아……."

그런 오진승이 보기에 이곳에 와 있는 한국인을 비롯한 외국인들은 다 훌륭한 사람들이었다. 각자 삶이 있을 텐데 그걸 포기하고 여기까지 온 것 아닌가.

'부끄럽구만.'

오히려 아무것도 안 할 때보다도 지금이 더 부채감이 느껴졌다. 현장을 깨작깨작 다니다 보니 대한민국에서는 상상도 하지 못했던 것을 자꾸만 보게 되어서 그랬다.

'뭐라고 하지.'

한석준은 자신을 어쩐지 대단하다는 눈으로 보고 있는 오진승을 보면서 고민에 빠졌다. 당장 오늘도 인스타그램에 누와라엘리야에서 땀 흘리고 있는 자신의 모습을 올리긴 했다. 맨날 임혜란 작가한테 자기 꿈이 봉사였는데 이렇게 오게 되어서 좋다는 말도 하고 있고. 어쩔 수 없는 일이기도 했다. 아무리 강제로 끌려왔다고 해도, 눈이 있으면 현장을 보게 되지 않나. 강혁에게 불만이 있는 것과는 별개로 내가 이렇게 훌륭한 일을 하고 있다는 사실에는 자부심을 갖게 된 지 오래였다.

"정말 대단하세요."

"그……."

하지만 실제로는 공무원이지 않나. 한석준이 소속된 단체는 엄밀히 말하면 대한민국 정부였다. 숙식이야 누와라엘리야 병원 측에서 부담해주고 있지만, 월급은 거기서 받고 있었다. 그냥 월급만 받는 게 아니라, 누와라엘리야에 파견되기 전에 하도 징징 댔더니 생명수당인지 뭔지까지 더해져서 액수가 꽤 컸다. 쓸 일은 없는데 돈이 많이 나오다 보니 오히려 이거 이득이 된 부분 아닌가 싶기도 했다.

"차는 저거 타면 되나요? 오프로드를 달리나보네요."

"아, 네."

"운전…… 고되시겠어요."

"아, 제가 운전하는 건 아니고요. 길이 워낙 험해서 기사님이 따로 계셔요. 저는 가면서 원장님한테 현장 설명드리고 또 궁금한 거 있으시면 답해드리러 온 겁니다. 입국 심사도…… 남들보다 훨씬 수월하셨죠?"

"아……. 그게 왜 그러나 했더니, 그런 거구나. 아이고, 감사합니다. 얼마나 봉사를 열심히 하셨으면 여기 정부가……."

오진승은 한석준을 한층 더 놀랍다는 눈으로 보기 시작했다. 말은 깨작깨작 다녔다고 하지만, 벌써 현장에 나오는 것도 열 번이 넘어서 그랬다. 각종 단체에 소속되어 다닌 적도 많은데 해당 정부나 군벌에서 편의를 봐주는 경우도 없지는 않았다. 물론 그냥 봐주는 건 아니고, 정말 많은 공헌을 해주었을 때만 그랬다.

'그런 게 아니라 우리 정부가……'

한석준은 현재 스리랑카에서 대한민국 정부가 갖는 위상을 떠올렸다. 당연히 미국이나 중국만큼은 아니긴 했다. 거기는 나라라기보다는 대륙으로 설명해야 할 정도로 거대한 무언가 아닌가. 그 둘을 제외하고 나면, 대한민국이 현재 1등이었다. 일본이 불황 이후 동남아 시장에 오래도록 공을 들였다는 걸 감안하면, 정말 대단한 일이었다.

'아, 타이밍 놓쳤네.'

그런 얘기를 좀 하면서 '제가 사실 공무원입니다'라는 말을 하려고 했으나 오진승은 여독에 지치기도 했거니와, 기사가 트렁크 문을 열어주기도 해서 쏙 하고 차 안으로 들어가버렸다. 차는 한석준이 따라 타자마자 출발했다. 인천 공항과 콜롬보 공항을 오가는 비행기가 꽉 차기 시작했지만, 그렇다고 증편을 고려하기엔 시일이 촉박한 상황이어서, 오진승이 공항에 내린 시간은 꽤 늦은 시간이었다. 평범한 여행객이라면, 당연히 여행 예능에서 본 것처럼 하루는 콜롬보 내에 위치한 호텔 또는 게스트 하우스에서 자야 했다. 하지만 오진승은 관광이 아니라 일을 하러 온 것이고 한 달이라는 제한도 있는 몸이었다.

"오늘 가서 환자들…… 아니, 거기 사람들 보는 건 안 되겠죠?"

그렇다 보니 마음이 좀 급했다. 말도 안 되는 질문을 던지게 되었을 지경이었다.

"네? 아……. 여기서 꽤 걸립니다. 도로 사정이 좋아지긴 했는데……. 그래도 4시간 넘게 걸려요. 요새는 차량도 늘어서 막힐 때도 있고."

"4시간이면……."

"도착하면 11시가 넘습니다. 아, 시장하시죠? 여기."

"오. 감사합니다."

"카레빵이에요. 여기 카레가 맛있거든요. 맨날 먹다 보면 물리긴 하는데……. 잠깐 있다가 가시는 분들은 좋아하시더라고요."

"네. 잘 먹겠습니다."

오진승은 한석준이 건넨 카레빵을 먹으면서 창밖을 바라보았다. 이미 차는 콜롬보를 벗어나 하이웨이에 접어든 상황이었다. 이렇게 되면 별생각 없는 사람은 한국과 별반 다를 바 없게 느낄 수도 있을 터였다. 깜깜한 나머지 풍경도 제대로 보이지 않으니 그럴 수밖에 없지 않겠나. 하지만 오진승은 커다란 차이점을 느끼고 있었다.

'여기도 가로등이 없네.'

한국에서 밤이라고 도로가 칠흑같이 어두워지는 경우가 있던가. 어디 이름 없는 도로라면 또 몰라도, 고속도로는 그럴 수가 없는 법이었다. 하지만 개발도상국에서는 그냥 이게 당연했다.

'스텔스 차량도 많고.'

심지어 후미등이 나간 차들도 많았다. 차량을 생산하는 나라에서는 이미 수명이 다했다 판단되는 차들이 돌아다니고 있으니 당연한 일이었다. 여기서는 10년 된 차는 젊은 차이지 않겠나.

"아, 그런데 말입니다."

오진승은 그런 생각을 하면서 카레빵을 욱여넣고는 한석준을 바라보았다. 뜬금없다는 생각이 들진 않았다. 애초에 질문이 없으면 그게 더 이상한 일 아니겠나. 휴가 대신 여기까지 와서 일을 하겠다고 선택한 사람이었다.

"네, 원장님."

"거기 애들이 얼마나 되나요?"

"아……. 아무래도 엄청 많습니다. 인구가 20만 정도 되다 보니까요. 지금 저희 농장들에서 케어하고 있는 애들만 해도 5000명은 되는데 집계 못한 애들은 더 많을 겁니다."

"그래서 직접 뭘 하기보다는 체계를 좀 잡아달라고 하신 거군요."

"네. 다행히 콜롬보 대학생들이 매번 30, 40명씩 와주고 있어서요. 처음에는 다 병원에서만 있었는데 이제 나름 병원도 자체적으로 인력을 뽑아서 거의 농장에 있는 아이들 교육 봉사를 합니다. 근데……."

"쉽지 않겠죠. 아직 학생들인데 누군갈 가르친다는 게……. 게다가 그 아이들은 다른 누군가 배우는 것도 본 적이 없을 테니까요."

"네, 바로 그겁니다. 부모들도 그렇고 뭐라고 해야 할까……. 좀 교육열이 떨어집니다. 우리는 안 그랬는데."

한석준은 말하다 말고 라떼는 스킬을 시전했다. 어느 정도 사실이기도 했다. 대한민국은 밑바닥보다 더한 시궁창에 처박힌 상황에서도 교육에 대한 열망은 있었으니까. 그 덕에 아무것도 없는 나라가 선진국의 반열에까지 오를 수 있지 않았나. 여러모로 참 대단한 나라요, 대단한 민족이라 할 수 있었다. 하지만 오진승은 그걸 빌미로 다른 나라, 다른 민족을 비난하고 싶지 않았다.

"백 교수님한테 들어보니까 민족 전체가 노예 생활을 했다던데요."

"아, 네. 맞습니다. 아유, 참 나쁜 놈들⋯⋯."

"그 기간도 너무 길고요. 생각보다 세뇌가 무서운 것이거든요. 희망이 거세된 사람들은 무엇이 되었건 간에 열의를 갖기 어려워요."

"음."

"그러니 그 사람들을 비난할 일은 아닙니다. 우선 제가 가서 좀 보죠."

"네."

한석준은 역시 정신과 의사라 그런가. 조곤조곤 날카롭다는 생각을 하며 고개를 끄덕였다. 그 후로도 질문과 답변은 계속되었다. 주로는 누와라엘리야 아이들에 관한 얘기였는데, 답변을 해주다보니 어쩐지 더 참담한 기분이 들었다.

'진짜 많이 좋아졌다고 생각했었는데⋯⋯.'

사실 한석준은 나름 뿌듯해하고 있었다. 일단 노동자 처우만 해도 얼마나 달라졌나. 아파도 아프단 말도 못 하고 죽어가던 사람들이 이제는 모두 치료를 받을 수 있었다. 심지어 월급도 열배 이상 올랐다. 덕분에 스리랑카 은행 중 하나가 이곳에 따로 지점을 내겠다는 사업 계획서를 보내왔을 지경이었다.

'근데 애들은…… 애들은 완전히 방치되고 있구나.'

교육이랍시고 하고 있는 것도 정규 교육이 아니라 그저 봉사의 대상 정도뿐이지 않나. 그 흔한 놀이터도 하나 없었다. 적어도 아이들에게만 한정해서 말하면 다니엘을 내쫓고 나서 변한 것이라고는 노동에서 해방되었다는 것이었다. 그것만 해도 커다란 변화이긴 하지만.

"아, 너무 그런 표정 짓지 마세요. 대부분의 현장에서 그러니까요. 그래도 여긴 영양실조 문제는 없는 것 같던데, 맞나요?"

"아, 네네. 먹을 거는 워낙 저렴하기도 하고…… 그냥 막 나는 것도 있고요."

"그러니까요. 그냥 못 먹어서 죽는 애들도 많더라고요. 그런 상황에 처했던 아이들은…… 나중에 정서적으로 문제가 정말 많이 생깁니다."

"아, 그런가요? 하긴 굶는 게 정말 힘든 일이죠."

"그거 때문이기도 하고, 애초에 두뇌 발달이 잘 안 돼서요."

"아……."

해서 절망스럽단 표정을 짓고 있었더니, 역시 오진승이 정신과 의사라 그런지 바로 위로를 해주었다. 딱히 위로가 되지는 않았다. 너네가 데리고 있는 애들이 굶어 죽지는 않았으니 다행이라고 하는 게 뭔 놈의 위로가 되겠는가.

"이제 거의 다 와갑니다."

하여간 차량은 태화호텔이 있는 곳을 지나, 술집도 지나 병원으로 들어서고 있었다. 생각했던 광경과는 전혀 다른 모습들이었다. 이 거리만큼은 변화했다. 정말로.

"별천지네요? 한국분들이 진짜 많네?"

"그 방송 이후로 미어터져요. 솔직히 가격이 여기 물가로 치면 저기 술집 말도 안 되거든요? 근데도 엄청 잘돼요. 한국보다는 훨씬 싸기도 하고 분위기도 좋아서요."

"그러게요. 예쁜 분들도 많고."

"네?"

"아니, 아닙니다."

결혼 못 했다더니 지금 잠깐 스쳐 지나오면서 외모까지 본 건가. 한석준은 하여간 여기 오는 사람들은 다 좋은 사람들이지만 좀 이상한 사람들이란 생각을 했다.

"오, 오네."

제일 이상한 사람 백강혁이 차량 쪽으로 걸어나갔다. 배웅을 해주기 위해서였다.

'여기 있는 동안 최선을 다해서 부려야지.'

"안녕하세요."

"네, 안녕하세요."

차에서 내린 오진승은 강혁과 인사를 하면서 동시에 시간부터 확인했다. 한때 이비인후과 친구의 꼬임에 넘어가 빈티지 시계 니, 줄질이니 뭐니 하면서 한창 시계에 버닝했던 적도 있었는데 지금은 그냥 휴대폰과 연동되는 은하수 시계를 쓰고 있었다. 외국에 와서도 시간을 따로 맞출 필요 없이 딱딱 자동으로 맞춰주니 이보다 더 편할 수가 없었다.

'10시 반……. 좀 늦긴 했는데. 어차피 내일 주말이라 외래는 없으시겠지.'

강혁은 그런 오진승을 보면서 눈을 빛냈다.

'저건 내가 주로 보이는 눈인데?'

밤늦게 오자마자 무언가 시키려는 눈빛이지 않나. 다 좋은 사람들이고 또 열의도 있는 사람이지만 이 시간에 뭘 하려는 사람은 또 처음이었다.

'마음에 들어. 하긴 그러니까 닥터 제인이 추천했겠지.'

국경없는의사회 소속으로도 일한 적이 있고 또 유니세프에서도 일한 적이 있다지 않나. 제인이나 다른 아는 사람들 통해서 들은 바도 그렇고, 그냥 오진승에게 직접 듣기로도 그렇고 하여간 열심인 인간이었다.

"실례가 되지 않는다면 지금 숙소동……. 맞아요?"

"네."

"거기로 다 모여주실 수 있습니까? 단기로 오신 분들은 제외해도 좋습니다."

"응급실에 환자 하나 와서 치료 중이긴 한데, 제가 정리하고 바로 가겠습니다."

"아, 그럼 시간이 좀……."

"아뇨. 제가 하면 금방이에요. 야, 석준아. 숙소동으로 좀 가 있어라. 안내해드려."

"넵."

대체 뭐 하려는 건지가 궁금했다. 설마 다 모이라고 하고 자기 소개는 하지 않을 거 아닌가.

'만약 그러면……'

그것도 잘된 일이었다. 어이는 없겠지만 그걸 빌미로 더 혹독하게 부려먹으면 될 일이니까. 강혁은 그렇게 영 좋지 못한 생각만 해가면서 응급실로 향했다. 객관적으로 보면 꽤 괜찮은 실력자들이지만, 강혁이 키워낸 제자들과 비교하면 처지고 또 강혁의 눈에는 여전히 불안하기만 한 둘이 있었다. 최윤섭, 강성지.

"잘돼가나."

"어? 어. 잘돼가지. 이 정도는 우리 둘도 잘해."

"그래, 솔직히 이러는 거 실례야. 우리도 전문의라고. 아니, 교수님은 애초에 교수님이잖아."

"그럼 뭐 하나. 이 병원에서 제일 못하는데."

"그건…… 성지야, 네가 뭐라고 좀 해봐라. 이 자식 얼굴 보면 요새 혈압이."

"저도 마흔이라 혈압이 있습니다, 교수님."

"하."

강혁은 그 둘을 열 받게 하면서 동시에 환자 상태를 살폈다. 한국인이었다. 교통사고 같은 것은 아니고 그냥 술집 근처에서 놀다가 넘어져서 온 모양이었다.

"아으……. 아파."

그렇다고 또 아주 가볍게 다친 것은 아니었다. 아예 작정을 하고 뛰다가 넘어진 건지 뭔지, 일단 어깨가 빠져 있었다. 이 상태면 앞으로 일정은 거의 망했다고 볼 수 있었다. 병원이 없는 곳이었다면 100퍼센트 그랬을 터였다.

"이거 안 넣어?"

"지금 힘을 너무 주셔서……. 약 주고 넣을, 왜 잡아? 야, 왜 잡아. 어어."

"아파요, 조금."

"야야, 조금이 아니라."

"으아아아아악!"

강혁은 일단 그거부터 넣어주었다.

"울지 말고 어깨 살살 움직여봐요."

"으아아아! 부러…… 부러……?"

"안 부러졌다고. 움직여봐요."

"어? 된다."

"울다가 웃으면 똥구멍에 털 나는데."

"아오."

아마 다른 사람이 응급실에서 이따위 말을 했다가는 바로 민원 감이었을 터였다. 아니면 술도 마셨겠다, 한 대 처맞을 수도 있는 일이고. 생각보다 병원에서 의사나 다른 의료진 상대로 주먹질하는 사람이 많지 않나. 외국에서는 그렇게 하는 순간 그 병원에서 블랙이 되는 것은 물론이거니와 다른 병원에서도 진료가 어려워지기에 거의 불가능한 일인데, 대한민국은 유독 주취자들이나 동네 폭력배에게 관대한 나라다 보니 그런 일이 드물지 않은 정도가 아니라 그냥 비일비재했다.

'친구한테는 미안하지만…… 진짜 멋있다.'

'너무 재밌으시다.'

하지만 백강혁은 괜찮았다. 상대가 남자라면 쫄아서 덤비지 못했고, 이성이라면 반해서 가만히 있었다. 너무 외모지상주의적인 생각 아닌가 싶을 수도 있겠지만, 강혁 정도 되면 외모로 민원을 다스릴 수 있었다.

"그다음 보자. 아, 여기. 이건 잘못하면 흉 지겠는데."

"저, 정말요?"

"가만히 있어봐요. 움직이면 더 다쳐."

"네, 네."

"주사 줘봐. 마취하고 바로 봉합한다."

강혁은 환자에게 가만히 있을 것을 주문하고는 바로 실을 요청했다. 벌써 큰 부상은 둘이 다 처리를 해서 가능한 일이었다. 물론 그렇다고 바로 뭔가 할 수 있는 상황은 아니었다. 적어도 강성지나 최윤섭의 판단으로는 그랬다.

"어……. 타투잉 될 수도 있는데. 여기 좀 박혔잖아."

"뽑으면 되지."

"씻어내야지. 이걸 언제……."

"어느 세월에 씻어. 뽑으면 돼."

"그게 돼?"

"나는 돼."

모래알 같은 것이 얼굴처럼 피부가 얇은 곳에 박히게 되면, 그걸 제대로 제거하지 않았을 경우 문신처럼 남게 되는 경우가 많았다. 그걸 '타투잉'이라고 하는데 생각보다 굉장히 중요한 문제였다. 얼굴 생김새나 인상이 확 바뀌기에 그랬다. 생긴 것과는 달리 나름 꼼꼼한 편인 최윤섭, 강성지는 그걸 다 씻어내고 있었다. 괜히 핀셋 들고 설치다가는 상처를 더 크게 만들 수도 있어서였다. 시간이야 하염없이 걸리겠지만 그편이 예후에 좋았다.

"뭐냐……."

"어떻게 하는 거야."

하지만 강혁은 핀셋으로 대강 커다란 것들을 정리하더니, 마취하라고 줬던 주삿바늘로 톡톡 모래 알갱이들을 건드려 제거하고 있었다. 비옥한 땅이다보니 모래의 색도 새까맸는데, 그래서인지 피부에 박혀 있을 땐 잘 티가 나지 않을 정도로 작은 놈들도 하얀 종이 위에 올려놓으니 확 눈에 띄었다.

"이건 진짜 작은데."

"보이니? 너는 노안 안 와? 나는 왜 이래. 얼굴도 그렇고."

그렇게 모래 알갱이가 쌓여 갈수록 둘의 얼굴은 묘하게 변해 갔다. 아니, 보다 정확히 말하면 조금씩 어두워졌다. 그와는 반대로 누워 있는 환자는, 그러니까 여기까지 놀러 와서 술 먹고 재미나게 놀다가 다친 거라 누구보다 우울해해야 하는 환자는 얼굴이 밝아지고 있었다.

"어, 웃지 마요. 방금 찔릴 뻔했어. 표정 바꾸면 안 됩니다."

"네, 네."

"술을 진짜 많이 자셨나보다. 아프기도 하고 그럴 텐데 웃음이 나오시네."

"아뇨, 아닌데."

"뭘 아냐. 아니긴."

강혁은 사실 환자가 왜 이러는지 대강 알고 있었다.

'내가 진짜 잘생기긴 했지.'

원래 자기 잘난 맛에 사는 사람 아닌가. 대강 비슷한 기미만 보여도 좋을 대로 해석하는 인간이라는 뜻이었다. 그리고 그걸 입 밖에 잘도 내뱉는 사람이기도 했다. 하지만 이번에도 방송 때와 마찬가지로 장미의 의견을 수용하고 있었다.

'자기 자랑을 참으면 더 잘생겨 보인다 이거지. 하긴 방송이 약간 개그가 됐어.'

해서 필사적으로 자랑하고픈 마음을 숨기고 처치에 임했다. 강혁 정도 되면 이 정도 마음속의 번뇌 정도는 문제가 되지 않아서, 금세 처치가 끝났다.

"다 됐다."

"아, 정말요?"

"아쉬워하시네. 일단 좀 누워 있다가 가세요. 술 좀 깨고 가야겠어. 만취야."

"아닌데."

"아니긴. 얼굴도 빌개요."

"아니, 이건."

강혁은 그렇게 끼를 한껏 부리고는 최윤섭과 강성지를 데리고 숙소동으로 향했다.

"환자 컨트롤하는 솜씨가 늘었더라. 아까 우리 둘만 있을 때는 그렇게 짜증을 내시더니 너 오고 나서는……. 비결이 뭐야."

"교수님……. 그거 들으면 상처받을 것 같은데."

"왜."

"몰라서 물으시는 거예요?"

가는 길에 최윤섭은 강혁의 비결에 관해 물었으나, 강성지가 최선을 다해 막아서 다행히 강혁이 입을 또 여는 참사는 벌어지지 않았다. 일단 마음이 급해서도 그랬다. 10분도 채 안 걸리긴 했지만. 애초에 시간이 너무 늦은 상황 아닌가. 뭔가 하려고 하고 있다면 1분 1초라도 빨리 가는 게 맞았다.

"늦었습니다. 죄송해요."

"아뇨, 아뇨. 어차피 지금 이거 나눠주고 있어서요. 괜찮습니다."

"이게…… 뭐예요?"

"문장 완성 검사랑 그림 검사할 것들입니다."

"검사……?"

인사가 아닌 건 다행인데, 대뜸 검사를 해? 그것도 정신과 검사를? 심지어 현장에 있는 봉사 대상자가 아니라 봉사자들에게? 아마 예전의 강혁이었다면 이게 다 뭔 쓸데없는 짓거리냐는 말을 했을 터였다.

"네. 저는 항상 현장에 오면 우선 거기 계신 분들이 괜찮은지부터 보거든요. 어차피 한 달 내내 같이 있으면서 제가 계속 보기는 할 텐데, 그래도 이렇게 검사를 해보면 훨씬 빠를 겁니다."

"음, 뭐. 그렇게 하시죠. 저도 주세요."

하지만 강혁은 꾸준히 성장하는 사람이었다. 그리고 제인에게 이런 말도 듣지 않았나. 모두가 강혁 같을 수는 없다고. 봉사하는 사람 중에 마음의 상처를 안고 망가지는 사람도 많다고. 그제야 그쪽으로 관심이 생겨서 알아보니 확실히 통계가 증명하고 있었다. 생각보다 훨씬 많은 이들이 고통받고 있었다.

'원인으로는…… 내가 힘들어도 티를 내지 못하기 때문인 게 크다고 했지?'

현장에 있다 보면 아무래도 그럴 수밖에 없었다. 힘들긴 해도 뭐가 되었건 여기 사는 사람들보다는 훨씬 낫지 않나. 그런 상황에서 나 힘들어서 뭘 못 하겠다는 말이 쉽게 나올 수는 없는 법이었다. 하지만 힘듦은 상대적이기도 하지만 절대적이기도 한 법 아닌가. 게다가 요새는 인터넷 등이 발달하면서 현장에서도 고국에 있는 이들이 어떻게 지내는지 정도는 체크가 가능해진 지 오래였다.

'인스타그램 같은 게 불행의 원인이라고 하지.'

나는 이렇게 개고생을 하고 있는데 남들은 잘 먹고 잘사는 것 같으면 그것 때문에도 고통스러울 수 있을 터였다.

"자, 다 받으셨죠?"

"네."

"일단 여기에 집을 그려보세요. 숨기지 마시고. 제가 볼 수 있도록 그려주세요. 이차피 해석은 제가 나중에 따로 할 거니까요, 걱정 마시고."

"네, 알겠습니다."

강혁이 그런 생각에 빠져 있던 사이 모두가 물품을 전해 받았고, 그와 동시에 검사가 시행되었다. 집부터 그리라고 하더니, 다음은 나무, 그다음은 사람이었다.

'와……. 진짜 막힘없이 슥슥 그리네. 그런데도 계획된 것처럼 딱딱 잘 그려.'

이렇게 늦은 시간에 갑작스레 던져진 숙제임에도 불구하고 최선을 다하고 있었다. 그중에서 오진승의 눈길을 끈 건 언제나처럼 백강혁이었다. 이 검사가 그림 자체도 중요하지만 그림을 어떻게 그리는지도 중요한데, 정말이지 한 치의 망설임이 없었다. 뭐라고 할까. 자신감과 자존감 그 자체라고 해야 할까? 그림도 그런데 문장 완성 검사는 더했다.

〈내가 가장 행복했던 때는 → 지금 이 순간.〉

〈내가 좀 더 어렸다면 → 대체 어디까지 발전할 수 있을지 상상하기가 무섭다.〉

〈나는 → 완벽하다.〉

오진승은 잠시 강혁의 검사지를 지켜보다가 강혁의 얼굴을 물끄러미 바라보았다. 간혹 중2병 걸린 애들이 장난으로 할 때 이런 검사지가 나오기도 하지 않나. 하지만 강혁은 진지하기 그지없었다.

'알단 하나는 확실하네.'

적어도 이 인간의 정신 건강은 걱정 안 해도 될 것 같았다.

오진승 원장은 일부러 무관심한 것처럼 보이기 위해 뒷짐을 지고 서성였다. 눈도 그냥 느슨하게 뜨고 있었다. 워낙 피곤한 상황이었기에 연기는 완벽했다. 하지만 실상은 모든 의료진의 그림과 문장 완성 검사를 대하는 태도 그리고 실질적 내용들을 면밀하게 살피고 있었다.

'백 교수님은 완전 나르시시즘……. 자기애성 성격장애까지는 아닌 것 같은데…… 그런 경향이 굉장히 강해.'

우리가 흔히 나르시시스트라고, 조금은 가벼운 의미에서 부르는 자기애와는 조금 달랐다. 그랬다면 굳이 그 뒤에 성격장애를 붙이진 않았을 터였다. 대개의 성격장애는 자기 자신은 별다른 불편함을 못 느끼는 데 반해 주변인은 무척 고통스러워지기 마련이었다. 그중에서도 자기애성 성격장애는 다소 착취적인 부분이 있어서 더더욱 남들을 괴롭게 할 수 있었다.

'제인에게 들어보니 이 양반도 좀 그런 경향이 있긴 한데…….'

여기까지만 보면 진짜 100퍼센트 백강혁이 아닌가 싶을 터였다. 강혁을 오래 본 사람이면 사람일수록 더더욱 그런 생각이 들어야 정상이지 않겠나. 하지만 강혁과 이 자기애성 성격장애인 사람들과는 아주 결정적인 차이가 있었다. 보통 자기애성 성격장애는 겉으로 표출되는 것은 극단적인 자기애지만 내면에는 열등감이 숨어 있었다. 하지만 강혁은 딱히 열등감을 느낄 만한 요소가 없는, 그야말로 진짜 잘난 사람이지 않나. 그렇다보니 비뚤어진 부분이 거의 없이 그냥 자기를 사랑하는 사람일 뿐이었다.

'일단 착취가 아니라 지가 제일 고생한다고 했지.'

오늘도 그렇지 않았나. 굳이 응급실에 가서 처치까지 다 하고 온 참이었다. 참 대단한 봉사 정신이라 할 수 있었다.

'그래도 저 문장 완성 검사랑 그림은 꼭 보관해야겠어. 허락을 구해서 학회에 발표라도 해볼까?'

다만 그러한 봉사 정신과는 별개로 강혁이 낸 결과물은 참으로 특이했다. 문장 완성 검사만 그런 게 아니라 그림들도 그랬다. 일단 완성하는 데 걸린 시간이 남들 반도 안 됐다.

"자신감이 넘치시네요."

오진승은 강혁을 데리고 방 안에 들어간 후 입을 열었다. 강혁이 그린 그림들을 보면서였다.

"그렇지 않을 일이 있나요, 뭐."

"네, 사실 그렇죠. 자, 집을 그리셨는데…… 이게…… 집이 맞나요? 건물…… 아니, 빌딩이잖아요?"

"빌딩같이 생긴 집이죠."

"아……. 교수님은 여기 맨 위층에 있는 거예요? 아파트군요?"

"아뇨, 이게 다 제 집인데요."

"아."

강혁의 말에 오진승은 침음을 삼켰다.

'와……. 이런 건 진짜 전 세계 최초일 것 같은데.'

대한민국 사람들의 주거 형태는 거의 공동 주택이지 않나. 특히 서울과 같은 대도시에 사는 사람들은 대개 아파트 또는 빌라에 살았다. 그럼에도 집을 그려보라고 하면 지붕이 있는 단독 주택을 그리는 것이 보통이었다. 그것이 우리가 어린 시절 동화나 기타 매체를 통해 배운 주거 형태이기에 그랬다. 한데 강혁은 웬

빌딩을 그려놓은 마당이었다.

"그럼 이 밑에 왔다 갔다 하는 사람들은 뭐예요?"

"환자요."

"환자……?"

"이게 제가 사는 바로 아래층까지는 병원이에요. 안에 상가도 있고 맛집도 있지만, 일단은 병원."

"아……. 그럼 병원에 사는 게 꿈이에요?"

"종합 병원이 있는 빌딩 펜트하우스가 꿈이라고 해두죠. 의사라면 다들 한 번쯤 꿈꿔보는 집 아닐까요?"

"네……."

오진승은 아뇨, 단 한 번도 보지 못했습니다란 말을 애써 참았다. 강혁은 그런 오진승을 보면서 물었다. 그림에 관해 묻기만 하고 자기 상태에 대해서는 말을 하지 않아서였다.

"그래서 저는 어떤 겁니까?"

"네? 아, 다른 그림도 좀 보고요. 이건 사람이죠? 동성을 그리셨네요?"

"네, 접니다."

"아, 교수님 본인이시구나."

오진승은 지나치다 싶을 정도로 커다란 사람을 보면서 흐음 소리를 내었다. 그냥 크기만 한 게 아니라 엄청 잘생기고, 체형도 좋았다. 보통 이런 걸 그리고 '이게 납니다' 하면 별로 좋지 못한 생각이 들어야 정상일 텐데, 눈앞에 있는 강혁 또한 이렇게 생겼으니 딱히 할 말이 없어졌다.

"나무도 크네요."

"작을 이유가 있나요."

"그것도 그렇죠. 열매는 어떤 열매예요?"

"복숭아요."

"이유가 있을까요?"

"그냥, 제가 좋아합니다. 물렁물렁한 복숭아."

"아……."

정말이지 처음부터 끝까지 자기중심적인 사람이었다. 그나마 다행인 것은 문장 완성 검사에서 부모나 친구에 대한 내용이 있기는 하다는 점이었다. 병리적인 상태는 아니라고 할까? 하여간 진짜 특이한 사람이었다.

'이렇게 되면 주변 인물이 백 교수님을 어떻게 보고 있느냐가 이 팀에 있어서 정말 중요한 문제가 되겠는데.'

만약 팀원들이 백강혁이 나를 착취하고 있다고 느끼고 있다면 큰일이었다. 그럼 봉사고 나발이고 일단 치료를 해야 했다. 문제가 있다면 벌써 강혁의 나이가 마흔이라는 점이었다. 세상을 살다 보면 나이가 든 사람일수록 고집이 세다는 느낌을 받을 텐데, 착각은 아니었다. 교과서적으로도 인간은 나이가 들수록 경직된 사고방식을 갖게 된다고 하니까.

'어쩌면 이쪽이 더 어려울지도?'

오진승은 후 하고 한숨을 쉬다가 이내 강혁이 자신을 빤히 쳐다보고 있음을 알게 되었다. 생각해보니 진료까지는 아니더라도 가벼운 상담 중이었지 않나. 이미 성공한 개원의로서 환자 보는 경험을 충분히 쌓았다 판단하고 있었는데, 이런 실수는 오랜만이었다. 워낙 특이한 케이스를 눈앞에서 보고 있어서 그렇다는 변명 따위는 할 필요가 없었다. 뭐가 되었건 강혁은 지금 내담자로 온 거니까. 해서 오진승은 자신의 실수를 자책하며 서둘러 입을 열었다.

"일단 보면 교수님은 꽤 자기중심적입니다."

"인정합니다."

"자기 주관이 아주 뚜렷하고, 자신이 현재 뭘 원하는지 그리고 미래에 무엇을 이루고 싶은지도 명확히 알고 있어요. 계속 그 목적을 위해 달리고 있고, 그 과정에서 딱히 지치신 것 같지도 않아요."

"음, 그렇죠. 실력 좋으시네."

"다만 걱정이 되는 건……."

"되는 건?"

"다 교수님 같지는 않다는 거죠. 다른 이들을 좀 돌아보셔야 할 수도 있습니다."

오진승은 생각보다 강혁이 말을 잘 받아준다는 생각에, 아주 조심스레 조언을 던졌다. 제인이나 다른 사람들에게 강혁의 성질머리에 대해 들은 바가 있어서 방에 놓여 있던 모니터를 방패처럼 쓰기 위해 손을 슬그머니 올려두면서였다. 그러나 의외로 강혁은 쿨하게 넘겼다.

"그러고 있잖아요."

아니, 다소 뻔뻔하게 넘겼다. 뭔 소리인가 싶었다.

"네?"

"제가 오진승 원장님 오시라고 요청했잖아요."

"어, 네. 그렇죠."

"제가 못 챙기는 부분이 있으면 좀 챙겨주십쇼. 힘들어하는 애 있으면 고쳐달라 이 말씀입니다."

"아니, 이건."

어째 말이 좀 이상하지 않나. 어쩐지 중세 노예선에 탄 선의가 된 기분까지 들었다. 일 못 하게 되는 노예 없게 잘 고쳐달라는 악덕 선주의 당부 같아서 그랬다. 아니, 굳이 거기까지 가지 않아도 되었다. 사실 최근 대한민국에서 이런 일이 꽤 일어나고 있기도 하니까.

'요새 애들이 공부 뺑뺑이 너무 돌다가 틱도 생긴다던데⋯⋯.'

보통 그럼 부모들도 애가 학업 스트레스로 인해 틱이 생겼으니 공부를 줄일 생각을 해야 할 텐데, 최근엔 그냥 틱을 정신과에서 치료받게 하면서 공부는 공부대로 계속 시키는 사람들도 점점 늘고 있었다. 끔찍하단 생각에 부모를 붙잡아두고 상담도 해보았는데, 그 이면엔 부모들의 불안감을 양분 삼아 돈을 버는 사교육 시장이 있었다.

'여기서 그 기분을 느끼게 될 줄이야?'

오진승은 그로서는 실로 오랜만에 평정심을 잃었다. 얼굴이 붉어질 지경이었다. 이쯤 되면 말 꺼낸 사람도 내가 뭔가 실수했구나 싶어야 할 텐데, 강혁은 태연했다. 오히려 오진승의 어깨를 툭툭 두드려주더니 그대로 밖으로 나가버렸다.

"그럼 우리 애들 새것처럼 부탁드립니다."

더 이상한 말을 남긴 채였다.

"다 했으면 교수님부터 들어가요."

"어어, 밀지 마."

"안 들어가니까 그렇지."

"방금 일어났는데 어떻게 발이 그렇게 움직이냐?"

"지금 움직이는데?"

"밀, 밀었. 안녕하십니까."

그러곤 한유림을 방 안에 밀어 넣었다. 강혁 딴에는 한구에서부터 이곳에 이르기까지, 어찌 보면 제일 많이 시달린 사람 같아서 먼저 밀어 넣은 것이었다. 물론 당사자나 마주 앉은 오진승은 그런 생각이 전혀 들지 않았다. 뜻이 좋으면 뭘 하는가. 방법이 이렇게 우악스러운데.

"그, 안녕하세요, 네. 한유림 교수님 맞으시죠?"

"네. 하하."

오진승은 TV에서 간혹 봤던 한유림을 떠올렸다. 어떻게 봐도 인물이 좋다고는 말할 수 없지만, 그래도 장관씩이나 해먹었던 사람이니만큼 때깔은 되게 좋았다. 얼굴도 하얗고, 나름 체격도 좋고. 한데 지금 눈앞에 있는 한유림은 체격이 더 좋아지긴 했지만, 얼굴이 여기 햇빛에 바짝 탔는지 어쨌는지 의사보다는 군인 같았다. 정규군 장교보다는 게릴라 같은 느낌이라고 해야 할까?

"일단 볼까요?"

"네, 여깄습니다. 근데 제가 그림을 못 그려서. 하하."

"음. 집에 이건 부인인가요?"

"아뇨, 사별해서. 딸입니다."

"아, 죄송합니다."

"아뇨, 오래됐어요. 하하."

"사람도…… 그럼 따님인가요?"

"네."

오진승은 이 사람이 딸을 이렇게 사랑하는데 떨어져 있어서 너무 힘들겠단 생각을 하면서 다음 그림으로 넘어갔다. 나무는 이전 두 그림하고는 조금 다른 느낌이었다. 어딘지 모르게 강혁과 닮아 있다고 해야 할까? 그러고 보니 이 사람도 그림이나 문장 완성 검사를 평균치보다 훨씬 빠르게 했더랬다.

"나무는…… 나무는 뿌리가 깊네요. 열매도 많고. 혹시 이거 그리면서 어떤 생각을 하셨어요?"

해서 물었더니 의외의 답변이 날아왔다.

"그냥…… 이곳이 변화하는 게 제 삶의 열매 같아서요. 여기 빈자리는 아직 변하지 못한 부분이라고 생각합니다."

"아, 그럼…… 한유림 교수님에게 이곳은 어떤 곳인가요?"

"제2의 고향 같은 곳이죠. 저는 이곳이 더 살기 좋아지길 원해요. 그런 면에서 백 교수가 있어 다행이죠."

"그런가요?"

"네, 백 교수랑 같이 일하면 알게 되실 텐데, 불가능한 걸 가능케 하는 힘이 있어요."

"그렇군요……. 음. 문장 완성 검사는 시간이 좀 더 걸려서 제가 나중에 보고 말씀드리겠습니다."

"네."

그렇게 한유림이 끝나고 난 후에는 리처드가, 그 후로는 양재원, 장미, 경원, 최윤섭, 강성지, 샘, 쿠트라팔리 등이 들어왔다. 안 그래도 늦은 시간이어서 리처드부터는 그냥 대강의 설명만 듣고 이쪽에서는 설명을 하지 않았다. 생각을 정리하기 위함이었다. 또 문장 완성 검사도 같이 보면 그림에 대한 해석도 더 자세해질 수 있지 않겠나 하는 생각도 있었다. 방 안에 들어와서도 작업은 계속되었는데, 오진승은 꽤 시간이 흐른 후에서야 특이점 하나를 발견할 수 있었다. '언젠가 나는'이라는 문장 뒤에 다들 비슷한 문장을 붙였다는 사실이었다.

〈언젠가 나는 백강혁처럼 될 것이다.〉

〈언젠가 나는 백강혁 교수님처럼 될 것이다.〉

〈언젠가 나는 백강혁이 될 것이다.〉

뭐 이런 식으로? 단 하나, 리처드만 빼놓고서였다.

〈언젠가 나는 양재원 형님처럼 될 것이다.〉

'뭐야, 이 사람은?'

*

오진승은 어제 꽤 늦게까지 누와라엘리야 사람들의 검사 결과지를 뒤적거렸음에도 일찍 일어났다. 자의는 아니었다.

"일어나야죠? 사람들 정신 건강 챙기려면?"

강혁이 깨워서였다.

'난 손님으로 온 거 아니었나?'

소속도 외부인인 데다가 한 달이면 돌아갈 사람이니, 손님이라는 말이 적합할 터였다. 다시 생각해도 그랬고, 아무리 생각해도 그랬다. 아니, 사실 여기 계속 일하러 온 사람이라 해도 이렇게까지 부리면 안 될 것 같았다. 오진승은 바로 어제 하루 종일 비행기를 타고 날아온 데다가, 콜롬보에서부터는 험한 산길을 차 타고 올라온 마당이지 않나. 제아무리 예전보다 찻길이 좋아졌다고 해도 구불거리는 건 마찬가지였다.

"후아암."

"체력이 약하시네."

억지로 아침을 먹으려 앉기는 했는데 연신 한숨 섞인 하품이 나왔다. 강혁은 그런 오진승을 보면서 쯔쯔 하고 혀를 찼다. 대한민국에서 사람을 불러놓고 혀를 차? 직접 아는 사이도 아닌데? 제아무리 정신건강의학과 의사로 살아오면서 수양이 된 몸이라지만 발끈할 수밖에 없었다.

"아니, 그게 아니라요. 어제 무리를 해서 그래요. 교수님도 아시잖습니까. 한국에서 여기까지 오는 게 얼마나 먼지."

"원래는 놀러 오는 곳인데."

"놀러 오는 사람은 콜롬보에서 하루나 이틀 자고 오지 않아요?"

"와서 잤잖아?"

"아니, 이 사람이 진짜."

"아뇨, 아뇨. 제가 미안합니다. 미안해."

"그, 그래요. 미안하죠? 괜찮습니다."

더 뭐라고 하길래 진짜 화를 내려고 했더니 대뜸 미안하다는 말이 돌아왔다. 제인에게서도 그렇고 다른 이들에게서도 그렇고, 강혁이 사과하는 경우는 거의 없다고 들었기에 이것도 좀 당황스러웠다.

'하긴 사람이 좀 거친 거지……. 사과도 할 줄 모르는 사람이 어떻게 현장에서 계속 일을 해. 그것도 단기 봉사도 꾸준히 받아 가면서…….'

사실 현장에서 마주치는 모든 사람이 성인이었던 것은 아니긴 했다. 오히려 이런 사람이 어떻게 현장에서 사람을 돕지? 뭐 이런 생각이 들게끔 하는 사람들도 많았다. 원래 고집이 좀 있고, 자기 주관이 뚜렷해야 남들 다 가는 길을 가지 않고 현장이라는 곳에 올 수 있기도 했고. 또 현장이라는 곳이 워낙에 녹록지 않은 곳이다보니 의도치 않게 사람이 좀 거칠게 변하기도 했다. 현장에 오래 있던 사람일수록 더 거칠었던 것으로 미루어볼 때 아마 그게 맞을 터였다.

'현지 사람들에게 받는 상처도 크다고 하니까…….'

우리가 흔히 하는 착각 중 하나가 바로 가난한 사람은 착하다는 것 아니던가. 책이나 드라마를 비롯한 각종 매체에서 그렇게 비춰주기에 그랬다. 하지만 막상 그들의 삶을 정면으로 마주하다 오면 온갖 적의와 악의 또한 마주하게 되기 마련이었다. 어떤 사람들은 봉사자들을 순진한 봉 취급을 하기도 했다. 그러한 현실 때문에 백강혁 같은 사람이 더 잘 버티는 편이긴 한데, 단기 봉사자를 꾸준히 받을 수 있는 사람은 예외였다.

'나도 처음엔 그랬잖아? 그걸 받아들여주는 게 진짜 쉽지 않은 일인데.'

보통 봉사는 단기로 시작하기 마련이었다. 제아무리 뜻이 있던 사람이라고 해도 처음부터 장기로 나가는 건 어렵지 않겠나. 1주, 2주 이렇게 나가다보면 한 달씩 나가게 되기도 하고, 그러다 정신을 차려보면 어느새 1년짜리 계약서에 서약도 하고 그러는 것이었다. 하여간 그 때문에 단기 봉사자는 온갖 초보 봉사자로 점철되어 있었다. 초보 봉사자는 다 그런 것은 아니지만 대개 '아, 내가 이렇게 좋은 일을 하는 훌륭한 사람이다'라는 생각에 사로잡히기 마련이었다. 그 때문에 누군가 자신을 알아줘야 한다는 생각도 했다. 장기 봉사자 입장에서 볼 때는 정말 같잖은 일인데, 하여간 그걸 받아줘야 했다. 봉사 와서 상처받고 돌아갈 수는 없을 테니까.

'그런 거 받아줄 수 있는 사람이면 인격자지.'

오진승은 그간의 경험을 토대로 머릿속을 정리한 후 강혁을 바라보았다. 이미 생각을 좋은 사람일 거라 정했으니, 어지간하면 그렇게 보여야 정상이었다. 하나 오진승의 망막에 비친 강혁은 그야말로 비열하기 짝이 없는 미소를 짓고 있었다.

"왜 그렇게 웃으세요?"

"체력이 아니라 마음이 약한 것 같아서요."

"네? 그건 또 무슨……."

"근데 그게 원장님 잘못은 아니죠, 뭐. 고생을 해본 적이 없으
니……."

"네에?"

거기에 더해 연신 황당한 소리를 해댔다. 오진승을 더 당황스
럽게 한 것은 주변에 있는 이들이 거의 그와 같은 얼굴을 하고
있다는 점이었다.

"선생님들은 왜…… 그런 얼굴이세요?"

"아니, 뭐. 레지던트 때 생각나서 그렇지."

"난 군의관."

특히 한유림과 최윤섭에게서는 어떤 적의까지 느껴졌다.

"무슨 소리신지……."

"정신과는 편하잖아."

"의무 지원도 안 나가고."

"저는 나갔는데요?"

"총 맞으면 고칠 수는 있고? 총 맞아서 기분이 어땠어요, 뭐
이러는 거 아냐?"

"와……."

의사 친구들 만나면 가끔 이런 일들이 있기는 했다. 원래 사
람이 고생을 하고 나면, 고생하던 시기에는 죽도록 싫어했다가
도 나중엔 고생에 대한 자부심들이 생기기 마련 아닌가. 일반인
들에게 군대가 그러한 곳이라면 의사들에게는 인턴, 레지던트가
그랬다. 그중에서 외과면 아무래도 고생 제일 많이 하는 과에 속
하지 않겠나. 정신과가 그 앞에서 고생에 관해 얘기하는 것은 좀

모양 빠지는 일이기도 했다.

'그래도 그렇지……. 이 양반들이 나이가 몇인데.'

허탈한 얼굴이 되어 고개를 가로젓고 있으려니, 누군가 어깨를 툭툭 쳐주었다.

"원장님이 참으세요. 외과가 원래 그렇잖아요. 솔직히 레지던트가 다 힘들지."

마취과 박경원이었다. 눈을 보자마자 알 수 있었다. 이런 얘기가 나올 때마다 핍박을 받아왔다는 걸.

'그래서 집 담장을 그렇게 높게 그렸구나. 지독한 외과 놈들.'

오진승은 그런 박경원의 손을 맞잡아주고는 고개를 끄덕였다. 그걸 보면서 또 편한 과끼리 부둥부둥한다느니 어쩐다느니 하는 소리들이 들려왔지만, 둘은 일단 무시하기로 했다. 다행한 것은 주말이라 해도 일이 있어 계속 한가하게 시비만 걸 수는 없다는 점이었다.

"일 가자, 일. 이놈들아. 당직은 좀 쉬고 있고. 당직 아닌 놈들은 놀고. 그러기 싫은 놈들은 따라와."

강혁은 밥을 다 먹자마자 급히 몸을 일으키면서 그 자리에 있던 모두에게 시비를 걸었다. 그러곤 오진승을 데리고 밖으로 나왔다.

'주말에도 일을 해야 한다는 게 다행인지는 모르겠는데…… 신기하게 안도가 되네?'

오진승은 이런 게 다 강혁의 술수라는 것은 꿈에도 모른 채, 그 강인한 손에 붙들린 채 차에 올랐다.

"일단 가까운 곳부터 갑시다."

"네. 근데 준비물은 다 있겠죠?"

"아, 있지. 우리 후원금 꽤 들어와요."

"그건 다행이군요."

그러곤 가까운 농장에서 내렸다. 차밭 가운데쯤 커다란 헛간 같은 건물이 놓여 있었는데, 급하게 증축을 했는지 모양은 개판이었다. 이런 건물이 더 늘어나면 완전 살풍경이 될 것 같았다.

"뭘 걱정하는지는 아는데, 급해서 그런 거예요. 앞으로는 외양도 신경 쓸 겁니다. 명색이 관광 도신데 그러면 안 되지."

"아니, 뭐⋯⋯. 먹고사는 게 중하지, 예쁜 게 중한가요."

"여기는 예뻐야 먹고 살아요."

"아."

오진승은 무언가 깨달음을 얻으면서 헛간 아니, 헛간처럼 생긴 임시 학교에 들어섰다. 말이 학교지, 선생님이라고는 봉사 오는 학생들이 전부라 했다. 그 말은 곧 길어야 한 달이면 선생님이 바뀐단 뜻이었는데, 그럼에도 안은 아이들로 그득 차 있었다.

"오. 교복이에요?"

"아니, 그냥 축구복 같은 거 만드는 업체에 말해서 싸게 맞췄어요. 잘 보면 운동복이에요."

"아⋯⋯. 오히려 뭐⋯⋯ 애들이 움직이고 하는 데는 좋겠네요."

"그렇죠. 하여간 오늘은 그림 봅니까?"

"봐야죠. 상태를 보고, 뭐부터 하면 좋을지 알려드릴게요."

오진승은 곧 강혁과의 대화를 멈추고 아이들을 돌아보았다.

강혁도 이제 더 말을 거는 대신 뒤로 슬그머니 빠졌다.

'그나마 전쟁을 겪은 건 아니라…… 애들이 그런 느낌은 없네.'

오진승은 천천히, 시간을 들여 아이들의 표정을 관찰했다. 어차피 지금은 저들끼리 신나서 놀고 있는 와중이라 딱히 시간 낭비라 여겨지지도 않았다. 사실 이렇게 말을 해야 할 것 같은 사람이 가만히 있는 것도 일종의 주의를 환기시키는 기술이기도 하지 않나. 덕분에 오진승은 마음 편히 아이들을 지켜볼 수 있었다. 절망의 대륙, 아프리카를 떠올리면서였다.

'그래, 그때처럼 끔찍한 그림은 보지 않아도 되겠어.'

한국 아이들처럼 자유분방하지는 않았다. 아마 롱하우스에서, 그러니까 부모나 가족이 아닌 다른 어른들과 부대껴 살면서 어느 정도의 통제나 지시를 받아서일 터였다. 게다가 자유의 몸이 아니지 않았나. 사실상 노예 신분이었다고 들었다. 그 때문에 아이들도 차밭에 나가 찻잎을 따거나, 어른들이 일하는 동안 다른 허드렛일을 해야 했다고도 들었고.

'그래도 다른 사람을 죽이라고 시키진 않았을 테니.'

소년병은 정말이지 끔찍하다는 말로도 부족한 일이었다. 상상이나 해봤는가? 기껏해야 여덟 살이나 되었음 직한 아이가 그림을 그려보라 했더니 죽은 친구를 그리고, 열세 살 아이는 자신이 죽였던 사람을 그리는 일을. 오진승은 애써 고개를 털어낸 후, 입을 열었다. 그사이 아이들은 떠들던 것을 멈추고 오진승을 주시하고 있었다.

"안녕하세요, 저는 한국에서 온 오진승이라고 합니다. 오늘은 여러분들하고 그림을 그려보려고 해요."

오진승은 그냥 딱 보기에도 하얀 것이 한국 사람같이 생긴 사람이었다. 거기에 더해 한국에서 왔다고 하자 아이들은 숨소리까지 죽여가며 집중했다. 이곳에서 한국의 위상이 어떠한지 대강 들었음에도 놀라운 광경이었다.

'이게 다 백 교수님 덕분이라고 했지.'

그렇게 훌륭한 사람이 아침엔 정신과라고 놀려? 도무지 종잡을 수 없는 인간이란 생각이 들었다. 고개를 돌아보니 지금은 또 사람 좋은 미소를 짓고 있었다. 딱히 애들을 좋아한다고 들은 적은 없는데.

'연기하나? 에이, 설마. 좋아하는 거겠지. 그러니까 봉사를 왔겠지.'

오진승은 다시 한번 애써 강혁을 좋은 사람이라고 못 박아 생각한 후, 다시 아이들을 돌아보았다.

"자, 스케치북 받은 거 있죠? 못 받은 사람 있으면 손. 음……. 없네요?"

지금 이 헛간 같은 학교에 모인 아이들은 모두 200여 명이었다. 나이는 대략 두어 살 차이까지는 그냥 하나로 퉁쳐서 모아둔 모양이었다. 많아 봐야 열 살은 안 되어 보였다. 근데 이렇게 통제가 잘된다니. 딱히 강혁이 데리고 있는 사람들이 무섭게 대하는 것도 아닌 것 같은데 이랬다. 말 잘 듣는 애들이라고 좋아할 일이 아니었다. 현장 일 하느라 소아 심리에 대해 따로 공부 중인 오진승은 마음이 아파왔다.

'전쟁터가 아니라도……. 상처받을 일은 많겠지.'

사각사각. 곧 아이들은 건네받은 스케치북에 이런저런 그림을 그리기 시작했다. 곧이라고 표현했지만, 사실 엄청난 시행착오를 반복했다. 이곳의 아이들에게는 연필이나 색연필과 같은 물건들이 낯설어서 그랬다.

'그래도 우리 학생들이 나름 최선을 다해줬네.'

해서 콜롬보 대학생들이 처음에 정말 고생을 많이 했더랬다. 쥐는 법부터 해서 얼마만큼의 힘을 줘야 원하는 선을 그을 수 있는지를 가르쳐야 했으니 당연한 일이었다. 그나마 다행인 것은 보람이 있기는 했다는 점이었다. 지금 이 장면만 봐도 그랬다.

'확실히 그림 그리는 걸 진짜 좋아들 한단 말이지.'

강혁은 새하얀 스케치북 위에 뭔지는 모르겠지만, 하여간 열심히 그리고 있는 아이들을 바라보다가, 이내 자기 앞에 선 오진승을 마주했다. 그림 그릴 시간을 충분히 줘야 한다고 들었다. 그 말은 곧 시간이 붕 뜬다는 얘기였다. 강혁이야 원래도 허투루 시간 쓰는 걸 싫어하는 사람이었고, 오진승도 한 달이라는 시간 제한이 걸린 봉사다 보니 서두르고 싶어 했다.

"교수님, 이 농장이 그래도 애들 모이는 곳이라고 들었어요."

"네, 그렇죠. 일부러 이런 설비를 마련했으니까."

"그럼 아이들은 주로 어디서 놉니까?"

"그…… 일단 이쪽으로 오세요."

해서 둘은 누와라엘리야의 아이들이 처한 현실을 최대한 빨리 직면하기 위해 발걸음을 옮겼다.

"어, 석준아. 어디라고?"

"저쪽입니다, 교수님."

"아, 저기야? 애들 저기서 놀아?"

강혁은 한석준이 애들이 평일 임시 학교에 왔을 때 노는 곳이라고 가리킨 곳을 보면서 혀를 찼다. 놀이터라기에 뭐라도 만들어줬나 했는데, 그냥 있던 차나무 몇 개 뽑아둔 게 다였다. 그러니까 진흙밭 비슷한 것이 다라는 얘기였다. 그에 반해 한석준은 어깨를 으쓱해 보일 뿐이었다. 저 정도면 나쁠 게 없다는 반응이었다.

"저 어렸을 때도 뭐 저거 비슷했는데요."

"너 뭐 나이 47세라도 됐냐? 나보다 많아? 뭔 소리야 인마. 흙밭에서 놀았다고?"

"아, 저 고향이 정읍이라. 거기서는 저런 데서 흙 파고 흙장난하고 놀았는데."

"언제까지."

"세 살이요."

"그 후로는 어디 살았는데."

"반포요."

"뒤진다, 진짜."

강혁은 주먹으로 한석준의 무감함을 다스린 후, 오진승을 바라보았다. 오진승은 말없이 아이들의 놀이터, 그러니까 진흙으로 이루어진 공터를 바라보았다.

"이것도 추가적으로 있는 놀이 공간이었다면 아주 좋았을 것 같네요. 아시죠? 서울 애들 촉감 놀이네 뭐네 하면서 일부러 흙 만지는 거."

"놀이터에 흙이 없던데?"

"기생충 때문에 그런 건데……. 그래서 요새는 숲 체험 같은 걸 해요. 서울에 공원이나 산이 커다랗게 있지만, 따로 가지 않고서는 갈 일이 잘 없잖아요. 그런 일환이라고 생각하면 나쁘지 않아요. 하지만 여기는 이것뿐이네요."

"네, 맞습니다."

"일단 너무 작아요. 아이들이 진짜 많던데……."

피임이라는 개념 자체가 없는 곳이지 않나. 그나마 롱하우스라는, 열악하면서도 기이한 단체 생활을 하는 환경이 아니었다면 아이들은 더더욱 많았을 터였다. 하여간 저출산을 걱정하는 한국과는 사정이 많이 달랐다.

"네, 많아요. 사실 여기 못 온 애들도 많습니다."

"차밭…… 줄이면 안 되겠죠? 채산성이……."

"아뇨, 줄일 수는 있어요. 근데 이제 줄이고 거기에 숙소도 만들어야 하고, 학교도 짓고 해야 되는데 놀이터는 또 과연 얼마나 지어야 하는지가 문제죠."

"그것도 그렇네요. 생계가 무엇보다 중요하긴 하니까……."

이제 대한민국에서 '생존'을 논하는 것은 어딘지 모르게 어색한 일이 된 지 오래였다. 여전히 수많은 단체에서 부족하다, 더 마련해야 한다고 하지만 그래도 개발도상국에 비하면 사회 안전망이 단단한 편이지 않나. 하지만 제삼 세계에서 생존은 여전히 일상에서조차 의미를 갖고 있었다. 오진승이 말한 생계란 바로 그런 의미였다.

"네, 균형을 잘 맞춰봐야 합니다. 공간을 무한정 할애하기는 어려워요."

"그렇죠. 음……. 일단 애들 사는 곳도 좀 볼 수 있을까요?"

"네. 여기는 아직 보수가 안 되어 있는데 거의 대부분이 이렇다고 보면 됩니다. 한 90퍼센트 정도? 버는 돈 싹 다 일단 거기에 박고 있는데 워낙에 열악하다 보니까 이게 안 되네."

강혁은 다시 한번 다니엘을 욕했다.

'개새끼. 좀만 더 신경을 써주지 말야. 이게 사람 사는 곳이냐?'

오히려 원시 시대의 주거의 질이 이것보단 나았을 것 같았다. 롱하우스라는 이름만 그럴싸하지, 실상은 기다란 수용소 같은 곳 아닌가.

"아이고. 이게 사진으로 봤을 때랑은 완전히…… 완전히 다르네요."

아니나 다를까, 오진승은 안에 들어서면서 동시에 인상을 찌푸렸다. 버젓이 여기 살고 있는 사람들이 있는데 이렇게 나온다는 게 실례일 수도 있었지만, 지금은 그런 생각이 들지 않을 정도로 놀란 탓이었다. 우선 너무 많은 사람이 부대껴 살 때 나는 악취가 코를 찔렀다. 동시에 너무 어두웠다. 제아무리 창을 낸다고 해도, 일단 사람들이 워낙 많이 사는 곳이다 보니 태반이 어두운 곳이어서 그랬다.

"이런 데 살면 눈도 나빠지겠네."

오진승은 쯔쯔 혀를 차면서 동시에 사람들의 살림살이를 살폈다. 혹 장난감이라도 있을까 싶어서였다.

'아무것도…… 아무것도 없네.'

하지만 이 안에서 장난감이라는 걸 찾는 건 사치란 생각만 들었다. 일단 살림살이라고 할 만한 것들이 없었다. 그저 오래된 잠자리와 허름한 옷 정도가 다였다. 그나마 공용 공간에는 누가 봐도 얼마 전에 마련한 것 같은 냉장고도 있고 했으나, 그것 외에는 정말이지 아무것도 없었다.

"수용소네요, 수용소."

"네. 이것도 그나마 나아진 거예요. 원래는 저런 것도 없고. 심지어 뭐 씻을 만한 곳도 없었어요. 수도 끌어다 오느라 고생했지."

"하……. 아니, 어떻게 21세기에…….'

"나쁜 놈은 벌을 받았으니 걱정 마시고."

비단 다니엘만 어떻게 된 건 아니지 않나. 이곳의 현실을 뻔히 알면서도 뒷돈을 받아 눈감아주고 있던 시장이나 경찰서장 또한 죄다 입장이 아주 난처해져 있었다. 한국 같았으면 감옥에 가고도 남을 죄인 데 반해 좌천에 그쳤다는 게 좀 아쉽긴 했지만, 그래서 오히려 살해 협박에 시달리고 있다고 들었다. 타밀 타이거는 항복했지만, 망령처럼 남은 이들에게서였다. 제아무리 정부군이 승리했다고 해도 스리랑카 북부의 드넓은 정글을 다 뒤질 만큼의 역량은 없었기에 그들에게는 여전히 총과 탄약이 남아 있었다.

'뒤지든가 말든가, 내가 신경 쓸 일은 아니고.'

진짜로 죽을 수도 있다는 말인데, 강혁은 세상엔 죽어 마땅한 사람도 있기는 하다고 믿는 사람이어서 아예 신경을 쓰지 않고 있었다.

"문제는 남은 사람들이네요. 아이고, 이거 규모가……."

"네, 장난 아니죠? 스리랑카 정부 탓을 하기도 그런 게……. 여기도 돈이 남아도는 나라는 아니라서요."

"그렇죠. 음."

오진승은 잠깐 나라는 뭐 하고 있나 하다가 강혁의 말을 듣고서는 입을 다물었다. 이곳이 대한민국이 아니라는 걸 자각한 까닭이었다. 기나긴 식민 통치 끝에 내전과 쓰나미까지 겪은 스리랑카라는 작은 나라 아닌가. 물론 대한민국도 비슷한 역사를 거쳐왔음에도 지금의 부와 번영을 누리고 있기는 하지만. 이게 당연했다면 전 세계 사람들이 왜 한강의 기적이라는 말을 만들었겠나. 기적이라는 말로밖에 설명되지 않을 정도로 드문 일이어서 그랬다.

"그럼 민간 차원에서 할 수 있는 일부터 해야겠네요. 제가 연결해드릴 수 있는 단체가 하나 있기는 합니다."

"오, 어딘데요?"

"서울아동복지후원회라는 곳인데……."

"완전 처음 들어봅니다."

이상한 일은 아니었다. 강혁이 관심을 두고 있는 단체들은 죄다 커다란 곳들뿐이었으니까. 워낙에 큰일을 하고 있으니 그럴 수밖에 없었다. 게다가 강혁은 이제 한국이 아니라 이곳에 적을 두고 있지 않나.

"네, 그러실 거예요. 작은 단체라. 움직이는 돈이 크지도 않고. 하지만 운영비가 거의 없어서 기부되는 돈은 거의 다 후원으로 쓰이는 곳이에요. 특히 장난감 같은 현물 기부를 잘 따와요."

"따와……?"

"명망 있는 여성분들이 하는 단체인데 그렇다 보니까 기업 쪽으로 연이 좀 닿아 있어요."

"아하. 그거 좋네요."

오진승이 말한 건 전혀 그런 뜻이 아니었지만, 강혁은 제멋대로 자기 수준에 맞춰 '서울아동복지후원회'라는 곳이 소위 말해 기업 삥 뜯는 곳이라 이해했다. 그래서 표정이 아주 밝아졌다. 그런 강혁을 보면서 오진승은 별생각이 없었지만, 한석준은 저 양반이 또 이상한 생각을 하는구나 하면서 고개를 가로저었다. 그 시간이 좀만 더 길어졌다면 강혁에게 반드시 걸려서 곤욕을 치렀을 텐데, 다행인지 뭔지는 몰라도 오진승이 다시 헛간 쪽으로 발길을 돌렸다.

"슬슬 보죠. 보고 여기에 어떤 장난감이나 시설이 필요할지 판단을 내려 보겠습니다."

"그림만 보고도 그게 되나요?"

"말이 그런 거지, 사실 대부분의 현장에서 필요한 것은 비슷해요."

"아, 그럼 이거 다 쓸데없는 거?"

"아뇨, 그런 건 아니고……. 사소한 부분은 달라질 수 있으니까요. 하여간 가시죠.”

“네, 알겠습니다.”

사소한 것들이라고 했지만 실은 변화의 폭은 꽤 넓은 폭이었다. 심지어 같은 지역 내에서도 아이들이 속해 있던 집단에 따라 치료 방향을 다르게 하는 경우도 있었다.

‘내가 완전 전문가는 아니지만…… 그래도 조언을 들을 수 있는 방법은 있지.’

그럴 땐 표준화된 치료를 시작하는 것이 제일 좋았다. 세상에 누가 제삼 세계 어린이들에게 그만한 관심을 보일까 싶을 수도 있겠지만, 막상 현장에 나갈 생각을 하고 보면, 꽤 많은 단체와 사람들이 있었다. 그중에서 발군의 위력을 보이고 있는 것은 단연 유니세프였다. 무엇보다 지난 수십 년간 전 세계 어린아이들을 도우면서 쌓인 노하우가 있었고, 그 노하우 중에는 한국전쟁 이후 대한민국 내에서의 구호 활동도 섞여 있었다.

—전 세계에서 유일하게 구호 대상자에서 구호를 행하는 나라가 된 국가, 대한민국.

이런 문구를 정면에서 접하게 되면, 한국 사람이라면 누구라도 가슴이 뜨거워지기 마련이었다. 오진승은 딱히 국뽕이라는 것에 관심이 없는 사람이었음에도 그랬다. 실제 기업 후원은 좀 쳐지지만, 개인 후원은 대한민국이 전 세계 최고란 말을 듣고 나니 괜스레 코끝이 시큰해졌다고나 할까.

‘자, 그럼 어디 볼까.’

오진승은 옛 기억을 뒤로하고 아이들이 그린 그림을 돌아보았다. 기껏해야 열 살 미만 아이들의 그림을 보면서 이걸 다행이라고 해야 할지는 모르겠으나, 하여간 총은 보이지 않았다. 하지만 도처에 죽음은 깔려 있었다. 하긴, 제삼 세계에서 죽음이라는 것이 비단 총기에 의한 것만 있을 리는 없지 않나. 한국에서도 속된 말로 법보다 주먹이 가깝단 말을 하곤 하는데, 이곳은 정말로 그랬다. 다니엘 치하에 있던 누와라엘리야에서는 말을 안 듣는다고 맞아 죽는 이들이 적지 않게 있었다.

"아…… 이거…… 이건 연습시킬 땐 못 보던 그림들인데."

오진승의 뒤에 딱 붙어 따라가고 있던 강혁도 놀란 얼굴이었다. 생각해보면 그럴 만한 일이 아니긴 했다. 설마하니 이곳에 있던 관리인들이 아이들에게 배려를 했겠는가. 배려는커녕 아이들 중에도 오래된 골절들이 많이 관찰되었다. 그 말은 곧 아이들도 처벌에 있어 예외가 아니었다는 얘기였다. 그런 상황에서 다른 이들의 죽음이나 체벌을 목도하는 건 아무것도 아니었을 터였다.

"저도 예상치 못했던 그림이네요. 아…… 이건…… 이건 너무……."

"아, 이런 거…… 괜찮은 겁니까?"

연습 시에는, 그러니까 아이들이 스케치북에 연필 끄적이는 일이 익숙해지도록만 해줄 적에는 그냥 눈앞에 보이는 걸 그리도록 했더랬다. 강혁의 생각이 아니라 오진승의 조언 덕이었다. 괜히 다른 것들을 그리게 했다가 비틀림이 발생할 수 있다는 말도 덧붙였다. 때문에 강혁은 맨날 선한 눈망울로 흙장난이나 치던 아이가, 어떤 나무에 목을 매단 여인의 그림을 그린 것을 보고는 차마 말을 잇지 못하고 있었다.

'나도 내 어린 시절이 딱히 유복했다고 생각지는 않았는데…… 이건…….'

강혁도 어린 시절 어머니를 여의고, 채 다 자라기 전에 아버지도 여읜 사람 아닌가. 하지만 두 분 모두 살아 계실 적에는 지나치다 싶을 만큼의 사랑을 담뿍 주셨더랬다. 그 덕분에 강혁은 타고난 천성에도 불구하고 의사가 될 수 있었고, 또 여기까지 올 수 있었다. 그러나 만약 강혁이 목도한 부모의 죽음이 이런 형태였다 해도 같은 결과를 낳았을까? 강혁은 자신도 모르게 고개를 저었다. 그럴 수 없을 것 같았다.

"일단…… 일단 넘어가죠. 나중에 따로 면담을 해야겠습니다. 아이 이름만 적어두죠."

"네."

오진승도 충격받은 얼굴로 서 있다가, 이내 노트에 아이의 이름을 적고는 걸음을 재촉했다. 슬쩍 보니 그림에 명확한 죽음과 폭력이 드러난 아이들의 이름이 한 켠에 주르륵 적혀 있었다.

'애들…… 많이 싸운다고 했지.'

강혁은 농장에 대한 전반적인 일은 전부 데니스에게 맡기고 있던 참이었다. 한석준도 농장일을 돕고는 있었지만, 명목상 그럴 뿐 거의 병원에 있었다. 강혁이 그렇게 하라고 지시한 까닭이었다. 왜냐면 이제 농장에 강혁이나 다른 이들이 사업적인 일 외에 관여할 만한 일은 시설 개선과 같은, 그러니까 돈 들어가는 일뿐일 거라 판단해서였다. 강혁 본인이 의사이기에 병원 일이 현장에서 제일 중요할 거라 판단하고 있어서이기도 했다.

'네, 아이들…… 아이들 싸움인데 느낌이 그렇지가 않아요. 보통 저렇게까지 때리지는 않잖아요? 이제 아홉 살이에요, 쟤들.'

'그래봤자 애들 싸움이지. 뼈는 안 다쳤어. 금방 나을 거야.'

'아니…… 그런 문제가 아니라, 애들이 너무 싸운다니까요?'

'일단 두고 봐. 붙어 있다 보면 싸움이 잦을 수밖에 없지. 어른도 자기 공간 좁으면 짜증 나잖아. 숙소 더 짓고 하면 저절로 좋아질 거야.'

'그런가…….'

해서 언젠가 데니스가 야밤에 직접 차를 몰고 데려온 아이들을 보면서도 이렇게 말을 했더랬다. 당시엔 나름 합리적인 생각이라고 판단했고 듣던 데니스도 그런가 보다 했다. 하지만 이제 와보니 그런 게 아니었다. 아이들은 정도 이상의 폭력에 너무 많이 노출되어 있었다.

'다니엘 이 새끼…….'

그 바람에 강혁은 다니엘을 다시 차로 쳐야 하나 싶어졌을 지경이었다. 아니, 오랜만에 살심마저 품게 되었다.

"어…… 교수님?"

마침 그림 보는 일이 끝났던 참이라, 강혁을 보고 있던 오진승이 조심스레 입을 열었다. 원래도 만만한 분위기가 아니긴 했다. 강혁같이 생긴 사람은 딱히 상대가 배경을 모르고 있더라도 만만히 볼 수 없지 않은가. 거기에 더해 오진승은 강혁의 행적을 한국대학교 병원 이후로 줄줄 꿰고 있었다.

'의사신데…… 누구 죽일 것 같은 얼굴을 하고 있네.'

그렇다 보니 더욱 조심스러웠다.

"아, 아닙니다. 음…… 좀 어때요?"

다행히 강혁은 아직까지는 오진승이 일단 손님으로 온몸이라는 걸 자각하고 있었다. 그래봐야 조심스레 죽도록 굴려야겠다고 생각하고 있긴 했지만. 하여간 어느 정도 친절하게 대하려고 노력 중이었다.

"아, 네. 마음이 착잡하신가 봅니다."

"그렇네요. 저도 이럴 줄은 몰라서. 후회도 좀 되고요."

"아뇨, 아뇨. 뭐…… 그럴 수 있는 일입니다. 많은 곳에서 그래 왔어요."

원래 아이들은 생각보다 자주 소외되기 마련이었다. 어른이 딱 되고 나면 본인의 어릴 적 일은 정말이지 신기하게 싹 잊어버리는 사람들이 너무 많아서였다. 심지어 무언가 큰 뜻을 품고 있고, 또 그 뜻을 따라 빠르게 변해가고 있는 집단이라면 더더욱 그랬다. 고도 경제 성장기의 대한민국이 그러하지 않았나. 지금와 생각해보면 학교에서 군대식 교육을 했다는 게 말이 안 되지만, 당시에는 그것이 효율이 더 높다는 인식하에 모든 불합리가 묵인되었다.

"하지만 이제부터는 좀 고치긴 해야겠습니다. 아이들…… 생각보다 상처가 굉장히 많아요. 이곳에 있던…… 리프?"

"네."

"그 인간들이 딱히 인도주의적인 사람들은 아니었던 것 같아요."

"그랬을 겁니다. 하긴, 당연했던 건데…… 신체적으로 아픈 사람들만 생각하고 있었어요. 정신적으로는 아예 생각도 못 했네."

"당연한 겁니다, 교수님. 저도 현장에 다니기 전에는 이런 거 몰랐어요. 정신과 전문의임에도 그랬어요."

오진승은 우선 강혁을 위로했다. 어제 본 그림이나 문장 완성 검사 결과지를 보면 딱히 걱정할 필요는 없겠지만. 그래도 정신과 의사로서 눈앞에서 침울한 표정을 짓고 있는 사람을 보니 마음이 아파왔다. 그때 강혁이 아까랑은 조금 달라진 얼굴로 오진승을 물끄러미 바라보았다. 조금 변하긴 했지만, 꽤 극적이기도 한 변화여서 오진승은 저도 모르게 뒤로 한 걸음 물러났다.

"그래서 선생님이 온 거긴 하죠. 해결책을 내주세요. 여기 계시는 동안 다 고쳐야죠."

"어…… 네. 그러려고 온 거긴 하죠. 근데 여기 애들이…… 몇만 명 단위 아닌가요?"

"네. 좋죠? 그만큼 봉사 대상이 많다는 얘깁니다."

"어……."

"부럽다. 저는 다친 사람만 직접적으로 도울 수 있다보니…… 근데 선생님은 사실상 여기 있는 모든 아이가 봉사 대상이지 않나요. 보람 넘치겠어요."

"한 달 만에 그걸 다 보는 건 무리……."

"알아서 잘 해주실 거죠?"

강혁은 그런 오진승을 보며 무리한 부탁을 하는 의뢰인 같은 얼굴을 하고 있었다. 강혁도 이게 무리한 일이라는 건 알면서 그러는 짓이었다. 여기까지 온 이상, 오진승이 좋은 사람이라는 건 사실이지 않겠나. 그런 사람일수록 부담감을 주면 그 부담감에 짓눌려서 더 좋은 결과물을 내기 마련이었다. 게다가 강혁은 이런 그림도 기대했다.

'전쟁터에 여기만큼 애들이 있겠냐…….'

하지만 이곳은 전쟁터와 비슷한 환경이었음에도 묘하게 다른 부분이 있었다. 리프 측은 의도적으로, 자신들이 부릴 수 있는 노동력을 최대한 확보하기 위해, 평균 수명에 한참 못 미치는 나이에 죽어 나가는 노동자들을 대신하기 위해 아이들을 많이 낳도록 장려했다.

'아마 오진승은 여기에 마음이 묶이게 될 거야. 장규선이 한구에서 그랬던 것처럼.'

듣자니 장규선은 점점 한구에서 머무는 시간이 늘고 있다 했다. 그럴 수밖에 없을 터였다. 사람은 마음이 가는 곳에 몸도 향하게 되는 법이니까.

"그, 네. 알겠습니다. 알아서 열심히 해보죠. 일단…… 그림을 보니까 애들이 전반적으로 좀 억압이 있어요. 폭력이나 이런 것에 노출된 부분도 있는데…… 어디 가세요?"

"제가 도울 수 있는 일이 아닌 것 같아서. 뭔가 결론이 나면 알려 주세요. 거기에 필요한 인력이나 설비는 제가 전폭적으로 지원하겠습니다."

"어…… 그래요."

오진승은 방금 강혁이 자신에게 무슨 짓을 했는지 모른 채, 사라져 가는 강혁을, 그리고 이제 놀아도 된다는 말에 밖으로 나가고 있는 아이들과 그 아이들을 통솔하고 있는 아직 너무 어린 학생들을 바라보았다. 아까 처음 봤을 때와 정확히 같은 광경이었으나 느낌은 많이 달랐다. 방금 전까지만 해도 일을 하러 온 느낌이었으나 지금은 그저 저 아이들이 조금이라도 더 행복하길 바라는 마음만 남았다. 그러자면 한시가 급했다. 시간은 없고, 아이들은 많았다. 게다가 상태도 그리 좋아 보이지 않았다.

오진승은 남들이 모두 나간 후에도 자리에 남아 천천히 아이들이 그린 그림을 찬찬히 살펴보았다. 다행히 죽음과 폭력을 그린 아이들이 절대다수는 아니었다. 오히려 적은 편에 속했다. 물론 그렇다고 해서 아무 문제가 없어 보이는 건 아니었다.

'지나치게 경직되어 있어. 연필 쓰는 거에 익숙지 않아서 이러는 게 아냐…….'

대다수의 아이는 그림을 그리는 데 있어 망설임이 있었다. 단지 익숙지 않은 무언가를 하게 되어서는 아닐 터였다. 그러지 않도록 충분히 연습을 시키라고 했으니까. 오진승이 본 강혁은 막무가내일지언정, 해야 할 일을 허투루 하는 사람은 아니지 않나. 일단 이 아무것도 없던 곳에서 이만큼 일궈낸 것만 봐도 알 수 있었다.

'이거 무슨 주저흔도 아니고…… 대부분이 이러네. 분위기가 진짜 살벌했었나봐. 하긴 당연하지. 때려죽이는 놈들이니…… 이

건 거의 피랍되어 있던 아이들이라고 생각해도 좋겠는데.'

충분히 익숙해진 상황이라는 것을 가정하고 보면 아이들의 그림에서 보이는 한 가지 특징이 제일 마음에 걸렸다. 거의 모든 아이가 하나의 선을 긋는 것도 힘겨워했다. 자기 확신이 부족할 때 나타나는 현상이었다. 게다가 어제 백강혁의 그림을 보고 난 후라서 그런지 더욱 그러한 것이 느껴졌다. 어떤 인간은 백지를 보자마자 망설임 없이 쭉 자신이 생각했던 그림을 체계적으로 그려 나가는데, 이 아이들은 시간을 충분히 주었음에도 불구하고 선조차 제대로 긋지 못한 아이들도 있었다.

'주제도 문제야.'

오진승도 강혁도 이 안에 있던 그 어떤 어른도 아이들에게 무서웠던 일이나 슬펐던 일을 그리라고 하지 않았다. 그냥 살면서 제일 인상 깊었던 것에 대해 그리라고 했다. 근데 어떤 아이는 죽음을, 어떤 아이는 병들어 있는 사람을, 어떤 아이는 폭력을 그렸다. 그렇지 않은 아이들도 있었지만, 아예 아무 의미 없는 선과 도형을 나열한 아이들도 있었다. 인상 깊었던 기억이 없다는 얘기였다. 추억이란 것을 쌓을 수 없는 환경에 있었다는 얘기였다.

'장난감이고 나발이고 일단 추억부터 만들어줘야겠구만.'

마음을 굳힌 오진승은 그대로 문서 작업을 하는 대신 어디론가 전화를 걸었다. 강혁을 부르는 것은 아니었다. 국제 전화였다.

다시 재난 현장에서

"네, 선생님. 잘 도착하셨어요?"

"네, 선생님. 지금 거기 몇 시죠?"

"여기는 이제 1시요. 오후."

"아, 여기가 4시간 빠르지. 맞네. 그럼 전화 괜찮아요?"

"네, 괜찮아요. 밥도 먹었고. 딱히 오후에는 일정 없습니다."

"다행입니다."

전화를 받은 이는 유니세프 김한송이었다. 주로 한국에서 각오지로 향하는 팀을 이끄는 일을 했는데, 그래서 그런가 이런저런 노하우가 많았다. 어디 한 군데만 다니는 게 아니다 보니 임기응변에도 능했다. 해서 오진승은 어디를 가건 일단 조언을 들어 보는 편이었다.

"사진도 몇 장 보냈어요. 여기 애들이 그린 거예요."

"그렇지 않아도 방금 봤어요. 거기 무슨 휴양지라고 하지 않았어요. 근데 왜…… 그림이 이래요?"

"휴양지도 있는데, 차밭은 거의 플랜테이션 농장처럼 돌아갔던 모양이에요. 21세기 노예 농장이었다고 하더라고요."

"아…… 거참. 생각했던 것보다 너무 끔찍한데…… 이렇게 되면 우선 음악 치료부터 해야 하지 않을까 싶어요."

"저도 그렇게 생각합니다."

추억을 만들어주는 데 있어 제일 쉽고 빠른 건 역시 음악이었다. 각기 자신이 속한 분야에 따라 생각이 다르겠지만, 정신과 의사로서의 오진승은 음악이 인류가 만든 발명품 중 가장 위대한 것이 아닌가 생각하고 있었다. 연주하는 사람도 듣는 사람도 치유의 경험을 느낄 수 있는 것이 바로 음악이지 않나. 심지어 음악에는 딱히 돈도 필요치 않았다. 악기를 연주하겠다고 한다면 당연히 큰돈이 들어가겠지만, 다행히 인간은 모두 자기만의 악기를 갖고 있었다. 바로 목소리였다.

"합창으로 시작하실 거죠?"

"그래야죠. 악기는…… 여기는 정말 먹고 죽으려도 없어요."

"원장님이 그렇게 말씀하시는 거 보니까 정말 그런가 보네요."

"네, 무리하면…… 뭐 받을 수는 있겠지만, 사실 그렇게까지 돈 쓸 여유가 없을 거예요."

오진승은 아까 봤던 숙소를 떠올렸다. 말이 숙소지 사실상 수용소였다. 돈을 써야 한다면 그쪽으로 먼저 써야 할 터였다. 의식주부터 해결이 되어야 다른 모든 것들이 의미를 갖게 될 테니까.

"네, 다행히 합창도 합주만큼은 아니더라도 특별한 경험을 선사하죠."

"네. 재능 차이도 그나마 적고요."

"네네. 근데…… 그럼 전화는 왜 주셨어요?"

"어떤 걸로 합창을 시작해야 할지 모르겠어서요."

"아."

합창을 하기로 했다고 해서 무턱대고 바로 시작할 수 있는 건 아니지 않나. 무슨 노래를 할 것인지는 정해야 했다. 물론 맨날 쓰는 레퍼토리들이 있기는 했다. 한국의 민요 중 아리랑이 그랬다. 대한민국 특유의 정서인 한을 품고 있다는 평을 듣는 이 아리랑은 의외로 현장에서 반응이 되게 좋은 노래 중 하나였다. 생각해보면 당연한 일이기도 했다. 모든 현장에서 슬픔은 공통된 정서이니까.

"일단 아리랑 하시고요."

"네, 그런 음원도 가지고 왔어요."

"거기 타밀족이라고 했죠?"

"네."

"근데 타밀족이라는 자각이 거의 없다고 하던데…… 맞아요?"

"네, 학생들 통해서 들었는데 발음도 뭉개진다고 하더라고요."

"민족 말살 정책을 폈나……?"

김한송은 한국의 아픈 역사를 떠올렸다. 그러나 오진승은 즉시 고개를 저었다.

"아뇨, 그렇게 성의를 보이지도 않았어요. 딱히 교육을 안 한 모양이에요. 그냥 정말 일꾼으로만 써서……."

"아…… 그냥 하나도 배우질 못한 거구나."

"네. 벌써 한 세기가 지났으니…… 잊는 것도 무리는 아니죠."

"거참…… 그래도 뿌리는 알아야죠. 아마 거기 학생들이 타밀 역사랑 언어를 가르치고 있을 것 같은데, 맞아요?"

"네, 그래요."

"그럼 노래도 그쪽으로 가는 게 어떨까요?"

"아, 그거 좋네요."

한 사람에게 있어 정체성이란 정말이지 중요한 것이었다. 결국, 내면을 단단하게 해주는 힘은 내가 누구인지 아는 데서 나오는 것이니까. 이전에 이곳에 있던 사람들이 이를 의도했는지 아니었는지는 모르겠지만, 하여간 한 민족의 힘을 와해시키는 데 있어서만큼은 엄청나게 효과적인 정책을 썼다고 볼 수 있었다. 이곳 사람들은 자신이 누구인지 모르고 있는 만큼 결집되는 힘도 적지 않겠나.

"그럼 일단 그렇게 가기로 하고…… 놀잇감들도 기부를 좀 받아서 돌려야겠다."

"저희 쪽 키트도 보내 드릴게요. 근데 인원이 엄청 많죠?"

"네. 타깃 후원을 받아야 할 것 같습니다."

"음……. 다행히 백 교수님이 유명하셔서…… 한번 방송해주시면 꽤 들어올 것 같은데."

"해주실까요? 이런 곳에 계시는 분들 의외로 방송 별로 안 좋아하던데."

"해줄 거예요. 얼마 전에 예능도 나오셨잖아요."

"아, 맞네."

일부 고고한 사람들은 그런 강혁을 보고 욕을 하기도 했다. 봉사는 아무도 모르게 해야지 저렇게 다 알리면서 하면 그게 홍보지 봉사냐는 말도 했고, 저 인간 나중에 정치할 생각인 모양이라는 말도 했다. 또 누군가는 한국에도 어려운 사람 많은데 왜 군이 티 내려고 외국까지 가냐는 말도 했다. 아이러니한 것은 그런 말을 하는 인간들 전원이 그저 한국에서 잘 먹고 잘사는 이들 뿐이라는 점이었다. 오진승이 알기로 그중 누구도 한국에서조차 누군가를 돕지 않았다.

"여길 위해서라면 뭐든 할 사람이긴 해요."

"잘됐네요. 그럼 그거 넌지시 운만 띄워주세요. 저희 안 그래도 백 교수님 컨택하려고 했었어요."

"오, 좋죠. 음…… 그럼 저는 다시 그림을 좀 볼게요."

"네, 네."

오진승은 짤막한 통화를 끝으로 그림을 다시 살피기 시작했다. 아까는 전반적인 특성을 잡아내려고 노력했다면, 지금은 그림 그릴 때부터 표시해두었던 아이들의 그림에 집중했다. 유독 상처가 커 보이는 아이들이 있었다. 이 아이들은 그저 음악이나 같이 하는 걸로는 불충분했다. 좋아지기야 하겠지만, 나중에 어떤 문제를 일으킬지 알 수 없었다. 아프리카 등지에서 이미 지난 세대부터 문제가 되었던 소년병들이 지금 어떤 모습이 되었는지를 떠올려보면 쉬이 유추 가능한 일이었다.

'마약과 폭력……'

아직 가치 판단을 스스로 할 수 없는 나이에 누군가를 죽이거나 누군가의 죽음을 목도해야 했던 아이들이 어찌 일반적인 성인이 될 수 있겠는가. 어려운 일이었다.

"여기서만 열 명……. 대충 계산해보면 이 지역에 벌써 수천 명이 있다는 얘긴데…… 아이고……."

생각만 해도 머리가 지끈거렸다. 그때 닫혀 있던 헛간 문이 열리고, 강혁이 돌아왔다. 어딜 가나 했더니만 누군가를 데리고 들어왔다. 얼핏 보면 한국인 같았으나, 입을 여는 순간 그건 아니란 걸 바로 알 수 있었다.

"안녕하세요, 데니스입니다. 농장 사업을 맡고 있습니다."

"아…… 데니스군요."

"이 녀석이 농장에 대해서는 저보다 잘 알아서요. 그림 보니까 간담이 다 서늘하더라고요. 그래서 빨리 잡아…… 아니, 데리고 왔습니다."

강혁은 허허 웃으며 데니스의 등을 떠밀었다. 그 바람에 데니스는 조금 전까지 오진승이 책상 위에 늘어놓고 있던 그림 몇 장을 자동으로 들여다보게 되었다. 썩 유쾌한 경험은 아니었다. 남에게 등이 떠밀리는 것도. 이런 그림을 보는 것도.

"아이고, 이게 뭐야."

"애들이 그린 거예요."

"이것도요?"

"네."

"어…… 얘……?"

"아는 이름이에요?"

하여간 그렇게 들여다보니 목매달고 있는 그림을 그린 아이의 이름이 딱 눈에 들어왔다. 오진승과 백강혁 모두 그런 데니스를 보며 매우 놀랐다. 관리하는 농장이 몇 개고, 거기에 속한 사람이 또 몇인데 여기서 아는 이름이 있어? 말도 안 되는 일이라 여겼다. 하지만 데니스는 남들이 생각하는 것보다 이 일에 진심이 된 지 오래였다. 그토록 어렵게, 무려 고등학생 때부터 스펙을 쌓아 입사했던 CIA보다 이곳에서의 일이 더 소중할 지경이었다. 누군가를 죽이고, 공작해서 세계정세에 영향을 미치는 일도 물론 재미있고 보람 있는 일이었으나, 누군가를 살리고, 경영해서 그 지역을 보다 좋은 방향으로 이끄는 일보다는 못했다.

"네. 교수님도 본 적 있는데. 제가 너무 폭력적이라고 했던……."

"아, 벌써 품행 장애를 일으켰군요. 열 살인데……."

"네. 돌멩이를 들었더라고요. 제가 안 봤으면 어쩌면 더 다쳤을걸요."

"돌멩이라……. 그건 무언갈 봤어야 가능한 일일 텐데."

"물어보니 종종 그렇게 때렸다고 하더라고요. 그 놈들이."

"하."

데니스와 오진승의 대화를 잠자코 듣고 있던 강혁이 저도 모르게 중얼거렸다.

"죽였어야 했나?"

"네?"

"네?"

"아니, 아냐. 계속해."

"아니, 지금 되게 중요한 말이 튀어나온 것 같은데."

"네. 상담이 필요하신 거 아니에요?"

"아니, 아냐. 근데 나 술집 좀."

"어어. 이 양반. 막아요. 잡아!"

"왜, 왜요? 알코올 의존 장애 있으세요?"

"아니, 거기 주인 죽어!"

오진승은 대체 이게 무슨 소린가 싶었다. 백강혁이 술집에 가는데 왜 술집 사장이 죽는단 말인가. 보통 술집에 가는 게 문제가 된다면 알코올 사용 장애나 의존증이 있는 경우일 터였다.

'이상하네? 알코올 사용 장애가 있는 사람들은 보통 이렇게까지 퍼포먼스를 보여주지는 못하는데……?'

오진승은 지금껏 자신이 봤던 환자들을 떠올리며 강혁을 바라보았다. 이 인간은 그냥 뛰어난 사람이 아니라 대한민국 역사에 남을 만한 인간이었다. 그만큼 대단한 업적을 끝도 없이 세우고 있다는 얘기였다. 물론 알코올 사용 장애가 있는 환자들 전원이 드라마나 영화에 나오는 것처럼 딱 한눈에 구분이 가는 건 아니긴 했다. 의사나 변호사와 같은 전문직 중에서도 얼마든지 있지 않나. 겉으로 볼 땐 멀쩡해 보이는데 속은 문드러져버린 이들을 많이 보아왔다. 심지어 동기 중에서도 있었고.

'그래도…… 이렇게까지는……?'

오진승이 그런 생각을 하는 동안 데니스는 정말이지 필사적으로, 죽을힘을 다해 강혁을 잡고 있었다. 딱히 소용이 있지는 않았다. 데니스도 나름 요원 출신이고, 또 지금도 체력 단련을 게을리하지 않고 있음에도 불구하고 강혁은 마치 매미 하나 붙들린 고목나무라도 된 것처럼 손쉽게 밖으로 걸어 나가고 있었다.

"거기 좀 열심히 잡으라고! 지금 눈깔 돌아갔잖아!"

"네? 아니, 뭘. 와 근데 서커스 해도 되겠다."

"감탄만 하지 말고! 정신과 의사라 그런가 왜 이렇게 느긋해!"

"아니, 지금 되게 신기한데……."

"신기한 게 아니라 끔찍해진다고!"

"알았어요, 알았어."

오진승은 솔직히 잘 이해가 가지 않았으나, 하여간 데니스가 얼굴이 붉게 물들어가도록 열과 성을 다해 외치고 있는 걸 보고 있자니 마음이 불편해져서 강혁을 뒤에서 끌어안았다. 그래도 별 소용은 없었다. 오진승은 그냥 전형적인 의사 체형 그 자체였기에 그랬다. 심지어 일반적인 의사치고도 조그마한 편이었기에 그저 질질 끌려가고 있었다.

'안 돼…… 진짜 죽인다.'

데니스는 최대한 힘을 준 와중에도 강혁의 얼굴을 연신 살폈다. 도깨비 같은 얼굴이었다. 전래 동화에 나오는 장난스러운 느낌이 아니라, 부동명왕 같은 얼굴이었다.

'와…… 내가 이런 이름을 다 알고 있네.'

한유림과 백강혁의 세뇌 교육에 놀라다가 다시 정신을 차렸다. 그럼에도 강혁은 헛간 밖으로 별 무리 없이 나올 수 있었다.

"잉."

그때까지 밖에서 애들과 놀아주고 있던, 말이 놀아주는 것이지 거의 맞아주고 있다고 봐도 무방한 한석준이 그런 강혁을 보며 고개를 갸웃거렸다. 매달려 있는 게 애들이 아니라 어른이라는 것만 제외하면 거의 지금 자신과 같은 모양새였다.

"놀아주는 거예요?"

"뭐! 미친 소리야! 눈 안 보여?"

해서 본인도 좀 이상하다고 생각했지만, 이런 질문을 던졌다. 그랬더니 대뜸 데니스가 악에 받쳐서 소리를 질렀다. 그러고 보니 강혁의 눈알이 이상했다.

'아, 저게 눈깔이 돌아간 거구나.'

뭐랄까. 지금까지 그저 사전적 의미만 알고 있던 단어의 의미를 진짜로 알게 된 느낌이라고 해야 할까? 하여간 한석준은 그제야 이게 뭔가 이상한 상황이라는 걸 깨달았다.

"일단 잡아요?"

"어, 잡아! 사람 죽인대!"

"사람을? 의사가?"

"이거 백강혁이야!"

"아, 하긴. 그렇지."

한석준은 말은 안 했지만, 아마 이날 이때껏 강혁이 죽인 사람이 꽤 되지 않을까 혼자 생각하고 있던 참이었다. 사람 살리는 의사한테 사람 죽였다는 말을 하는 게 참으로 실례될 말이겠지만 강혁의 됨됨이와 그가 지금껏 오지에서 이룩한 일들을 보면 그런 생각이 들 수밖에 없었다. 때문에 한석준은 데니스와 더불어 최선을 다해 강혁을 막았다. 다행히 이번에는 효과가 있었다. 한석준도 허우대가 멀쩡한 사람이다보니 붙잡는 힘이 꽤 강해서였다. 그래봐야 강혁이 주먹을 쓰기 시작하면 다 소용이 없었을 텐데, 놀랍게도 강혁은 스스로 걸음을 멈추었다.

'뭐야.'

별생각 없이 눈앞에서 진심을 다해 호소하고 있다 보니 돕게 된 오진승을 제외한 둘은 얼이 빠진 채 그런 강혁을 바라보았다. 이 인간이 또 무슨 꿍꿍이속인지를 모르고 있으니 한없이 불안해하면서였다.

'저 새끼…… 내가 지 죽일 생각하는 걸 알았나? 아니면…….'

강혁 또한 얼이 빠진 얼굴을 하고 있었다. 시선 끝에 걸린 다니엘 때문이었다. 녀석은 아이들과 온 힘을 다해 놀아주고 있었다. 오늘 갑자기 온 상황이라고 하기에는 아이들의 태도가 꽤 친근했다.

"야."

"네."

"일단 내려."

"아, 네."

그렇지 않아도 힘이 빠지기도 했거니와 강혁의 표정이 아까처럼 살벌한 것 같진 않아서 슬슬 의지가 떨어져 가던 데니스가 먼저 강혁의 몸에서 내려왔다. 한석준과 오진승이 그다음이었다. 강혁은 오진승을 제외한 둘에게 물었다. 한석준이야 병원 일이다 뭐다 해서 오만 잡일을 다 시키는 상황이긴 하지만, 그래도 강혁보다는 압도적으로 농장에 자주 오는 편이지 않던가. 아예 붙박이장 신세가 되어버린 데니스는 말할 것도 없었다.

"저 새끼 여기 가끔이라도 오냐?"

"누구…… 아, 아이고 하필 오늘 왔어."

데니스는 누굴 말하는 건가 하고 강혁의 손가락 끝을 주시하다가 신나게 애들한테 쥐어 터지고 있는 다니엘을 확인했다. 원래도 그렇게 체격이 좋은 편이 아니었던 데다가 수술까지 받아서 몸이 축난 바 있는 녀석은 놀아주는 것도 꽤 힘겨워 보였다.

"가끔 오냐고."

"그…… 평일 낮에는 꽤 자주 와요, 사실."

"자주?"

"네."

"여기만이 아니라…… 농장 돌아다니면서 애들한테는 맞아주고, 어른들 만나서 사과도 하고 그러더라고요."

"흐음……."

"그러니까 죽이진 맙시다."

"개과천선이라는 게 진짜로 있기는 하구나."

"네? 아무렇지 않게 제 앞에서 어려운 말 쓰지 말라니까요. 저 교포예요. 미국 사람."

강혁은 항변하는 데니스를 그대로 둔 채 다시 헛간 안으로 들어갔다. 그때까지도 데니스는 당최 개과천선이 뭔 소린가 싶었지만, 하여간 당장 누굴 죽일 것 같진 않아서 안으로 따라 들어갔다. 오진승도 그랬다. 이제 더 맞는 놀이를 하기 힘들어진 한석준도 은근슬쩍 뒤를 따랐다. 강혁은 그런 한석준을 돌아보았다.

"아, 나갈까요?"

제 발 저린 한석준이 이렇게 말하자, 강혁이 고개를 저었다.

"아니, 들어와. 너도 필요해."

"오."

이미 뒷걸음질을 치고 있던 한석준은 웬일로 이런 행운이 있나 하는 생각에 부리나케 달려 들어왔다. 그렇게 자리를 잡은 셋은 제일 먼저 털썩 의자에 앉은 강혁을 바라보았다. 제멋대로긴 해도 뭐가 되었건 간에 리더는 강혁이지 않나. 무턱대고 일 벌이는 통에 실무진은 죽을 맛이 될 때가 많았으나, 하여간 지나고 보면 강혁이 했던 선택 중 틀렸던 것은 없었다.

　"데니스."

　"네."

　"요새 수입이 어떻지?"

　"수입이요? 농장 말씀하시는 거죠?"

　"어. 수출 어때."

　그렇게 묻는 강혁의 눈에는 기대감이 서려 있었다. 비록 강혁이 직접 농장에 뭘 하지는 않았지만 나름 최선을 다하지 않았나. 유튜브에 차 마시는 모습 맨날 올렸던 것은 물론이거니와 방송에서도 농장에 데려갔고, 또 인도에서도 나름 어필을 했던 바 있었다.

　"엄청 늘었어요. 뭔지는 모르겠는데…… 인도 뉴델리 쪽에서 최상등품 수입이 늘어가지고요. 영국으로 가던 거 이제 거기로 다 가요."

　"영국 놈들은 아직도 우리 차는 안 마셔?"

　"들어가기는 하는데……. 최상등품은 못 들어가요. 뒤끝 있더라고요."

　"지들 손해지 뭐."

"네, 그리고 한국에서도 요새 홍차가 나름 인기가 생긴 모양이 더라고요. 방송도 탔는데, 그 후로 백강혁 날씬한 게 홍차 때문 이다 뭐 이런 식으로 바이럴 타가지고."

"난 그냥 평생 이랬는데. 타고난 거야."

"아, 네."

데니스는 하루라도 자기 자랑을 하지 않으면 입 안에 가시가 돋나 하는 생각을 하면서 강혁을 잠시 외면했다.

'내가 이거 바이럴 시키느라 얼마나 고생했는데…….'

속으로 그간의 고생을 떠올리면서였다. 하여간 강혁이 여러모 로 도움이 되기는 했더랬다. 이제 이곳 농장에서 생산되는 차는 전량 수출되고 있었으니까. 그것도 다니엘이 리프 상표 달고 팔 때보다 가격이 오히려 올라 있었다. 다행히 MZ세대를 중심으로 홍보가 되었는데, 이 세대들은 가성비보다 공정 무역 등의 가치 소비를 훨씬 중요하다 여기고 있어서였다.

"그럼 관광 수입은? 차 체험은 어때?"

하여간 강혁은 장사 잘된단 말에 푸근한 미소를 지어 보이곤, 이번엔 한석준을 바라보았다. 이번에도 기대감 어린 눈을 하고 서였다. 강혁을 무서워하는 한석준으로서는 조금이라도 켕기는 게 있었으면 눈을 피했을 터였다. 하지만 이번만큼은 자신이 차 고 넘치는 상황이다보니, 담담한 얼굴로 마주한 채 입을 열 수 있었다.

"아, 그것도 장난 아니에요."

"장난이 아냐?"

"미쳤어요. 지금 농장 체험은 예약이 반년 밀렸어요."

"어? 반년? 그거 되게 비싸지 않냐?"

"비싸죠. 4인 가족 체험하면 거의 10만 원인데. 저희가 굿즈도 끼워 팔기는 하지만 굿즈 그거 뭐…… 솔직히 아무것도 아닌데."

"그렇게 말하니까 너무 폭리 취하는 나쁜 장사꾼 같은데."

"저희 배 불리려고 버나요, 뭐. 다 여기다 쓰려고 하는 거지. 하여간 농장도 그렇고 그런데…… 진짜는."

한석준은 자신도 모르게 뒤를 돌아보았다. 문이 굳게 닫혀 있었지만, 오진승을 제외한 모두는 한석준이 본 게 다니엘이라는 걸 알고 있었다.

"술집이 미쳤어요. 거기 초반에 그…… 이벤트로 판 샴페인 말고는 솔직히 바가지잖아요. 스리랑카에서 뭔 맥주 값이 거의 10달러가 넘냐고."

"나 비난하는 거 아니지? 그거 가격 책정 내가 한 것 같은데."

"아니, 비난하는 게 아니라, 그래도 엄청 팔려요. 분위기가 워낙 좋기도 하고, 그 방송 나가고 여기가 무슨 이비자 클럽처럼 소문이 났나봐요. 한국 사람들만 오는 게 아니라, 왠지 모르겠는데 서양 애들도 거기로만 와요. 호텔 단지가 아니라."

"그래? 하긴 핫하다고는 들었어."

"네. 뭐, 거의 강남 한복판에 있는 클럽 정도는 될걸요, 수입이. 근데 거기서 나오는 돈 다 저희가 들고 오잖아요. 다니엘은 바지…… 아니, 월급 사장이니까."

"강남 클럽이 얼마나 버는데?"

"네?"

한석준은 신나게 떠들다 말고 어이가 없다는 눈으로 강혁을 바라봤다.

"클럽 안 가보셨어요?"

설마 하면서였다.

"안 가봤는데."

"에이, 거짓말."

"진짜야. 다 너 같은 줄 아냐?"

"아니, 왜 갑자기 저를."

"한 교수님이 너 인마 청주 한씨의 망나니였다고 얼마나 성토를 했는데. 죽돌이였다며. 거기 어디냐…… 디브릿지? 그래 거기."

"에이, 그 정도는…….."

"하여간 얼마 버는데, 저기."

"달에 거기서만 한 2, 3억은 나와요."

"뭐? 2, 3억? 진짜야?"

"네."

"아니, 그럼 우리 뭐 하고 있는 거야. 빨리 놀이터랑 학교 다 만들어야지. 술집 수입은 싹 애들 위해 쓰기로 했잖아."

이른바 개같이 벌어서 정승처럼 쓰자, 이것이 누와라엘리야의 모토였다. 한 달에 2, 3억. 스리랑카에서 맥주 10달러.

"원가는 1달러인데 그렇게 파니까 많이 남죠! 게다가 샴페인은 더 남아요. 여기 왜인지는 모르겠는데, 인도 부자들이 그렇게 온다니까요. 바가지 씌울 때 미안하지도 않게…… 막 벤츠 끌고 올라와 여기를. 솔직히 오다가 바닥 긁힐 것 같은데."

한석준은 신나서 떠들어댔다. 관계자가 아닌 상황에서 이런 말을 여과 없이 듣게 된 오진승을 제외하고는 다들 술도 없이 얼굴이 불콰해졌다. 처음 여기 왔을 때만 해도 솔직히 농장 경영하는 거부터가 꿈의 영역에 있었는데, 지금은 농장 굴러가고 있는 것은 물론이거니와 술집이니 카페니 하면서 임대업까지 하고 있었다. 심지어 바가지를 대폭 씌워가면서였다.

"벤츠 끌고 여기까지 올 사람들이면 바가지 씌워도 되겠다."

"네, 뭐. 사실 그리고 분위기는 진짜 좋잖아요. 거기 가까이에 태화호텔도 있고 해서…… 이동도 좋고."

"그렇긴 해. 강남보다 여기가 낫지. 그리고 맥주가 원가가 싼 거지. 사서 여기까지 옮기는 수고는 생각 안 하냐? 따지고 보면 길도 우리가 깐 거야."

"아, 맞네요."

셋은 껄껄 웃으면서 자신들의 바가지를 합리화했다. 실제로 그럴 만한 이유가 있기도 했다. 개발을 주도한 것도, 그렇게 개발된 곳을 홍보한 것도 다 이들이지 않나. 아니, 엄밀히 말하면 강혁이 다 했다고 봐도 좋았다.

"하여간 그래서 말인데…… 우리가 월에 2, 3억씩은 애들 노는 데, 그리고 교육하는 데 다 털 수 있어요."

강혁은 그 후로도 꽤 오래 낄낄거리다가, 오진승을 돌아보았다. 그때까지 오진승은 꿔다 놓은 보릿자루보다도 못한 신세였기에 얼굴에 자못 반가운 기색까지 돌았다.

"아, 네."

"원래는 교육이 진짜 시급하다고 생각했거든요? 개인적으로 장학금 써서 대학 보낼 놈도 있고 해서. 근데 오늘 보니까 애들 정신 건강이 더 문제네. 문제가 있을 것 같긴 했는데, 이 정도일 줄은 몰랐어."

"네 뭐…… 저도 좀 놀랐습니다."

"그래서 월 1억 5000 정도를 투입해서 애들 고쳐보려고 합니다. 이거 오진승 원장님 조언대로 집행할 거니까, 잘 좀 알아서 해주십쇼."

"네? 그렇게 큰돈을…… 제가요?"

"드린다는 게 아니라, 집행하게 도와달라고요. 최선 좀 다해봅시다."

강혁은 오진승의 어깨를 툭툭 두드렸다. 원래도 그렇게 넓지 않은 어깨가 더 움츠러들었다. 어딘지 모르게 두드리는 손길에서 협박하는 듯한 기운이 느껴져서 그랬다.

'착각은 아닌 것 같지?'

정신과 의사로 여태껏 살아오면서 쌓은 경험이 있었다. 심지어 의사로 꽤 성공하지 않았나. 비단 개원만 잘한 게 아니라, 유명세도 타봤더랬다. 방송도 꽤 자주 나가고, 라디오는 심지어 진행도 해보고. 그러면서 워낙 많은 사람을 만나다보니 그게 또 진료에 보탬이 됐다. 사실 진료뿐만 아니라 다른 여러 일을 하는데 있어서도 그랬다. 그게 지금이었다.

'뒤에 있는 사람들도…… 나를 그 비슷한 눈으로 보고 있어.'

스톡홀름 증후군이라고 하던가. 인질이 범인에게 동화되는 현상으로 꽤 유명한 증후군인데, 유명한 것치고는 실제로 보기는 어려웠다. 워낙에 희귀한 상황이어서 그랬다. 하지만 오진승은 이 순간 나머지 둘이 그 증후군을 일정 부분 겪고 있다 느꼈다. 듣자니 지들도 딱히 원해서 지금 일을 하는 것 같지 않은데, 눈빛으로 최선을 다해달라 말하고 있지 않나.

'거참……. 아니, 근데 월에 1억 5000이면…….'

한 해로 따지면 18억이었다. 구제 사업에 쓸 돈이라고 생각하면 절대, 절대로 적은 돈이 아니었다. 특히 이런 제삼 세계에 뿌려질 때는 돈의 압력이 아예 달라지지 않나. 대한민국 기준으로 생각해서는 안 되었다. 그렇다고 해서 한눈에 알아볼 정도로 탁탁 지역이 변해가지는 않겠지만, 반드시 변화될 거란 확신은 가질 수 있는 수준의 돈이었다.

"이거 부담되는데요. 적은 돈이 아닌데……."

"적은 돈이 아니죠. 그리고 소중한 돈입니다. 그래서 원장님께 부탁하는 거예요. 저나 이 친구들 또는 다른 의료진들이 쓰게 되면…… 아무래도 허투루 쓰는 돈이 있을 거 아닙니까? 쓸데없는 거 만들고 뭐 이럴 수 있을 거란 말이죠."

"아…… 그렇긴 하죠. 음…… 알겠습니다. 제가 여기 있는 동안 최대한 많은 농장 다니고 또 애들도 보고 하면서…… 계획을 잘 짜보도록 하겠습니다."

"좋습니다. 그럼."

"아, 교수님은 어디 가십니까?"

"병원 가야죠. 당직은 아니긴 한데, 여기가 요새 돈이 돌다보니 공사도 늘어 간혹 사고가 나서."

"아……."

평생을 대한민국에서만 있거나, 여행을 다녔더라도 관광지에만 다닌 사람이라면 잘 이해가 가지 않을 말이었다. 경제 호황이 왔는데 왜 사람들이 죽거나 다친단 말인가. 사실 대한민국 정도의 선진국에서는 말이 안 된다고 치부해도 좋을 말이었다. 대한민국은 인프라도, 사람들의 인식도, 법도, 장비도 그 외의 모든 것들이 다 마련되어 있는 상황이니까. 하지만 개발도상국에서의 개발은 거의 모험 같은 일이라고 보면 되었다.

'아무리 얘기해도 들어 처먹질 않으니…….'

그나마 강혁이나 태화 등이 관여하고 있는 공사는 사정이 나았다. 태화는 시스템이 이미 마련되어 있고, 강혁은 돈을 벌려는 개발업자가 아니지 않나. '천천히 해도 좋으니 다치지만 마라'란 생각이 깔려 있다는 얘기였다. 하지만 대부분 업자는 그렇지가 못했다. 심지어 인부들도 그랬다. 매뉴얼 따지느라 허비하는 시간에 그냥 쉬거나 아니면 빨리 일 마치고 일당 높여서 받는 게 이득이라고 생각했다.

"그렇겠네요. 얼른 가보시죠. 저는 여기서 그림 좀 보고…… 혹시 시간 되면 다른 농장도 좀 보겠습니다."

"아, 그래요. 데니스 네가 오늘은 좀 해줘. 한동안은 너네 둘이 돌아가면서 알았어?"

"네, 그렇게 하겠습니다."

"네."

오진승은 현장에 다닌 경험을 통해 개발도상국의 '개발'이라는 것이 얼마나 위험천만한 것인지 잘 알고 있었다. 심지어 직접 다칠 뻔한 적도 있었다.

'여기도 뭐 비슷하겠지.'

예상치 못했던 대형 참사였고, 그 바람에 정신과 의사인 오진승까지 치료에 동참했어야 했다. 인턴 때 이후 처음이었다. 돌이켜보면 끔찍했으나, 어떻게 생각하면 또 할 만하기도 했다. 정신과 전문의라고 해도 어찌 되었건 의사는 의사지 않은가.

"혹시 밤에 일손 부족한 일 생기면 저라도 돕겠습니다."

해서 오진승은 어차피 봉사 왔다는 생각에, 정말로 좋은 마음에서 이런 말을 꺼냈다. 강혁은 그런 오진승의 손을 고사리손 보듯 했다.

"네, 뭐."

표정만 그런 게 아니라 말투도 비슷했다. 네가 도움이 되면 얼마나 되겠냐, 뭐 이런 느낌이었다. 순간 욱한 오진승은 해서는 안 될 말을 덧붙이고야 말았다.

"저 나름 수술 잘합니다. 보조 꽤 들어갔어요."

"오, 그래요? 그럼 뭐. 알겠어요."

그래봐야 강혁은 어깨만 한 번 으쓱했을 뿐이었다. 무시해서가 아니라 각자의 전문 분야를 존중해서 그랬다. 막말로 강혁이 정신과 진료를 보면 어떻게 되겠는가. 환자 상태가 죄다 나빠질 것은 자명한 일이었다. 반대로 오진승은 외과 분야에서 비슷할 확률이 높았다. 더욱이 강혁의 눈으로 보면 어떠하겠는가. 어지간한 외과 의사도 돌팔이로 보이는 양반이니, 오진승이 칼 들면 거의 살인범이나 마찬가지로 여길 터였다.

'아, 나 진짜 꽤 잘하는데. 칭찬도 받았는데.'

그에 반해 오진승은 정말로 섭섭한 마음이 들었다. 확실히 전문의 과정을 밟지 않았던 것은 사실이긴 했다. 하지만 현장에 부지런히 다니면서 얼마나 많은 수술에 참여했던가. 들어갔던 수술 전부에서 칭찬도 들었더랬다.

"데니스라고 하셨죠?"

"아, 네."

"이제 여긴 슬슬 된 것 같아요. 여기 제가 표시한 애들…… 얘네는 제가 여기 있는 동안에라도 집중 면담을 해야 될 것 같네요. 월요일에 병원이 됐건 어디가 됐건 볼 수 있게 해주실 수 있나요?"

"네, 물론입니다. 얘들 진짜 필요해요. 제가 아는 이름이 벌써 몇 갠지…….

"감사합니다. 그럼 다음 농장으로 갈까요? 어떻게 지내고 있는지 보고 싶습니다."

"네, 네. 그러죠."

"아, 그리고."

강혁과는 달리 농장에서 보내는 시간이 많은 데니스는 나름 아이들이 뭔가 이상하다는 걸 느끼고 있던 참이었다. 미국에서도 전형적인 중산층 가정에서, 그리고 중산층 동네에서 자란 그로서는 아이들의 이렇게 지나친 폭력 성향이 충격적이었더랬다. 해서 오진승의 도움을 기껍게 여기고 최선을 다해 도우려 노력 중이었다. 한데 나가려는 찰나 갑자기, 뭔가 다급한 느낌이 들게 불러서 역시나 미소를 지으며 그를 돌아보았다. 오진승은 그런 데니스를 향해 말을 이었다.

"정말 밤이나 저녁쯤 환자 발생하면…… 사람 손 필요하시면 저 부담 갖지 마시고 불러주세요. 당직 아니신 분들 깨우지 마시고요. 계속 여기 계시는 분들이 얼마나 힘들겠어요."

"아, 네. 근데…… 그……."

데니스는 오진승의 용기가 가상하다 여겼다. 그리고 이렇게 좋은 사람이 상처받지 않기를 바라는 마음에 고개를 저었다. 오진승은 그걸 자기 실력에 대한 무시로 받아들였다. 이비인후과 친구가 워낙 무시해와서 그랬을까? 하여간 오진승은 자신도 모르는 사이에 비뚤어진 마음을 갖게 된 지 오래였다.

"아뇨, 제가 하겠습니다. 그렇게 전해주세요."

"아, 뭐. 네, 알겠습니다."

해서 강하게 나갔다. 이쯤 되니 데니스도 더 할 말이 없었다. 자기가 알아서 사지로 가겠다는데 뭐 어쩌겠단 말인가. 자기 할 일, 그러니까 애들 복지에 신경 써주는 것만 해주면 될 일이었다.

'그래……. 사람 보니까, 그래도 애들 생각하는 건 진심 같더라.'

오진승은 그 후로도 데니스의 안내를 따라 농장 몇 군데를 더 확인해볼 수 있었다. 그와 함께 이 지역이 생각했던 것보다도 더 광활하다는 걸 알게 되었다. 사실 세계적인 홍차 산지 중 하나라는 말을 들었을 때 이미 그 정도는 알아야 했더랬다. 하지만 대한민국은 딱히 홍차 마시는 문화가 없었을뿐더러, 이제는 심지어 녹차보다도 커피를 마시는 나라가 된 지 오래였기에 홍차 산지라 해봐야 별 감흥이 없었다.

"여기 있는 동안 다른 일 안 하고 농장만 다녀도…… 다 못 보겠네요."

"아, 네. 여기 되게 넓어요. 농장 개수도 많고. 근데 그냥 다 비슷비슷합니다. 농장주가 누구였냐에 따라 조금씩 다르긴 한데…… 도긴개긴이에요."

"다 이 정도라고요?"

"네. 그나마 여기 날씨가 아주 덥거나 습하지 않아서 망정이지, 그렇지 않았으면 매년 여름마다 사람 꽤 죽어나갔을 겁니다."

"그건…… 네, 그렇겠네요."

오진승은 방금 나온 농장에서도 본 롱하우스를 떠올렸다. 다른 농장들처럼 좁고 긴 형태를 띠고 있었다. 이유를 물어보니, 넓게 지으려면 산을 깎는 등의 지형 평탄화 작업을 거쳐야만 해야 하기에 그랬을 거라 했다. 이것도 데니스의 추측이었을 뿐 공사한 당사자에게 들은 건 아니라 정확지는 않았다. 하지만 뭐가 되었건 돈을 최대한 아끼는 방향으로 지어둔 건물일 거란 예상은 손쉽게 할 수 있었다.

'창도 적고…… 일단 위생도 별로야. 벌레도 많고. 그나마 여기는 벌레가…….'

스리랑카 자체는 말라리아가 호발하는 나라 중 하나였다. 적도 부근에 있는 섬이다 보니 당연히 덥고, 또 습하지 않겠나. 모기가 거의 사시사철 사람들의 피를 빨았다. 하지만 누와라엘리야는 평년 기온이 10도대로 꽤 선선한 기후를 자랑하는 곳이었다. 그 덕에 모기도 적고, 다른 벌레들도 서남아시아인 것을 감안했을 땐 무척 적은 편이었다.

'진짜 날이라도 더웠으면 싹 다 죽었어…….'

식수도 엉망이고, 청결도도 떨어지는 숙소가 태반이었다. 중간에 본 농장 숙소는 정말이지 입이 떡 벌어질 정도로 잘 지어놨었는데, 알고 보니 강혁이 농장을 인수하고 지어준 것이라 했다. 기본적으로는 역시 공사비를 아껴야 했기에 롱하우스 형태를 띠고 있기는 했으나 복도를 통해 가족별 방이나 집을 구분해주었다. 그 안에 따로 화장실과 부엌도 있었고. 말하고 보니까 그냥 인간이라면 마땅히 누려야 할 주거 공간 같은데, 자꾸 이곳의 다른 롱하우스를 보고 있다보니 그게 굉장히 인상적이었다.

"하여간 가시죠. 여기 길 어두워지면 꽤 위험해요. 오가는 사람은 거의 없는 곳인데…… 대신 야생 동물들도 나오고, 무엇보다 사고의 위험이 있습니다. 저희가 나름 도로 신경 쓰고 있기는 한데…… 포장하기 전까지는 요철까지 어쩔 수는 없을 것 같아요."

"하긴 그렇겠죠. 갑시다. 슬슬 병원 돌아가야죠."

"네."

데니스는 그렇게 말하곤 조수석을 두드렸다. 그러자 운전석에 타고 있던 기사가 고개를 끄덕이고는 차를 출발시켰다. 실제 농장 지분은 강혁이 대부분 들고 있긴 하지만, 강혁은 경영에 일절 손을 대고 있지 않았다. 기껏해야 벌어들인 돈 중 대부분을 이곳 사람들을 위해 쓸 수 있도록 안배하고 있을 뿐이었다. 그래서 농장에 소속된 노동자들에겐 데니스가 명실상부한 대표로서 인식되고 있었다. 비록 데니스가 이전 다니엘처럼 강압적인 사장은 아니지만, 이곳 사람들에게 사장은 곧 왕 같은 존재로 인식되고 있다보니 지나치다 싶을 정도로 말을 잘 들었다.

'굳이 이런 건 알아서 고칠 필요는 없다고 하셨지?'

아르바이트생조차 자기 의견을 자유롭게 개진할 수 있는 미국 문화에 익숙한 데니스에겐 이런 게 다 불편하게만 느껴졌다. 한국에서와는 달리 지금의 사장직은 공작의 일환이 아니라 진짜 제대로 된 사장직이다보니 더더욱 그랬다.

'야, 어차피 여기 더 잘살게 되고 교육 수준 높아지면 알아서 이것저것 요구하게 될 거야. 그전까지는…… 일단 우리 생각대로 밀어붙일 수 있게 두는 게 좋아.'

하지만 데니스는 강혁의 말을 따르기로 작정한 마당이었다. 그도 사람인 만큼 항상 옳은 판단만 내리지는 않겠지만 데니스 자신보다는 낫겠지 하는 믿음 때문이었다. 지금까지는 강혁이 옳은 것 같았다. 모두의 의견을 들어주었으면 불가능했을 급격

한 변화가, 이곳 누와라엘리야 곳곳에서 일어나고 있었다. 오늘 한 일이라곤 그림 그리는 것 좀 봐주고, 농장 돌아다닌 게 전부였는데 그럼에도 불구하고 오진승은 꽤 피로함을 느꼈다. 일단 어제까지 쌓인 여독이 있지 않나. 게다가 말이 농장이지 반쯤은 동산이었다. 그저 농장을 둘러보는 것만으로도 어지간한 하이킹만큼의 체력이 소모되었다. 데니스 또한 피곤하기는 마찬가지였다. 모르는 사람과 같이 다니는 것도 꽤 신경 쓰이는 일인 데다가, 최근 벌어들이는 돈이 커지다보니 지출에 대한 고민이 늘어서이기도 했다. 때문에 돌아가는 차 안은 고요했다.

"음⋯⋯."

그때 데니스가 병원 쪽을 보며 입을 뗐다. 무언가 말을 하려는 기색이 느껴졌기에 오진승은 자연스레 그를 바라보았다.

"왜 그러세요?"

"약간 부산스럽게 느껴져서요. 병원이라고 해도 주말엔 진짜 조용하거든요."

"환자가 있나?"

"응급실 환자만으로는 저렇게 안 될 거예요. 여기가 나름 또 체계적이라."

체계적이지 않으면 그게 더 이상한 일일 터였다. 비록 이곳이 오지이기는 하지만 여기 와 있는 인원들이 보통 사람들이 아니지 않나. 한국대학교 병원 중증외상센터라는 그 거대한 응급 센터의 전, 현직 센터장이 다 여기 와 있었다. 게다가 센터 안주인이라 할 수 있는 장미도 와 있고, 전직 보건복지부 장관도 있었다. 그 어떤 현장에 놓일지라도 최적의 시스템을 꾸릴 수 있다는 얘기였다.

"그럼…….."

"모르겠네요. 밥은 먹고 있으려나."

데니스는 본인도 죽도록 고생하고 있는 주제에 걱정을 담아 얘기했다. 따지고 보면 다 백강혁 때문이라 할 수 있었다. 제일 지위가 높은 사람이고 또 실력과 명성도 있는 사람 주제에 맨날 죽을 둥 살 둥 일만 하고 있지 않나. 지나칠 정도로 솔선수범하고 있는 리더가 있다 보니 뒤따르는 이들로서는 절로 이런 생각이 들 수밖에 없었다.

'에이, 내가 하는 고생은 고생도 아니지.'

더 깊이 파고들면 강혁이 철저히 의도한 대로 움직이고 있는 것이라 할 수 있었다. 세상에 강혁도 사람일 텐데 어떻게 맨날 일만 하고 산단 말인가. 심지어 강혁은 예민한 감각 때문에 남들 보다 훨씬 까다로운 취향도 가지고 있는 인간이었다. 특히 먹고 마시는 것 그리고 몸에 닿는 모든 것에 대한 취향은 고급스럽다는 말로도 부족할 지경이었다. 봉사 나온 마당에 늘 그걸 충족시킨다는 건 말도 안 되는 일, 즉 사치에 해당하겠지만. 알게 모르게 다 즐기고 있었다.

"에구구, 죽겠다."

강혁은 그걸 의도적으로 숨기고 엄살을 부리고 있었다. 오늘도 그랬다.

"왜, 백 교수. 오늘 뭐 있었나?"

"어제 응급실에서 환자를 너무 많이 봤나."

"아……. 어제 빡셌지. 그러게 최 교수님한테 맡기라니까."

"어떻게 그래. 그래도 여기 도우러 온 사람인데."

"거참…… 사람이 착한 건지, 나쁜 건지."

한유림은 고개를 절레절레 저으며 강혁을 바라보았다. 말은 이렇게 했지만, 역시나 강혁의 속은 착하단 생각을 하면서였다. 강혁은 그런 한유림을 보면서 후후 웃었다. 물론 속으로였다.

'어제 솔직히 두 명 더 봤나.'

자기 일이 아닌데 봤으니 대단한 일이긴 했다. 하지만 강혁의 체력을 감안해 볼 때, 그건 아무것도 아닌 일이기도 했다.

"근데 백 교수 왜 수술복 안 갈아입어? 그거 입고 자게? 암만 편해도……."

"아니, 아까 전화통 불나던데, 어디 사고 난 것 같아서."

"힘들다며. 힘들면 좀 쉬어. 오늘 당직 양 선생이야. 양 선생 실력 몰라? 그리고 나나 리처드도 어제 푹 쉬어가지고 도울 수 있다고."

"나도 도와야지. 명색이 병원장인데."

"거참."

이러한 사정을 모르는 이들로서는 강혁이 이렇게 무리한다고 느껴질 때마다 송구스러울 따름이었다. 사실 다들 힘들긴 했다. 그럴 수밖에 없는 일 아닌가. 외래만 해도 만만치 않은데, 중간 중간 당직을 서야 하니까 게다가 자기 전문과 환자들이 아닌 다른 환자들도 지겹게 보고 있었다. 아마 쿠트라팔리를 적절한 때에 모셔 오지 않았다면 더더욱 힘들어졌을 터였다.

'백 교수는 쉬는 날도 없이 일하는데…… 나도 힘내야지.'

하지만 명색이 병원장이라면서 계속 일을 하는 인간이 옆에 있다 보니 누구도 힘들단 말을 함부로 꺼내지 못했다.

"환자가 몇인데?"

"아이고, 최 교수님. 교수님은 좀 쉬세요. 내일만 지나면 또 월요일인데…… 외래 죽도록 봐야 합니다."

"아니, 그래도 제자 놈이 저렇게 살신성인하는데."

"그 제자 놈은 마흔이고 교수님은 일흔이잖아요."

하다못해 최윤섭도 압박을 받고 있었다. 본래 일흔쯤 되면 슬슬 뒷방으로 물러나 쉬어도 될 텐데, 정작 강혁을 가르친 사람이다 보니 그럴 수가 없는 모양이었다.

'저렇게 잘난 놈이 나 때문에 인생 조지고 있는 건 아닌가 몰라……'

최윤섭은 나이 마흔에도 독수공방하고 있는 강혁을 보며 부담감을 느꼈다. 분명 저 나이쯤 되면 모든 선택에 대한 책임을 자기가 지는 것이 당연하겠으나, 어쩐지 자기가 쓸데없이 인술이니 뭐니 하면서 가르쳐놔서 저렇게 자기 삶도 돌보지 않고 일하는 것 같아서였다.

"걱정 마세요, 노인네. 아직 수십 년은 거뜬해. 아픈 사람이 세상에 얼마나 많은데 다 고치고 가야지."

"아니, 이놈아."

강혁은 그런 최윤섭의 생각을 꿰뚫어 보고 있었다. 제대로 된 제자라면 스승의 오해를 풀어주려 노력하고, 가슴에 진 부담을 줄여주려 노력하겠지만 강혁은 삐뚤어진 제자였다. 스승의 가르침, 그러니까 세상에 존재하는 모든 아픈 사람들을 위해 일해야 한다는 숭고한 가르침을 실천하기 위해 스승님조차 이용할 수 있는 제자. 그것이 강혁이었다.

"아, 식사 전이시구나."

"오, 오 원장님. 좀 어땠어요."

"뭐…… 심각했죠. 제가 다닌 현장들이 다 그렇긴 했는데…… 여긴 좀 특이해서 오히려 많이 배우고 있습니다."

그때 오진승이 데니스와 함께 들어왔다. 일이야 각자 흩어져서 하고 있다고 하더라도 밥은 모두 이곳에서 먹기에 익숙한 일이었다. 괜찮은 식당이 호텔 단지에도 있고, 또 강혁이 임대해준 가게에도 있기는 하지만 가격 대비 성능을 따지자면 이곳이 제일 나았다. 게다가 먹고 바로 TV 보다가 잘 수 있으니 아주 특별한 일이 있는 게 아니고서는 죄다 깔때기처럼 이곳에 모였다.

"아, 아까 샘한테 들었는데…… 환자 많으면 불러달라고 하셨다면서요."

오진승 말대로 이곳의 상황이 특수하기는 했다. 하지만 그건 다 아는 사안 아닌가. 그보다 강혁에게 중요한 건, 이 정신과 선생이 노예를 자처했다는 사실이었다. 엄밀히 말하면 그렇게까지 말한 적도 없거니와 그럴 생각도 없긴 했으나 강혁이 그렇게 믿고 있었다.

"아…… 네. 그랬습니다."

"후딱 먹고 가시죠. 지금 계속 환자 온다는 것 같으니까."

"아, 네. 그렇군요. 수술인가요?"

"뭐 가봐야 알겠죠? 하여간 의사시잖아요."

강혁은 그렇게 오진승의 어깨를 툭툭 두드려주고는 밥을 내왔다. 숙소 식당에서 밥 먹는 인원의 고향이 워낙 다양한 까닭에 식사 구성도 꽤 다채로웠다. 슬쩍 고개를 돌려 보니, 오늘은 카레인 모양이었다. 아니, 사실 '오늘은'이라는 말을 굳이 번번이 붙일 필요는 없었다. 인원 구성과는 별개로 이곳에서 구할 수 있는 제일 맛있는 식재료 태반은 카레였으니까.

"이거라면 뭐 후루룩 먹고 갈 수 있지."

게다가 슬슬 지긋지긋해지는 맛과는 별개로 영양도 꽤 좋고, 무엇보다 빨리 먹기 좋았다. 식은 밥 위에 슥 부어서 비벼 먹으면 되지 않나. 그게 싫다면 스리랑카식으로 난을 찍어 먹어도 될 일이었다. 강혁이 나름 먹는 데 돈을 안 아끼는 편이다 보니, 고기와 신선한 채소도 담뿍 들어 있어 아직 카레가 질릴 때가 아닌 오진승으로서는 꽤 맛있는 한 끼였다.

"거 되게 꼼꼼하게 씹으시네. 위장을 못 믿으시나."

어차피 곧 응급실도 가야 할 것 같아서, 마지막 한 끼라 생각하고 열심히 먹고 있었는데 강혁이 계속 말을 걸었다. 맛을 조금 음미하긴 했지만 하여간 최대한 빨리 먹기도 하던 참이었기에 덜컥 억울한 마음이 늘었다. 그러는 자기는 대체 얼마나 빨리 먹었기에 저러나 싶기도 했고.

'와, 다 먹었네. 갈아 먹었나.'

하지만 강혁의 빈 접시를 보자 입이 쩍 벌어졌다. 거의 설거지도 필요치 않을 것 같았다.

"뭘 그렇게 보고 있어요? 저거 안 보여?"

"응?"

뭘 보라는 건가 했더니 강혁이 살짝 시간차를 두고 손가락으로 창문을 가리켰다. 손가락 끝을 따라갔더니, 몰려오는 차량이 보였다. 누와라엘리야 병원 소속 앰뷸런스도 있긴 했으나 태반은 오래된 구형 차량들이었다.

"저거 다 환자……? 아니, 오늘 주말이라 공사는 없을 거라고 들었는데……?"

"그거 데니스나 석준이한테 들었죠?"

"네, 데니스."

의료진이 아니다 보니, 응급이 터지건 말건 열외라 마음 편히 이 카레, 저 카레 골라가며 난을 찍어 먹던 데니스는 괜시리 마음이 불편해졌다. 특별히 뭘 잘못해서는 아니었다. 그냥 강혁의 입에서 이름이 불리면 그 이름의 주인공은 보통 그렇게 되는 법이었다.

"둘 다 나름 선진국에 있었잖아요. 빨리 공사 쳐가지고 관광객들한테 돈 벌 생각일 텐데…… 주말이 어딨고, 밤이 어딨어."

"그…… 그런가요?"

"안전장치도 안 하고 있길래 몇 번 계도 요청했는데 소용이 없어, 소용이. 이거 진짜 순찰이라도 돌아야…… 음."

"왜 그러세요?"

"아뇨, 이건 일단 내일부터 하도록 하고."

오진승이야 아직 강혁에 대해 아는 것이 적은 데다가, 딱히 상상력이 뛰어난 편도 아닌 사람이라 뭔 소린가 하고 있었지만 옆에 있던 한유림과 리처드 그리고 데니스 등은 소름이 오소소 돋아나는 느낌이 돌았다.

'설마 순찰대도 운영하려고 저러나.'

세상에 뭔 의사가 그런 짓까지 하겠나 싶을 수도 있겠지만 강혁이라면 그보다 더한 짓도 할 수 있었다. 실제로 지금 머리 처박고 밥만 먹고 있는 한석준은 공무원 신분인데 위장 간첩 노릇까지 하지 않았나. 그 덕에 팔자에도 없던 미군 감옥에도 들어가 보고, 결과적으로 이 농장 일대 전체를 손아귀에 틀어쥐게 된, 말 그대로 입지전적인 인물이었다.

"뭘 그렇게 계속 봐요. 빨랑 먹어요."

"아, 네, 네."

남들이 경악을 하건 말건 강혁은 개의치 않았다. 그저 오늘 부려야 할 노예 식사를 챙길 따름이었다.

'근데 정신과잖아.'

그러면서도 동시에 노예의 역량을 평가했다. 어찌 된 영문인지는 몰라도 자기 잘한다고 하는데, 도저히 믿을 수 없는 일이었다. 일단 밥 먹는 거 하나만 봐도 알 수 있었다. 외과계 의사들은 본인들이 의도적으로 건강 생각해서 느리게 먹는 게 아니라면, 이렇게 깨작깨작 먹는 건 상상할 수 없었다. 그리고 보통 응급 상황이 예정되어 있는 상황에서 본인 건강 생각하는 외과는 없었다. 그 말은 곧 오진승은 이런 응급 상황이 익숙지 않고, 높은 확률로 정말 기본적인 보조 말고는 할 수 있는 일이 없을 거란 얘기가 되었다.

"어제 당직이…… 최윤섭, 강성지였지?"

"어어. 난 당직. 아이고, 나이가 들어서 그런가…… 새벽에 별것도 아닌 콜에 깨서 진짜 잠깐 봤는데 삭신이 쑤시네."

"노인네……."

해서 강혁은 다른 인력 수급에 나섰다. 그러자 내일 당직인, 그러니까 오늘도 고생하면 내일 죽어나갈 게 뻔한 한유림이 느닷없이 허리를 두드렸다.

"아, 허리. 아……."

속이 뻔히 보이는 수작이었지만, 한유림의 됨됨이를 아는 강혁으로서는 헛웃음이 나올 정도로 귀엽게만 보였다.

'그래, 저 양반도 요새 고생이지. 그리고…….'

어차피 다른 인력이 있지 않나.

"리처드, 넌 한가하지?"

"네? 아, 아니. 한가하지는……."

"뭐 인마. 내일 당직이야?"

"아뇨, 아닙니다……."

"내일 그럼 외래 있어?"

"아뇨……."

"오케이, 하나. 그리고 쿠트라팔리는…… 앤 어디 갔냐."

강혁은 인도에서 잡아 온 노예를 두 눈 부릅뜨고 찾았다. 책망

하는 기색은 찾아보기 어려웠다. 어쩌나 열심히 일하는지, 최근 잡아 온 사람 중 제일 열심이었기에 그랬다. 기회만 되면 또 인도나 가볼까 싶을 지경이었다.

"아, 아까 장미 선생이랑 저쪽 갔어. 벌써 밥 다 먹고."

"오. 솔선수범하는 태도, 좋다."

역시 대단한 녀석이었다. 강혁은 주말에라도 짬을 내서 뉴델리 병원 소속 의사들, 그러니까 지금은 잠시 피치 못할 사정으로 인해 무직자가 된 이들을 잡으러 가야겠다 다짐하면서 동시에 또 다른 노예를 찾았다.

"1, 2호는?"

파견 나온 군의관들인데, 언제부터인가 이름보다는 그저 1, 2호로만 불리고 있었다. 반쯤은 그들이 자처한 일이다 보니 어쩔 수 없다는 평이 지배적이었지만, 한유림은 요새 왜 사람에게 이름이라는 게 있어야 하는지 몸소 체험하고 있는 느낌을 받았다.

'아니…… 1, 2호라고 부르니까 인간들이 진짜 죄책감 하나 없이 부리는 것 같잖아.'

"1호는 어제 수술방 들어갔다가 뻗어서…… 오, 지금 나오네."

"2호는?"

"2호는 밥 먹고 쉬고 싶다고 들어갔어."

"1호는 나왔으니까, 밥 먹고 여기 오진승 선생이랑 같이 오라고 하고. 2호는 나오라고 해."

"오케이."

강성지가 대답했다.

'저놈도 2호로 불렸다지……'

강혁이 1호라 불린 것과는 좀 다른 의미의 2호였다고 했다. 아무리 생각해도 이상한 일 아닌가. 제아무리 최윤섭이 성미가 괄괄한 사람이라고 해도, 강혁에게 감히 1호를 붙여? 말도 안 되는 일이란 생각에 시간 날 때마다 캐물었더니, 그 별명은 스스로 붙인 것이었다. 최윤섭을 대장이라 부르고, 강성지를 2호, 그 밑에 레지던트들을 3, 4호 등으로 부르기 위해. 그야말로 말만 외과 의국이지, 거대한 노예 의료 공장이었다고 보면 되었다. 원래 당해본 놈이 또 잘 부린다고, 강성지는 이런 분위기에 아주 잘 적응했다.

"좋아. 그럼 리처드, 넌 나랑 간다."

"아, 네……."

"왜 이렇게 기운이 없지? 아프냐?"

"아니, 아프진 않은데. 좀 힘들어서요."

"그래? 체력이 달려?"

"네."

상황을 정리하고 떠나는 동안 리처드는 혹시나 하는 생각에 엄살을 부려봤다. 그가 형님으로 모시는 양재원이었다면, 이따위 쓸데없는 짓은 벌이지 않았을 터였다. 재원은 발 뻗을 자리를 보고 뻗는 데 일인자니까. 이미 강혁이 데려가기로 다 결정한 상황에서 이러는 건 득보다 실이 많았다.

"좋아. 넌 내일부터 나랑 운동 더 하자."

"네? 아니, 그건……."

"체력 길러줄게."

"아니, 괜찮…… 괜찮습니다! 지금도 기운 넘치는데요?"

"에헤이. 아냐, 아냐. 명색이 원장인데…… 어? 아랫사람 세세히 챙겨야지. 이번에 본 책에 그렇게 쓰여 있더라고. 리더라면 그렇게 해야 한대. 아랫사람이 힘들어하면 채찍질을 해서라도 본 궤도에 올려놔야지. 어?"

"채찍질이요? 대체 뭔 책을 읽었길래. 제국주의 시대 책이에요? 노예 상선 같은 거?"

리처드는 최근 나름 한국 책들을 많이 보게 된 참이었다. 데니스와는 달리 뼛속부터 미국인이라 사실 딱히 한국에 대해 알 필요가 없는 사람이었음에도 맨날 얼굴 보는 사람들이 백강혁, 한유림과 같은 사람들이다보니 그리되었다.

"러시. 멈추면 죽는다."

"그 망할 놈의 책을 쓴 새끼는 누굽니까?"

"왜 물어봐?"

"죽이려고요."

"지금 미 대통령 보좌관이라던데."

"하, 시발."

하필 보좌관이 그런 책을 썼어? 리처드는 고개를 절레절레 흔들고는 강혁을 따라 응급실로 향했다. 죽도록 힘들기는 했지만, 그렇다고 해서 따라가는 발걸음이 축축 처지거나 하진 않았다. 아까부터 차량이 몰려드는 속도가 만만치가 않아서였다. 규모만 봐도 딱 어디서 사고가 났는지 알 것 같았다.

"극장이겠지?"

"네. 미친놈들이 뭔 극장을 그렇게 빨리 짓겠다고 지랄인지……."

"욕심나겠지. 너 같으면 안 나겠냐? 한적하던 동네에 갑자기 돈 많은 외국인들이 돌아다니는데?"

"그렇다고 그렇게 푸시를 해서 지어요? 이거 진짜 어떻게 해야 된다니까……."

"응, 나도 그렇게 생각해."

"근데 방법이 없잖아요. 어쩌겠어요, 시발. 다친 사람들 불쌍하니 고치기나 해야지."

"아니, 방법이 없지는 않지. 근데 일단 네 말대로 하자. 고치러 가자고. 그리고 오진승 저 양반은 밥 다시 지어 먹는다니? 왜 이렇게 느려?"

"정신과잖아요. 점심에 밥 느긋하게 먹고 커피까지 마시는."

"아, 그렇지. 거참 이번 기회에 진짜 의사로 만들어드려? 어떻게 푸닥거리 한번 진하게 할까?"

"좋죠. 저도 그런 거 잘해요."

"재원이도 잘할걸."

"와, 저 갑자기 신나는데. 이거 정상인가."

둘은 군의관 하나를 데리고 응급실로 향했다. 숙소에서 응급실로 가는 길이 아예 따로 나와 있었기 때문에, 지금 병원으로 물밀듯 밀려오고 있는 차들과는 관계없이 곧장 들어갈 수 있었다.

"왜 아직도 안 와?"

"밥 먹고 오신다고 했어요."

"밥? 아니, 지금 환자가 이렇게 많은데…… 아무튼, 오신다는 거지?"

"네, 네. 당연히 오죠. 저 사람들이 눈앞에 환자 있는데 무시할 수 있는 사람들은 아니잖아요."

"그건 그런데. 하여간…… 여기 흉관 박아야 되니까 그거 좀 줘봐."

"보조해드려요?"

재원은 가는 날이 장날이라는 말을 떠올리고 있었다. 그게 아니면 어제 생각 없이 마셨던 화타가 문제였을까? 하여간 어제까지만 해도 꽤 한가했던 응급실이 재원이 당직 순번이 되자마자 아침부터 경증 환자들이 꾸준히 온다 싶더니만 결국, 밤에 이 사단이 터졌다. 백강혁을 비롯한 다른 놈들이 왜 안 오는지 화가 나기도 했지만, 뭐가 되었건 지금 해야 할 일은 눈앞에서 죽어가는 환자를 치료하는 것이었다. 미리 보조 나왔던 장미도 그런 생각을 하고 있었기에 벌써 준비해둔 흉관 삽입을 위한 기구 세트를 들이밀었다. 도움이 필요하냐는 말을 하면서였다.

"음……. 아니, 아까 저기 환자들 좀 정리해줘."

"알겠어요."

장미가 도우면 더 빨라지기는 할 터였다. 하지만 재원은 이내 고개를 가로저었다. 대형 재난에서 중요한 것은 한 환자에게 완벽한 처치를 해내는 것이 아니라, 일단 최대한 많은 사람의 목숨을 이승에 붙들어 매어두는 것이었다. 지원이 아예 불가한 상황이라면야 얘기가 조금 달라지겠지만, 지금은 강혁을 비롯한 팀원들이 대기 중이지 않나. 어떻게든 많은 수의 인원에게 최소한의 의료적 처치를 해두는 게 최선이었다.

"환자분, 아픕니다."

재원은 그렇게 적재적소에 장미를 보냈다.

"아파요. 좀만 참아요. 마취 주사니까."

재원은 반드시 그렇게 해주리란 다짐을 하면서 어설픈 타밀어로 환자에게 말했다. 그러자 환자가 고개를 가로저었다.

"저…… 저 싱할라……."

역시나 어설픈 언어였는데, 잘 들어보니 영어였다.

"아, 외지인이세요?"

"네. 요새 여기…… 공고가 많이 붙어서……."

"흐음."

원래 이곳에 살던 싱할라족 사람도 아니고 외지인이 들어와 있을 줄이야. 재원의 고개가 모로 돌아갔다. 타밀족 사람들이라고 해서 모조리 농장에 소속된 것은 아니지 않나. 일찌감치 노동력이 부족한 사람이라고 낙인이 찍히거나, 또는 대들거나 했다는 이유로 쫓겨난 이들도 많았다. 빛의 도시 누와라엘리야에서 그런 이들이 할 만한 일은 거의 없다고 봐도 무방했다. 실업자들이 널려 있을 거란 얘기였다.

'근데 뭐지?'

재원은 고개를 갸우뚱해가면서도 빠르게 환자의 갈비뼈 사이를 칼로 째고, 호스를 꽂아 넣고 있었다. 그러자 쪼그라들어 가던 환자의 폐가 쫙 펴지면서 동시에 잔뜩 일그러져 있던 얼굴 또한 밝아졌다.

"여기 꼼짝 말고 계셔요. 움직이면 안 돼."

"네."

"너무 안 온다 싶어도 괜찮아요. 여기 보여요? 이거?"

"아, 네."

"걔가 안 울리거나 울려도 괜찮은 수준이라 안 오는 거예요. 한국말로 무소식이 희소식."

"음. 네."

강혁이었다면 그냥 움직이면 죽는다고 하고 갔을 테지만, 재원은 아직 그 정도로 흑화가 진행되지는 않은 상황이었다. 해서 나름 친절하게 환자에게 얘기를 해준 후, 곧장 다음 환자에게로 갔다. 강혁은 딱 그때쯤 응급실 안에 들어설 수 있었다.

"여."

"여어는 무슨 여어예요? 바빠 죽겠는데. 환자 더 온대요. 벌써 열 명도 넘는데."

"절반은 경증이구만 뭐."

"나머지 절반은 중증이란 소리잖아요!"

"그래서 나 뭐 하면 돼?"

예전의 강혁이었으면 바로 응급실 책임 지위를 재원에게 양도받아 치료 체계 전체를 지휘했을 터였다. 아니, 지금의 강혁이라 해도 상대가 어지간하지 않은 이상 마찬가지일 터였다. 하지만 오늘의 당직은 양재원이었다.

"아."

물론 재원은 강혁이 이렇게 나올 줄은 몰랐기에 잠시 당황한 얼굴이 되었다. 하지만 이내 정신을 차리고 손가락으로 처치실을 가리켰다.

"저기. 저기로 가요, 일단. 둘 다 숨넘어가기 직전."

"처치는 뭐 했는데?"

"중심정맥관 잡고, 승압제 쓰고……."

"연명하고 있다 이거지?"

"네."

"어디 다쳤는데?"

"둘 다 복부예요. 상태는 아주 안 좋아요."

"오케이, 알았어. 리처드, 1호. 니네는 여기 재원이 말 잘 들어라. 리처드. 특히 너 인마."

강혁은 특히 삐딱선 타기 십상인 리처드 어깨를 조금 세게 두드렸다. 리처드로서는 너무 억울한 일이었다. 다른 사람이라면 몰라도, 재원은 그가 형님으로 따르는 사람 아닌가. 해서 잔뜩 인상을 찌푸리며 뭐라 항변을 하려 했으나, 강혁은 벌써 발걸음을 돌려 처치실로 가고 있었다.

"오진승 원장 오면 일단 거기서 조리돌림하고 일로 보내."

그나마 다행인 것은 떠나면서 남긴 말은 마음에 든다는 점이었다.

"조리돌림?"

순간 이해를 못 한 재원이 묻자, 리처드가 웃었다.

"아니, 정신과이시잖아요. 근데 자기가 수술 잘한다고 그러더라고요."

"약을 헷갈려서 잘못 자셨나."

"하여간 그래서 여기 도우러 오신다는데…… 대강 돌리다가 보조로 보내달라고 그러시는 거예요."

"아하."

리처드는 재원의 눈이 번쩍이는 것을 보고, 이 양반도 제대로 이해했음을 깨달았다. 무려 누와라엘리야까지 봉사 온 사람을 골린다는 게 사람 할 짓이 맞나 싶을 수도 있겠지만, 꿈도 희망도 모자란 장기 봉사자들에게 이건 일종의 유희였다.

"선 지켜서 하지, 뭐."

"네, 네."

해서 둘은 1호와 함께 눈을 빛내고는 응급실을 제집 마당처럼 누비기 시작했다. 강혁의 말대로 지금 응급실에 있는 이들 태반은 경증 환자였다. 문제가 있다면 아직도 환자들이 오고 있다는 점이었다. 그럴 수밖에 없었다.

'극장에서 사고가 났다고 했지.'

지나가면서 힐끔 봐도 사고가 날 것 같은 모양새긴 했다. 얼기설기 엮어서 만든 안전판은 어떻게 생각해봐도 생색내기에 불과했다. 게다가 거기에 있는 인부들 또한 전혀 숙련되지 못한 이들이었고 심지어 안전모도 제대로 안 쓴 사람들이 태반이었다.

"서두르자고. 중환자들이 더 올 거야. 샘이 지금 거기 가 있거든? 아까 전화 왔는데 지옥이래, 지옥."

"그럼 저기 남아 있는 양반들도 보내야 하는 거 아니에요?"

"그랬다가 내일도 병원 마비돼. 우리도 이제 체계적으로 가야지. 그리고…… 아직은 역량 남아 있잖아."

"아직은 그렇긴 한데."

"게다가…… 저기 백 교수님도 있고. 그러니까 일단 할 수 있는 일을 하자고. 넌 저기 가면 팔 부러진 환자 있거든? 근데 동맥을 살짝 건드렸어. 내가 대강 지혈만 해뒀는데 가서 봐봐."

"아, 네."

"1호는 저기 보여요? 머리 깨진 사람. 일단 상태 잘 보고 CT 찍어봐요. 처치는 하시고."

"네."

터질 만한 일이 터졌단 얘기였다. 신경 쓰지 않고 방치해두었던 상황이었다면, 화가 나는 대신 죄책감이 들었을 터였다. 하지만 강혁을 비롯한 누와라엘리야 병원 측 사람들이 저거 위험하다고 벌써 몇 번이나 민원도 넣고 공사장에 경고도 했던 상황이었다. 하나 개발도상국의 공무원들이 대개 그러하듯 일이 너무 느렸다. 그나마 강혁이 워낙에 끗발 날리는 사람이다보니 엉덩이 떼서 움직이기는 한 모양인데, 구두 경고만 하고 말았더랬다. 그들 생각엔 공사장에서 뭘 그렇게까지 주의를 해야 하나 싶었을 확률이 높았다.

"으아!"

"으으으."

"여기, 여기 좀!"

그 결과가 지금 눈앞에 펼쳐지고 있었다. 재원은 아랫입술을 깨물고 리처드, 1호를 보내지 않은 다른 환자들에게 다가갔다. 아까 강혁이 태반은 경증이라고 했던 그 환자들이었다. 말이 경증이지 이대로 두면 죽을 수도 있는 이들도 있었다.

　"어, 저 왔습니다."

　막 첫 번째 환자에게 손을 대려고 할 때쯤, 오진승 원장이 다가왔다. 언제 봐도 참 착하게 생긴 사람이었다.

　'치료를 잘해야지.'

　어딜 가든 착한 사람은 필요한 법이겠지만, 아쉽게도 응급실에서는 별로 필요한 덕목이 아니었다. 사납게 땍땍거리더라도 실력 좋고, 손 빠른 의료진이 최고였다. 특히 이렇게 정신없이 붐빌 땐 더더욱 그랬다.

　"아, 여기 오세요."

　"네."

　"여기 딱 잡고 있어요. 소독하고, 아예 상처 좀 살핀 다음에 바로 꿰맬 테니까."

　"아…… 네."

　재원이 마주한 환자는 허벅지가 길게 찢어진 상황이었다. 그뿐만 아니라 배에는 심한 타박상 소견이 보였는데, 미약한 복부 출혈이 있어 보였다. 바이털이 흔들린다면 배를 열어봐야 할 수도 있을 것 같았다. 지금까지 안정적인 걸로 봐서는 그냥 입원시키고 안정 치료만 해도 될 것 같긴 했지만, 앞으로 어떻게 될지는 알 수 없는 일이었다. 재원은 강혁이 아니었으니.

"잘 좀 잡아요."

"네."

"아니, 잡기만 하면 어떡해? 소독하는 거 안 보여요? 벌려서 잘 보이게 해야지?"

"아아, 네, 네."

"벌리랬다고 찢어? 헐크예요? 팔뚝도 얇은 사람이 왜 이렇게 이 악물고 당겨."

"아니, 그."

오진승은 당황했다. 현장에서 보조에 나선 게 이번이 처음은 아니지 않나. 그렇지만 이렇게까지 혼나는 건 처음이었다.

'많이 급해 보이긴 하는데.'

급하다고 해서 사람을 이렇게까지 혼내? 보니까 나이도 비슷하거나 내가 더 많은 것 같은데?

"다행히 그렇게까지 더럽진 않네. 혈관도 괜찮고……."

속으로 불만이 차올랐지만, 겉으로는 도저히 티 낼 수 없었다. 어찌 되었건 재원은 계속 환자를 보고 있었으니까. 그것도 눈을 빛내면서.

"좋아. 봉합할 거예요. 컷만 해요. 컷."

"네."

"컷."

"어."

"왜 이렇게 느려."

"지금, 지금 합니다."

"아니, 이렇게 짧게 하면 나중에 풀리잖아요."

"네, 주의하겠습니다."

"그렇다고 이렇게 길게 해? 이물이에요, 녹는 실도 녹을 때까지는 이물이라고."

"네."

오진승은 응급실에 달려온 지 불과 5분도 채 되지 않아서 '내가 이걸 왜 한다고 했을까'라고 후회하기 시작했다. 엄밀히 말하면, 오진승의 후회는 너무 때 이른 짓이었다. 기껏해야 재원에게 당하고 있던 참 아닌가. 재원도 이제는 나름 자기도 사람 잘 갈구게 되었다 자부하고 있긴 하지만, 타고 나기를 한국대학교 외과 천사라 불릴 정도로 착하게 태어난 인간이었다. 다른 과도 아니고 외과를 하고 있으면서 천사라니. 대학병원 외과가 어떤 식으로 혹독하게 돌아가는지 알고 있는 사람이라면 다들 재원을 달리 볼 것이 뻔했다.

"됐으니까, 이제…… 저기 리처드 좀 도와요."

"네, 네."

물론 오진승은 이미 정신이 반쯤 혼미해진 상황이었다. 생각해보면 이상한 일이었다. 지금 재원을 보조하면서 그가 했던 일이라고는 고작해야 상처 부위 벌리고, 가위질 몇 번 한 게 다였으니까.

'이상하네. 왜 이렇게 털린 것 같지…….'

오 원장은 휴우 하면서 방금 재원이 가리킨 곳을 향했다. 누와라엘리야 병원의 응급실은 대형 재난 및 사고 등에 대비해 아예 병원 뒷마당에 천막을 친 형태를 띠고 있었지만, 그러니까 꽤 넓은 편에 속했지만, 그래봐야 어지간한 대학병원 응급실 만할 뿐이었다. 아니, 2차 병원만 가도 요새는 이 정도 규모는 되었다. 해서 오진승은 거의 딜레이 없이 리처드에게 닿을 수 있었다.

'그래…… 외국인…… 그것도 미국인이잖아.'

오 원장은 금발 머리를 뽐내는, 정말 완벽히 백인인 리처드를 보며 지금껏 봤던 미국인들을 떠올렸다. 어찌 보면 인종차별적인 생각일 수도 있겠으나 미국에서 백인 의사치고 중산층 이상의 집안 출신이 아닌 사람은 거의 본 적이 없었다. 그 말은 곧 지극히 미국인스러운 인간들이란 뜻이었다. 모든 것이 주어진 환경에서 자라나 웬만하면 웃음을 잃지 않은, 태생적 여유에서 비롯한 친절함이 몸에 배어 있었다.

"거 존나 느리네."

"네?"

그러나 진승의 귓가에 울린 건 웰컴이라든지 하는 환영 인사가 아니라 한국말이었다. 그것도 대학 뒷골목에서나 들을 수 있을 법한 걸진 욕이 섞인 채였다.

"귀에 촛농을 부으셨나. 왜 이렇게 느리냐고."

"아…….'

흔히 쓰는 말 중에 두 눈을 의심한단 말이 있지 않나. 관용어처럼 쓰는 말이라 익숙하기 그지없을 터였다. 하지만 지금 오진승처럼 정말 자신의 두 눈을 의심해본 사람은 극히 드물 터였다.

'뭔…… 뭐래는 겨.'

지금 눈앞의 이 백인이, 그것도 한국이 아니라 스리랑카 오지까지 봉사 온 훌륭한 의사가 시불거리는 게 한국 욕이 맞나 싶었다.

"하여간 빨리 붙어요. 거 보니까 형님은 금방 보내주신 것 같더만."

"어, 네."

생각 같아서는 인지 장애가 온 건 아닌지, 내가 정말 괜찮은 건지에 대해 심도 깊은 검진을 해보고 싶었다. 하지만 리처드가 들이민 상처는 아까 재원과 만지작거리던 것보다 한술 더 뜨는 감이 있었다. 팔이 부러졌는데, 하필 부러지면서 날카로운 곳이 혈관을 찢어놓는 바람에 피로 범벅이 되어 있었다. 출혈이 꽤 있었는지 환자는 입술이 퍼렇게 된 채 의식까지 놓은 지경이었다. 처치가 늦어서는 아닐 터였다.

'트럭 뒤에…… 실려 있었나본데.'

이송 자체가 개판이지 않았나. 사실 제삼 세계에서는 흔하디흔한 일이었다. 오 원장은 그가 다녔던 여러 현장에서 들었던 말을 떠올렸다.

'산모가 왔어요. 제게 매달, 아니면 두 달에 한 번씩 보던 사람이었죠. 그땐 별생각 없었어요. 외래에서 보는 사람이고…… 저도 너무 바빴으니까요.'

뇌리에 박힐 만한 말들은 많았다. 워낙 끔찍한 일들이 도처에서 벌어지고 있고, 그건 봉사자 개개인이 어찌할 수 없는 일들이었기에 그랬다. 그러나 오진승은 늘 불가항력적인 일을 떠올릴 때면, 산부인과 김민아 선생이 생각났다. 보다 정확히 말하자면 김민아 선생이 눈물을 흘리며 했던 말이 생각났다.

'알고 보니 집에서 우리 병원까지 거리가 30km나 떨어져 있었더라고요. 운이 좋으면 그쪽 마을을 도는 우리 측 버스에 타지만, 그렇지 않으면 마을에서 기르는 당나귀가 끄는 마차를 타고 와야 했어요. 산모는 제가 예상했던 것보다 진통이 빨랐어요. 그래서는 안 됐어요. 아이가 브리치 상태였으니까……'

오진승이 어느 현장을 가건, 무조건 그곳에 있는 봉사자들의 정신 상태부터 점검하게 된 계기가 된 사건이었다. 실제로 김민아 선생은 이후 귀국하여 오진승 병원에 다니면서 약 6개월가량을 치료받은 후에야 다시 현장으로 나갈 수 있었다.

'도착했을 땐, 산모는 이미 죽어 있었어요. 당나귀가 끄는 느려 터지고 흔들리는 수레 위에서…… 아버지는 벌써 울다 지쳤는지 하늘만 보고 있고…… 그런데 진찰을 해보니 아이는 아직 살아 있었어요. 그래서, 그래서 저는.'

김민아 선생은 죽은 산모의 배를 가르고 산 아이를 빼내야 했더랬다. 제아무리 한국에서 산과 전문의로서 10년 넘게 일을 했다고 하지만, 그런 경험은 처음이었고 또 상처가 되었다. 이곳이라고 해서 다를까? 분명 살릴 수 있는 사람들이 죽어나갈 텐데?

"뒤질라고. 딴 생각하시네."

"네, 네?"

오진승은 리처드의 말에 바로 상념에서 벗어났다.

"뭉그적거리는 건 이해할 수 있는데…… 어떻게 환자 앞에서 이러지? 정신과라 그런가? 아닌데? 정신과도 사람 얘기 열심히 들어줘야 할 텐데?"

"아니, 아니…… 죄송합니다. 트럭으로 이송된 걸 생각하니까 그만."

"그럼 이따 가기 전에 앰뷸런스 하나 기부하시고."

"아니, 그만큼 돈은 없……."

"그럼 보조나 해요."

"네."

한순간에 쫄아버린 오진승은 연신 고개를 굽실거리면서 리처드의 지시에 따르기 시작했다. 욕할 때 너무 장황하게 해대서 걱정했는데, 지시는 간결하기 그지없었다.

"여기 당기고."

"네."

"여기…… 여기 눌러요. 할 수 있나? 사람 혈관 눌러본 적 있어요?"

"어, 없죠."

"아참. 정신과지. 이거야 원. 잘 봐요. 여기 보면 박동하죠?'

"아, 네."

게다가 나름 친절하기까지 했다. 다 가르치고 나서는 어떨지 모르겠으나, 하여간 가르쳐줄 때만큼은 그랬다.

"그 전을 눌러야 해. 내기 보니까 나행히 여기 잔가지 말고는 딴 곳은 다친 데가 없어요."

"아…… 네."

"묶을 거예요. 뭐 이쪽 분지로 영양 공급받던 곳은 살짝 근력이 빠질 수도 있을 텐데…… 이쪽은 워낙 신생혈관도 잘 생길 테니까."

"아…… 네."

"네라고 하는 것치고는 너무 못 누르는데?"

"아, 네. 다시 이렇게."

"음. 피만 안 나고 아무것도 안 보이잖아요. 이따 백 교수님한테도 가야 할 텐데, 선생님 이러시면 뒤져요."

"네?"

리처드 또한 마라탕처럼 매운맛은 아니었다. 한국어가 거친 것은 그의 한국어 선생, 백강혁 때문 아니겠나. 물론 재원보다는 좀 날카로운 면이 있기는 했으나 그건 너무 힘들어서였다. 게다가 리처드는 주기적으로 주문처럼 시발시발 거려대는 통에 어느 정도 답답함을 해소하고 있었다. 누가 뭐래도 본인 정신 건강은 단단히 지키고 있었다.

"한 손으로 이렇게 하라고."

"아니, 그 후에. 백 교수님……?"

"아, 백 교수님. 뭐 이따 가야 될 거예요. 우리도 이거 처치 다 하려면…… 어이고, 또 온다. 또. 서둘러요. 빨랑 꿰매야지. 뭐 하는 거야."

"아, 네."

오진승은 그런 리처드가 해준 말이 걱정되어 되물었으나, 하필 때맞춰 트럭과 앰뷸런스가 한 차례 더 들어오는 바람에 답은

들을 수 없었다. 게다가 이거 보조하는 것도 만만치가 않았다. 다행인지 불행인지 리처드가 환자의 혈관을 살리는 것은 불가하다고 판단한 탓에 이 자리에서 난데없는 혈관문합술이 펼쳐지는 일은 없었지만. 하여간 찢어진 혈관을, 그것도 동맥이라 뒤로 훅 숨어버린 혈관을 찾아내서 묶어주는 것도 그리 쉬운 일은 아니었다. 동시에 부러진 팔을 당겨 맞추는 일도 만만치 않았다.

"어어, 그만. 그만! 환자 아파 뒈져요."

"아……."

"일단 진통제 주고. 출혈도 출혈인데 아마 통증까지 더해져서 정신 잃은 걸 거야. 잘 봐요. 혈관 단면이 그렇게 넓지가 않죠?"

"아……. 그렇네요."

"사람들이 동맥 출혈이면 무조건 피가 쭉 뻗는 줄 아는데……."

사실 리처드도 그렇게만 알고 있었더랬다. 심지어 외과 전문의를 따고 외상 외과 분과 전문의 과정을 밟았을 때조차 그랬다. 배 속의 혈관들은 어지간하면 커다래서, 작은 동맥은 어떻게 되는지 본 적이 없어서였다.

'백강혁 교수님이 진짜 대단하긴 해…….'

그러다 재수 없게 강혁이 있는 시리아로 파견 근무를 가게 되었다. 가서 당한 일이야 재수 없다고 해도 백번 옳았으나, 현 의무사령부 사령관 컨트가 그를 좋게 본 덕이었다. 거기서 리처드는 시혈의 끝을 보게 되었다.

"작은 동맥들은 오히려 피를 많이 흘리고 나면 수축을 해서 피가 한동안 안 나와요. 아마 그렇게 출혈량이 많지는 않았을 거야."

"아……."

고려할 것이 더 많아지는 바람에 한동안 수술하면서 머리가 아프긴 했지만 그 덕에 수술 결과가 더 좋아지게 되었더랬다. 놓칠 수 있는 출혈을 확인할 수 있게 되었을뿐더러 실혈 양조차 예측이 가능하게 되었으니 당연한 일이었다.

'마이너 과에서도 배울 게 있긴 있거든.'

세계 최고의 실력을 가지고 있으면서도 쉬지 않고 배움을 청하는 스승 덕이었다. 심지어 백강혁은 다른 과 의사들에게도 배우기를 쉬지 않았다.

"좋아. 이제 그냥 뒤에 가서 잡고 있어요."

"그럼 오염되잖아요."

"괜찮아. 어차피 이것만 하고 나면 나 혼자 할 거니까. 그사이에 저기 1호나 아니면 지금 오는 환자들 분류하는 거 도와요."

"아. 네."

하여간 진통제까지 준 리처드는 강혁 덕에 키워낸 막강한 완력을 이용해 환자의 어긋나 있던 뼈를 맞추었다. 심지어 한 손으로 붙잡고 있을 수준의 완력이어서, 고정 핀을 박는 것도 순식간이었다. 오진승은 딱 거기까지 있다가 다시 한번 턱으로 가라고 하는 리처드에 의해 고개를 돌렸다. 1호와 장미가 눈에 들어왔다. 1호는 CT를 찍으러 이동 중이어서 딱히 자신이 간다 해서 도움이 될 것 같진 않았다.

'백 교수님한테 가……?'

분류 작업이야 장미가 잘하지 않겠나. 해서 이제야말로 처치실로 가려는데, 그쪽에서 비명 비슷한 것이 들려왔다.

"2호! 정신 안 차려? 환자 대신 네가 누울래?"

무협지에서 말하던 사자후가 이런 건가 싶었다. 강혁을 마주한 것도 아닌데 손발이 부들부들 떨렸다. 정신을 차려보니 어느새 장미 옆이었다. 장미는 여전히 정신을 못 차리고 있는 오진승을 보며 말했다.

"최대한 이따 가는 게 좋을 거예요. 저나 좀 도와요."

"아, 네."

재원에게 시달리고, 리처드에게 시달리고 온 참이라 그런지, 오진승은 나만 믿으라는 듯한 얼굴을 하는 장미를 보면서 안도를 느꼈다. 물론 장미는 더 이상 오진승을 보고 있지 않았다. 그저 더없이 차가워진 눈으로 이제 막 병원 정문을 넘어 응급실로 들어서고 있는 두 대의 차량을 바라보고 있을 뿐이었다. 아까 샘이 다시 현장으로 떠나면서 했던 말을 떠올리면서였다.

'워낙 사고가 커서요. 일단 근처 구조대원들 다 와서 잔해 뒤엎고 있어요. 그 안에 사람이 얼마나 있는지는 모르겠어요. 건설회사 사장은 나타나질 않아서……'

일단 구조대원들이 나섰다는 말은 다행이라 할 수 있었다. 그동안 이곳에서 있으면서 제일 아쉬웠던 것이 공공기관의 부재 아니었나. 아니, 있기는 한데 그야말로 명목상으로 존재할 뿐 실질적인 도움을 받은 적은 거의 없었다. 처음에는 이 새끼들이 나랏돈으로 월급만 받고 아무것도 안 하는 건가 했는데 사정을 듣고 보니 그럴 만도 했더랬다. 나라에 돈이 없다 보니 월급도 적었을뿐더러 사람도 적었다. 이 드넓은 누와라엘리야를 구조대원 6명이서 담당하고 있었다.

'교수님이 기부한 돈으로 민간 차원에서 더 뽑았다 했지.'

이제는 병원 근처에 구조대원이 18명이나 늘어나 있었다. 하지만 아직 제대로 된 훈련을 받지 못했기에 커다란 도움이 되진 못할 터였다. 더 큰 문제는 애초에 지금 거기 있는 환자들이 잔해에 깔렸다는 점이었다. 장미는 아마 이번에 온 환자들이 전반적으로 더 좋지 않을 거라 예상하고 있었다.

"음."

그 말은 곧 분류를 담당한 사람으로서, 누군가에겐 검정 스티커를 붙여야 한다는 뜻이기도 했다. 이미 수년간 이 일을 해왔음에도 불구하고 죽음을 선도하는 일은 쉽지 않았다. 당연한 일이었다. 한 사람의 인간일 뿐인데, 단지 의료인이란 이유로 남의 생사에 관여하게 된 셈이었으니까. 그사이 샘이 차에서 뛰어 내리더니, 침대에 실린 환자를 데리고 처치실을 향해 달렸다.

"트럭 잘 봐요! 이 사람은 레드!"

누가 봐도 지금 당장 처치를 하지 않으면 죽을 것 같은 몰골의 환자였다. 스쳐 지나가는 그 잠깐 사이에 주변이 온통 피비린내 범벅이 되었을 지경이었다. 그나마 샘이 처치를 했는지 수액이나 혈액 등이 달려 있긴 했는데, 솔직히 이렇게만 봐서는 살아날 수 있을지 어떨지 알 수 없었다.

"들었죠? 트럭으로 가죠."

"아, 네."

특히 오진승은 이미 뒷모습만 보이는 샘을 오도카니 서서 보고 있었다. 제아무리 현장을 많이 다녀 봤다고 해봐야, 그는 정신과 의사이지 않나. 그에게 주어진 사명은 의료진과 그곳에 사는 이들의 정신 건강을 확인하고 도움이 필요할 때 돕는 것이지 이렇게 위급한 환자들을 보는 건 아니었다. 한국에서도 비슷한 일을 하고 있었기에 익숙해지기엔 많은 무리가 있었다. 다행히 장미는 다른 이들과는 달리 꽤 상식적인 사람이었다.

'아까 보니까 더럽게 깨지던데. 특히 리처드 저 새끼, 저거.'

게다가 방금까지 오진승이 어떻게 당했는지 똑똑히 본 바 있었다.

'아니, 이러다 이 소중한 정신과 노예 도망이라도 가면 어쩌려고? 백 교수님이야 보나마나 앞뒤 안 가리고 깔 텐데……..'

당연히 오진승을 진정으로 위하거나 아끼는 마음 따위는 별로 없었다. 다들 조금씩 백강혁처럼 변해가고 있지 않나. 장미는 좀 더 세련된 방식을 택하고 있을 뿐이었다.

"자, 손잡고 올라와요. 위에서 골라내는 게 편해요."

"네, 네."

장미는 미소를 띤 채, 트럭에 뛰어올랐다. 트럭이라고 해봐야 한국에서 볼 수 있는 거대한 화물 트럭이 아니라 1톤 트럭 수준으로 차제가 낮아서 가능한 일이었다. 그렇다고 아무나 그럴 수는 없는 노릇이었다. 오 원장은 장미가 손을 잡고 끌어준 후에야 겨우겨우 트럭 위로 올라설 수 있었다.

"아."

딱 트럭 위로 오르자마자 다시금 피비린내가 코끝을 찌르기 시작했다. 마스크를 안 꼈나 싶어서 자신도 모르게 입가를 눌러봤을 지경이었다. 하지만 오진승은 분명 마스크를 끼고 있었다.

"일단 음. 이분은 이미 돌아가셨어요."

분명 같은 냄새를 맡았을 텐데, 장미는 망설임 없이 제일 상태가 좋아 보이지 않은 환자 옆에 가 있었다. 어둡기도 하거니와 꽤 많은 환자가 실려 있었는데 어찌 저렇게 한 번에 확신할 수 있는지가 궁금해졌다.

'살짝 답답하긴 하구나.'

장미는 자신을 감탄했다는 눈으로 바라보며, 발은 움직일 생각조차 못 하는 오진승을 보며 왜 앞에 저 둘이 지랄을 해댔는지 유추했다. 장미도 그리 인자한 사람은 아니지 않나. 애초에 중증외상센터처럼 험악한 곳에 있다 보면 사람이 자연히 험해질 수밖에 없는 노릇이었다. 게다가 장미는 그냥 일원으로 거기 있었던 게 아니라 수간호사로서 운영 전반에 관해 책임을 지고 있었다. 강혁은 능력이 있었지만 다른 데 신경 쓸 게 너무 많았고, 재원에게는 솔직히 무리였기에 그랬다.

'참자, 나라도 참자.'

그렇기에 스멀스멀 혼내고 싶은 마음이 차올라 왔지만, 장미는 초인적인 인내심을 발휘했다. 일단 오진승이 장미보다 나이가 훨씬 많기도 하고, 또 여기까지 봉사 온 사람이라는 걸 떠올리자 확실히 효과가 있었다.

"이리로 오실래요?"

"아아, 네."

"이분이야 이미 사후 강직이 이루어졌지만…… 다른 분들은 아직 숨이 붙어 있어요. 이 중에 블랙 카드를 골라내야 해요. 아시겠지만 이건."

"아, 아이고. 네. 그. 아이고."

해서 장미는 겨우겨우 오진승을 불렀다. 그러곤 이제부터 그가 해야 할 일들에 관해 설명했다. 비록 정신과 의사긴 하지만 그렇다고 해서 의대를 나오지 않은 건 아니지 않나. 인턴 땐 다른 과를 모두 돌면서 각종 험한 일들을 해보긴 한 사람이기도 했다. 당연히 트리아지에서 블랙이 무엇을 의미하는지 정도는 아주 잘 알고 있었다.

'내가…… 이걸……?'

해서 오진승은 연신 아이고 소리를 내며 장미와 함께 분류해 나가기 시작했다. 말이 같이 한 거지, 사실 거의 발목 붙잡고 있다고 봐도 무방했다.

"블랙."

"네? 숨은 쉬는데……."

"두개골 깨지고…… 동공 열렸잖아요. 곧 숨뇌 눌릴 거예요. 이 환자 하나만 있는 거라면 몰라도…… 지금은 무리예요. 시간도 너무 지났고."

"아."

"이분은 레드. 저기 둘 중에 손 비는 사람 아무나 오라고 해요."

"네."

다행히 도움이 될 때도 있기는 했다. 딱히 의사로서가 아니고 확성기 같은 느낌이기는 했지만, 하여간 현장에서는 고사리 같은 도움도 도움이었다. 그나마도 누군가 오지 않으면 아예 없을 도움이다 보니 다 소중했다.

"좋아…… 여기 세 분은…… 이따 수습하기로 하고. 둘은 옮겼고. 이분은…… 학생 하나 오라고 해줘요."

"네. 학생!"

얼마 지나지 않아 분류는 끝이 났다. 재원과 리처드에게 각각 레드 한 명씩이 배정되었고, 그나마 조금 지켜볼 수 있는 환자 하나는 트럭에 남았다. 바로 옆에 시신 두 구와 이제 곧 시신이 될 사람 하나가 있긴 했지만, 환자는 정신이 없어 인지하지 못했고, 학생은 봉사하다 보니 나름 이런 일도 견딜 수 있게 된 참이었다. 생각 같아서는 장미나 오진승 둘 중 하나가 더 같이 있어주면 좋았겠지만 그건 안 될 말이었다. 그러기엔 환자가 너무 많았고, 의료진은 부족했다.

"저는 이제 저기 도우러 갈게요. 선생님은 처치실로 가세요."

"아, 근데 그."

"무섭죠? 근데 지금 안 가면 진짜 무섭게 될 거예요."

"아."

장미는 아까 자신이 했던 말과 리처드가 했던 경고를 떠올리고 있을 것이 뻔한 오진승을 바라보았다. 안 봐도 비디오였다. 가기 싫을 터였다. 하지만 그러면 정말 큰일이었다. 단지 강혁이 나쁜 놈이라서가 아니었다.

'백 교수님은 싹 다 계산해서 인원 배정했을 거야.'

극장에서 난 사고라는 것을 인지했을 때, 이미 사고의 규모를 어느 정도 짐작했을 터였다. 그게 말이 되나 싶겠지만 강혁이 공사장 상태 시정하라고 보낸 문서가 벌써 일종의 보고서이지 않았나. 그따위로 아무렇게나 공사하다간 서넛이 죽고 또 많은 사람이 크게 다칠 거라는 내용이 적혀 있었다. 불행히도 공무원이나 공사 담당자는 강혁의 보고서를 그저 재수 없는 행운의 편지 정도로 치부해버렸다. 그 결과가 이것이었다.

'이 양반 능력을 어느 정도로 책정했을지는 모르겠는데, 아마 인턴 수준으로 했다고 해도 없으면 곤란할 거야.'

장미에게는 사고를 재구성할 만한 능력이 있지는 않았다. 하지만 강혁과 함께한 세월이 있다 보니, 강혁이라면 어디까지 가능하겠다 싶은 믿음이 있었다. 아니, 이건 믿음이라기보단 어느 정도 신앙과 맞닿은 느낌이 있었다. 신이라기엔 지나치게 인성에 결함이 있는 인간이지만 능력만 놓고 본다면, 의학에 한정해서는 거의 신적인 존재였다.

"가세요. 가야 해요."

"아, 알겠습니다."

"도움이 되실 거예요."

"아, 그럼 다행이죠. 근데 제가 정말 그럴 수 있을까요?"

해서 장미는 이제 오진승의 어깨를 툭 하고 밀기까지 했다. 그만 궁상떨고 가라는 뜻이었는데, 아까 당한 게 많아서 그런가 자존감이 떨어진 모양이었다. 궁상떨다 말고 질척이기까지 했다. 다행히 장미는 이렇게 나오는 신규 간호사들을 아주 많이 보았고, 적절히 다뤄본 적도 많았다.

"그럼요. 하기 싫은 사람도 도움 되게 만드는 사람이 백 교수님이에요. 오늘 아마 새로운 경험 하시게 될걸요."

"음, 그렇군요. 알겠습니다."

하기 싫어도 도움이 될 거란 말이 얼마나 자신감 없는 이들에게 용기가 되던가. 오진승이라고 해서 예외는 아니었다. 시커멓게 죽어가던 그의 얼굴에 한 줄기 빛이 비치는 듯했다.

'그렇게까지 힘낼 필요는 없는데.'

장미는 예상보다 과한 반응에 당황했지만, 베테랑답게 티를 내지는 않았다. 어차피 과한 자신감이 있어봐야 강혁과 마주하는 순간 죄 깎여나가지 않겠나. 오히려 처음엔 저러는 게 나았다. 용기를 얻은 오진승은 장미의 이런 속생각은 꿈에도 모른 채, 밝은 얼굴이 되어 처치실을 향해 달렸다. 마침 딱 들어가려는데 문이 열렸다. 그리고 누가 봐도 치료가 끝난 것 같은 환자가 1호 군의관의 손에 이끌려 밖으로 나오고 있었다.

'어?'

순간 오진승은 이곳과 밖이 시간차가 있나 싶었다. 물론 밖에서도 많은 일을 하기는 했다. 하지만 개복 수술을 마칠 수 있는 시간이었나? 그건 절대 아니었을 터였다.

"아, 잘됐네. 일로 와요."

강혁은 벌써 다른 환자의 배를 닦고 있었다. 말이 배를 닦는 것이지, 한 뼘만큼이 찢어져 있었고 그 사이로 내장인지 뭔지가 튀어나와 있어서 배라기보다는 그로테스크한 무언가 같았다. 그 앞에 서서 웃고 있는 인간이라니. 오진승은 저도 모르게 한 걸음 뒤로 물러섰다. 팍. 그러자 바로 옆 벽면에 조금 전까지 환자 배를 닦고 있던 거즈가 날아와 부딪혔다.

"일로 오라고."

"아."

오진승은 베타딘 용액의 찰기 때문에 잠시 벽에 붙었다가 주르르 미끄러져 내려가는 갈색 거즈를 힐끔거렸다. 정말이지 딱 얼굴 옆을 스치고 날아온 참이었다.

'맞히려고 한 건가?'

그랬다면 정말 개새끼 아닌가. 어떻게 사람 얼굴에 이런걸. 아니, 원래 사람 얼굴도 소독할 수 있는 물건이긴 하지만 그래도 던지는 건 아니지 않나. 충격받은 김에 잠시 잠자코 있으려니, 강혁이 다시 한번 손짓했다.

"뭐 해요? 일로 안 오고."

이제 강혁의 손에는 거즈가 아니라 소독용 거즈를 집는 데 쓰이는 쇠막대만 남아 있었다. 그 막대기로 손짓을 해대는데, 어쩐지 지금 안 가면 거즈 대신 막대가 날아들 것 같았다. 저거 맞으면 어찌 될까.

'여기 나름 기구 다 독일제던데.'

독일 사람들이 절대 부러지지 말라고 튼튼히 만든 기구는 반드시라고 해도 좋을 확률로 사람 뼈 정도는 우습게 부술 수 있을 터였다.

"아, 네."

게다가 오진승은 어찌 되었건 본인이 내뱉었던 말을 기억하고 있었다. 수술 잘하고, 보조 잘한다고 방금 입을 털지 않았나. 심지어 데니스가 아까 옆에서 말렸음에도 그랬다.

'내가 왜 그랬을까?'

근거가 아주 없던 건 아니었다. 이곳은 어찌 되었건 전장이 아니니 총이나 폭발에 의한 사고는 없을 거라 판단했다. 그렇다면 결국, 대한민국에서 흔히 보게 되는 교통사고가 주가 될 거라 여겼다. 근데 여기는 차가 거의 없잖아? 결국, 응급 상황이 없을 거라 여겼다는 얘기였다. 그러나 그건 오산이었다.

'공사를 하고 있을 줄은 몰랐지.'

세상 어떤 곳이건 간에 사람이 몰리는 곳에는 돈이 돌기 마련이고, 돈이 돌기 시작하면 개발이 되기 마련 아니겠나.

"이 환자는 철근은 아닐 것 같은데…… 하여간 공자 자재에 배가 찢어져버렸어요. 피가 엄청 나."

"아, 네……."

강혁은 다가온 오진승을 향해, 마치 거즈 따위를 던진 적이 없다는 듯 여상한 말투로 환자에 관해 설명했다. 아까 대체 뭐였냐고 하기엔 분위기가 긴박해서 오진승도 따로 입을 열진 못했다. 우선 배에 구멍이 꽤 길게 나 있었고, 장이 일부 튀어나와 있어서 그거 보는 것만 해도 심력이 상당히 소모되고 있었다. 심지어 쿠트라팔리라 했던, 기껏해야 한 달인가 두 달간 인도에서 여기로 봉사 왔다고 소개했던 이가 구멍 한 편에 장갑 낀 손을 쑤셔 박고 있어서 더더욱 눈을 떼기가 어려웠다.

"아, 이건 안에 지혈 중. 큰 혈관은 아닌데…… 작은 혈관 여럿 이 다쳐서 번 거즈로 꾹꾹 눌러두고 있는 거예요."

"아, 네……."

강혁은 오진승의 눈이 쏟아져 나오는 장과 쿠트라팔리의 피에 물들어버린 손 사이에서 번뇌하는 것을 확인하고는 역시나 대수 롭지 않다는 듯 설명을 해주었다. 그러곤 오진승의 가슴께를 툭 하고 밀었다. 조금 전에 수술 하나를 끝낸 참이었기에 강혁의 장 갑에도 피딱지가 엉겨 붙어 있었다. 자연히 오진승의 옷에도 피 딱지가 옮겨 붙었다.

"그럼 손 닦고 옵시다. 마침 소독 다 했으니까…… 바로 째서 들어가면 되겠어."

"어…… 수술 우리 둘이 합니까?"

"여기 간호장교도 있고, 쿠트라팔리도 있고."

"아니, 보조는 저만?"

"잘한다면서요. 제1 보조의가 댁인데?"

"어."

보조를 해본 적은 있지만 제1 보조의는 단연코 한 번도 해본 적이 없었다. 아마 아주 작은 병원이나, 또는 의료체계가 좀 미 비한 국가에서 의대를 다녔다면 기회가 있었을 수도 있었다. 인 력이 부족하다 보면 학생에게 중요한 보조를 시킬 수도 있을 테 니. 실제로 옛날엔 한국에서도 의대생들이 보조에 들어가는 경우가 비일비재하지 않았나. 하지만 그가 나온 학교는 그리 녹록지 않은 학교였고, 동시에 대한민국 의료계도 그렇게 된 지 오래였다.

"대답을 요상하게 하네."

강혁은 오진승의 '어'가 어떻게 들어도 당황했을 때 나오는 일종의 추임새라는 걸 알면서도, 그냥 승낙의 의미라 여기기로 했다. 여기서 이놈이 도망가면 골 아파지기 때문이었다. 물론 이제는 인력이 아주 부족한 상태는 아니어서, 숙소에 있는 이들 중 하나를 불러와도 되기야 하겠지만, 결국엔 제 살 깎아 먹기였다. 사람은 기계가 아니니까. 누구라도 지치기 마련이었다.

"후딱 씻어요. 손 씻기는 할 줄 알지?"

"어, 네. 이렇게……."

"할 줄 모르네. 하긴 정신과가 언제 수술방에서 손을 씻냐. 잘 봐요. 어차피 더티 운드긴 한데, 그래도 의료진이 손은 제대로 씻어야지."

"아, 네."

그리고 저 중 하나라도 무너지기 시작하면 다들 무너질 터였다. 누와라엘리야 병원의 업무는 줄어들기는커녕 맨날 늘기만 하고 있어서, 마치 외줄 타듯 간신히 이어나가고 있다는 걸 강혁이 제일 잘 알고 있었다.

'다른 사람들이 무너지면 나도 안 돼.'

강혁이라고 해서 왜 힘들 때가 없겠나. 그럴 때마다 의지가 되어주는 이들이 있어서 버틸 수 있었다. 옛날 독불장군이었던 때라면 얘기가 조금 달라질 수도 있을 텐데. 강혁은 그때로 돌아가고픈 생각은 추호도 없었다. 뭐가 되었건 백지장도 맞들면 낫다는 말을 체험하고 있어서였다. 정말이지 고사리손 같은 도움도, 그게 설령 강혁의 눈에 차지 않더라도 어떻게든 도움이 되기는 됐다.

'그래서 댁이 오늘은 좀 고생을 해주어야겠어.'

강혁도 오진승이 좋은 사람이라는 건 알고 있었다. 비단 제인에게 그렇다고 들어서만은 아니었다. 이런저런 루트로 알아보니 한국 사회에서도 평판이 꽤 좋았다. 환자도 꽤 열심히 본다고 하고, 기부도 꾸준히 하고 있다고 하고. 무엇보다 자기 시간을 이런 식으로 쓴다는 건 보통 결심으로 되는 게 아니었다.

'하지만 우리 식구들이 중요해서 말야.'

그러나 이곳에 내내 와 있는 이들을 위해서라면 강혁은 얼마든지 악마가 될 수 있는 인간이었다. 상대가 누구인 것은 그리 중요치 않았다.

"들어갑시다, 이제."

강혁은 무릎으로 오진승의 허벅지를 툭 하고 밀었다. 키 차이가 제법 나다 보니 거의 엉덩이 쪽을 찔린 오진승은 말없이 고개를 끄덕였다. 아까 거즈 사건도 그렇고 지금도 그렇고, 뭔가 협박당하는 느낌이 들어서였다. 그리고 오진승은 이런 육체적인 협박에 꽤 약한 편이었다.

영웅 혹은 악마

"좋아. 넌 계속 거기 누르고 있어."

"네."

강혁의 말에 쿠트라팔리가 짤막한 답을 했다. 모르는 사람이 보기엔 꽤 강압적으로만 느껴질 터였다. 특히 지금 강압적인 일을 당하고 있는 오진승이 보기에 그랬다.

'이 사람도 단기 봉사자…… 이 병원 이거 상습범이네. 어? 군의관분들은 노예 1, 2호라고 부르질 않나……?'

좋은 일을 하고 있기는 한데, 방식이 이래도 되나 싶었다. 하지만 정작 쿠트라팔리는 전혀 다른 생각을 하고 있었다.

'아까…… 이 환자 피가 진짜 미친 듯이 났어.'

애초에 이송해 올 때부터 샘이 이 환자만큼은 직접 환부를 꾹 누르면서 달려왔더랬다. 같이 갔던 간호장교는 지금 탈진해서 뒷방에 누워 있을 지경이었다. 그럴 만도 한 일이었다. 험한 길을 달리면서 환자 환부는 누르고, 수액도 달고 했다는 게 어디 보통 일이란 말인가. 솔직히 이 환자에게 왜 블랙 스티커를 붙이지 않고 레드로 분류했는지가 의문이었다.

'백 교수님! 백 교수님 오시면 살아요, 이런 사람은!'

샘이 이렇게 외치지 않았다면 쿠트라팔리가 색을 바꿔 분류했을 터였다. 사실 색만 안 바꿨을 뿐, 쿠트라팔리는 샘과 손 바꾼, 지금 보조에 나서고 있는 간호장교가 환부를 누르고 있는 동안 혈압만 신경 썼지 다른 환자 처치에 주력했다. 상황이 바뀐 건 강혁이 들어오고 나서였다.

'여기를 그렇게 누르면 안 되지. 잠깐 떼봐요.'

강혁은 처치실에 들어오자마자, 이 환자에게로 다가오면서 장갑부터 꼈다. 그러곤 간호장교가 손을 떼자마자 위로 치솟는 피를 무시하면서 기막힌 지점을 찾아 꾹 눌렀다. 그때부터였다. 어쩌면 이 환자가 살 수도 있겠다 싶었던 것이.

'이 사람은…… 이 사람이야말로 진짜 영웅이지.'

해서 쿠트라팔리는 강혁의 말대로 상처를 꾹 누른 채 감탄을 연발하고 있었다.

"아니, 당기라고. 말이 어렵나."

"이, 이렇게."

"그건 아까 얘기고. 절개가 이렇게 들어가는데 하……."

"죄송합니다."

"잘 좀 합시다. 집중하시고. 집중!"

"네, 네."

물론 그건 쿠트라팔리 얘기고, 오진승은 전혀 다른 세상에 있었다. 이쪽 세계의 백강혁은 영웅이라기보다는 악마였다.

"좋아, 거기 위로 당기고."

"네."

"아니…… 머리 기준이 아니라 진짜 그냥 수직으로 위로 들라고. 그렇게 당기면 뭐가 보여요? 눈알이 뭐 딴 데 달렸나.”

“죄송…… 죄송합니다.”

“빨리해야 되니까 사과하지 말고, 위로 당겨요.”

“네.”

“아니, 이번에는 머리로.”

“하.”

“하?”

“아뇨.”

적어도 수술실 안에서만큼은 집도의가 왕이라는 말이 있지 않나. 이게 그냥 관용적으로 쓰는 말이지 진짜로 왕처럼 군림하라는 말은 아니긴 했다. 하지만 간혹 왕이라도 된 듯 행동하는 이들이 있었는데, 그중 하나가 강혁이었다. 특히 마음이 급할 때는 더더욱 그랬다. 여러 사람이, 그러니까 양재원, 한유림, 백강혁, 닥터 제인 등이 마음고생해가며 겨우 이뤄둔 강혁의 사회화가 급격히 풀려나가서 그랬다.

“됐어. 클램프.”

강성지의 말에 따르면 이것조차 레지던트 때보단 나은 거라고 했는데, 다른 사람들은 도무지 믿지 못하고 있었다. 심지어 같은 시간, 같은 공간에 있었던 최윤섭도 에이 그건 아니지라고 했으니 당연한 일이었다.

‘아니! 상식적으로 교수님한테 하는 거랑 레지던트한테 하는 거랑 같겠냐고요!’

‘백강혁이 아니면 달랐겠지. 근데 저 새끼 백강혁이야.’

'그래도 노인…… 아니, 최 교수님한테는 잘했다니까요, 저 새 끼가.'

'그짓말이야. 너 너무 오바한다. 동기가 악마여서 좋겠어, 아 주. 지금도 개판인데 저거보다 더? 에이, 그건 아니지.'

'와…… 치매라도 오셨나.'

'뭐 새꺄?'

그 바람에 강성지는 순식간에 거짓말쟁이가 되고 말았지만. 백강혁 옛날 모드의 정말이지 숨 막히는 수술방에 있다 보면 이 사람이라면 더 나빠질 수도 있겠다 싶기도 한 법이었다.

"손 조금씩 치워. 1mm씩. 이 방향으로."

"어……."

"말이 어렵나. 1mm씩 치우라고."

"아니…… 그."

"해봐. 할 수 있어."

지시를 들은 쿠트라팔리도 당황했지만, 옆에서 보고 있던 오 진승도 놀라기는 매한가지였다. 1mm씩 움직이라니?

'네가 해봐라, 인마.'

강혁의 실력을 모르는 이로서는 그런 생각이 들 수밖에 없지 않겠나. 물론 수술실에서 집도의 말고 다른 이의 생각은 그리 중 요한 대접을 받지 못했다. 진짜 제1 보조의를 할 수 있는 실력자 라면 간혹 도움이 되는 발언도 힐 수 있겠으나, 아쉽게도 오진승 은 그냥 잡혀 온 몸이었다.

"이렇게 하라고. 너무 가면 봉합 안 돼."

"봉합할 게 있어요?"

"아니, 이 새끼가. 아까 피가 왜 그렇게 났는데. 당연히 혈관이 문제가 생겼지."

"큰 혈관은 아니라고……."

"복부 대동맥 아니면 다 아니라고 해, 원래 나는."

"그럼 지금 제가 누르고 있는 게……."

"비장 동맥."

"이런 시발."

"응?"

"아, 리처드가 알려줬어요. 좋던데 이거."

"아……. 그 새끼. 그 새끼가 아직도 시발거리고 다니나?"

"네? 네. 처음엔 자꾸 좋은 거 알려준다고 해서 약을 하나 이 사람이 했죠. 솔직히 얼굴 생긴 게 좀…… 불량하잖아요?"

"그래? 하긴 요새 리처드…… 얼굴 개판이긴 해."

"요새? 옛날엔 안 그랬어요?"

"원래도 그랬지. 오죽하면 다들 약쟁이로 착각하겠어. 요새도 혼자 시발시발거리면서 마당 배회하는 바람에 관광객들이 신고했잖아. 웬 미국인 미친놈이 한국 욕하고 돌아다닌다고."

쿠트라팔리와 강혁은 미국 동부의 전형적인 중산층인, 나름 아들 번듯한 사람 만들었다고 뿌듯해하고 있을 리처드의 부모님이 들으면 가슴을 치며 통곡할 만한 소리를 해댔다. 실제로 리처드가 처음 한국에 나타났을 때만 해도 번듯한 것을 넘어 아주 잘생긴 미군 장교 차림을 하고 있지 않았나. 그러던 사람이 이리저리 봉사하면서 망가진 건데, 강혁은 딱히 그런 일에는 전혀 관심이 없는 인간이었다. 원래 벌어질 일이 벌어졌다고 생각하고 있었다. 봉사하는 것으로 치면 강혁이 훨씬 열심히 했는데 그는 망가지기는커녕 더 멋있어지지 않았나.

"그러니까요. 근데 이게 뭔 뜻인지도 모르겠는데 입에 쫙 달라붙는 게…… 묘해요."

"그래?"

"시발."

"뭐야."

"또 긴장돼서."

"하."

강혁은 쿠트라팔리의 시발 장단에 맞춰서 혈관을 봉합해나갔다. 이곳은 한국이 아니라 스리랑카였다. 그중에서도 오지에 속하는 누와라엘리야. 최대한 원래대로 만들어줘야 그나마 살아갈 수 있을 게 분명했다. 때문에 강혁은 쿠트라팔리가 연신 욕을 하고 있어도 그대로 두기로 작심했다. 한편 내내 수술 부위가 잘 보이도록 당기고 있던 오진승은 무척 혼란스러운 기분에 빠졌다.

'시발이라고?'

리처드가 달밤에 혼자 나가서 시발거리는 것도 참 보기 이상한 일이었다. 조금 불편하기도 했다. 그렇지 않나. 중학생도 아니고, 대학생만 되어도 쌍욕은 입에 잘 담지 않게 되는 법인데, 다 큰 성인이 혼자 그걸 중얼거리면서 돌아다니는 꼴이라니.

'수술방에서……? 그걸 또 참아줘?'

한데 수술실에서까지 이 욕을 들을 줄은 꿈에도 상상하지 못했더랬다. 게다가 강혁이 그 욕을 듣고서도 한숨만 쉴 뿐, 별다른 대응을 하지 않는다는 것도 놀라운 일이었다. 지금껏 보여준 모습만 생각해보면 바로 들고 있던 봉합 기구로 머리를 깨버려도 할 말 없지 않겠나. 그러나 강혁은 그저 혈관을 봉합하는 데 최선을 다하고 있었다.

'진짜 알다가도 모르겠네, 시발…… 아니, 내가 이 욕을 왜.'

오진승은 저도 모르게 30년 만에 욕을 하고는 당황한 얼굴이 되었다.

"좋아. 손 완전히 떼."

"네."

그사이 강혁은 비장 동맥 봉합을 마쳤다. 그러자 비로소 동맥의 모습을 강혁 말고 다른 두 사람도 확인할 수 있었다. 거의 3cm 가까이 되는 길이로 쭉 찢어져 있던 모양이었다. 딱 그만큼의 봉합사가 보였다. 어찌나 귀신같이 잘 꿰맸는지 실이 비죽 나와 있는 것만 제외하면 처음부터 터진 적도 없는 듯했다.

'실력 하나는 오지는구나.'

오진승은 그걸 보면서 감탄했고, 강혁은 언제나 그렇듯 무감한 얼굴로 다음 술기에 돌입했다.

"정신 차리시고."

"아, 네."

"이 환자 여기만 문제가 아냐. 장이 튀어나와 있잖아요. 이게 왜 이러는 것 같아."

"구멍이 나서……?"

"배에 구멍 나면 누워도 무조건 이렇게까지 나오나?"

"어…….'

알 수 없는 일이었다. 배에 구멍 나본 적이 있기를 하나, 아니면 배에 구멍 난 다른 사람을 본 적이 있나. 오진승이 주로 보는 환자는 마음에 구멍이 나 있지, 다른 곳은 오히려 괜찮은 사람들이었다.

"가뜩이나 둔탁한 충격으로 장기가 부었는데, 심지어 그 때문에 혈액 순환이 잘 안 됐잖아요. 게다가 우리가 출혈 바로 못 잡아서 물도 때려 넣었고. 그럼 붓지. 부어서 나온 거야 이거."

"아…… 그럼……?"

"일단 안에 살펴보고…… 그러고 나서 결정해야지. 당겨요. 이제 이쪽 넓은 쪽."

"아, 네."

그러니 오진승이 할 수 있는 일이라고는 그저 강혁이 시키는 대로 따르는 것뿐이었다. 간단하다면 간단한 일들뿐이었다.

"그냥 당겨요. 어설프게 뭐 하려고 하지 말고."

"네."

오진승은 정말 수술 부위를 이리저리 당기는 것만 하고 있었다. 그사이 강혁은 제대로 된 외과의가 들어왔다면 안 해도 되었을 타이도 하고, 빅리도 나 알아서 하면서 수술을 진행했다. 그런데도 오진승은 본인도 참 민망하고 당혹스러울 정도로 힘들었다.

'아니, 왜 이걸 못 따라가겠지.'

분명 강혁의 손이 훨씬 빨리 움직이고는 있었다. 당연했다. 하는 일이 몇십 배는 많았으니까. 정신을 차려 보니 어느새 간 쪽에서 있던 출혈도 잡은 참이었다. 따로 꿰매줄 필요는 없다고는 하는데, 오진승은 출혈을 잡는 장면은커녕 피가 나는 줄도 모르고 있었다.

"정신 차리고."

"아, 네."

"이제 한 손으로만 당기고. 이 손은 저기 눌러요. 그래야 완전히 멎어."

"아, 네."

"간은 원래 피가 많이 나거든. 조직 검사 해본 적 있어요?"

"제가 하는 검사는 심리 검사밖에 없어요."

"아 맞다."

 그나마 다행인 것은 수술이 점차 진행되면서, 그러니까 환자가 죽을 확률이 대폭 깎여나가면서부터 강혁이 점차 지난 세월 어렵게 진행되었던 사회화 과정을 다시금 빠르게 거치고 있다는 점이었다. 그러다 보니 수술실 분위기도 빠르게 따뜻해지고 있었다. 물론 좀 전에 새로 들어온 레드 딱지가 붙은 환자 때문에 어느 정도 이상 따뜻해지긴 어려웠지만, 하여간 아까보다는 훨씬 나았다.

"쿠트라팔리, 거기는 좀 어때?"

"네? 아, 네. 저 연명 잘 시킵니다."

"아니, 어떠냐고."

"그…… 지금 보고 계신 환자보다는 나아요. 나은데, 이쪽은 머리예요."

"에이."

손이 자유로워진 쿠트라팔리가 옆 침대로 간 지 오래였다. 자칭 연명 치료의 달인이라고 할 만한 자격이 충분한 인간이었다. 머리를 다쳤다는 말을 듣고 강혁이 돌아보니, 벌써 뇌압을 낮추기 위해 연결해둔 스테로이드와 만니톨 등이 쭉쭉 들어가고 있었다. 동시에 혈압이나 기타 바이털 사인도 안정적이었다. 저런다고 저 사람이 살아날 리는 없겠지만. 하여간 시간은 확실히 벌어다주고 있었다.

"여기 안 닫히겠는데. 며칠 버티고 닫아야겠어."

그렇다고 해서 여유를 부리긴 어려웠다. 다소 마음이 급해진 강혁은 다시 한번 환자 상태를 살폈다. 그의 능력을 100퍼센트 발휘한다면 복압이 지나치게 상승하지 않는 선에서, 그러니까 호흡을 방해하지 않는 선까지 낮추고 닫을 수도 있을 것 같았다. 하지만 그러자면 시간도 품도 너무 많이 들었다. 그렇다고 배 닫는 걸 며칠 뒤로 미룬다고 해서 환자 예후가 엄청 바뀌는 건 아니었다. 물론 그사이에 감염이 생기거나 하면 정말 치명적이겠지만, 강혁은 이제 자신이 운영하는 병원에 대해 어느 정도 자신이 생긴 참이었다.

'우리 병원 시스템이 그렇게 허술하지가 않지.'

해서 강혁은 봉합사로 환자 배를 닫는 대신, 밀봉만 하기로 작정했다. 음압을 걸어 안에서 나오는 진물이나 피 등은 제거하기로 하고 멸균 비닐로 환자의 배를 덮은 것인데, 여전히 열린 배 틈새로 내장이 슬쩍 나와 있어서 보기엔 꽤 끔찍한 광경이었다. 그저 오진승이 보기에만 그런 건 아니었다. 만약 환자가 정신을 차리고 나서 이 모습을 보면 어찌 될까? 움직이는 것 자체도 부담인데 어쩌면 정신적 트라우마로 인해 발버둥을 칠 수도 있는 일이었다.

"이제 내가 그 환자 볼 테니까, 이 환자 밖에 아무나 불러서 같이 중환자실로 좀 가줘."

"재우는 거죠?"

"당연하지. 음압 드레싱도 해야 할 텐데 어떻게 깨워. 한 이틀 지나면 물 빠질 거야."

"네, 알겠습니다, 교수님."

쿠트라팔리는 강혁의 말에 아주 능숙하게 답하고는 손을 넘기고 처치실을 빠져나갔다.

'하……. 수술이 하나 더 있어?'

오진승은 두려움에 떨고 있었으나, 그건 그 누구도 중요하게 생각하지 않았다.

"정신 차려. 이번엔 머리야."

머리. 인체에서 심장과 더불어 제일 중요한 장기로 인식되는 곳 아닌가. 그렇기에 굳이 외과에서 따로 떨어져 나와 하나는 신경외과, 다른 하나는 흉부외과에서 보게 된 지 오래였다.

'아니, 이걸 왜…… 아니지. 여기 신경외과가 없지, 참.'

어떻게든 부담스러운 상황을 회피하고만 싶어진 오진승으로서는 이런 생각이 들 수밖에 없었다. 아니, 강혁이나 그가 이끄는 팀 실력을 모르는 사람이라면 다들 이럴 터였다. 외과에서 신경외과가 떨어져 나온 게 언젠데 이걸 혼자 다 하고 있단 말인가. 하지만 반대로 오진승은 또 어설프게나마 현장 이해도가 있는 사람이다보니, 인력 때문에라도 강혁이 해야 한다는 걸 납득했다. 게다가 오진승이 알기로 백강혁은 한국에 있을 때도 거의 혼자 다 하던 사람이었다.

'멀리서 볼 때는 든든하기 짝이 없지만…….'

가까이서 보조할 생각을 하니 이보다 더 지옥 같은 상황도 없었다.

"머리는 그래도 좀 알죠?"

그때 강혁이 정말이지 뜬금없는 소리를 해댔다. 머리는 알고 있냐니. 대체 이게 뭔 소리란 말인가. 애초에 신경외과 쪽은 의대 정규 교과 과정에서도 대강 훑고 넘어가는 곳 아닌가. 일반적인 의사들이 머리에 대해서 알아야 하는 지식이란, 뇌출혈이나 뇌경색 또는 종양을 감별해내는 것 정도여서 그랬다.

"네?"

"원래 거기 과 이름이 신경 정신과 아니었어요? 이제는 정신건강의학과지만. 약도 많이 쓰잖아. 잘 알겠지 뭐."

"아니……, 아닙니다. 저희는…….."

"하여간 이리로 와요."

"그, 네."

오진승은 주춤주춤 강혁에게로 다가갔다.

"소독은 할 수 있죠?"

"아, 네."

강혁은 그렇게 다가온 오진승을 보며 가위를 내려놓았다. 그러곤 베타딘 소독액에 푹 젖은 거즈와 그 거즈를 집어 들 집게를 건네주었다. 자신은 뒤로 빠져 머리를 고정시키면서였다. 원래 이런 것도 하나하나 다 하려면 시간이 꽤 걸리기 마련인데, 동작에 낭비가 없어서 그런지 순식간이라고 해도 좋을 만큼이나 빠르게 완료되었다. 마음이 다소 편해진 오진승은 밝아진 얼굴로 고개를 끄덕였다.

"근데 여기 부러져가지고. 너무 세게 누르면 죽어."

"아…… 네."

그리고 강혁은 바로 그 얼굴을 구거버렸다. 죽을 수도 있다는 말을 심각한 얼굴로 해대면서였다. 오진승은 이게 환자가 죽는다는 건지, 아니면 내가 죽는다는 건지 헷갈린다는 느낌을 받았다. 그렇다고 누가 죽는 거냐고 진지하게 묻는 것도 애매한 일이었다. 일단 지금 그럴 만한 분위기가 아니었다. 강혁은 벌써 환자 머리를 완전히 고정시키고 손 닦으러 간 참이었다. 환자에게 달아둔 모니터는 끊임없이 불안한 소리를 내며 삐삐거리고 있었는데, 솔직히 바이털 사인 보는 건 젬병이었으나, 뭐가 되었건 간에 삐삐거리면 좋지 않다는 건 알고 있었다.

'망할.'

아는 게 거의 없다 보니 오히려 더 겁이 덜컥 났다. 그래서 오진승은 일단 자신이 지금 당장 할 수 있는 것부터 열심히 하기로 마음먹었다. 그렇게 머리 깨진 부위는 눌리지 않도록 주의를 하면서 닦고 있으려니 처치실 문을 열고 누군가 안으로 들어왔다. 강혁인가 했는데 쿠트라팔리였다. 오진승은 저도 모르게 반짝 웃으며 그를 반겼다.

"아, 오셨어요."

"네. 여기 마취과 의사가 없다 보니…… 저라도 지켜야 될 것 같아서요."

"감사합니다."

"하하, 원래 이런 거 하려고 여기 온 건데요."

"고생이 많으십니다."

"뭘요. 그쪽이 더 많으시죠."

쿠트라팔리 또한 껄껄 웃으며 환자 옆에 자리했다. 처치실에서도 수술할 수 있도록 어느 정도 공간 배치를 신경 써놨기 때문에 쿠트라팔리는 그리 큰 어려움 없이 환자를 가까이서 자세히 살필 수 있었다.

'재수가 없다고 해야 할지, 아니면 그나마 다행이라고 해야 할지 모르겠네.'

보통 건설 현장이 붕괴되는 경우, 현장 노동자들은 동시다발적인 부상을 입기 마련이었다. 방금 중환자실로 올린 환자들도 수술이야 배만 했지만, 팔다리에도 이런저런 상처들이 많았다. 하지만 지금 그의 눈앞에 누워 있는 이 환자는 오로지 머리만 다쳤다.

'하필 머리네.'

다른 부위만 다쳤다면 정말 운이 좋았다고 할 수도 있었을 터였다. 하지만 머리는 그 하나만으로도 치명적이지 않나.

"가우닝 좀."

"네."

쿠트라팔리가 상념에 젖은 채 환자의 바이털을 최대한 조정하고 있을 때쯤 강혁이 물기 어린 손을 들고 안으로 들어왔다. 그러곤 단 1초의 망설임도 없이 종이 타월로 손을 닦으며 수술 가운을 걸치기 시작했다. 발로 이제 소독을 다 마친, 그러니까 손 닦고 들어와야 할 오진승을 툭 밀어내면서였다.

"손 닦고 와요. 소독하고 나갈 생각은 아니었겠지, 설마."

"아, 아, 네."

나이 먹고 누가 발로 건드리는 건 정말이지 오랜만이었던지라 오진승은 지금 이곳이 어딘지, 어떤 상황인지조차 잠시 까먹었다.

'하. 내가 어쩌다.'

오진승이 어깨를 축 늘어뜨린 채 밖으로 나가는 동안, 강혁은 아까 오진승에게 절대 누르면 안 된다고 했던 부위를 면밀히 살폈다. 벌써 드랩은 다 마친 상황이었다.

"칼."

"네."

눈을 보니, 다른 사람들의 눈에는 보이지 않겠지만 강혁은 이 환자의 뇌압이 팍팍 오르고 있다는 걸 알 수 있었다. 아니, 눈을 보지 않고 두개골이 무너진 부위만 봐도 대강은 유추가 가능했다. 예민한 손을 가져다 대보면 보옹보옹 오르내리는 박동이 느껴졌다. 그리고 그 박동이 점점 더 강해지고 있었다. 강혁은 서둘러야겠단 생각과 함께 칼로 두피를 쭉 하고 쨌다. 여느 때처럼 망설임 없는, 그러면서 동시에 정확하기 그지없는 절개였다. 딱 두피만 쨌을 뿐, 그 밑에 있는 경막은 건드리지도 않았다.

"당길 거. 이 인간은 손 닦으러 어디 갔어."

"교수님, 지금 나간 지 10초도 안 됐습니다."

"그래? 알았어."

강혁이 투덜거리며 방금 쨌던 부위에 기구를 걸어 당겼다. 그러자 안에 있던 뇌경막이 모습을 드러냈다. 역시나 보옹보옹거리고 있었는데, 그 밑으로 붉은 핏물이 비쳐 보였다.

"와……. 이거 어떻게 한 거예요?"

"어떻게 하긴. 절개한 거지."

"보통 이렇게 하려면 칼만으로는 안 되던데."

"난 되더라."

"아, 네."

쿠트라팔리는 정말 놀란 얼굴로 수술 부위를 바라보다가, 강혁이 너무 뻔뻔하게 자기 자랑을 늘어놓자 더 놀란 얼굴로 강혁의 얼굴을 바라보았다. 하여간 끊임없이 자기 자랑을 해대는 인간이었다. 실력이 여기서 조금만 모자랐더라면 진짜 없어 보였을 텐데, 실력만은 의심의 여지없는 세계 최고 수준이다보니 뭐라 말하기도 어려웠다.

"다시 칼."

"네."

"어, 왔네. 이거 당겨요."

"아, 네."

강혁은 자신이 잡고 있던 기구를 오진승에게 건네주었다. 손 모양과 방향까지 다 잡아주면서였다. 심지어 강도도 정해주었다.

"이렇게만 해요. 더 세게 당겨도 안 되고, 더 약하게 당겨도 안 돼."

"네."

"대답만 잘하지 말고. 아까 보니까 몸이 좀 굼뜨던데. 운동 신경 달리면 최선을 다하기라도 해야지."

"네, 네."

"거참."

강혁은 오진승을 냅다 갈구고는, 그나마 긴장한 것 같은 기색이 보이자 칼을 집어 들었다. 아까보다는 좀 더 조심스러운 절개가 이어졌다. 아니, 절개라기보다는 거의 구멍만 내는 느낌이었다. 강혁은 그렇게 구멍을 낸 후, 손가락으로 자신이 낸 구멍을 살짝 막았다.

'뭐 하는 거지? 원래 이렇게 하나?'

신경외과 수술실에 들어가본 적은 있지만, 이제 먼 옛날이야기가 된 지 오래였다. 당연하다는 듯 다 잊어버린 오진승은 고개를 갸웃거리며 강혁이 하는 걸 지켜보았다. 쿠트라팔리도 마찬가지였다. 그 또한 대체 뭐 하는 짓인지 감을 잡지 못했다.

'좋아. 이 정도 압력이면…… 진행해도 되겠어.'

당연한 일이었다. 이건 오직 강혁에게만 의미 있는 짓이었으니까. 강혁만큼 예민한 감각이 있는 사람만이 뇌척수액이 밀려 오면서 만드는 미약한 충격만으로도 지금 뇌압이 어느 정도인지 알 수 있었다.

 "다시 칼."

 "네."

 "계속 잘 당겨요."

 "네."

 칼이 다시 뇌경막을 째기 시작했다. 애초에 강혁이 만든 구멍 자체가 넓지 않다보니, 길이가 그리 길지는 않았다. 하지만 오진승이나 쿠트라팔리는 그 사이를 통해 왈칵 새어 나오는 핏물 섞인 뇌척수액을 보고 있자니 끔찍하단 생각만 들었다.

 "좋아."

 같은 광경을 보고 있음에도 불구하고 강혁은 '좋아'를 연발하고는 슬쩍 경막을 들추어냈다. 그러곤 어두운 내부를 헤드라이트로 비췄다.

 "흠."

 곧 강혁의 망막에 환자의 머리 내부의 상이 알알이 맺히기 시작했다. 보통 사람들에게는 의미 없는 짓이었다. 이렇게 좁은 곳에서 대체 뭘 알아낼 수 있단 말인가. 하지만 강혁은 알아냈다. 어디서 피가 나고 있는지. 그리고 어떻게 접근해야 하고, 어떻게 지혈해야 할지까지도.

 "모스키토."

"네? 모스키토요?"

"응, 그거 줘. 샤프로."

"어……."

"괜찮으니까 줘."

때문에 신경외과 수술에서는 잘 쓰이지 않는 기구를 요구했다. 모스키토란 모기의 침처럼 삐죽한 기구인데 무언가를 박리하거나 뽑아내거나, 또는 드물게 작은 구조물을 집는 데 쓰이는 것이었다. 거기에 샤프가 붙으면 끝이 더 날카로워졌다. 사람 뇌속을 후비는 데 쓰일 만한 기구는 아니라는 얘기였다. 하지만 간호장교나 쿠트라팔리나 이미 강혁의 기적에 가까운 수술 실력을 본 바 있었고, 오진승은 기구 이름도 모른 채 그저 상처 벌리는 데만 신경을 집중하고 있다 보니 그 누구도 토를 달지 못했다.

강혁은 샤프 모스키토를 쑥 하고 사람 두개골 안쪽으로 밀어넣었다. 옆에서 보고 있던 오진승은 그걸 보면서, 저도 모르게 마른침을 삼켰다.

'미쳤나. 미치는 것도 무리는 아냐.'

직업이 정신과 의사다 보니 곧장 강혁의 심리 상태를 분석하기 시작했다. 그럴 수밖에 없는 일이었다. 어차피 지금 당장 강혁을 말리는 건 안 될 일 아닌가. 그러기엔 너무 무서웠다. 제정신일 때도 무서운데, 정신이 나갔다면 어떻게 될까.

'날뛰면 더 위험해.'

강혁은 모스키토를 넣은 채 손을 진동시키고 있는 것처럼 보였다. 대체 뭐 하고 있나 싶을 정도로 이상한 광경이었다. 그나마 다행인 것은 바이털이 흔들리고 있지는 않다는 점이었다. 오진승이 강혁을 말릴까 말까 고민하고 있던 찰나에 기구 물리는 소리가 들려왔다. 옆을 돌아보니, 아까보다 거의 한 5cm 정도 더 들어간 상태로 모스키토가 다물어져 있었다. 안에 있는 구조물 중 무언가를 물었단 소리였다.

"좋아. 이제 클립 물어서 줘봐."

"아, 네."

간호장교도 당황스럽기는 매한가지였다. 분명 강혁의 손은 거의 가만히 있는 것처럼 보였기 때문이었다. 그런데 어느 틈에 저걸 저 안까지 밀어 넣고 물기까지 했단 말인가. 설마 하는 생각에 오진승과 더불어 모니터를 돌아보았다. 하지만 그들이 마주한 것은 지극히 안정된 바이털 사인과 어깨를 으쓱해 보이는 쿠트라팔리뿐이었다.

"뭐 해? 빨리 줘."

"아, 네."

강혁은 반쯤 얼이 빠진 것처럼 보이는 간호장교의 손목을 툭하고 쳤다. 어깨 같은 곳이 더 치기 좋은 곳이긴 했으나, 수술실에서만큼은 금기였다. 손을 지나치게 높이 올리거나 반대로 밑으로 떨어뜨리는 행위는 전부 오염될 위험이 있었다.

"좋아. 좀만 더 당겨요."

"아, 네."

강혁은 슬슬 지쳐가는, 그리고 자신이 지금 뭔 일을 하는 건지 몰라서 더 힘이 빠져가는 오진승을 다독였다. 아니, 다독였다기보다는 억지로 힘을 끌어냈다고 보는 것이 옳았다.

"뭐가 뭔지 모르겠지만 하여간 도움되고 있으니까 잘하라고."

"네, 네."

오진승은 정말 뭐가 뭔지 모르는 상태였기에 그저 강혁의 말에 따라 열심히 당기기 시작했다. 그사이 강혁은 모스키토로 물어둔 것으로 짐작되는 무언가를 클립으로 집었다. 기껏해야 한 번, 많으면 두 번으로 끝날 줄 알았는데 무려 여섯 번이나 집었다.

'어딜 집은 겨.'

혈관이라면 두 번이 최대 아닐까. 근데 무려 여섯 번이라니. 이쯤 되면 머리를 집었다고 보는 게 옳지 않나 싶었다. 비록 뇌 과학 쪽으로 아는 게 없었으나, 이변이 생겼을 것 같았다.

'아니, 괜찮아요.'

하나 이번에도 눈이 마주친 쿠트라팔리는 어깨를 으쓱했을 뿐이었다. 모니터도 평안했다.

'응?'

그제야 오진승은 이변을 눈치챘다. 아까까지만 해도 쉴 새 없이 알람이 울려대고 있지 않았나. 한데 갑자기 조용해졌다고?

'아니지. 아냐. 언제부터 조용했던…… 거지?'

같은 생각을 했는지, 간호장교도 눈을 동그랗게 뜨고 있었다. 모니터와 오진승 그리고 강혁을 번갈아 쳐다보면서였다. 원래 모니터에는 알람을 꺼버리거나 알람이 울리는 범위를 조작하는 기능이 있는데 그걸 조작한 것 같지도 않았다. 그저 수치 자체가 많이 호전되어 있었다. 지금 저 모니터에 뜬 수치는 더없이 정상이었다. 정신과 의사인 오진승이 보기에도 정상이다 싶을 정도로 확실했다.

'뭐야, 이거?'

그때 강혁이 클립 기구를 간호장교에게 돌려주고는 모스키토도 풀어서 빼냈다.

'이제, 보여주려나?'

계속 수술 부위를 가리고 있던 강혁의 손도 치워져서 아까보다는 뭔가 더 보이는 느낌이었다. 그래봐야 구멍이 작은 데다가 환부가 깊다보니 옆에서는 하얀 게 뇌고 빨간 건 피라는 것만 보일 뿐이었다.

"석션."

그러나 강혁은 오진승에게 설명해주는 대신 손을 내밀어 석션을 받아갔다.

"세기 약하게. 이유는 알지?"

"네, 네."

강혁은 손가락 끝으로 석션 강도를 확인하다가 이내 어떤 지점에 다다랐을 때쯤 고개를 끄덕였다. 이런 일이 평소에도 많은지 간호장교는 군말 없이 강혁의 지시에 따랐다. 수술실에 들어올 일이 아예 없는 오진승으로서는 원래 다들 이런가보다 하고 지레짐작할 수밖에 없었다. 하지만 세상 그 어떤 집의도 석션 강도까지 세심하게 조절하지는 않았다. 애초에 그런 게 가능하지도 않았다. 강혁은 평소보다 확연히 약해진 석션으로 두개골 내부의 이물질을 제거하기 시작했다. 어찌나 조심스러운지 옆에서 보기엔 그저 가만히 있는 것 같아 보일 지경이었다. 하지만 강혁의 손은 느릴지라도 확실하게 움직이고 있었다. 석션 호스를 통해 계속 핏덩이 같은 것들이 제거되고 있는 것을 보면 알 수 있었다.

'와……. 이게 미친 게 아니었구나.'

사실 그럴 거라 생각은 하고 있었다. 하도 말도 안 되는 짓을 벌여서 그렇지, 백강혁의 명성이란 게 워낙 대단하지 않나. 혹자는 백강혁이야말로 세계 최고의 의사라 칭하기도 했다. 솔직히 오진승이 보기에 그건 좀 오버 같았지만, 한국 최고는 맞을 것 같았다.

석션이 지속될수록 빨아들이는 물질의 양이 줄어들었다. 그리고 바이털 사인은 점점 더 호전되었다. 그야말로 기적 같은 광경이었다. 내내 모니터에 떠 있는 바이털 사인만 보고 있던 쿠트라팔리는 정말이지 이상한 표정을 짓고 있었는데, 그가 내과 의사라는 걸 감안하면 이상하게 여길 일만은 아니었다. 내과만큼 바이털 사인에 신경을 쓰는 의사들이 또 있겠는가. 그런 그에게도 이런 경험은 처음이었다.

'내가 이래서 여기 있는 게 힘든 줄을 모르겠다니까.'

일종의 카타르시스 같았다. 맨날 지지부진한 환자들만 보다가, 수술장 내에서 이토록 극적으로 좋아지는 환자를 볼 수 있다니. 인도에만 머물러 있었다면 절대 경험하지 못했을 일이었다.

"휴."

강혁은 바이털이 다 좋아지고 나자 석션 기기를 뺐다. 짙은 한숨을 쉬면서였다. 딱히 한숨이라기보다는 그냥 심호흡 같아 보이기도 했다. 수술실에 가만히 있으면서 숨이 모자랄 일이 있을까 싶을 수도 있겠지만, 그만큼 집중했다는 증거였다. 실제로 강혁의 몸은 석션을 하는 동안 미동도 하지 않았다.

"좋아. 터진 혈관은 모두 세 갠데……. 이어줄 수는 없어서 그냥 다 잡았어."

강혁은 자신의 두 눈으로 환자 상태를 살핀 후, 바이털 사인까지 보고 난 후에야 입을 열었다. 그리고 지금까지 내내 환자 환부를 당기고 있던 오진승을 돌아보았다. 방금 뭐 한 건지에 대해 얘기해주면서였다.

"네? 아까 모스키토는 하나…… 어?"

"한 번에 다 잡았지. 그거 일일이 다 잡으려면 답답해서 어떻게 하나."

"아니, 그게…… 그게 된다고요?"

"될 것 같더라고. 그게 더 손상이 적을 것 같았고. 아무리 작은 기구라도 세 개가 들락거리는 거보다는 이거 하나로 끝내는 게 낫지."

"어……."

상식적으로 맞는 얘기는 아니었다. 일단 기구 하나로 혈관 세 개를 물 수 있다는 게 이상하지 않나. 게다가 지금 봐도 안쪽 시야는 개판이나. 불본 강혁은 헤드라이트를 끼고 있으니, 오진승보다는 낫겠지만 그렇다고 해서 엄청난 차이가 있진 않을 터였다. 괜히 신경외과 수술이 고난도 수술로 분류되는 게 아니지 않나. 오죽하면 작은 출혈 같은 건 수술 하지 않고 그냥 지켜보는 것이 원칙이 되었을까. 사람 머리를 열고 안을 들여다보는 것만 해도 어렵고, 위험한 일이어서 그랬다.

"하여간 피는 다 잡았어. 들어차 있던 것도 다 뺐고. 뇌 자체가 부어서 뇌압은 꽤 올라가 있을 텐데…… 그래도 바이털이 흔들리거나 하지는 않네."

"허……."

강혁은 그냥 요구르트 뚜껑 딴 것처럼 편안해 보였다. 세상에 어떻게 이럴 수가 있을까 싶은 순간이었다. 적어도 오진승에게는 그랬다.

"자, 그럼 나가자."

"네, 교수님. 재울 거라…… 바로 가셔도 됩니다."

하지만 이미 강혁이 펼치는 기적을 몇 번이나 목격한 쿠트라팔리나 간호장교에게는 그 정도 충격은 없었다. 심지어 말하면서 아까 열어두었던 구멍을 다 봉합해버렸음에도 그랬다. 동시에 두개골의 깨진 조각들도 깨끗이 제거했는데, 누구도 그 모습을 확인하지 못했을 정도로 빨랐다.

"잉, 바로 나가요?"

"나가야지. 수술 끝났는데."

"아니, 어? 이게 왜."

오진승은 어느 틈엔가 헤모박이 들어간 채로 닫혀 있는 환자 머리통을 보며 눈을 동그랗게 떴다. 강혁은 그런 오진승의 어깨를 두드렸다. 오염을 감수하고서였다. 다시 말하면 이제 이 수술은 끝났다는 뜻이었다.

"정신없나보네. 하긴 힘들지. 수술방은 거의 처음이죠?"

"아니, 그건 아닌데……."

"처음 같은데 뭐. 눈이 휘둥그레져가지고."

"그…… 네. 이런 건 처음입니다. 그럼 이제 끝인가요?"

"끝? 뭐가."

"오늘 콜이요."

오진승은 얼빠진 얼굴로 어깨를 두드리면 두드리는 대로 흔들리고 있다가, 문득 자신이 너무 지쳤단 것을 상기했다. 고개를 돌려 시계를 보니 시간도 꽤 늦은 상황이었다. 12시를 지나고 있었다. 그뿐만이 아니라 이리저리 환자 보느라 휩쓸려 다니다 보니 정말이지 혼이 빠져나갈 것 같았다.

"안 끝났는데."

"네?"

"이 수술이 끝난 거지. 밖이랑 진짜 수술방에는 아직 환자 있어요."

"아…… 아니, 그래도 이게."

"환자가 있으면 가야지. 오진승 원장님, 의사 아냐?"

*

"흐어어……."

오진승의 입에서 바람 빠지는 소리가 흘러나왔다. 그럴 수밖에 없었다. 너무 힘들었으니까. 오진승은 여기 멀리 떠오르고 있는 해를 보고 있었다. 다시 말하면 날 밤을 새운 참이었다. 솔직히 말하면 수련받을 때조차 이랬던 적은 없었다. 다른 과 애들이 '너네 과는 편하잖아'라고 하면 화가 나기는 하지만 딱히 할 말이 없었던 것도 사실이었다.

"커피?"

누가 어깨를 두드리기에 뒤를 돌아봤더니 강혁이 서 있었다. 아무래도 강혁이 이 농장들을 차지하게 된 이상 주요 시장 중 하나가 한국이 될 공산이 크지 않나. 아쉽게도 한국은 더 이상 차를 마시는 문화권이 아니었다. 해서 강혁은 전문가 의견에 따라 몇몇 농장을 갈아엎고 커피나무를 심었는데 어찌나 토양과 기후가 적합한지 벌써 열매가 나오고 있었다.

"아, 네. 주세요."

"오. 보통 이 시간에 주면 됐다고 하고 그냥 자러 가던데."

강혁은 김이 모락모락 나는 커피를 냉큼 받아다 챙기고 있는 오진승을 보며 의외란 표정을 지었다. 단지 커피 때문만은 아니었다.

'수술방에서는 어리바리하긴 했는데……'

그래도 사람이 열의가 있으니까 시간이 갈수록 점점 도움이 되기는 했더랬다. 거의 한 사람의 인턴 정도는 했다고 봐야 했다. 인턴이라고 하면 굉장히 우습게 보일 수도 있겠지만, 대부분 대학 병원을 돌아가게 하는 필수적인 인력이었다. 오진승은 그 역할을 바로 이곳 응급실에서 해냈다.

"먹고 잠 깨면 약 먹고 자면 돼요."

"응? 그거 약물 남용 아닙니까?"

"제가 정신과 의산데…… 제 판단에 괜찮다고 판단이 되면 괜찮은 거죠."

"허."

칭찬까지는 아니더라도 수고했다는 말 정도는 해주려고 했는데, 오진승이 대뜸 이상한 말을 했다. 커피로 깨우고 약 먹고 자겠다니. 이게 무슨 약물 중독자 같은 말이란 말인가. 하지만 강혁은 이내 자신을 올려다보는 오진승의 얼굴에서 한 점 부끄러움이 없다는 사실을 깨달았다. 이렇게 해온 지 오래됐고, 또 이렇게 하는 사람이 꽤 많은 모양이었다.

"농담입니다. 저는 원래 카페인 영향을 잘 안 받아요."

"으음. 그런 것치고는."

뒤늦게 분위기가 좀 이상하다는 생각이 들었는지 수습에 나섰지만 별 소용은 없었다. 강혁이 워낙에 이런 쪽으로는 또 눈치가 빨라서 그랬다.

오진승은 커피를 한 모금 딱 마시자마자 번쩍 드는 정신에 힘입어 주변을 돌아보았다. 아직 완전히 다 정리되어 있지는 않았다. 여전히 여기저기서 신음하는 환자들이 있었다. 하지만 적어도 목숨이 간당간당한 사람은 없었다.

'아니, 저 사람들은 좀 위험한가.'

리처드나 재원 그리고 1호에 쿠트라팔리, 장미 등은 죽도록 힘들어 보이긴 했다. 그렇지 않고서야 어디 흙바닥에 아무렇게

나 앉아서 커피가 무슨 보약이라도 되는 듯이 빨대로 빨고 있겠는가. 한 가지 신기한 건 그럼에도 불구하고 눈에는 희망이 가득하다는 점이었다.

'오늘 쉬는 날이라 그런가보다.'

오진승은 그런 생각을 하면서 뒤에 서 있는 강혁을 올려다보았다. 이쪽은 또 저쪽하고는 느낌이 달랐다. 분명 같이 밤을 새웠는데도 쌩쌩해 보인다고나 할까? 심지어 꾀죄죄한 느낌도 거의 없었다. 오히려 방금 머리 감고 나왔나 싶을 정도의 싱그러움이 있었다.

'뭔 인간이 땀 냄새도 안 나냐.'

숫제 괴물이라는 생각을 하면서 입을 열었다.

"이런 일이 흔한가요?"

제발 아니길 빌고 있었다. 다행히 강혁은 어깨를 으쓱해 보이며 고개를 저었다.

"흔하면 우리 다 뒤졌지."

"아, 휴."

"일주일에 한 번?"

"그 정도면 흔한 거 아닙니까?"

안도의 한숨을 쭉 쉬고 싶었지만 그럴 수는 없었다. 강혁의 생각과 일반인 사이에 괴리가 꽤 심하다는 걸 알게 되어서 그랬다.

"매일 이러는 것도 아닌데 뭐. 게다가 거의 2주에 한 번 정도라고 보면 돼요. 어제 절반은 저기서 쉬었잖아."

물론 강혁도 아예 근거 없는 소리를 지껄이는 건 아니었다. 힘들어도 절반의 인원으로 버틴 이유가 있지 않겠나. 군의관 1, 2호를 제외한 장기 봉사자들은 나름 강혁이 배려를 해주고 있었다. 강혁 혼자만의 착각은 아닌 것이, 오늘 밤새운 모두가 얼굴이 밝았다. 심지어 리처드는 커피 다 먹고 나가서 놀 생각까지 하고 있었다. 논다고 해봐야 이 근처일 테고, 좀 더 가면 군인들이랑 노는 게 다긴 하겠지만, 그래도 좋은 모양이었다.

"음…… 그렇군요. 거참…… 대체 어떻게 이런 걸 계속 견디시는 겁니까?"

"견뎌? 그냥 할 만하니까 하는 건데. 보람도 있고. 여기 나 오기 전에는 진짜 사람 사는 곳이 아니었어요."

"아, 그건 들었습니다. 근데……."

당연히 봉사하는 입장에서 현장이 팍팍 변하는 것은 커다란 힘이 되는 일이었다. 반대의 경우보다는 훨씬 낫지 않은가. 하지만 오진승은 봉사하다가 지쳐서 나가떨어지는 사람들을 워낙 많이 봤던 터라, 다양한 상황을 떠올릴 수 있었다. 통계에 의하면 봉사자의 이탈률 또는 탈락률이 이전보다 점점 올라가고 있었다. 세태가 이기적으로 변하고 있어서라기보다는 상대적 박탈감이 점점 심해지고 있는 시대라 그랬다.

'SNS가 문제야, 진짜.'

예전엔 오지에 들어가면 그냥 세상 모든 소식에서 깜깜이가 되어버렸다. 그저 자신이 속한 단체에서 전달해주는 소식만 듣고 살았고, 그나마도 몇 주씩 툭 끊기는 경우도 허다했다. 그건 그것대로 고립감 때문에 고통스럽기는 했을 테지만 세상 어떤 단체도 오지에 사람 하나만 달랑 보내는 경우는 없었기에 나름대로 버틸 만했다는 소리도 들었다. 하지만 이젠 스페이스 X니 뭐니 하는 프로젝트 덕에 세상 어디라고 해도 인터넷이 아예 안 되는 곳은 드물어졌다. 덕분에 SNS도 할 수 있게 되었는데, 그때부터 박탈감이 시작되었다.

'특히 이런 사람은…… 한국에 있었어봐. 아휴.'

오진승은 강혁이 커피 마시는 모습을 잠시 바라보았다. 강혁도 겉보기엔 멀쩡해 보여도 지치긴 지쳤는지 잠시 끊어진 대화를 굳이 이어나가진 않았다. 그저 호록 소리를 내면서 본인이 몸소 내린 커피를 마시고 있을 뿐이었다. 누와라엘리야의 초록빛 산을 배경으로 해가 떠오르고 있어서 그런가, 조명이 예술이었다. 그 조명에 비치는 강혁의 모습은 조각이었고.

'그냥 광고잖아. 진짜 편하게 떵떵거리면서 살 수 있었을 텐데.'

이 인간이 여기서 이렇게 개고생하는 동기가 대체 뭘까 싶었다. 백강혁이 아무리 환자만 아는 사람이라고 해도, 사회적인 자기 위치를 아예 모를 리는 없지 않겠나. 그럴 수가 없는 세상이었다. 비교를 하고 싶지 않아도 절로 비교가 되니까.

"그래도 여기 계속 있으면 힘들지 않나요? 아무래도 한국에서의 삶이 훨씬 윤택할 텐데."

"아, 뭐, 그건 그렇지. 나도 이렇게 평생 살 생각은 없어요. 늙고 힘들어지면 한국 들어가야지."

"그전까지는 괜찮은 건가요?"

"괜찮은 게 아니라 즐거운데."

"네?"

커피를 마셔도 밀려오는 졸음에 취한 김에 오진승은 냅다 돌직구를 던졌다. 아마 다른 사람이 상대였다면 이런 질문은 하지 못했을 터였다. 이건 마치 광야에서 예수를 유혹하던 사탄 같은 모양새였으니까. 하지만 정신과 의사인 오진승이 보기에 강혁은 세상 그 누구보다도 단단한 사람이었다. 오히려 은근히 묻는 것보다 직접적으로 묻는 것을 훨씬 선호할 거란 확신도 있었고, 자신의 질문 따위에 절대 흔들리지 않을 거란 확신도 있었다. 하지만 즐겁다는 말이 나올 줄은 몰랐다.

'아니, 뭐…… 인터뷰 영상에서는 즐겁다고 하는 사람도 있긴 하지.'

실제로 단기 봉사자들은 즐거움을 많이 느끼는 편이었다. 하지만 현장에서 보내는 시간이 길어지면 길어질수록, 봉사자들 또한 어쩔 수 없는 사람이기 때문에 지칠 수밖에 없었다. 특히 현장에 있는 사람에게 상처받는 일도 허다하고. 때문에 상담하다 보면 내담자로 온 봉사자 중에 오히려 화가 많은 사람도 많다는 걸 느낄 수 있었다.

"난 내가 여기서 이뤄나가고 있는 일들이 좋아요. 나 아니면 절대로 할 수 없는 일들이거든."

"아……."

"거리를 지날 때면 내가 이룬 일들이 보이지. 내가 살린 사람의 얼굴이 보일 때도 있는데, 그럴 때는 더 좋아."

"아……"

강혁의 말이 지속될수록 오진승의 입이 계속 벌어져만 갔다. 나르시시스트란 말은 귀엽게 쓰이기도 하지만 대개는 부정적인 의미를 갖고 있지 않나. 자기애성 인격 장애를 가진 사람들의 특성을 보면, 착취적이고 남들을 소모품으로만 여기는 동시에 본인도 딱히 행복하지 못했다. 정신과 의사인 오진승에게는 그저 치료의 대상이고 또 교정의 대상일 뿐이었다. 하지만 순기능도 있었던 모양이었다.

'자기애가 있는 사람이 이타적인 목표를 갖게 되면 이렇게도 되는구나.'

대체 이 인간은 어떤 과거를 가지고 있길래 이렇게 된 걸까? 사람의 성품이라는 것이 타고나는 것도 있지만 환경과 경험 그리고 문화 또한 중요하다는 것을 알고 있는 오진승으로서는 탐구 정신이 활활 타오를 수밖에 없었다. 할 수만 있다면 이 인간 옆에서 계속 지켜보고 싶었다.

'새끼……. 이렇게 말하면 걸려들 줄 알았다. 내가 진짜 자기애성 인격 장애인 줄 알겠지?'

강혁은 돌연 눈을 빛내고 있는 오진승을 내려다보며 속으로만 회심의 미소를 지었다. 며칠 지내고 보니, 과연 오진승은 꽤 훌륭한 사람이지 않나. 일도 열심이고 무엇보다 이곳에 있는 사람들에게 정신과적으로 크나큰 도움이 될 수 있을 것 같았다. 아예 붙잡아둘 수 있으면 최고고 그렇지 않다면 자주 오게끔 하고 싶어졌다는 얘기였다. 오진승 입장에서 생각해보면 좋기도 하고 나쁘기도 한 일이었다. 세계 최고의 의사인 강혁에게 인정받았다는 측면에서는 기뻐해야 마땅한 일이지만, 그래서 강혁에게 붙잡히게 생겼다는 측면에서는 마땅히 애도를 받아야 할 일이기도 했다.

"하여간 해 완전히 뜨려면 좀 시간 있으니까, 아침이나 먹읍시다."

"아, 네. 근데 교수님은 안 주무세요?"

"아…… 난 할 일이 좀 있어서."

"어떤 할 일이요? 좀 쉬셔야지."

강혁은 오진승의 말을 들으면서 밤새 보아온 환자를 돌아보았다. 수가 적지 않았다. 경증 환자까지 하면 거의 서른이었다. 당연히 시간도 오래 걸렸고.

'코빼기도 비추지 않았다, 이거지?'

설령 책임자 집이 콜롬보에 있다고 해도 충분히 도달했어야 할 시간이었다. 한데 이렇게 나왔다는 건 여기 있는 인부들의 목숨 정도는 그냥 소모품으로 생각하고 있단 얘기였다.

'넌 죽었다.'

강혁은 콧김을 횡 하고 내뿜고는 말했다.

"구경 갈래요?"

강혁은 어제 잠깐 봤던 벤츠 스프린터를 떠올렸다. 깡통 차만 해도 1억이 훨씬 넘는 모델인데, 보통 그걸 그냥 몰고 다니는 법은 없다고 봐야 했다. 당장 대한민국에서만 해도 톱급 연예인들이 타고 다니는 차량 아니던가. 뒤쪽 좌석을 싹 정리해서 온갖 편의 장치를 넣을 수 있는 데다가, 공간도 넓어서 특히 대기 시간이 긴 배우들이 선호하는 차량이었다.

'분명 거기 주인이야. 영국계 스리랑카 놈이라고 들었는데.'

이 지역에서 그런 차를 몰 수 있는 인간은 몇 없다고 봐야 했다.

"교수님. 뭔 생각을 하시길래 얼굴이 그럽니까?"

오진승은 그렇지 않아도 강혁을 좀 뒤쫓아 볼 요량이었다. 몸이 힘들긴 하지만 어차피 이따 쉬면 될 일 아닌가 하고 여기고 있기도 했거니와, 여기 와서 알게 된 강혁의 본 모습은 정말이지 학자로서의 탐구심을 자극하는 구석이 가득하기도 해서였다.

'이 인간은 대체 진단명이 뭘까? 역시 나르시시즘? 아닌데. 그렇다고 하기엔……'

일부분 강혁이 의도한 것도 있기는 하지만 사실 애초부터 강혁이라는 인간이 진짜 좀 이상하기도 해서이기도 했다. 생각해보라. 강혁의 삶을. 어디를 들여다봐도 일반적이지는 않았다. 상황이 그렇게 만들었다면야 더 할 말이 없을 수도 있겠지만, 강혁은 언제나 충분히 홀로 설 수 있는 인간이었다. 아무리 혹독한 현실이 존재한다 한들, 감히 강혁을 흔들어놓을 수는 없다는 얘기였다.

'따라가보자. 봉사도 봉산데…… 나도 논문 오랜만에 하나 써봐야지.'

이런 생각이 언제부터인가, 그러니까 강혁이 의도했을 때부터 가득했던 터라 오진승은 쭉 강혁을 주시하고 있었다.

"따라와보면 알아요."

그렇다고 해서 강혁의 모든 행동을 파악할 수 있는 건 아니었다. 정신과 의사라는 직업 특성상 의도치 않아도 상대를 파악하고자 한다는 것을 생각하면 놀라운 일이었다. 동시에 그 누구보다 예민한 강혁이 상대라는 걸 생각해보면 또 놀랄 일이 아니기도 했다.

'벌써 낚였네. 정신과 의사라기에 뭔가 좀 다를 줄 알았는데.'

강혁은 사람 낚는 어부와 같은 얼굴을 한 채 돌아서서 발걸음을 옮겼다. 오진승은 그런 강혁의 뒤를 하염없이 쫓았다.

"어, 어딜 가는데요?"

나름 질문은 계속했다. 딱히 상대에 대해 알 수 있는 질문이 아니라, 정말 궁금해서 묻는 질문이기는 했지만.

"일단 뒤에 타요."

"이거 오토바인데요?"

"왜요, 타본 적 없나?"

강혁은 오토바이를 연신 되뇌며 살짝 뒤로 물러서는 오진승을 바라보았다. '너 진짜 이런 거 타본 적 없냐'는 얼굴을 하고서였다. 그렇지 않아도 상대방 기분 나쁘게 하는 덴 선수인 사람인데, 아예 의도적으로 그런 얼굴을 하고 있다 보니 효과는 굉장했다.

"타, 타본 적 없죠. 이거…… 이거 위험하잖아요. 아니, 그러고 보니까 한국에서 오토바이 꼭 필요한 상황 아니면 타지 말아달라고 말했던 적도 있지 않아요?"

오진승이 여기 오기 전에 강혁에 대해 알아본 적이 있다 보니 더더욱 그랬다. 오진승은 강혁이 중증외상센터장으로 있었던 당시, 분명 방송에서 이 비슷한 구호를 떠들어댔던 것을 기억하고 있었다. 특히 미성년자들의 오토바이 운행을 막아달라고 읍소까지 한 바 있지 않았나. 그걸 보면서 오진승도 공감을 많이 했더랬다. 인턴 때 응급실 근무를 하면서, 너무 어린 친구들이 오토바이 사고로 죽거나 불구가 되었던 것을 많이 보았기에 그랬다.

"아, 그랬지. 위험하기도 하고."

"근데 그걸 교수님이 타요?"

"나는 괜찮은데."

"뭔…… 그게 뭔 내로남불 같은 소리입니까?"

"여기가 교통량이 많은 것도 아니고…… 천천히 다닐 거라 오히려 괜찮다니까 그러네."

"어어, 이거 놔. 이거 놔…… 억."

하지만 정신을 차리고 보니 어느새 강혁의 뒷자리였다. 머리엔 꽉 끼는 헬멧도 쓰고 있었다.

"생각보다 머리가 크네. 그거 한석준이 쓰던 건데."

"네? 뭔…… 아니, 내가 왜 여기 탔어? 어어."

"출발하는데 그렇게 있으면 뒤통수 깨질걸. 아무리 헬멧 쓰고 있다고 해도."

"아으."

"입도 다물어요. 여기 비포장도로라 자칫하면 혀 깨물어."

"아."

일이 이쯤 되면 별다른 도리가 없었다. 오진승은 하는 수 없이 강혁의 허리춤을 붙잡아야 했다. 아닌 게 아니라, 그렇게 속력을 내는 것 같지 않은데도 불구하고 몹시 덜컹거려서였다. 지금 뭐라도 잡지 않으면 바로 굴러떨어질 게 분명했다.

'그런다고 놔두고 가려나?'

딱히 낙오될 것 같지도 않았다. 아마 흙 묻은 채로 가게 되지 않을까? 어차피 가게 될 거라면 깨끗하게 가고 싶었다. 그사이 강혁이 모는 오토바이는 병원 근처를 벗어나, 호텔 단지로 향했다. 정확히 말하면 호텔 단지 앞에 작게 조성된 관광 단지였다. 말이 관광 단지지, 그저 음식점 몇 개랑 카페 몇 개 그리고 너무 오래돼서 아무도 들어갈 것 같지 않은 오락실 정도나 있는 곳이었다.

"사람 진짜 많아졌네."

하지만 그것도 옛말이었다. 옛날이라고 하기엔 지나치게 최근이기는 했지만, 하여간 방송이 나가고 난 후, 이곳은 일종의 핫플이 되어 있었다. 말 그대로 코리안 머니가 쏟아지고 있었다. 위력이 어찌나 대단한지 벌써 음식점이 한국의 맛집처럼 변해가고 있을 지경이었다. 우선 대부분 비건 카레로 이루어져 있던 식당도 메뉴에 소고기와 돼지고기를 넣고 있었다. 아무리 인도에 비하면 힌두교나 이슬람의 교세가 떨어진다고 해도 문화적인 영향을 진하게 받은 곳인 데다가, 심지어 국교가 불교라는 걸 생각해보면 놀라운 일이었다.

"역시 돈이 무섭나니까."

변화는 그뿐만이 아니었다. 거의 버려져 있다시피 하던 오락실도 삽시간에 변화를 일으키고 있었다. 아무래도 연인들끼리,

또는 가족들끼리 많이 오다 보니 그쪽을 노린 오락 시설이 대거 등장했다.

"와, 악."

"말하지 말라니까. 혀 깨물어요. 한국에서도 입 벌리면 위험하고만."

"아니."

하지만 단지 뒤로 벌어지고 있는 일에 비하면 이까짓 건 변화도 아니라 할 수 있었다. 오진승은 막 그걸 보고 입을 열려다 혀를 깨물 뻔했고, 강혁은 그런 오진승을 나무랐다.

'아니, 대체 이 양반은 왜 말하는 게 가능해?'

호기심이 무지하게 끓어올랐지만, 입을 열 수 없으니 해소할 길은 없었다. 그나마 다행인 건 오토바이가 금방 멈춰 섰다는 점이었다. 사방 공사판이었는데, 어제 일어난 사고 때문인지 죄 중단되어 있었다. 관광 단지에서 불과 100m도 떨어지지 않은 곳이었다. 다시 말하면 사고가 코앞에서 일어났음에도 불구하고 저만큼의 사람들이 아침 댓바람부터 몰려왔다는 얘기였다.

'태화호텔 예약이 석 달 이상 꽉 차 있다고 했지.'

태화호텔뿐 아니라 다른 호텔 단지들도 사정은 마찬가지였다. 몇몇 그들만의 전통을, 그러니까 다분히 인종차별적인 정책을 지키고 있는 호텔들을 제외하면 호텔 대부분이 한국인들과 한류의 영향을 받는 나라 사람들로 가득 차 있었다.

"휴. 뒈질 뻔했네."

"그거 조금 달렸다고 뒈질 뻔하나."

"아니……. 혀 깨물 뻔했다니까요? 혀에서 피가 얼마나 많이 났겠어요. 아니면 뒤로 말려 들어갈 수도 있고……."

"괜찮아요. 숨 못 쉬면 내가 목 째주면 되지."

"아니……."

강혁이 잠시 누와라엘리야에서 벌어지고 있는 변화를 생각하고 있을 때쯤, 오진승이 헬멧을 벗으며 호들갑을 떨었다. 혀에 난 잇자국을 보여주면서였다. 아닌 게 아니라 정말 조금 더 깊었으면 피가 났을 것 같았다. 강혁은 이 양반이 어지간히 운동 신경이 없구나 생각하면서 대수롭지 않게 대꾸해주었다.

'어휴.'

오진승은 저도 모르게 목을 쓰다듬었다. 칼로 베는 듯한 느낌이 들어서였다.

"여기가 이렇게 무너졌구만. 뒷수습은 아예 하지도 않고 그냥 갔네. 개새끼."

오진승이 뒤로 물러나 있는 동안 강혁은 안전한 곳을 디디고는 사고 현장을 둘러보았다. 여전히 피가 여기저기 튀어 있었다. 심지어 살점이나 옷가지들도 있어서 꽤 끔찍했다. 아마 주변이 공사장이 아니었다면 관광객들이 꽤 충격을 받았을 게 분명했다.

"다행이라고 해야 하나……."

"여긴…… 여기가 어제 거기예요?"

"거기 막 밟고 오지 말고. 뒤지고 싶으면 거기 딱 밟으면 되고."

"네?"

"무너져요. 여기 지하도 있어."

"아아."

혼잣말도 막 중얼거렸지만 그렇다고 해서 주변을 돌아보고 있지 않은 것은 아니었다. 그는 막 아래로 굴러떨어질 뻔한 오진승의 팔뚝을 잡아주고는 말을 이었다.

"여기가 거기 맞아요."

"근데 누구보고 개새끼라고……."

"귀는 밝으시네."

"네?"

"아니, 뭐. 여기 주인보고 그런 거지."

"주인이요? 그 사람도 피해자 아닌가요?"

"피해자? 여기 현장을 좀 봐요. 피해자인지 가해자인지. 이 새끼 이거 돈 주고 사람들 사지로 내몬 거나 마찬가지라고. 안전장치는커녕 장구 하나 없잖아."

강혁은 말만 하는 게 아니라 현장 이곳저곳을 찍어대기까지 했다. 눈에 띄는 행동이기도 하거니와 시간도 꽤 오래 걸렸다. 당연하게도 현장 담당자인지 뭔지 모를 사람이 다가왔다. 새까맣게 그을리기는 했지만, 분명 백인이었다. 아니, 어쩌면 혼혈일까? 하여간 형광 조끼를 입은 그는 인상을 잔뜩 쓴 채, 소리쳤다.

"어이, 거기 뭐야!"

사실 현장 담당자로서는 충분히 할 수 있는 말이었다. 관계자가 아닌 인간이 현장에 오는 건 달갑지 않은 일 아닌가. 어제 사고가 난 지점인 데다가, 법이라고는 단 하나도 지키고 있지 않은 곳이라면 더더욱 그럴 수밖에 없었다.

"뭐 새꺄?"

"어어, 교수님. 대뜸 욕을 해요?"

다분히 일반적인 사람에 가까운 오진승은 벌써 현장 밖으로 나가고 있었다. '어마 뜨셔라' 하는 얼굴을 하고서였다. 하지만 강혁은 늘 그렇듯 일반적이지 않은 반응을 보였다.

"뭐, 뭐라고?"

"일로 와봐, 인마."

"이 자식이 이거."

당연히 현장 담당자는 화가 났다. 그렇지 않아도 어제 일어난 사고로 문책을 당한 참이었다. 주인이랍시고 하는 일은 돈밖에 안 주는 주제에, 사람이 죽기까지 한 곳에 와서 성질만 내고 갈 줄이야? 혼혈이기는 해도 어찌 되었건 스리랑카 사람인 그로서는 열이 받을 대로 받은 상황이었다. 근데 어디서 개뼈다귀 같은 놈이 와서 시비를 걸다니. 잘 걸렸다 싶었다. 맘에 안 드는 사장이기는 해도, 끗발 날리는 인간 아닌가. 당장 이 근처 단지 내 땅만 해도 어마어마하다고 들었다.

"넌 뒤졌⋯⋯ 억."

문제가 있다면 상대가 나빠도 너무 나쁘다는 점이었다. 정신을 차리고 보니, 어떤 목조 건물 안이었다. 엄청 오래됐는지 곰팡내가 났다. 그리고 어두웠다.

"정신 차렸나."

"다, 당신 누구야. 내가 누군지⋯⋯."

"넌 내가 누군지 알고 개겨?"

"어……."

한 치 앞도 보이지 않는 곳에서 다시 나타난 강혁은 웃고 있었다.

"어……."

그러고 보니 현장 담당자는 이 사람이 누군지 전혀 알지 못했다. 생각해보니까 이상한 일이긴 했다. 이 주변 사람이라고 하기엔 얼굴에 귀티가 좔좔 흐르지 않나. 애초에 인종부터가 다른데, 그렇다고 요새 급증하고 있는 관광객이라기엔 차림새가 너무 단출했다. 생활감이 가득하다고 해야 할까? 하여간 외지인 같지가 않았다.

'동양인인데 외지인이 아니다……?'

현장 담당자의 눈알과 함께 그의 머리 또한 팽팽 돌아가기 시작했다. 그러자 여기 오기 전에 들었던 말이 떠올랐다.

'백강혁, 엮일 일도 없긴 하겠지만…… 혹시 보게 되면 조심해. 러셀 가문도 날려버린 인간이야. 미친놈이래.'

회사 사장, 그러니까 이곳의 주인이 했던 말이었다. 영국계 스리랑카인이라는 건 스리랑카에서만큼은 딱히 두려워할 일이 없는 존재들이라고 보면 되었다. 이미 스리랑카는 독립한 지 오래라고 하지만 엄연히 영연방 소속이지 않나. 게다가 정치 주권은 그래도 애매하게나마 돌려주었지만 자본주의 사회에 있어 제일 중요하다고 할 수 있는 경제권은 여전히 영국인들이 들고 있는 경우가 많았다. 그런 그가 딱 한 번 백강혁의 이름을 언급할 때 두려움에 떨었다.

"서, 설마 백강혁?"

"오? 어떻게 알았지?"

"아."

그리고 이번에는 담당자가 떨었다. 러셀 가문을 날린 사람에게 시비를 걸었다니. 담당자는 저도 모르게 을씨년스러운 기운이 가득한, 심지어 노랗게 빛나는 눈을 지닌 오래된 짐승 박제마저 있는 방을 둘러보았다. 정말이지 사람 하나쯤은 죽어도 이상할 거 없을 것 같은, 그런 광경이었다.

'이 인간이 죽인 사람이 한둘이 아니라던데…….'

누와라엘리야에서는 오히려 눈앞에서 모든 과정을 보아왔기에 이런저런 소문이 적었다. 하지만 콜롬보, 그러니까 수도에서는 분위기가 완전히 달랐다. 그간 러셀 가문이 지닌 힘을 보아왔고 또 느껴왔기에 그러했다. 그런 가문이, 제아무리 다니엘 러셀이 가문의 방계라 해도 영향력을 완전히 잃고 스리랑카에서 철수까지 해? 한국과 중국 그리고 일본의 구분이 잘 안 되는 서양인들 사이에선 강혁이 아마 삼합회나 야쿠자 등과 관련이 있을 거란 얘기가 떠돌았다. 지들이 과거 제국주의 사관에 입각해 함부로 세계정세를 주무르고, 다른 나라에 침략해 온갖 나쁜 짓을 자행한 경험이 있어서 그런지 남들에 대한 추측도 비슷했다.

"내가 백강혁인 걸 알면서도 아까 소리를 질렀어?"

그리고 이러한 추측은 콜롬보에 강혁이 뿌려놓은 프락치를 통해 강혁에게 고스란히 다 전해졌다. 일반적인 사람이라면 그런 건 다 오해라고 했을 터였다. 억울하지 않나. 정말 순수한 의도로 이 나라에 왔고, 다니엘 러셀이라는 전례 없는 폭군을 내쫓은 일종의 해방군이나 다름없는 사람인데, 뭐 삼합회? 야쿠자? 그렇지 않아도 한·중·일 관계가 최악을 향해 치닫고 있는데 그따위 소문이 나돈다? 차라리 조폭이라는 말을 들었다면 좀 나았을 터였다. 그건 국적을 갈아 먹진 않았으니까.

"어……. 그게 저. 죄송합니다. 살려주십쇼."

하지만 강혁은 범상한 사람이 아니었다. 헛소문이라 해도 이용해먹을 만한 구석이 있으면 이용하는 사람이었다. 게다가 그 헛소문이 폭력 조직과 연관이 되어 있다?

'개꿀이지.'

안 그래도 상대에게 두려움을 심어주는 일 하나는 제일 자신 있는 사람이지 않나.

"어어, 총."

딱히 그 대상이 아닌 사람도 두려움에 떨 정도였다.

'미쳤다, 미쳤다. 시발, 미쳤어!'

오진승이 그랬다. 아까 상대에게 시비를 털 때부터 떨렸는데, 강혁이 그 덩치 큰 상대의 명치에 주먹을 꽂더니, 오토바이 뒤에 짐짝처럼 실었을 때부터는 아예 기억이 선명하지 않을 지경이었다. 그렇게 정신없이 끌려온 데가 바로 이곳 가버너 하우스였다. 예전엔 영국이 임명한 관리가 살던 곳이었고, 얼마 전까지는 다니엘이 살았던 이곳은 이제 관광지로 변모하고 있었다. 달리 말하면 공사장이란 얘기였다. 스리랑카의 여느 공사장이 그러하듯 정돈되어 있질 못했다. 덕분에 여기저기 공구들이 흩어져 있었는데, 그게 공포심을 한껏 끌어올렸다.

'여기서 총까지? 이 미친 새끼가!'

오진승이 소리 없는 아우성을 치고 있는 사이, 강혁은 말 그대로 권총 하나를 꺼내 들고 있었다.

"어어어어어어!"

오진승도 놀랐지만, 그래봐야 담당자만큼은 아니었다. 삼합회라던가, 야쿠자라던가 하여간 폭력 조직의 거물이라는 소문이 있는 사람이 눈앞에서 총을 꺼내 들었는데 놀라지 않으면 그게 사람일까? 담당자도 나름 폭력에 일가견이 있어서 이곳 현장에 담당자로 오게 된 것이긴 하지만 그래봐야 동네 깡패 수준이었다. 배운 것도 가진 것도 없는, 그야말로 아무것도 없는 사람들에게는 통할지 몰라도 강혁같이 진짜 전장에 있어본 사람 앞에서는 그저 떨고만 있을 뿐이었다.

"왜 그래. 아직 쏘지도 않았는데."

"제, 제발 살려주십쇼! 제발!"

"내가 왜?"

"어어어어어!"

"아, 더럽게."

강혁은 소변으로 축축이 젖은 담당자를 내려다보다가 발을 슬쩍 피했다. 쪼르르 흘러나와서였다. 여전히 총은 들고 있었는데, 덩연히 쏠 생각은 없었다.

'이 새끼는 하수인일 뿐이지. 물론 나쁜 새끼지만.'

사실 쏴도 무방하지 않나 싶기는 했다. 이 자식도 어제 사고에

일조한 놈이니까. 자신은 시키는 대로 했을 뿐이라고 하겠지만, 강혁의 경험으로 미루어볼 때 악인은 대개 그렇게 말했다. 나는 시키는 대로 했을 뿐이라고. 진짜 나쁜 놈은 따로 있다고.

"이봐, 정말 살고 싶어?"

"네, 네네. 사, 살려……."

"그럼 가서 내 말을 전해."

"누, 누구한테…… 힉, 아닙니다!"

그렇다 해도 강혁은 의사였다. 사람을 살리는 사람이지, 죽이는 사람은 아니란 얘기였다. 말이 좀 이상한데, 그래서 강혁은 총을 장전하며 담당자를 겨누었다.

'안 돼, 안 돼!'

'시발, 시발!'

그 바람에 담당자와 오진승 모두 눈물 콧물 범벅이 되고야 말았다. 사실 오진승의 반응이 담당자를 더 무섭게 하고 있었다.

'평소에 얼마나 잔인하게 했으면 같이 온 새끼도 저러고 있냐고!'

순둥순둥하게 생긴 외모와는 다르게 무조건 폭력배일 텐데 그런 인간이 울어? 너무 무서웠다.

"여기 주인 놈 있잖아. 어제 잠깐 여기 왔다가 갔는데, 알지?"

"아, 네네."

"그 인간한테 전해. 이 땅 팔라고."

"네? 여기를…… 여기를 팔지는……."

그럼에도 불구하고 강혁이 꺼낸 얘기는 허무맹랑하게만 느껴졌다. 이 땅이 대체 어떤 땅인데 함부로 판단 말인가. 예전에야 그냥 야지로 버려진 땅에 가까운 곳이었다지만, 지금은 그 가치를 감히 매기기 어려운 땅이 되고야 말았다. 세계 경제 규모 10위인 대한민국 사람들이 와서 뿌리는 돈이 적을 리가 있겠는가. 경제 격차가 이만큼 나다보면 돈의 압력이 다른 법이었다. 그들에게는 푼돈일지 모르는 적은 돈도 스리랑카에서는 어마어마한 돈이 되었다. 그리고 이곳은 그 돈을 마구마구 벌어들일 수 있는 땅이었다.

"네 땅이야?"

"네? 아뇨, 아닙니다."

"왜 주제넘게 의견을 말해. 넌 가서 내 말이나 전하라고. 백강혁이 이 땅 팔라고 했다고."

"아……. 네네. 감사, 감사합니다."

"뭐가 감사해?"

"사, 살려주셔서…… 아, 아닙니까?"

"아니, 아니지. 살아야 말을 하지. 가봐. 근데 너 말 안 하잖아? 그럼 어떻게 될지 알지?"

"네네네네."

담당자는 말을 잔뜩 더듬으면서 밖으로 향했다. 그렇다고 해서 방 안이 대뜸 조용해지지는 않았다.

"어어어어."

오히려 더 시끄러워졌다. 오진승 때문이었다. 그는 그야말로 혼백이 나간 얼굴로 입을 열었다.

"뭐, 뭡니까, 방금?"

"뭐요?"

강혁은 평온한 얼굴이었다. 덕분에 완전한 대비를 이루었다.

"뭐, 뭐냐니. 시발."

"와, 욕 잘하시네. 얌전하게 생기셔가지고. 정신과 의사가 그래도 됩니까?"

"아니, 이 미친놈이. 외과 의사가 총으로 사람을, 사람을……어, 그거 내려놔요. 내려놓고."

"이거?"

"네네네네."

"욕을 하든가 존대를 하든가. 둘 중에 하나만 하시지, 헷갈리게."

강혁은 총을 휘적거리다가 품 안에 갈무리했다. 별로 조심하진 않았다. 빈 총이었으니까. 물론 상대는 그러한 사정을 알 길이 없었다. 그냥 미친놈으로 보일 뿐이었다.

"그…… 아니, 아무리…… 아니. 땅 팔라고 협박을 해요? 깡패예요?"

"깡패하고 얘기하려면 아무래도 내가 깡패가 되는 게 편하더라고."

"그런 법이 어딨습니까?"

"한구에서 배운 거예요. 테러범들하고 얘기를 하려니까 나도 테러범이 되는 게 편하더라고."

"그게 대체 무슨…… 아니, 말하지 마요. 알고 싶지 않아."

오진승은 스스럼없이 입을 열려 했던 강혁을 말렸다. 여기서 다른 얘기까지 더 들으면 너무 무서울 것 같았다. 물론 안 듣는다고 안 무서워지는 건 아니었다.

"하여간 여기서 할 일은 끝났으니까, 갑시다."

"어, 어딜요."

"시청이랑 콜롬보."

"콜롬보? 이 사람이 진짜. 그 사람 죽이려고요?"

"뭔 소리야. 내가 사람을 왜 죽여. 나 의사예요. 어제 못 봤어요?"

"보, 보기는 했는데……."

애초에 강혁을 파악하려고 따라왔던 오진승은 이제는 정말 뭐가 뭔지 모르겠다는 생각만 들었다. 특이한 사람이라는 것 정도는 알고 있었다. 하지만 이렇게까지 상식을 뛰어넘도록 이상하리란 생각은 못 했다. 제도권 하에서 자란 사람이라면 응당 오진승 같을 수밖에 없었다. 세상에 대체 누가 의사씩이나 되는 놈이 대뜸 모르는 사람 후려치고는 외딴집에 데려와서 총을 겨누면서 땅 팔라고 하는 모습을 상상할 수 있겠나.

"어, 아잇. 시발."

그 때문에 넋이 잠깐 또 나갔는데, 정신을 차려보니 다시 강혁의 뒷자리였다.

"잡아요."

"하."

헬멧도 쓴 채였다. 어이가 없었다. 방금 납치 감금에 살해 협박까지 했던 놈이 이런 법은 또 지킨다니. 하여간 강혁의 허리를 잡고 달리다 보니 또 처음 보는 곳이 나왔다.

"시청으로 간다더니……."

"생각해보니까 오늘 일요일이라."

"주일성수 뭐 그런 겁니까……?"

도착하니 교회 앞이었다. 강혁이 문을 열고 들어섰다. 마침 예배가 끝났는지 다들 자리에서 일어나고 있었다. 강혁은 그중 한 명을 향해 직진했다. 그제야 오진승은 이 새끼가 예배 같은 숭고한 목적이 아니라 누군가를 또 조지러 왔다는 걸 알 수 있었다. 말리려 했으나 별 소용은 없었다.

"시장님?"

이미 강혁은 웬 점잖아 보이는 사내 앞에 서 있었다. 전혀 점잖지 않은 얼굴을 한 채였다.

"어……. 백 교수님?"

"잠깐 나 좀 볼까?"

이어지는 말도 그랬다. 하지만 시장은 군소리 없이 강혁을 따를 수밖에 없었다. 일단 이 지역에서 강혁의 위세가 장난이 아닌 데다가, 어쩐지 오늘쯤 이 인간이 오지 않을까 짐작했었기 때문이었다.

"여긴…… 여긴 사람도 많고…… 제가 여기 집사입니다."

"집사고 나발이고 나 좀 보자고."

사람이 제일 난감해지는 순간이 언제일까? 상황을 나열하자면야 꽤 다양한 순간들이 있겠지만, 잘 보이고 싶은 사람들 앞에

서 절대로 보이고 싶지 않았던 모습을 보이는 게 게일 꺼려지는
일일 터였다.

"아니, 그게."

강혁은 우물쭈물하고 있는 시장 대신 그 주변을 둘러보았다.
고색창연한 교회의 풍광이 확 눈에 들어왔다. 관광 단지에 있는
유적 중 가버너 하우스를 제외하면 이곳만큼 볼만한 곳도 없어
보였다. 하지만 이곳은 시장을 비롯한 지역 유지들이 실제로 와
서 예배를 드리는 곳이다 보니 그런 쪽으로는 전혀 개발이 되지
못했다. 그 말은 곧 이 교회가 나름 이 지역 사람들에게 꽤 중요
한 곳으로 인식된다는 얘기였다. 멀리 갈 것도 없이 예배드리러
온 사람들 모두 양복 차림이었다. 다들 예의를 차리고, 좋은 사
람인 양 행동해야 하는 곳이다 이건데, 강혁이 찾아와 강짜를 부
리고 있으니 실로 당황스러울 수밖에 없었다.

"아니, 그게 뭐. 내가 못 올 데 왔나? 여기 교회 아냐? 돌아온
탕자도 받아준다는 곳인데?"

"탕자의 비유는 어디서 또……."

강혁은 이제 교회 풍광 말고 쩔쩔매는 시장을 똑바로 바라보
았다. 징그러운 미소를 던지면서였다. 설마하니 강혁이 여길 우
연히 찾아왔겠는가. 다 계산 속에 벌인 일이었다.

"나름 한유림 교수가 나 전도했거든."

"교회 안 다니시잖아요."

"그거야 환자가 오니까 못 다니는 거지. 하하, 이거 섭섭하네?
어? 같은 신도끼리?"

"그…… 이, 이럴 게 아니라 나가서 얘기합시다. 나가서."

"나가요? 왜? 여기 좋은데? 저기 자리 났네. 저리로 갑시다."

"아니, 제발……."

일부러 온 건데 왜 나가준단 말인가. 강혁은 두 다리로 떡 버티고 서버렸다.

"교, 교수님. 왜 교회까지 와서……."

옆에 있던 오진승은 무교임에도 불구하고 식은땀을 흘렸다. 강혁의 모습이 어쩐지 종교 탄압을 떠올렸기 때문이었다. 하지만 강혁은 오진승의 만류에도 불구하고 요지부동이었다. 아니, 한술 더 뜨기 시작했다.

"아이고, 목사님. 안녕하세요. 저 요 앞에서 병원 하는 백강혁입니다."

"아, 안녕하세요. 형제님. 여기선 처음 뵙는군요."

이런 작은 도시에서 목사님은 일종의 유지였다. 중요한 결정이 교회 모임 내에서 이루어지곤 하는데, 그걸 조율해줄 수 있는 사람이지 않나. 당연히 강혁도 몇 번인가 얼굴을 본 적이 있었다.

"하."

그렇다고 아는 척을 할 줄은 몰랐던 시장의 얼굴이 금세 거무죽죽해졌다. 강혁은 그런 시장을 힐끔 쳐다보고는 껄껄 웃었다. 시장의 어깨를 팡팡 두드리고서였다.

"제가 시장님하고 저기서 얘기 좀 해도 되겠죠?"

"물론입니다. 얼마든지요. 차라도 내어드릴까요?"

"아뇨, 아뇨. 목사님. 저희 금방……."

"감사합니다. 좋죠."

"네."

"아."

목사까지 나선 마당에 시장이 뭘 어쩌겠는가. 안 그래도 몰려든 이목에 민망해하면서 강혁이 가리킨 곳으로 향하는 수밖에 없었다. 덜컥. 강혁은 자리에 일부러 큰 소리를 내면서 앉았다.

"요 앞에 사고 말입니다. 어제 난 거. 그 현장 말이에요."

"거, 목소리 좀⋯⋯."

그리고 더 큰 목소리로 이야기를 꺼냈다. 그럴 때마다 아닌 척하면서 주변으로 모여드는 이들이 늘어났다. 어제 사고가 작은 사고는 아니지 않나. 아무리 현장 노동자들, 그러니까 여기 모인 사람들 입장에서는 그리 중요치 않은 이들이 다친 것이라 해도 관심을 아예 안 두기엔 너무 많이 죽고 다쳤다.

"제가 전에도 말씀드린 적이 있죠? 민원 통해서도 그렇고, 이렇게 얼굴 마주 보고서도 말했던 것 같은데."

"아니, 나는 무슨 소린지 도통⋯⋯."

"기억이 안 나요?"

"그⋯⋯ 기억이 안 난다기보다는 그런 일이 있었나요?"

보통 사람 같으면 이렇게 사람들이 모여서 웅성대기 시작하면 당황한 나머지 말을 더듬거나 할 텐데, 과연 시장은 좀 달랐다. 오히려 사람들이 많아지자 침착해졌다. 발뺌을 하기 시작한 것이다. 이쯤 되면 상대가 당황할 법도 했다. 그러기엔 강혁도 보통 사람은 아니었다.

"이걸 보면 기억이 똑똑히 나실 겁니다."

"이게 뭔…… 아니, 이 사람?"

세상에 좋은 사람만 있는 건 아니라는 것쯤은 이제 똑똑히 알게 된 지 오래 아닌가. 그런 이들 틈바구니에서 선한 일을 행하려면 나쁜 짓도 할 줄 알아야 한다는 게 강혁의 지론이었다. 대다수의 봉사자는 이에 동의하지 않겠지만 적어도 누와라엘리야병원에서만큼은 강혁의 생각이 제일 중요했다. 그 결과가 이것이었다.

'시장님, 이거 보세요. 법을 하나도 안 지키고 있어요. 게다가밤에도 교대로 계속 일하고 있는데…… 안전장치도 없고 이러다사고라도 나면 대형 재난으로 이어질 겁니다.'

'으음.'

'으음 할 일이 아니라니까요? 땅 주인은 여기 사람이 아니지만, 노동자는 다 여기 사람이라고요. 시장이 돼가지고 자기 사람지킬 생각을 하셔야지.'

'알겠습니다. 제가…… 한번 보죠.'

'저번에도 똑같이 말했던 거 기억나십니까?'

'제가 공무가 좀 바빠서.'

영상이 재생되었다. 미리 카메라를 세팅해두고 자리에 앉게한 것인지, 시장 얼굴이 똑똑히 잡혀 있었다.

"이거…… 이거 카페로 부르더니! 이런 걸 찍었어요?"

"지금 중요한 게 그것 같아요?"

당연하게도 화가 머리끝까지 치솟았다. 치부를 찍어놓기까지 했으니 당연한 소리였다. 눈앞에서 사람이 이렇게 화를 내고 있으면 두려움이 생길 만도 할 텐데, 강혁은 오히려 여유로운 표정으로 주변을 가리켰다. 그제야 시장은 여기가 교회고, 주변에 교회 사람들이 우글거린다는 걸 알 수 있었다. 정확히 말하자면 자신이 거짓말하는 현장을 두 눈 똑바로 뜨고 보는 중이었다. 그중엔 목사님도 끼어 있어서 정말이지 더할 수 없이 민망해지고 말았다.

"그…… 아니, 이게. 백 교수. 방금 내가 착각을 했네. 그래요, 맞아요. 얘기를…… 아, 근데 이거 나가서 하면 안 됩니까?"

"안 되겠는데. 사람이 죽었거든."

"그…… 말을 왜 꼭 그렇게……."

"그럼 뭐라고 해야 되지? 내가 당신한테 사석에서, 공식 문서로 몇 번이나 경고를 보냈지? 여기 다 기록되어 있는데 내가 깔까?"

"아니…… 아닙니다. 이제 기억납니다. 모두 합치면 일곱 번입니다."

"그걸 그렇게 똑똑히 알고 있으면서 뭉갰어?"

"죄, 죄송합니다."

시장은 다른 사람의 눈치를 보면서 동시에 고개를 숙였다. 아마 강혁만 있었다면 이렇게까지 나오진 않았을 터였다. 그래도 시장이니까. 하지만 이 자리엔 너무 사람이 많았다.

'게다가 이 인간은 어디로 튈지 알 수가 없어……. 아, 내가 미쳤지. 푼돈에 눈이 멀어서…….'

더 큰 문제는 백강혁이 이렇게까지 나온 이상, 앞으로 일이 어디로 어떻게 흘러갈지 알 수가 없다는 점이었다. 그 다니엘 러셀마저 무너뜨린 인간 아닌가. 그 과정에서 수도에 퍼진 소문처럼 폭력배를 동원하진 않았지만, 오히려 그보다 더한 일들도 있었다는 걸 시장은 똑똑히 알고 있었다.

'아무것도 없던 시절에도 그걸 해낸 놈이야……. 지금이라면…….'

러셀 가문 사람도 갈아 치운 놈인데 일개 시장 정도는 우습게 생각해도 좋을 터였다. 어쩌면 여기 이렇게 찾아온 것도 일종의 기회를 주는 것일 수도 있었다. 그냥 수도로 가서 자신을 뭉개도 할 수 있는 일은 별로 없을 테니.

'대체 왜 이만한 놈이 그런 인간들을 신경 쓰는 건지는 모르겠지만…… 하여간 지금은…….'

머리를 잽싸게 굴린 결과, 시장은 납작 엎드리기로 결심했다. 동시에 돈을 받아 처먹어서 일이 이렇게 되었다기보다는 그냥 자신이 무능하고 게을렀다는 쪽으로 얘기하기로 마음먹었다. 후자도 한심하기 그지없는 일이긴 하지만 그래도 뇌물 수수보다는 낫지 않나. 아무리 스리랑카 사회가 아직까지 뇌물이나 청탁 등이 만연하다고 해도 그게 묵인되는 건 뒷골목에서의 일이지, 햇빛 아래에서는 아니기 때문이기도 했다.

"죄송? 나한테 왜 죄송해? 다친 사람들한테, 그리고 죽은 사람들한테 죄송해야지."

"그…… 제가 이러고 있을 때가 아니었습니다. 지금 바로……

병원으로 가겠습니다. 유가족도 찾아뵙고요. 제가 할 수 있는 모든 일을 하겠습니다."

한번 결정을 내린 시장은 말을 청산유수로 내뱉었다. 정말 많은 일을 해주는 것이라는 듯, 어딘지 모르게 당당한 표정까지 지어가면서였다. 사실 시장이 이 정도 하면 대단한 일이긴 했다. 상대가 강혁만 아니라면 그랬다.

"그건 당연한 일이지. 뭘 잘했다고 가슴을 펴?"

"네, 네?"

"공사장, 그거 그대로 둘 거야? 거기만 그래? 딴 데도 그러잖아. 지금 공사 중인 곳 중에 제대로 관리 감독되는 곳이 있어?"

"아…… 아니, 그것도 제가 시정을…….."

"지금까지 손 놓고 있던 주제에 뭔 시정을 해?"

"하, 하겠습니다."

이리저리 돈 받아먹은 게 걸리긴 하지만, 사람이 죽지 않았나. 그걸 빌미로 삼으면, 최악의 경우라 해도 받은 돈 정도만 토해내는 선에서 어느 정도 해결이 될 것 같았다. 하지만 강혁이 원하는 건 그따위 것이 아니었다.

"내가 말하기 전까지 누와라엘리야 공사 중 여기 적혀 있는 곳은 전면 중지야."

"네? 아니, 그건…… 법을 지켜서 하면…….."

"지금까지 법이라는 법은 하나도 안 지킨 새끼들이 뒷구녕에서 어떻게 할지 누가 알아? 중지야. 안 그러면…… 나 오늘 수도 갈 건데, 어떻게 되는지 보든지."

"아."

수도라. 설마하니 서울을 말하는 건 아닐 터였다. 콜롬보를 말하는 게 분명했다. 그리고 그곳엔 강혁의 조력자들이 더 많았다. 하필이면 그 조력자들이 힘도 있지 않나. 지금 대한민국-스리랑카 관계는 이보다 좋을 수 없을 정도인데, 그 연결 고리에 강혁이 있다는 건 누구도 부정할 수 없는 일이었다. 강혁과 시장을 저울질한다는 것 자체가 이치에 맞지 않았다.

"중지…… 전면 중지하겠습니다."

"좋아. 그리고 벌금도 물려. 지속적으로."

"네? 그건 어떤…… 어떤 명목으로?"

"알아서 해야지. 어차피 오래 안 걸릴걸? 나 수도 간다니까?"

"아니, 대체 뭔 짓을…… 아니, 무슨 일을 하시려고……."

강혁은 당연히 시장의 물음에 답해주지 않았다. 원하는 답만 듣고는 몸을 돌려 밖으로 휘리릭 나와버렸다. 꿔다 놓은 보릿자루처럼 멍하니 서 있던 오진승을 잡아끌고서였다.

"어어. 이것 좀."

오진승은 정말이지 정신이 하나도 없었다. 어젯밤까지만 해도 의사라면 응당 사람을 살려야 하네 어쩌네 하더니 아침 댓바람부터 처음 보는 사람 납치해다가 총을 겨누질 않나. 이번엔 교회에 가서 어떻게 봐도 점잖아 보이는, 심지어 높아 보이기까지 한 사람을 겁박하지 않나. 문제는 이걸로 끝이 아니라는 점이었다.

"입 열면 혀 깨무니까, 가만히 있어요. 병원까지만 일단 가면 돼."

"으으."

오진승은 어느새 헬멧을 쓰고 강혁의 허리를 붙잡고 있었다. 오토바이는 부릉 소리를 내더니만 금세 병원에 도착했다. 당장 어제까지만 해도 빨리 여기서 벗어나서 한숨 자고 싶다는 생각만 가득했었는데, 지금은 병원이 그저 구원문으로만 보였다.

"억."

"어딜 그렇게 달려요. 똥 마려워?"

해서 냅다 달렸지만, 강혁이 어깨를 잡는 동시에 발이 뚝 멈추고야 말았다. 이상한 일이었다. 아무리 체격에서 확 밀린다고는 하지만, 아무리 그래도 어깨 잡는다고 이럴 일이란 말인가?

"그, 그래요. 마려워요."

오진승은 어떻게든 이놈 손에서 벗어나고 싶었다. 관찰이고 나발이고 이제 더는 지겹다, 이 말이었다. 솔직히 말하면 봉사도 그만둘까 싶기도 했다. 물론 현장 사람들을 보면 차마 발길이 안 떨어지기는 하겠지만. 하여간 지금 오진승의 머릿속에는 온통 도망가고 싶다는 생각뿐이었다.

"그럼 다녀와야지. 야, 석준아."

의외로 강혁은 쿨하게 어깨를 놔주었다. 의사로서 마렵다는 사람을 어떻게 붙잡아두겠는가. 건강의 기본 중 하나가 잘 싸는 건데. 하지만 안전장치를 하나쯤 두기는 했다.

"네."

"너 간만에 대사관 어르신들 얼굴 봐야지. 출세해야지."

"그건 그런데. 이렇게 갑자기요?"

이제 한석준은 강혁의 손아귀에서 도저히 빠져나갈 수 없는 존재가 되어버린 지 오래였다. 정말 갑자기 왕복 8시간 걸리는 길을 가라는 말을 듣고서도 거절하지 못했다. 그저 강혁이 내던진 자동차 키를 가만히 내려다보고 있을 뿐이었다.

"이미 연락은 돌렸어. 나 가는 걸로 알고 있어. 너도 가서 얼굴 보면 좋지."

"아, 그럼 가야죠."

"그래, 준비하고. 똥칸에 있는 오진승도 데려가자."

"오 원장님이요? 그분 어제 밤새운 거 아닌가……?"

"나도 새웠어. 가면서 자면 되지. 운전은 네가 할 건데."

"아, 네. 그건…… 네."

그렇다고 해도 이렇게 당당히 운전도 네가 하라고 할 줄은 몰랐지만. 하여간 어른들 다 모인다는데 안 가면 손해였다. 공무원이라는 게 그렇지 않나. 자기 일만 잘한다고 일이 풀리는 게 아니었다. 위에 어르신들이 볼 때 열심히 하는 것처럼 보여야 했다. 친해질 수만 있다면 더할 나위 없었다.

'벌써 4급이긴 해.'

게다가 이미 강혁 덕에 승진이 정말 빠르게 된 참이었다. 원래 오지로 구분되는 나라에 파견되면 승진이 빨라지기는 하는데, 그렇다고 이 정도는 아니었다. 심지어 오가는 얘기를 들어보면 4급 된 지 얼마 되지도 않았는데 벌써 또 위로 올라갈 가능성도 있는 모양이었다.

"그럼 오 원장님 데리고 오면 되는 거죠?"

"어, 그렇게 하면 돼."

"네, 알겠습니다."

덕분에 한석준은 운전하라는 말에도, 똥칸 들렀다 오라는 말에도 순순히 고개를 끄덕였다. 이러한 사정을 알 길이 없는 오진승은 일단 화장실로 피신해 있었다. 뭐가 마렵지도 않았다. 계속 놀랐는데 어찌 부교감 신경이 자극될 일이 있었겠나. 그저 긴장만 될 따름이었다.

'하, 시발. 이게 대체 뭔 일이래.'

해서 심호흡을 하고 있으려니, 누군가 화장실 칸 앞에 멈추어 섰다. 백강혁인가 해서 덜컥했는데 발이 조금 달랐다. 해서 안심하려는데 문을 두드렸다.

'신발 갈아 신었구나!'

오진승은 다시 한번 삐그덕거리는 심장을 부여잡고는 똑똑 화답했다. '사람 있으니까 제발 가라' 하면서였다.

"오 원장님?"

하지만 상대는 가기는커녕 말을 걸어왔다. 세상 어떤 매너가 변기에 앉은 사람한테 말을 건단 말인가. 어이가 없었지만 이미 말을 걸어온 이상 답은 해야 했다. 일단 백강혁이 아니라는 데 안심하면서였다.

"네, 네?"

"백 교수님이 오시라는데요?"

"아니, 저 아직."

"그럼 기다리겠습니다."

"아니, 그러지 마시고. 저…….."

하지만 안심하기엔 이른 모양이었다. 도저히 갈 생각을 하질 않았다. 앞에서 서성이는 게 다 보였다.

"저, 안 가시면 안 됩니다. 제가 곤란해져요."

그러면서 이런 말까지 해댔다. 아마 오진승이 좀 이기적인 사람이었다면 그러든가 말든가 했을 테지만, 안타깝게도 오진승은 좋은 인간이었다. 다른 사람을 곤란하게 하면서 두 발 뻗을 수 있는 사람은 못 되었다. 게다가 오늘 백강혁의 진면목을 어느 정도 보지 않았나.

"알겠…… 알겠습니다. 네, 갈게요."

해서 오진승은 한석준에게 이끌려 차에 올랐다. 강혁은 벌써 뒷자리를 최대한 젖히고 자고 있었다. 다른 사람들을 그렇게 핍박한 주제에 저렇게 잘 수 있다니.

'대체 진단명이 뭐야?'

다시금 탐구열이 무럭무럭 피어올랐다. 오진승이 오락가락하는 사이, 극장을 지어 올리던 사장은 청천벽력과도 같은 소식을 전해 듣고 있었다. 충격적일 수밖에 없는 소식인데, 심지어 하나가 아니었다.

변화의 물결 위에서

"뭐라고? 총을?"

"네. 저, 정말 죽는 줄 알았습니다……."

"아니, 그 인간이 진짜……."

"분명 삼합회 아니면 야쿠자예요. 그렇게 스스럼없이 총 겨누는 사람은 영화에서도 못 봤어요. 눈, 눈빛도 완전 살인자."

"그래서, 뭐라고 하는데?"

"땅 팔래요. 저한테는 이 말만 전하라고 했습니다."

"안 팔면 죽인대?"

"아뇨, 그런 말도 안 했어요. 그냥 땅 팔라고."

"허."

일단 현장 담당자에게 전화가 왔다. 주변 소음이 있는 것으로 미루어볼 때 급하게 이동 중인 것으로 보였다. 하긴 자신 같아도 총구 겨눈 곳에는 한시도 더 못 있을 터였다.

'그냥 땅을 팔라고? 그 뒤에 아무 말도 안 했어?'

오히려 이러니까 더 무서웠다. 죽인다느니 어쩐다느니 말을 했냐면 허풍이겠거니 할 텐데, 아무 말도 덧붙인 게 없다니까 그냥 와서 죽일 것 같지 않나.

"저 대표님. 시에서 명령이 내려와서…… 공사 중단해야 할 것 같습니다."

"응? 아니, 사람 죽었는데 우리가 내일 당장 또 할 것 같나? 당연히 중단이지, 그걸 뭘 명령을 내려?"

"그게 아니라…… 지금 저희가 시공 중인 모든 곳이 중단됐습니다."

"뭐? 이 미친놈이 내가 먹인 돈이 얼만데. 기다려봐."

두려움에 떨고 있는 사이, 전화가 하나 더 왔다. 공사 전체가 중단되었다는 말이었는데, 이건 무섭다기보다는 화가 나는 소식이었다. 처음에는 분명 그랬다.

"아니, 시장님! 얘기가 다르지 않습니까! 대체 공사 중단의 근거가 뭡니까?"

"다 틀렸어요."

"네?"

"백강혁 교수가 왔다 갔어요. 중단시키래."

"아니……. 시장님이 왜 그 사람 말을……."

"들어야 할 만한 이유가 있습니다."

"허."

하지만 시장의 입에서 백강혁 얘기가 나오자 이건 또 완전히 다른 문제가 되었다. 세상에 시장도 협박할 줄이야? 러셀 가문 날려 먹을 때부터 그럴 것 같긴 했는데, 정말로 무법천지인 모양이었다. 문제는 그냥 무법자가 아니라, 정계 쪽으로 힘이 있는 무법자라는 점이었다. 뭘 어찌해야 할지 고민하고 있을 때쯤 전화가 왔다.

'또 뭐야.'

이쯤 되자 전화 받기가 두려워졌지만, 하여간 이 전화는 개인적으로 알고 지내는 이들끼리만 공유하는 전화였다. 설마 이걸로도 별일이 있겠나 하는 생각으로 전화를 받았다.

"어, 올리버."

"아, 그래. 왜?"

다행히 친구였다. 그것도 경찰 쪽으로 끈이 있는. 해서 안도의 한숨을 쉬려 했는데 이번에도 반전이 있었다.

"너 누와라엘리야? 거기서 뭐 사고 친 거 있어?"

"어? 아니, 왜."

"본청 차원에서 조사 들어갈 거라던데⋯⋯ 거기 토지 사유화하는 과정에서 문제가 있었다고 하더라고."

"어? 아니, 그게 또 무슨⋯⋯."

사고라고 하길래 어제 난 사고를 말하나 했더니 이건 그게 아니었다. 훨씬 더 전에 있던 일이었다. 올리버가 아니라 그 할아버지 대에 있었던 일을 말하는 듯했다. 올리버 본인조차 어렴풋이 전해 들은 기억만 있을 뿐이었다.

"내가 막아보려고 했는데, 이게⋯⋯ 엄청 위에서 내려온 명령인 것 같아. 그나마 기름칠해 두어서 망정이지, 지금 이런 거 연락 주는 것도 부담된다고 하더라고."

"아니, 그럼 어떡해?"

"나는 일단 알려주기만 하는 거야. 어떻게 해야 할지는⋯⋯ 나도 모르지. 근데 알잖아? 이렇게 호들갑 떨어봐야 뇌물 좀 먹이면 또 어떻게 넘어갈 거야."

"그……"

친구는 대수롭지 않다는 반응이었다. 지금껏 이런 일이 아예 없었던 게 아니고, 또 진짜 문제가 되었던 적은 없었다 보니 그럴 만도 했다.

'이거…… 찜찜한데…….'

하지만 연타를 맞고 있는 올리버는 도저히 그렇게 생각하고 넘어가기가 어려웠다. 무언가 일이 벌어지고 있지 않나. 어쩐지 이 조사라는 것도 그 '일'의 일환이지 않나 하는 생각이 들었다. 머리가 삽시간에 복잡해졌다. 위스키 한 잔을 홀짝이고 있으려니 밖에 소음이 일었다. 차가 들어오는 모양이었다. 이상할 일은 아니었다. 여기가 고급 주택가이긴 하지만 옆집에서 차 들락거리는 소리 정도는 들리는 법이니까.

'좀 가까운 느낌이기는 한데.'

애써 별일 아닐 거야 하고 있으려는데 초인종이 울렸다. 일단 답은 하지 않기로 했다. 스스로 너무 쪼는 거 아닌가 싶었으나, 그래도 너무 이상한 날이어서 그랬다. 해서 올리버는 냅다 누구냐고 하는 대신 현관 모니터에 뜬 얼굴을 바라보았다. 백강혁이 웃고 있었다.

"헙."

백강혁은 유명인사이지 않나. 전 세계적으로도 여러 굵직한 사건들에 얽히고설켜 들어간 바 있기도 하거니와, 이곳 스리랑카에서는 직접적으로 어마어마한 사건을 일으켰던 바 있었다.

보통 다른 외국인이 그런 짓을 저질렀다면 아마 지금쯤 최소 추방되었거나 그게 아니라면 감방에 갇혔을 수도 있을 터였다. 위정자들 입장에서 보면 지난 100년 넘는 기간 동안 멀쩡히 잘 돌아가던 차밭 경제를 뒤엎은 마당이니 그게 당연한 수순이었다. 하지만 강혁은 지금 올리버가 보는 바와 같이 요 앞에 선 채 웃고 있었다.

'뭐야, 이거?'

올리버는 자기도 모르게 새어 나온 소리에 놀라 입을 틀어막았다. 벽에 등을 기대고 주르륵 미끄러져 내려오면서였다. 그사이에도 계속 초인종 소리가 들려왔다.

"올리버, 안에 있는 거 다 알고 왔어. 문 열어."

강혁은 초인종 누르는 일은 한석준에게 맡긴 채 창문에 대고 말을 이어나가기 시작했다.

"이러면 당신만 안 좋아. 알지? 경찰에서 네 땅 조사 들어간 거. 그거 다 부당 취득이잖아. 거기가 언제부터 관광 단지였다고…… 원래 거기 차밭 노동자들 땅이었잖아?"

강혁이 이 사실을 알게 된 것은 바로 얼마 전의 일이었다. 정확히 말하면 다니엘에게서 농장을 싹 넘겨받고서도 한참 지난 후에야 알게 되었다. 같이 넘겨받은 오래된 문서를 데니스가 CIA 짬바를 활용해 조사하던 중 이상한 게 있다고 찾아왔더랬다.

'안 그래도…… 롱하우스 지어진 연도랑 농장 창고나 관리인 하우스들 지어진 연도랑 꽤 차이가 나서 이상하다 싶었는데. 이것 좀 보십쇼.'

녀석이 가져온 문서는 다 닳아빠진, 정말이지 낡은 문서였다. 톡 하고 건드리면 바스러질 것 같은 모양새를 하고 있었다. 그것만 봐도 주인이 딱히 귀하게 여긴 것 같지는 않았다. 내용을 보니 다니엘이나 다른 농장주 입장에서는 그럴 만한 일이었다는 걸 알 수 있었다. 지금 소위 관광 단지라 불리고 있는 땅들과 호텔 단지의 일부 땅들이 원래는 노동자들의 집이 있던 곳이라는 걸 증명하는 문서였다. 그걸 스리랑카가 독립해 나가면서 오히려 관광객이 늘어나자 푼돈이라도 더 벌어볼 요량으로 다른 영국인에게 팔아버렸던 내용도 있었다. 즉 지금 노동자들은 오히려 식민지 시절보다도 못한 대우를 받고 있다는 소리였다.

"그거 조사 들어가면 당신 다 뺏긴다? 항소 들어가도 골만 아플 거야. 거기서 아무것도 못 할 테니까. 이미 지어진 곳들이라고 다를 것 같아? 벌써 다 조사 들어갔어. 진짜야. 못 믿겠으면 전화해봐. 싹 영업 정지 먹었을걸?"

당시를 떠올린 강혁은 애써 화를 억누르며, 간신히 웃는 얼굴로 말을 이어나갔다. 화가 날 수밖에 없는 상황 아닌가. 스리랑카는 말만 독립이지, 사실상 여전히 영국의 영향권 아래 있는 나라였다. 일본에 혹독하게 당하긴 했으나, 뭐가 되었건 간에 지금은 더 이상 일본에 종속된 부분이 없는 대한민국과는 입장이 전혀 달랐다. 이유는 스리랑카나 대한민국의 차이에 있지 않았다. 영국은 승전국이고 일본은 주축국이었다는 것 정도였다.

'역시 이 자식이…… 이 자식이 관여하고 있었구나!'

물론 영국인인 올리버는 그런 생각은 전혀 하지 않았다. 대영 제국이라는 미명하에 조상들이 전 세계에 뿌려놓은 똥 따위 알게 뭐란 말인가. 신사의 나라라고 잰 체하고 있지만, 실상은 그저 승전국으로써의 지위를 마음껏 누리고 있을 뿐이었다.

'내가 뭘 어쨌다고 이 지랄이야.'

덕분에 올리버는 반성 따위는 하고 있지 않았다. 강혁도 이놈들이 그러기를 바라지는 않았다. 다만 무서워하기를 바랐을 뿐이었다. 다행히 강혁의 바람은 이루어지고 있었다. 올리버는 부들부들 떨면서 다른 관리인에게 전화를 걸었다.

"네, 네, 대표님. 그렇지 않아도 지금…… 아니, 일요일에 이게 대체 무슨 일인지……."

기다리고 있었는지 전화벨이 딱 한 번 울리자마자 상대는 전화를 냉큼 받았다. 올리버 못지않게 놀란 목소리를 하고서였다. 덕분에 전화를 건 올리버는 전화를 걸기 전보다 더 당황하게 되었다. 뭔가 일이 심상치 않게 돌아가고 있다는 걸 알게 되어서였다.

'이런 망할.'

올리버는 저도 모르게, 창가에 딱 붙어 서 있는 강혁을 돌아보고는 말을 이었다.

"무슨 일인데 그래? 나도 들은 게 있어서 그러니까…… 자세히…… 하나도 빼먹지 말고 말해봐."

"네, 대표님. 그게, 갑자기 시에서 저희 식당 영업 정지 명령을 내렸습니다. 방금 손님 다 내보내고……."

"그게 또 무슨 개소리야?"

"여기가 불법 점거하고 있는 땅이라고 그러는데…… 저는 이

해가 가질 않습니다.”

“거…….”

불법 점거라. 켕기는 게 아예 없었다면 이번에야말로 버럭 화를 내야 할 만한 타이밍이었을 터였다. 하지만 올리버는 자기 할아버지, 그리고 아버지 대에 걸쳐 행해온 악업을 어렴풋이나마 알고 있었다. 덕분에 이곳 스리랑카에서는 왕후장상 부럽지 않게 살아가고 있지 않나. 방학이나 휴가 기간에는 마음속 고향인 영국으로 날아가고.

“문제는 여기만이 아니라…… 지금 저희 호텔이나 다른 식당들도 죄 같은 명령을 받았어요. 다른 회사들도 마찬가지입니다.”

“아니, 이 미친놈들이 왜 갑자기.”

“그게 모르겠습니다. 제가 대표님 이름까지 대면서 뭐라고 했는데, 자기도 위에서 시킨 일이라고 하면서 일단 문을…… 걸어 잠그고 갔습니다. 어찌해야 할지.”

“이, 일단 있어봐. 전화하면 무조건 받고.”

“네, 대표님.”

그 대가를 받을 날이 온 건가 싶었다. 그렇지 않고서야 이렇게 하루아침에 진행 중이던 모든 사업이 다 박살 날 리가 있겠나. 그때 강혁이 돌연 현관문을 쳐댔다. 어찌나 힘이 센지 목조 건물인 주택이 우르르 떨릴 지경이었다. 과장 조금 보태면, 저대로 좀만 더 쳐대면 무너질 것 같았다.

“너네 관리인도 여기 있는데 문전박대할 거야? 얘 내가 그냥 데리고 가도 좋겠어?”

"어어어어. 사, 살려주십쇼."

"이거 다 너 때문이다, 올리버."

"아, 안 돼. 안 됩니다!"

뭔 소린가 싶어서 고개를 빼꼼히 내밀어보니 아까 아침에 전화했던 공사 현장 관리인이 강혁의 억센 손에 잡혀 있었다. 양옆에는 한국인으로 보이는 사람이 서 있었는데, 키가 크고 허우대가 좋은 사람은 그저 이게 다 무슨 일인가 하는 표정을 하고 있었고, 키가 작고 순하게 생긴 사람은 울 듯 말 듯한 얼굴을 하고 있었다.

"교, 교수님. 이거, 이러면 안 됩니다."

"뭐가 안 돼요. 이 새끼 이거 죽어도 싼 놈인데."

"아니…… 그런 말을 어떻게 의사가."

"의사는 그런 말 하면 안 되나? 무조건 다 살려야 해?"

"그게 히포크라테스……."

"그 양반 살던 시절엔 세상이 살 만했나보지. 식민지도 없고."

"그럴 리가 있어요?"

"그럼 장님이었든지."

뭐라뭐라 중얼대고 있었는데 어째 시간이 지날수록 점점 더 울상이 되어가고 있었다. 분위기도 점점 더 험악해져가고 있었다. 이대로 두면 진짜 뭔가 벌어질 것 같았다. 이쯤 되니 올리버는 덜컥 겁이 났다. 사실 올리버는 그냥 땅 사서 건물이나 올리는 개발업자이지 않나. 아버지나 할아버지처럼 직접 땅을 갈취해본 사람이라면야 간덩이가 조금쯤이라도 부어 있었겠지만, 아

쉽게도 올리버는 그냥 날 때부터 금수저 물고 난 사람이었다. 온
갖 나쁜 짓은 다 저지르긴 했지만 간은 콩알만 했다.

'이러다 진짜 저 새끼 죽이고 들어오면 어쩌지……?'

경찰을 불러볼까도 싶었지만 이미 늦은 마당이었다. 아니, 애
초에 이곳은 고급 주택가라 경찰들이 뻔질나게 다니는 곳이지
않나. 심지어 사설 경비 단체도 있는 곳인데 여전히 조용하다는
건 저놈이 뭔가 수작질을 부렸다는 소리라고 봐야만 했다.

'다니엘 무너졌을 때…… 내가 웃었지.'

친하게 지내던 녀석이었다. 동시에 재수 없는 놈이라 여기고
있기도 했다. 아무래도 땅 장사나 하는 올리버보다는 다니엘이
훨씬 더 커다란 권력과 돈을 부리고 있어서였다. 그래서 난데없
이 나락에 떨어졌다는 말을 들었을 땐 고소했더랬다. 한데 그 나
락이 지금 자신의 눈앞에서도 펼쳐지고 있었다.

"안 열어?"

"여, 엽니다!"

이대로라면 죽을 수도 있겠다는 생각이 들었다. 뜬금없이 찾
아와서 이러고 관리인 죽이네 마네 했다면야 당연히 그런 생각
까지는 들지는 않았을 터였다. 하지만 오늘 오전부터 하나하나
중첩되어 온 일련의 사건과 세간에 퍼져 있는 강혁에 관한 소문
은 상대가 누구건 간에 공포심을 불러일으키기에 충분했다. 해
서 올리버는 두근거리는 마음을 안고, 심지어 총도 준비한 채 문
을 열었다.

"자, 일단 이놈부터 받고."

바로 쏴버릴까 싶기도 했는데, 그랬다간 관리인만 죽어나갔을 터였다. 강혁이 다 알고 있다는 듯 관리인을 방패 삼아 들어와서였다.

"어."

"이야, 총 좋은 거 쓰네?"

심지어 관리인을 떠미는 바람에 당황하고 있는 사이, 품 안에 있던 총까지 빼앗겼다.

"그, 그건 호신용…… 호신용입니다."

"어, 누가 뭐래. 내가 이걸로 당신 쏘기라도 할까봐?"

"그."

쏘는 거 아닙니까라고 묻고 싶었다. 제일 궁금한 게 여기서 내가 죽는 건지 아닌지였으니까. 하지만 그랬다간 지금 바로 죽을 수도 있을 것 같았다.

"일단 앉지."

올리버가 어버버 하고 있으려니 어느새 응접실이었다. 강혁은 제집인 것처럼 상석에 털썩 앉았다. 지적할 생각 따위는 들지도 않았다. 어느새 탁자 위에 자신의 총과 강혁의 총 두 자루가 놓여 있어서였다.

"어……."

"올리버라고 부르면 되나?"

"아, 네."

"어제 불미스러운 일이 있었다는 건, 알고 있지? 네가 추진하던 공사 말야. 거기서 사람 죽은 거 알아, 몰라?"

여기서 모른다고 하면 어찌 될까? 안 될 일이었다. 게다가 올리버는 알고 있는 상황이었다. 냅다 고개를 끄덕였다.

"아, 압니다."

"아, 알아? 근데 왜 차에서 내리지도 않았어? 거기 있던 사람들 너 때문에 죽거나 다친 거잖아?"

"그…… 그건 아니……."

이번엔 도저히 고개를 끄덕일 수 없었다. 올리버는 스스로도 치사하단 생각이 들긴 했으나 고개를 가로저으면서 힐끔 관리인 쪽을 바라보았다. 강혁도 기다렸다는 듯 관리인의 뒷덜미를 잡아끌었다.

"아, 넌 돈만 준 거고 책임은 여기 이 새끼한테 있다? 넌 아무 책임이 없다?"

"그…… 사실 그렇습니다."

"이 새끼 이거. 너 새꺄, 법 어기는 거 눈감아달라고 여기저기 기름칠했잖아. 사고 날 수 있다는 거 알고 있었잖아. 근데 잘못이 없어?"

강혁은 그냥 말로만 떠들지 않았다. 입을 쉬지 않고 놀려대면서 동시에 탁자에 내려놓은 총을 자꾸만 쓸어내렸다. 원래 강혁이 가지고 있던 총은 모양이 그럴싸할 뿐 총알 없는 빈 총이었지만, 올리버의 것은 그렇지가 않았다.

'새끼가 뭘 집에서 총알 꽉 채운 총을 들고 있지? 사고 나게.'

미친 짓이라 할 수 있었다. 총기 사고 원인 중 대부분을 차지하는 것이 바로 미리 채워놓은 총알이니까. 때문에 총기상이고 어디고 간에 늘 총을 어딘가에 둘 때는 비워두기를 권장했다. 아니, 권장하는 정도가 아니라 강요했다.

'힉.'

강혁은 안전을 생각하고 있었지만, 아무도 그가 안전을 생각하고 있을 거라 예상하지는 못했다. 표정도 그렇고 총을 쓰다듬는 손길도 그렇고 죄다 공포스럽기만 해서 그랬다. 특히 지금 표적이 된 올리버는 더더욱 무섭기만 했다.

"그…… 네, 제가 그. 아닙니다. 저는 기름칠…… 그런 거 잘 모릅니다."

"뭔 개소리야, 이 새끼가. 주말이라고 경찰들이 일 안 할 것 같아?"

"그건 또 무슨 소리이신지……."

주말이라 경찰이 쉬는 거 아닌가 싶기도 하던 참이었다. 그렇지 않고서야 어디 이렇게 백강혁이 해도 지지 않은 무렵에 남의 집에 쳐들어올 수 있었겠는가. 혼란스럽던 와중에 들려온 강혁의 말은 올리버의 머릿속을 더 복잡하게만 만들고 있었다.

'경찰이 일을 안 해?'

이게 대체 뭔 개소리란 말인가.

"이거 네 계좌 정보거든."

다행인지 뭔지 몰라도 강혁은 질질 끄는 성격이 아니었다. 특히 상대를 괴롭히거나 협박하는 와중에는 더더욱 성질이 급해지지 않던가. 해서 강혁은 품 안에 있던 서류 뭉치를 툭 하고 내려놓았다. 또 총이 나오는 건 아닌가 했던 올리버는 뒤로 흠칫 물러나다가, 의외의 물건에 눈을 동그랗게 떴다.

"제 계좌 정보요?"

들려온 말도 충격적이었다. 대체 왜 계좌 정보를 이놈이 들고 있단 말인가.

'설마 경찰이……? 아닌데. 은행에서 언질도 없었을 리가 없는데…….'

이상한 점이 한두 가지가 아니었다. 지금 은행과 거래 튼 지가 한두 해가 아니지 않나. 대를 이어 거래를 하고 있었고, 둘 사이의 유착 관계는 끈끈하다 못해 거의 한 몸이 되어가고 있을 지경이었다.

"봐봐. 네 거 맞잖아."

말도 안 되는 일이라 여기며 서류를 들여다보았다. 그리고 딱 보자마자 알 수 있었다. 이건 진짜 자기 계좌 정보라는 걸.

'새끼 눈 커지는 거 봐라.'

애써 아닌 척하고 있어도 별 소용은 없었다. 강혁의 눈은 아주 작은 단서도 놓치지 않았으니까.

"이게…… 이거 제 거 아닌데요?"

"아니긴 뭐가 아냐. 차명 쓸 생각도 없었잖아? 아무도 수사하지 않을 거라고 생각한 모양인데, 오산이지 그건."

"아니, 이게……."

"어떻게 얻어냈나 싶은 거지? 그게 중요하냐? 이게 내 손에 들려 있다는 게 중요한 거지. 그리고 경찰들이 누와라엘리야로 가고 있다는 것도 중요하고. 아마 곧 여기도 올걸?"

"어……."

방금 전까지만 해도 누구라도 좋으니까 이 아수라장에 와서 날 구해줬으면 했던 것이 올리버였다. 하지만 대화를 이어나가다 보니 지금 누가 온다면 정말 큰일이 벌어질 것 같았다. 확실히 눈앞에 펼쳐진 이 계좌 정보는 자신의 것이 맞았다. 누구에게, 얼마를, 언제 줬는지 다 나와 있었다. 시장, 의원 그리고 경찰서장 등 관련 공직자들은 다 끼어 들어가 있었다. 들어간 돈의 양이 그리 적진 않았는데, 그래도 이득이었다. 우선 공사 허가받는 데까지 걸린 시간이 며칠 단위도 아니고 수 시간밖에 걸리지 않았다. 게다가 용적률이니 뭐니 하는 것 중 지킨 게 단 하나도 없을 지경이었다.

"네가 똑똑하다고 생각했지? 스리랑카는 후진국이니까 아무렇게나 해도 된다고 생각했을 거야. 영국에서는 이런 짓 꿈에도 생각지 못했을 거면서."

사실 이런 건 강혁이 신경 쓸 일이 아니었다. 세상의 모든 악을 상대할 수는 없는 노릇 아닌가. 강혁은 경찰이 아니라 의사니까. 하지만 그 과정에서 죽지 않아도 될 사람이 죽게 되거나 다치지 않아도 될 사람이 다치게 되었다면 그건 안 될 일이었다.

"건축법 무시하는 거? 내 알 바 아냐. 근데 안전 수칙은 지켰어야지? 그거 지킨다고 뭐 얼마나 아낄 수 있다고……. 그거까지 안 지켰어."

"아니, 그게. 그럼 그거 때문에……?"

"그래. 네 욕심에 사람이 죽었어. 근데 반성도 하지 않고 있지.

코빼기라도 비쳤으면 내가 이렇게까지 안 했을걸?"

마지막 말은 거짓말이었다. 조금 덜 괘씸하게 여길 수는 있었을 터였다. 하지만 그런다고 죽은 사람이 되돌아오진 않았다. 게다가 이대로 두었다가는 또 죽는 사람이 나올 가능성이 너무 컸다.

'이런 망할…… 고작 그거 때문이라고? 거기 얽힌 이권이 얼만데…… 그 얼마 안 되는…… 아무것도 아닌 놈들 죽은 일로 이지랄을 한다고?'

물론 올리버는 강혁의 속내를 전혀 알 수 없었다. 때문에 속으로는 이런 생각을 하면서, 겉으로는 싹싹 빌었다.

"제, 제가 일일이 찾아뵙고 시정하겠습니다. 보상금도 드리고, 다 하겠습니다."

"그건 당연히 해야 할 일이잖아. 그게 뭐야."

"아니, 그럼……."

"땅 다 팔아, 나한테. 얘기 들었을 거 아냐? 얘기 안 하면 죽인다고 했는데……. 설마 안 했나?"

아쉽게도 강혁은 올리버와는 달리 상대의 속내를 어느 정도 꿰뚫어 볼 수 있는 인간이었다.

'반성을 안 하네. 잘 됐지, 뭐.'

덕분에 강혁은 망설임 없이 상대를 부술 수 있게 되었다. 그의 날카로운 눈이 옆에서 벌벌 떨고 있던 관리자에게 향했다. 죽인다느니 어쩐다느니 하는 말이 오가기 시작하자 더더욱 떨고 있었다.

"마, 말했습니다! 정말입니다!"

"말했다잖아. 그럼 너도 들었지?"

"듣기는 했는데…… 그 땅을 내가 왜 팔아야 합니까?"

"불법으로 점거한 땅이잖아."

"증거 있습니까?"

"있어, 아쉽게도. 내일이라도 법원에서 소장 날아올걸. 그거 법정 공방 시작하면 너 그 땅…… 아무것도 못 해."

"이 미친……."

관리자와는 달리 올리버는 벌벌 떨고만 있지는 않았다. 가진 게 많은데 그걸 가져가겠다고 하니, 화가 치밀어 올라서였다. 물론 그러면 안 되었다. 상대가 백강혁이니까. 심지어 바로 어제 사람이 죽어나간 걸 본 백강혁이니까.

"그것만 있을 줄 알지? 시간 끌면 돌아올 것 같지? 아냐. 너 그 땅으로 번 돈 다 환수할 거야. 이대로 버티면 무조건 그렇게 만들 거야. 내가."

"그런……."

"못 할 것 같냐? 다니엘이 어떻게 됐는지 모르지? 야, 석준아."

이런 놈에게는 일반적인 대화를 이어나갈 필요가 없었다. 해서 강혁은 한석준을 향해 턱짓을 했다. 이미 강혁의 충실한 개가 되어버린 한석준은 일말의 고민도 없이 아까 건네받았던 사진을 내놓았다. 사진 속 다니엘은 처참하기 이를 데 없는 몰골을 하고 있었다.

"이 새끼 죽다 살아나서 도로 공사 하고 있었어. 그러다 좀 착해진 것 같길래 지금 술집 사장 시켜주고는 있는데, 집 볼래? 어떻게 사는지?"

다행히 술집 사장 하는 모습은 훨씬 나아 보였다. 하지만 집은 적어도 올리버와 같은 사람은 단 한 번도 상상조차 해보지 못한 모습을 하고 있었다. 롱하우스보다 조금 나은 수준이니 말 다 한 셈이었다.

"넌 어떻게 될 것 같냐? 반성 안 하면 도로 공사고, 아니면 음식점 사장은 시켜줄게. 대신 버는 돈 대부분은 내 거야."

"그…… 일단 나가십쇼."

두려움이 치밀어 올랐다. 하지만 오기도 있었다. 다니엘과는 다르지 않나. 그 녀석은 가문에서 내놓은 망종이었지만 올리버는 아니었다. 나름 스리랑카 기득권 세력에 뿌리를 내리고자 노력했고, 여기저기 기름칠한 사람도 많았다. 그걸 갑자기 쳐들어온 놈 말발에 휘둘려서 한 번에 포기를 해? 있을 수 없는 일이었다.

"이렇게까지 하는데 못 알아먹네. 뭐, 어떻게 되는지 한번 보자고."

욱하는 심정에 질렀는데, 뜻밖에 강혁은 순순히 자리에서 일어났다. 사진과 서류는 그대로 둔 채였다. 다만 총은 가지고 떠났다.

"교, 교수님. 오늘 대체 이거 뭡니까?"

나오자마자 오진승이 물었다. 이상한 나라의 앨리스가 된 기분이었다.

"뭐긴요. 나쁜 놈 벌주는 거지. 우리 누와라엘리야에 보탬될 일도 하고."

"이게요? 총으로 사람 협박하고 하는 게?"

"보시면 알았을 거 아닙니까? 상대는 사람이 아니에요. 괴물이지. 예를 들어볼까요?"

"그……."

심적으로는 반발하고 싶었다. 상대가 누가 되었건 간에 오늘 강혁이 보여준 모습은 너무 심했으니까. 비단 여기에서만의 일이 아니었다. 오기 전에 들렀던 대사관, 교회 등에서 보여준 모습도 더했으면 더했지, 못하지 않았다. 상대가 힘이 있다는 건 알겠는데, 그걸 굳이 더 강한 힘으로 찍어 눌러야 했을까? 상식과 법도가 그래도 통하는 대한민국 사회에 익숙한 오진승으로서는 이런 생각만 들었다.

'근데 진짜 개새끼긴 했어.'

하지만 여기서 끝판왕 올리버를 보고 난 다음에는 주저함이 생기고 말았다. 자기 때문에 사람이 죽었다는데, 거기에 대해 사과를 했었나? 보상하겠다는 말만 한 것 같았다. 생물학적으로는 몰라도, 사회적으로 볼 때는 사람이 아니라는 말도 딱히 틀리지 않는 것 같았다.

"지금 저런 놈이 저러는 거…… 우리나라로 치면 일본인이 우리나라 법 위에서 노는 거랑 같다고. 식민 통치가 끝났는데도 그러고 있는 거라니까요? 조센징, 조센징 하면서? 말이 돼?"

그리고 강혁은 이미 흔들린 사람의 화를 돋우는 데는 도가 튼 사람이었다. 상대가 오진승처럼 그냥 착한 사람이 아니라, 성자

여도 마찬가지일 터였다. 마음속 빈틈을 찾아 긁어내는 데는 아주 선수였다.

"아……. 그렇게 말하니까 저도 좀 화가 더 나네요."

"오 조센징, 너 임대료 나한테 내고. 더 내고. 그래라? 이럼 어때요."

"아까보다 기분이 더 안 좋아졌습니다."

"그런 거라니까. 내가 저 새끼들, 어? 나카무라를 응징해야 돼, 안 해야 돼."

"해야겠는데요?"

"그래, 그런 겁니다."

"근데 될까요? 지금 보니까…… 믿는 구석이 있는 것 같은데."

"있기야 하겠죠. 여기 돈 엄청 뿌렸을 테니까."

은행 계좌는 경찰이 아니라 CIA를 통해서 얻어낸 부산물이었다. 아직 경찰도 모르는 얘기라는 뜻이었다. 혹 말이 안 통한다 싶으면 강혁은 그걸로 돈 받은 것들을 협박할 참이었다. 하지만 어쩐지 그렇게까지는 안 가도 될 것 같았다.

"근데 생각해봐요. 자기네 나라 사람이 식민지 통치하던 놈 때문에 죽었어. 그리고 반성도 안 해. 이미 이 나라는 독립국인데. 알량한 돈으로 그게 될까?"

"아……."

강혁은 그렇게 한석준, 오진승과 함께 콜롬보에서 누와라엘리
야로 복귀했다. 다행히 그사이 뭔 일이 나진 않았던 모양이었다.
병원은 조용했다. 하긴 어제 그 난리를 쳤으니 오늘도 또 사고가
나는 건 너무한 일 아니겠나. 물론 서울과 같은 메가시티에서는
전혀 영향이 없을 테지만, 누와라엘리야는 인구 대비 부지가 꽤
비좁은 곳이었다. 죄 비슷한 처지에 놓인 입장이다 보니 그만한
사고가 발생하고 나면 발 없는 말처럼 빠르게 번져 도시 전체 분
위기를 좌지우지하곤 했다.

"아, 죽겠다."

"밤새운 주제에 어딜 그렇게 쏘다니고 온 거예요? 오진승 원
장님은 거의 반 죽어가네."

소파에 몸을 뉜 채 기지개를 켜는 강혁을 향해 장미가 핀잔을
주었다. 상식적으로 이해가 잘 가지 않는 일을 벌였으니 그럴 수
밖에 없었다. 평소에도 그렇긴 하지만, 오늘은 특히 이상하지 않
나. 게다가 혼자 돌아다닌 것도 아니고 오진승을 데리고 나갔더
랬다.

'내가 아니라 다행이다, 그치? 양 선생?'

'그럼요. 덕분에 저희는 오늘 양갈비도 먹고…… 여유로웠죠.'

덕분에 한유림이나 양재원은 자유를 만끽하긴 했지만, 그래도
이게 사람 된 도리는 아니다 싶었다. 봉사 온 사람을 학대하다
니. 학대라는 말은 지나친 거 아닌가 싶을 수도 있을 텐데, 지금

오진승 얼굴을 보면 그런 생각 따위는 하면 안 되었다.

"웅? 아, 좀 힘든 하루지. 그래도 보람은 있었어. 그렇죠? 이런 경험 어디 가서 해보겠어."

남들이 보기에도 그러니 강혁의 눈에는 어떻게 보이겠나. 오진승이 무슨 생각을 하고 있는지까지도 대강은 눈치채고 있었다. 오히려 그래서 오진승의 어깨를 탕탕 두드려댈 수 있었다. 오진승은 강혁이 그렇게 두들겨댈 때마다 몸을 휘청거리면서도 뭐가 되었건 간에 미소는 지어 보였다.

'그래, 이런 경험 어디 가서 해보겠어. 게다가……'

사실 초반까지는 백강혁이 그냥 미친 짓을 벌이고 있단 생각만 들었더랬다. 세상에 무슨 의사가 총을 들이밀고 협박을 한단 말인가. 그뿐만이 아니었다. 치사하게 교회로 쳐들어가질 않나, 자택 침입까지 했더랬다. 하지만 거기서 나눈 대화도 그렇고, 돌아오면서 나눈 대화도 그렇고 뭔가 심금을 울리는 구석이 있었다. 덕분에 지금은 강혁에게 완전히 감화된 상황이었다.

"네, 저도 좋았습니다. 백 교수님이 얼마나 진심으로 여길 변화시키려고 하시는지 알게 된 시간이었어요."

"어어……. 약이라도 드셨어요?"

"네? 아뇨. 아닙니다. 그저…… 백 교수님이 아껴 두었던 술 몇 잔 주시긴 했습니다."

"으음……."

이쯤 되니 황당한 건 장미였다. 대체 뭔 짓을 했기에 밤새우고 이리저리 끌려다닌 사람이 이런 반응을 보인단 말인가. 심지어 장미가 듣기로 강혁이 오전에 누와라엘리야에서 벌인 일은 꽤 충격적이었더랬다. 총으로 협박한 거야 몰래 했으니 알려지지 않았다. 하지만, 교회 일은 이미 전역에 쫙 퍼져 있었다. 말이 길었는데, 요약하면 다음과 같았다.

'백강혁 교수가 시장을 협박했다.'

한국이었으면 아마 지금쯤 인터넷을 달구고 있는 이슈가 되지 않았을까? 사람 살려야 할 의사가 시장을 협박하다니.

"곧 뭔 일인지 알게 될 거야. 병원에서는 신경 쓸 거 없고…… 아마 당분간 공사장 사고는 없을 테니까 마음 놓아도 좋아."

강혁은 의문이 가득한 장미의 눈빛을 마주한 채 씨익 웃어 보였다. 병원 사람들로서는 반갑기 그지없는 소리를 해대면서였다.

"정말요? 공사장?"

"왜요? 어제 그거 때문에 공사 중단되나?"

"와우."

"잘됐구만."

지역이 변화하는 건 정말이지 좋은 일이었다. 특히 한유림과는 달리 단 한 번도 본인들이 봉사 나갔던 현장이 눈에 띄게 좋아지는 경험을 해본 적이 없던 최윤섭과 강성지는 내내 웃음꽃이 떠나지 않았을 지경이었다. 하지만 좋은 일은 좋은 일이고, 힘든 건 힘든 것이었다. 대개의 개발도상국이 그러하듯 이곳에서도 사람 목숨보다는 개발과 발전이 훨씬 우선시되고 있었다. 대한민국 사람의 시선으로 볼 때는 정말이지 말도 안 되는 일들이 벌어진다고 보면 되었다. 크고 작은 사고들이 끊이지 않았고 그것들은 모조리 누와라엘리야 병원의 부담이 되었다.

"뒤지는 줄 알았어, 솔직히."

"그러니까. 아니, 여기 진짜 관광지 되니까 바로 이러네."

"그게…… 단발성으로 안 끝날 것 같은가봐요. 사실 원래 아무것도 없는 곳도 인스타 타면 유행하는데…… 여기는 꽤 전통이 있는 휴양지잖아요. 후기가 좋아요."

"하긴, 여기 풍광이 좋긴 좋아. 사실 음식도 뭐…… 카레가 잠깐 먹으면 맛있잖아?"

공사가 대규모로 이루어졌기에 더더욱 그랬다. 그리고 대부분의 현장에서는 어느 정도 안전 수칙을 무시하고 있었다. 그래야 빨리빨리 뭘 지어서 지금 몰려드는 관광객들에게서 돈을 벌 거 아닌가.

'뭐……. 어지간했으면 나도 신경 안 썼지.'

그렇다고 해서 함부로 간섭하는 것도 안 될 일이었다. 로마에 가면 로마 법을 따라야 한다는 말이 있지 않나. 상황이 다른 곳에서 온 사람이 자기 마음에 안 찬다고 멋대로 재단하는 건 주제넘은 짓이었다. 때문에 강혁은 원래 한구에서 잠자코 있었던 것처럼 지켜보려 했다. 하지만 올리버는 선을 넘었고, 그 결과 모든 공사를 중단시키게 되었다.

"근데 좋은 일인가? 공사를 못 하게 되면……."

"여기 인부들은 어떡해?"

"그보다 살풍경이잖아, 공사장은. 뭐 관광단지만 있는 건 아니라지만…… 그래도 콘크리트나 철근 이런 거 막 놓여 있으면 사람들이 좀."

"아, 그렇네요."

의료진들은 그간 무리하게 이어져왔던 당직 업무가 사라졌다는 말에 잠시 안도의 한숨을 내쉬다가도 이곳 사람들이 떠오르자 걱정을 늘어놓기 시작했다. 좋은 사람들이었다. 자기 한 몸 챙기기 바쁜 세상이고, 또 점점 그러한 모습이 당연하다 여기는 세상이 되어가고 있지 않던가.

'뭐……. 쓸데없는 걱정으로 만들어주면 되지.'

강혁은 자신이 끌어모은 드림팀을 흐뭇한 얼굴로 바라보면서 동시에 올리버를 떠올렸다. 그 개자식이 지금 어떤 얼굴이 되어 있을지가 궁금했다. 강혁이 정식으로 건 소송이 이제 도착할 때가 되지 않았나. 원래 스리랑카 공무원들이 일을 그리 빨리하는 편은 아닌데, 그래서인지 VIP를 위한 일은 오히려 더 빨랐다. 다들 여유가 있는 상태여서일 거라고 강혁은 생각했다. 이미 충분한 압박을 하고 있다는 생각도 들었다. 하지만 모든 일이 그렇지 않나. 벌어지기 전까지는 불확실하다고 봐야 하는 법이었다. 그래서 강혁은 아직 동원하지 않았던 칼도 뽑기로 작정했다.

"공사요?"

"네, 이사님."

"어……. 거기 뭐. 수주 딸 수 있으면 좋기는 한데…… 땅 주인들이 비싸게 지을 생각이 전혀 없던데요? 입찰 넣을 생각도 못했습니다. 정부 협력하에 짓는 게 아니면 저희가 나서기엔 단가가 안 맞아요."

"그쵸. 그건 맞습니다."

대한민국이라고 해서 부실 공사가 없었겠나. 그랬다면 삼풍백화점이 무너지는 일도, 성수대교가 무너지는 일도 없었을 터였다. 부실 공사의 이유야 여러 가지 핑계를 댈 수 있겠지만, 본질적으로 따져보면 죄 돈이었다. 그 말은 곧 태화물산처럼 제대로 지어야 하는 입장에서는 돈이 꽤 많이 필요하다는 얘기였다.

"제가 지금 문자로 사진 하나 보냈는데, 한번 보시겠습니까?"

"아, 네. 오……. 이거 관광단지잖아요? 호텔 단지도 일부 있고. 자리는 지금 태화호텔이 있는 곳보다 오히려 더 좋네요? 근데 이거……."

"지금은 땅 주인이 따로 있긴 합니다. 근데 그게 불법 점유라서요."

"네? 불법?"

"원래 거기 거주하던 사람들 동의 없이 땅을 사고팔았단 증거가 있어요. 물론 판 주체가 되는 회사 땅이긴 했는데…… 따지고보면 그 회사도 식민 통치 시절 헐값에 매입한 거라."

"오……. 증거가 있다 이 말입니까? 근데 당시에 관여했던 사람이면 여기서 거물일 텐데요?"

이사는 콜롬보 개발 건을 책임지고 있는 꽤 거물이었다. 동시에 스리랑카에 온 지 꽤 오래된 덕에 이곳이 어떻게 돌아가고 있는지에 대해 빠삭했다. 덕분에 강혁이 몇 마디 하지도 않는데 딱딱 알아먹고 있었다.

"네, 올리버라고…… 파커 집안 놈입니다."

"아……. 동인도 회사 운영했던 집안 방계겠네요."

"네. 그래봐야 지금은 여기저기 뇌물 먹이면서 버티고 있는 건데, 사실 태화보다 끗발 날리긴 어렵죠. 여기가 무슨 영국도 아니고."

"그럴 겁니다. 하지만 저희가 주체가 되어서 법정 싸움하기는……."

"아, 그건 걱정 안 하셔도 됩니다. 이미 정부 측 통해서도 압력이 들어갔어요. 그 자식 공사 현장에서 사람이 죽어서요. 뇌물 먹인 증거도 다 있고, 법 위반한 증거야 차고 넘치고요. 그거 빌미로 지금 공사 다 중단시키고 시에서 압류 소송 들어갔습니다."

"아……. 완전히 손발 묶으셨구나. 그럼 저희가 그사이에…… 매입 추진하면 됩니까?"

"네. 그렇죠. 대신 저희 쪽 지분은 좀 확보해야 합니다. 아시겠지만 돈 들어갈 데가 한두 군데가 아니라."

상황이 점점 좋아지고는 있었다. 어찌 보면 당연한 일이었다. 여긴 진짜 그야말로 개판이었으니까. 하지만 같은 이유로 좋아지고 있어봐야 거기서 거기란 느낌이 들었다. 병원도 병원인데, 교육과 거주의 문제도 해결을 해야 하지 않겠나. 그러자면 가히 천문학적인 돈이 꾸준히 필요했다.

'태화호텔 수익률이 굉장히 좋지……. 저기도 자리가 좋아. 직접 장사 시작해도 좋고…… 임대를 줘도 충분히 수익은 난다.'

이사는 재빨리 머리를 굴렸다.

'게다가 백강혁 교수 덕에 태화가 지속적으로 수주를 따내고

있는데 여기서 척을 지는 건 말이 안 돼. 그리고 이 양반······.'

백강혁은 정말이지 대단한 사람이지 않나. 지금은 그냥 이곳에서 봉사를 하고 있지만, 어느 날 갑자기 귀국이라도 하게 되면 대체 무슨 일을 하게 될지 도통 알 수가 없었다. 아마 하고 싶은 일이 뭐든 간에 다 할 수 있지 않을까 싶었다.

"네, 그렇게 하죠. 저희는 좋습니다."

"네. 그럼 물밑 접촉해주십쇼. 다 알고 있다는 식으로 해도 좋습니다. 그럼 배후에 마치 거대 기업이 있는 것처럼 보이겠죠. 더 나아가서는 나라가 있는 것같이 보이기도 하고."

실상은 백강혁이라고 하는 개인이 벌인 일이지만, 규모가 어마어마하다 보니 약간의 조작만 들어가도 그럴싸해 보일 터였다.

이후 강혁에게 더 자세한 자료를 넘겨받은 태화 이사는 역시 흔쾌히 받아들이길 잘했단 생각이 들었다.

'이거 뭐······. 적으로 돌렸다가는 뼈도 못 추리겠어.'

아직 얼굴도 보지 못한 올리버 파커라는 친구에 대한 애도도 표했다. 강혁이 다시 의료진들을 소집해 월요일부터 이루어질 예약 수술, 그리고 지역 주민들을 위한 교육 등에 관해 브리핑하는 사이 벌어진 일이었다.

"산과 관련 강의를 하겠다고요?"

놀란 건 태화 이사뿐만이 아니었다. 강혁의 말을 들은 모든 사람이 다 놀라고 있었다.

"강혁아. 네가 무슨 산부인과 교육을 하니. 상처 줄 생각하지 말고 가서 수술이나 해라."

그나마 강혁에게 조금이라도 막말을 할 수 있는 존재인 최윤섭은 아예 일어나서 손사래를 치고 있었다. 강혁이 누군가를 잘 가르치냐고 묻는다면, 일단 고개를 끄덕이는 게 맞는 일이긴 했다. 이 인간이 세계 최고의 의사인데 그럼 설마 잘 못 가르치겠는가. 아는 것과 가르치는 건 다른 일이란 얘기도 있긴 하지만, 그 얘기도 실력이 완성 단계에 다다른 사람에게는 통하지 않는 얘기였다. 하지만 의료인이 아닌 사람에게 의료 지식을 전달하는 건 느낌이 또 달랐다.

'차라리 그 유튜브 하는 애…… 이낙준인지 나발인지가 그건 더 잘할 것 같은데.'

이미 의학 용어라는 또 다른 언어를 습득했고 또 더 잘해야 한다는 향상심이 있는 이들에게 가르치는 것과 그렇지 않은 이들을 가르치는 게 어찌 같을 수 있을까.

"다시 한번 생각해봐요. 그냥 제가 할게요."

이 자리에 모인 이들은 다들 강혁에게 지겹도록 당해온 사람들이었다. 장미라고 해서 예외는 아니었다. 해서 장미는 고개를 가로저으며 일반인 강의라는, 어찌 보면 한도 끝도 없는 수렁에 제 발로 들어가겠다고 나섰다. 아무리 생각해봐도 강혁의 손에 맡겨질 가련한 영혼들이 눈에 밟혀서였다. 게다가 이제야 겨우 여기 사람 사는 꼴을 갖춰가고 있고, 병원 전체가 지역 사회에 녹아 들어가고 있는데 굳이 원성을 사야겠나.

"아니, 내가 할 건데. 나 공부 많이 했어."

하나 강혁은 똥고집을 부렸다. 새삼스러운 일은 아니었다. 원래 자기가 하고 싶은 일이 있으면 도무지 굽히는 법이 없는 인간이지 않나. 오히려 평소보다는 훨씬 나은 상황이라고 볼 수도 있었다. 적어도 지금은 권모술수나 폭력을 사용하고 있진 않았으니까.

"그리고 니들 할 일 엄청 많아. 장미 너는 일단 여기 간호 인력 교육하기도 바쁘지 않나?"

"그건……."

게다가 늘 그러하듯 강혁에게는 그만의 논리가 있었다. 차근차근 생각해보면 정말 '그만의' 논리인데, 신기하게 입 밖으로 나오는 순간부터는 모두의 논리가 되었더랬다. 오늘이라고 해서 예외는 아니어서 강혁의 말이 이어지면 이어질수록 고개를 끄덕이는 이들이 많아졌다.

"노인네랑 2호는 아직 손도 덜 풀린 상태고…… 알죠? 수술 아직 멀었다는 거. 누굴 가르칠 단계가 아냐."

"내가 네 스승……."

"조목조목 따지기 전에 그냥 고개 끄덕입시다. 실력으로 따지면…… 어?"

"알았다……."

최윤섭도 침몰되었다. 그러자 애초부터 굳이 강혁과 반목해서 기분 상할 필요 없다고 생각하고 있던 한유림과 양재원, 리처드 정도만 남았다. 이들이라고 해서 강혁이 산모들 교육하겠다고 나서는 게 불안하지 않은 건 아니었다.

"한 교수님은 왜 죽상이야?"

"응? 아니, 한구 생각나서."

"다시 돌아가고 싶어서?"

"뭐…… 언젠간 가겠는데, 지금은 아니지. 지쳤어."

"쉽지 않은 지역이지. 그에 비하면 여기가 낫지?"

"여기는…… 하여간 우리한테 적개심이 있거나 하지는 않으니까. 그런 건 다행이지."

더 깊이 생각을 이어나가진 못했다. 강혁이 적절한 타이밍에 끼어들어서였다. 아무튼, 대화를 좀 더 나누다 보니 어느새 강혁이 교육에 나서는 것은 확실시되고야 말았다. 더 시간을 두고 설득에 나설 수도 있었을 테지만 그러기엔 시간이 별로 없었다.

"하여간 내일 예약 수술이…… 탈장 6개에…… 치질 수술 10개네. 이거 할 수 있어서 잡은 거야? 나 내일 외래에 교육이라 백업 안 될 텐데."

이제 누와라엘리야 병원이 이 지역 유일한 병원으로서 완전히 자리를 잡은 덕이었다. 수십만 명에 달하는 현지인 노동자들에게는 이곳 말고는 갈 수 있는 곳이 없었다. 강혁이 지속적으로 병원을 더 가동해야 한다고 지방 의회를 압박하고 있었지만, 그런다고 없던 돈이 어디서 새어 나오는 건 아니지 않나. 언젠가 강혁이 내는 세금이 제대로 쓰일 수 있다면 또 모를 일이겠지만. 아직까지는 너무 요원한 일이었다.

"해봐야지. 나 수술 늘었어. 이게 외상 수술하다가 이런 거 하니까 싱겁더라고."

"그러다 사고 치는 건데."

"안 쳐, 안 쳐. 아, 그리고……."

"그리고?"

"드디어 한국대학교 병원 쪽에서 한번 올 건가봐."

"나한테 연락하라니까 왜 나한텐 안 해?"

강혁의 말에 나머지 사람들이 다들 시선을 피했다. 아마 지금 자신들이 시선을 피하는 이유와 정확히 같은 이유로 연락 안 하는 거 아닐까 하면서였다. 다행히 이럴 때 한유림은 꽤 강직한 편이었다. 모두가 아끼고 있던 말을 후련하게 내뱉었다.

"일단 백 교수는 차단 건 번호가 많지. 보건복지부 장관님도 백 교수 연락 안 된다고 얼마나 한탄하는 줄 알아? 대통령 전화만 받잖아. 사람 차별을 그렇게 극단적으로 하냐."

"아니, 일하는데 자꾸 방해를 하니까 그렇지."

"일은 너만 해?"

"내가 하는 일은 나만 할 수 있는 일이긴 하지."

"후."

하지만 이내 가슴이 답답해졌다. 원래 강혁과 대화를 일정 시간 이상 하게 되면 이렇게 되는 법이었다. 진짜 재수 없는 소리를 하는데 딱히 반박할 수 없는 순간이 반드시 온다고 해야 할까? 하여간 한유림은 몇 번인가 가슴을 두드려야만 했다.

"하여간 젊은 조교수 위주로 보낼 것 같아. 지금 거기 좀 사정이 복잡하잖아."

"아……. 어디서 사간다고? 병원이랑 의과 대학만 매각하는 게 어떻게 되는 거야?"

"본교 기부금을 약속했다는데, 자세히는 몰라. 하여간…… 요청했던 안과랑 성형외과는 온다고 하고. 영상의학과랑 소아과도 온대."

"오……. 영상? 거기는 왜?"

"초음파 검진하러. 여기 노인 인구가 아주 많지는 않아도 있기는 하잖아? 오면 도움 되지, 누구라도."

아무리 혹독한 환경에서도 죽지 않고 오래 살아남는 사람들이 없는 건 아니었다. 괜히 의사들이 유전자 타령하는 게 아니지 않나. 누와라엘리야에서도, 그 혹독한 노동 환경을 딛고 살아남은 이들이 있었다.

"아, 하긴. 그리고 우리도 좀 배우면 좋겠네."

"그래, 그럴 수 있게 실력 좋은 교수들로 채워달라고 했어."

그러나 이곳의 노인 인구의 건강 수준은 정말이지 형편없는 걸 넘어서 엉망인 수준이었다. 검진은커녕 아픈 곳이 실제로 있는데도 병원 한번 못 가본 사람들이 대부분이지 않나. 게다가 강혁마저 지금 당장은 노인 인구보다는 젊은 인구와 어린아이들에게 집중하고 있는 상황이었다. 슬픈 일이지만, 자원이 한정된 상황에서는 누구에게 그 자원을 써야 효율적인지 계산을 해야만 해서였다. 그러한 점을 짧은 기간이나마 보완할 수 있다면 좋은 일이었다. 표정이 더 밝아진 강혁은 한유림에게 어깨를 으쓱해 보이며 물었다.

"누군지 알아요?"

"뭐, 검색해보게? 그냥 와서 봐. 명단 계속 추가되고 있어서…… 보면 짜증 낼걸."

"아, 그래. 자꾸 뭐 변하면 싫지. 알았어요. 하여간 내일 수술 자신 있다 이거지?"

"어, 자신 있어."

"알았어, 그럼 해산. 내일부터 또 바쁜 한 주 시작이니까…… 잘들 자라고."

브리핑을 마친 강혁은 박수 한 번으로 해산을 명했다. 그러자 다들 우르르 자기 방을 향해 사라져 갔는데, 오직 하나 오진승만 은 그러지 않았다. 어딘지 결연한 얼굴을 해가지고 강혁에게 다 가와 입을 열었다. 오전과는 전혀 다른 말투였다.

"근데 교수님. 그 자식들 땅 어쩔 거예요?"

강혁은 조금 어이없음을 느끼며 그런 오진승을 돌아보았다. 언제는 이럼 안 된다고 그 난리를 피우더니 지금은 도끼눈을 뜨 고 어쩔 거냐니.

'하여간 이 인간도 넘어왔어.'

잘나가는 개원의이면서 동시에 어느 정도 자산 형성도 해놓 은 양반 아닌가. 보통 그렇게 되면 더 욕심을 부리거나 그 돈으 로 호강하고 싶어지는 게 일반적인 인간인데, 이 사람은 그렇게 얻은 여유를 남들을 위해 쓰고 있었다. 그런 사람의 마음을 얻는 건 강혁에게 있어 꽤 중요한 일이었다. 그냥 친해지는 건 의미가 없었다. 누와라엘리야를 품게 만드는 것이 중요한데, 강혁이 볼 때 이 인간은 이미 그렇게 된 것 같았다.

"걔네들이 100년도 더 전에 그랬던 것처럼 헐값에 사야죠."

"사서요?"

"원래 주인을 위해 쓰이도록 해야지."

"나눠줘요?"

오진승의 눈이 빛났다. 아마 홍길동의 활빈당 당원의 눈이 이러지 않았을까 싶었다. 지주들의 땅을 빼앗아 나눠준다는 말이나 다름없지 않나. 묘한 흥분이 어깨를 감쌌다.

"응? 미쳤나. 땅을 그냥 나눠주면 관리가 되겠어요? 개발을 해야지."

"그럼 개발업자 배 불리는 일 아닌가……?"

"월급 많이 주고, 세금 제대로 내고…… 이익 잉여금 지역에 기부하면 되지. 오히려 지금은 그게 나아요. 여긴 너무 오래 당해서…… 교육받은 사람도 없고. 오히려 주잖아? 몇 년 안 지나서 더한 새끼들한테 다 뺏겨. 안 그럴 것 같아요?"

"아니, 듣고 보니까, 그렇긴 하네요. 그럼 그 개발은……?"

"제 관리 감독하에 이루어질 거예요. 여기, 살기 좋아질 겁니다."

*

"교수님, 누가 찾아왔는데요?"

그때 리처드가 안으로 들어왔다. 묘하게 웃고 있는 것이 지금 이 상황을 다 인지하고 있는 모양이었다. 괜히 한국어 교육을 했다는 생각과 함께 강혁은 괜히 리처드의 어깨를 후려쳤다.

“억.”

“누군데?”

“높은 사람……?”

“높은 사람이라고 하면 내가 아냐?”

“부자……?”

“아유, 이 새끼. 비켜봐.”

그러나 곧 미안해졌다. 예전에는 이렇지는 않았다는 생각이 들어서였다. 어째 사람이 시간이 지나면 지날수록 점점 더 모자라질까. 오죽하면 이번 누와라엘리야만 자리 잡고 나면 재만큼은 놔줘야겠다는 생각이 들었을 지경이었다. 해서 강혁은 방금 때렸던 곳을 쓰다듬어주고는, 정말이지 누가 왔다는 정보만 들고 밖으로 향했다.

‘태화? 스리랑카 정부? 아니면 우리 대사관? 이 병신이 국적도 얘기를 안 해주네.’

곱씹으면 곱씹을수록 의사씩이나 되는 놈에게 들을 만한 노티는 아니었단 생각이 들어서 울화통이 치밀었다. 하지만 원래 모자란 놈한테 화내는 건 없어야 할 일 아닌가. 해서 강혁은 꾹꾹 눌러 참고는 교육장을 빠져나갔다.

“아, 백 교수님.”

“아……. 누가 왔나 했더니…….”

높은 사람이라더니 누와라엘리야 시장이었다. 시장이면 높은 사람이기는 하지만 적어도 강혁에게는 그렇지 않은 인간 아닌가. 이렇게 말하면 너무 폭력적으로 들릴 수 있겠지만, 강혁이 진심으로 원하면 갈아치울 수 있을 지경이었다. 강혁만의 생각은 아닌지 시장은 지나치다 싶을 정도로 굽신거렸다.

"하하⋯⋯. 네, 저 왔습니다. 그⋯⋯ 수도에서 연락을 받았습니다."

"수도? 어느 쪽으로?"

"뭐⋯⋯. 여기저기요. 어제 여기 회사 몇 개 저 모르게 싹 터셨던데⋯⋯."

"아, 일단 댁은 대상에 없으니까 안심하시고."

여기저기라면 법원, 경찰청 그리고 의회 등이 있을 터였다. 그중 하나라도 강혁의 부탁을 거절할 수 있었을까? 아마 그렇지는 않을 터였다.

"그⋯⋯ 감사합니다."

"근데 댁이 잘해야 계속 없어. 마음에 안 들면 알지?"

"네, 네. 그럼요."

"그 얘기나 하러 온 건 아닐 텐데. 나 성질 아시잖아?"

"네, 네."

시장은 굽신거리며 말을 이어나갔다. 아마 평소 시장의 언행을 아는 사람이 이걸 본다면 아마 놀래 자빠졌을 터였다. 힘 있는 사람이 으레 그러하듯 거만하기 이를 데 없는 인간이니까.

"일단 지금⋯⋯ 올리버 파커 쪽 영업장 상황입니다. 이거 절대 안 풀어줄 겁니다."

"그래. 그리고?"

"환수 쪽 소송은 법원에서 하고 있는 것으로 알고 있는데⋯⋯

요청한 자료는 일단 다 넘겼습니다. 제가 오늘 그거 뒤지느라…… 시청 서고를 얼마나 들락날락했는지…….”

“잘만 되면 어필은 필요 없는데. 나는 열심히 하는 사람보다는 그냥 잘하는 사람이 좋아.”

“실례가 많았습니다. 하하.”

그런 인간일수록 가진 것이 날아갈 위기에 처했을 때, 그리고 더 강한 사람을 마주했을 때 한도 끝도 없이 비굴해지기 마련이었다.

“그리고 제일 중요한 거 말을 안 해줬는데?”

“네?”

“내가 보낸 거 또 씹었어?”

“아, 아아아. 아뇨. 보상금 문제 말이죠?”

“그래.”

“금액이 좀 과하던데…….”

“과해? 사람 죽었는데 2억 요구하는 게 과해?”

말하는 강혁도 실은 알고 있었다. 한국이었다면 목숨에 대한 보상으로 2억은 합리적이었을 터였다. 하지만 우리가 학교에서 배운 지식과는 달리 목숨조차 평등하지 않은 것이 이 세상이었다.

“그…… 여기서는…… 1000만 원도…….”

“지랄. 다친 사람들 고치는 데만 몇천씩 들어. 근데 죽은 게 더 싸? 말이 안 되지.”

“그쪽에서 반발은 없을까요? 이, 일단 전달했습니다. 제가 공증했고요. 오해는 마십시오. 다만 그쪽에서…… 들어줄지 어떨지……."

"들어줘야 할걸. 내가 손발 다 묶어놨는데 뭘 할 수 있겠어."

"손발이요……? 근데 거기도 자산이……."

"그리고 사람 하나 또 보냈어. 상대하기 어려울 거야."

강혁이 시장의 어깨를 툭툭 쳐대는 사이, 올리버 파커는 정말로 사람들을 만나고 있었다. 한국인 몇 명과 스리랑카인들 몇 명이었다.

"어디서…… 오셨다고요?"

"태화물산입니다."

"거기선 무슨 일로……?"

"저희가 정부 주도 사업으로 신도시 개발에 들어간 건 알고 계실 겁니다. 거기에 더해 도시 정비 사업도 맡게 되었는데 검토해보니까, 올리버 씨 소유의 빌딩들이 죄다 건축법 위반이더라고요?"

"네……?"

올리버는 머릿속에서 무언가 후두둑 끊어지는 듯한 느낌을 받았다. 이 자식들이 지금 누와라엘리야에 있는 자산만 건드리는 게 아니라는 걸 확실히 알게 되어서였다. 게다가 여기 찾아온 이들의 면면들은 결코 만만하게 여길 수 있는 이들이 아니지 않나. 영국 본토 유수의 기업들이라 해도 현시점에서 태화와 상대하는 건 꺼릴 수밖에 없는 상황이었다. 실제 몇몇 분야에 대해서는 아예 경쟁을 포기해버리기까지 않았나. 반도체가 그랬고, 무선 사업부가 그랬다.

"어, 어떤 게 위반이라는 건지……."

"보시면 도로 위치상 건물을 깎았어야 했는데 그런 게 전혀 없어요."

"그건……."

"필지 세 개를 통합하는 과정을 거치지 않고 그냥 건물을 지어버린 곳도 있어요. 그러면서 건물을 높이 지어서 뒤쪽에 있는 사람들 조망권을 침해했습니다. 이건 허물어야 될 것 같은데……?"

"아니."

파커 가문에 있어 누와라엘리야의 땅은 사실 보너스라고 보면 되었다. 실질적 힘과 돈은 다 콜롬보 인근에 있는 땅과 건물에서 나오고 있었다. 생각해보면 영국인인 파커 집안이 이렇게 많은 알짜 땅을 여전히 가지고 있다는 게 진짜 어이없는 일이었다. 대한민국은 독립하면서 뭐가 되었건 간에 일본인들이 가지고 있던 땅과 가옥은 몰수하지 않았나. 분배되는 과정에서 공정치 않았다는 평가를 받기는 하지만, 하여간 더 이상 일본인들이 권리를 행사하고 있지는 못했다. 하지만 승전국 영국은 상황이 달랐다.

"이걸 대체 어떻게 진행했는지 모를 지경이에요. 한국이나 영국이었으면 민원 들어오자마자 대번에 조사 들어갔을 텐데…… 여긴 민원이 없었던 것도 아닌데 공사는 물론이고 지금까지 영업도 잘만 하고 있죠."

"이제 저희가 조사할 생각입니다. 올리버 파커."

알려지기론 신사의 나라라고 알려졌지만, 그건 자기들끼리의 얘기이지 않나. 식민지에 대해 어떤 짓들을 저질렀는지 자세히 살펴보다 보면 사실상 영국만큼 죄 많은 나라도 드물었다. 심지어 영국만큼 반성하고 있지 않은 나라도 없다고 봐야했다. 그런 분위기에서 나고 자란 올리버는 그저 억울했다. 하지만 방법이 없었다. 그의 선조들이 스리랑카 사람들에게 그랬던 것처럼, 이제는 올리버가 더 강한 자에게 무력하게 가진 것을 빼앗길 차례가 찾아온 셈이었으니.

"그건……."

"뇌물이라도 주셨나? 그런 얘기 여기서 하면 불리하게 작용할 거 알고 있죠? 알고 있나 모르겠지만, 태화는 모든 회의록을 녹음, 녹화합니다."

"아니, 이거……."

정곡을 찔린 올리버는 눈알을 데구르르 굴렸다. 목적지는 여전히 조용하기만 한 자신의 휴대폰이었다. 원래 이런 일이 있으면 연락이 와야 정상이었다. 아니, 있을 것 같을 때 연락이 오고 결국엔 일어나지 않았어야 했다. 하지만 눈앞에 있는 이들 중에는 아는 얼굴이 없었고, 아는 놈들은 연락이 없었다.

"일단 오늘은…… 이거 전달하러 온 겁니다."

"이게 뭡니까……."

"내용 증명서죠. 우리가 이런 내용을 전달했다는 것을 증명하는. 두 손으로 받는 거 녹화됐으니 나중에 발뺌할 생각은 마시고…… 연락 주십쇼. 그럼. 실례가 많았습니다."

태화물산 측 사람은 오랜 사회생활로 인해 만들어진 깍듯한 태도로 인사를 하고는 올리버의 집을 빠져나갔다. 식민 통치 시절 지어진 건물로, 개조를 거치긴 했으나 고풍스럽기 그지없는 주택이었다.

'거참…… 이 나라도 신기하네, 진짜.'

태화 사람이기 이전에 대한민국 사람인 물산 측 부장은 올리버가 머무르고 있는 집을 보면서 혀를 찼다. 고개를 돌리면 그리 멀지 않은 곳에 스리랑카 정부 청사들이 보였다. 발전된 곳이 그리 많지 않은 스리랑카에서 이곳은 그야말로 알짜 중에 알짜였다. 한데 그 와중에 이렇게 거대한 저택들이 즐비해 있고, 그 저택들의 절반 이상에 외국인이 거주하고 있었다.

'이게…… 친일파도 아니고 그냥 일본 사람이 살고 있는 거 아냐?'

태화 부장은 딱히 일본에 대해 악감정이 있거나 한 사람은 아니었다. 오히려 비즈니스 상대로는 일본 기업들이 괜찮단 생각도 하고 있었다. 계약에 너무 철저한 면이 있기는 해도, 적어도 사기 칠 염려를 하진 않아도 되니까. 하지만 만약 그들이 불법으로 점거했던 땅에 그대로 살고 있는 상황이라고 한다면 감정이 많이 다를 것 같았다. 그리고 그 똑같은 상황이 이곳에서는 현실 속에 펼쳐지고 있었다.

"개새끼. 뇌물을 얼마나 먹이고…… 협박을 했길래 저게 다 조용했지."

뒤를 돌아보니, 따라왔던 공무원 중 하나가 욕설을 내뱉고 있었다. 그걸 보면서 역시 사람 마음이 다 똑같다는 생각을 했다.

어떻게 식민 통치를 했던 놈들에게 감사할 수 있겠나. 그 때문에 내전까지 치른 사람들 입장에서는 당연히 영국이 미울 수밖에 없었다. 현실적으로 정치, 외교, 경제적으로 여전히 많은 부분에서 종속되어 있어 큰 소리를 내지 못할 뿐이었다.

"기다려보세요. 적어도 쟤는 큰일 났으니까."

"그럴까요? 아무리 윗선에서 나섰다고 해도…… 이게 외교 문제로 비화될 것 같으면…….""

"뭐, 콜롬보까지는 어떻게 안 될 수는 있습니다. 그래도 누와라엘리야까지는 양보해야 할 거예요."

"그렇군요. 음. 이게 참…….""

이런 상황에서도 콜롬보 땅은 양보를 해야 한다는 얘기였다. 덕분에 공무원들의 표정은 어둑해졌다. 일부러 강혁이 강경파 정치인들 위주로 연락을 돌렸고, 그들 또한 같은 노선의 공무원들을 보냈으니 당연한 일이었다. 이들에게 영국은 침탈자 그 이상도 이하도 아니었다. 한바탕 폭풍이 몰아치고 잠시 누워 있으려 했던 올리버는 이내 몸을 일으킬 수밖에 없었다. 내용 증명서 안에 명시되어 있던 내용을 보고 나니 힘이 쭉 빠졌으나 이 전화는 안 받을 수가 없었다. 여러 휴대폰을 운용하고 있었는데 이 휴대폰 번호는 스리랑카 정치인들만 알고 있었기 때문이었다. 한데 딱 받으려고 보니 휴대폰에 떠 있는 번호가 모르는 번호였다.

'번호를 바꿨나……?'

그때까지만 해도 이런 생각이었다. 이 번호가 유출되었을 거란 생각은 추호도 못 했다. 이걸 알고 있는 놈들은 모두 뒤가 구린 부분이 조금이라도 있는 놈들이니까. 특히 올리버의 돈을 한 푼이라도 받아먹은 놈들이고, 또 파커 가문이 여전히 영국에 행사할 수 있는 영향력을 이용해온 놈들이니까.

"어, 올리버. 벌써 누우면 어떡해?"

"흭."

하지만 전화를 받고 나서부터는 심장이 온통 쿵쾅거리기 시작했다. 목소리의 주인공이 백강혁이었기 때문이었다. 놀리는 건지 뭔지 완벽한 영국식 발음을 구사하고 있었다.

"뭘 두리번거려. 그래봐야 네가 볼 수 있는 건 아무것도 없어."

"아니, 이게…… 당신 나 보고 있어?"

"왜 보면 안 돼?"

"불법…… 불법이야, 이런 거!"

"네가 남한테 불법 운운할 자격이나 있고? 이 새꺄, 방금 전까지 내용 증명서 읽고 있지 않았어? 그럼 알 텐데?"

"그……."

강혁은 두리번거려봐야 소용없다고 얘기하고 있었지만, 사람이 어찌 그럴 수 있겠나. 집에서 하는 행동 일거수일투족이 죄 보여지고 있는데. 게다가 상대가 백강혁이었다. 폭력 조직과 연관되어 있을 거란 소문도 무성한데, 심지어 이쪽 정치인들까지 움직일 수 있는 거물이었다.

'쥐도 새도 모르게 죽는 거 아냐?'

정당한 방법으로만 옥죄여도 죽을 것 같은 느낌이 드는 게 인간이었다. 한데 거기에 더해 물리적인 제재까지 있을 수 있단 생각이 들면 어떻게 될까. 그것만으로도 올리버는 공황 장애가 오는 것 같은 기분에 빠져들고야 말았다.

"힉, 힉."

수화기를 통해 거친 숨소리가 새어 나오기 시작했다. 그걸 옆에서 보고 있던 데니스가 쯔쯔 혀를 찼다.

"아니, 어떻게 이렇게 사기를 잘 쳐요?"

그가 CIA를 연결해서 몇 가지 정보를 불법으로 얻어 온 건 맞았다. 하지만 파커 가문 정도 되는 사람의 집안을 들여다보는 건 제아무리 CIA라 해도 승인해줄 수 없는 일이었다. 미국과 영국은 가장 단단한 동맹국이지 않나. 외교 문제로 비화될 수 있는 짓은 안 하는 것이 옳았다. 그러니까 강혁이 지금 올리버에게 하고 있는 말은 죄 거짓말이라는 소리였다.

"뻔하지, 이런 놈 어떻게 행동할지는. 백날 지가 압도적으로 강한 입장에서만 상대를 괴롭힐 줄 알았지…… 이런 상황은 처음일걸? 겁나 죽을 것 같을 거야."

"다니엘 같네요."

"다니엘이 오히려 더 낫지. 그 새끼는 직접 나쁜 짓을 저지르고, 그 결과도 봤잖아. 이놈은 멀리 떨어져서 비겁하게 뒤로 숨어 있잖아?"

"오……. 다니엘이 낫다는 말이 나올 줄이야."

"그 새낀 그리고 지금 잘하고 있으니까 괜찮아. 너무 벌 줄 생각만 하면 여기에도 딱히 도움이 안 되지. 뭐, 속은 시원할 텐데…… 나중에 여기 사람들이 벌 줄 생각이 들면 그때는 내가 안 막겠지만, 내가 할 짓은 아니지. 주제넘잖아?"

"흐음."

데니스는 강혁을 의외라는 눈으로 바라보았다. 늘 제멋대로 사는 듯한 사람이 이런 생각을 하고 있을 줄이야.

'이래서…… 투덜투덜대면서도 사람들이 따르나.'

조금은 감동하기까지 한 상황이었다. 물론 강혁은 이미 데니스를 보고 있지 않았다. 올리버와의 통화에 아니, 더 정확히 말하자면 협박에 집중하고 있었다.

"자, 어떡할래? 괜히 개기다가…… 콜롬보 땅까지 잃어볼래? 어쩌면 쥐도 새도 모르게 뒈질 수도 있고?"

"어……."

"아니면 처음 내 제안대로 누와라엘리야 땅 팔래."

"조금만 시간을……."

"시간 엄청 줬잖아. 이틀이면 됐지. 여기서 뭘 더 줘? 어차피 상황은 점점 나빠질 거야. 그리고 이거 진행되잖아, 그럼 나도 못 막아. 벌써 너 불법 저지른 거 하나 가득 보이는데, 여기서 좀만 더 조사 들어가봐. 콜롬보 땅도 죄 소송 걸릴걸."

"그……."

"똑딱똑딱."

올리버는 귓가에 울리는 강혁의 초침 소리에 그만 기절할 뻔했다. 잠시 탁자를 짚어야만 했을 지경이었다. 한없이 불리한 와중에 이토록 열 받게 만들 수 있는 재주가 있을 줄이야. 정말이지 죽이고 싶었다.

"기절할 것 같지? 나중에 돌아보면 지금이 행복한 시절일걸. 그땐 기절이 일상이 될 거야."

"아."

하지만 분노는 곧 공포가 되어 돌아왔다. 강혁의 말 한마디 한마디가 임팩트가 차고 넘쳐서였다.

"파…… 팔게요."

"뭐라고? 안 들려."

"판다고요."

결국, 올리버는 굴복하고야 말았다. 사실 누와라엘리야는 보너스고 콜롬보는 본진 아닌가. 욕심부리다 이거까지 다 날리는 건 바보짓이었다. 게다가 죽을 수도 있다는데 어찌 버틸까.

"오케이. 좋아. 가격은 그때 니들이 샀던 그 가격이야. 알지?"

"대신…… 콜롬보는……."

"아, 거기 이제 나는 손 뗄게. 그럼 알아서 할 수 있겠지."

"알겠습니다……."

"좋아. 그럼 내일 사람 보낸다. 거기서 딴소리하지 마."

"네."

*

올리버는 약속을 지켰다. 관광단지 내에 있는 막대한 토지를 강혁의 농장에 넘겨버린 것이다. 그리고 강혁은 그 토지에 대한 이용권을 태화에게 판매했다. 다시 말하면 통으로 임대로 줬다는 얘기였다.

"산 가격보다 임대료가 더 비싸네요."

태화물산과 도장을 찍고 나오는 길에 데니스가 물어왔다. 세상에 이게 말이나 될 법한 소리냐는 얼굴을 하고서였다.

"가격 협상을 아주 잘 한 거지."

"와…… 이런 걸 협상이라고 하나요? 협박이지."

"협박 같은 협상이라고 하자."

"게다가 이거…… 그냥 임대만 하는 게 아니라, 태화에서 행하는 사업에 지분권도 행사하는 거잖아요?"

"아니, 권리는 없어. 그냥 돈만 나눠 갖는 건데."

"귀찮은 일은 안 하고 돈만 받는다……. 와, 이런 걸 어떻게 승인을 해줬지?"

"여기 노 나는 땅이니까."

강혁은 차 안에서 밖을 가리켰다. 평일임에도 불구하고, 심지어 딱히 한국의 피서철도 아님에도 불구하고 한국인들이 바글바글했다. 이렇게 말하면 좀 미안한 말이겠지만 강혁에게는 돌아다니는 사람들이 죄 돈으로 보였다. 실제로 돈 비슷한 것으로 작용하고 있기도 했다. 누와라엘리야의 경기는 호황이라는 말로도 다 표현이 안 될 지경이었다.

"하긴 여기가 이렇게 될 줄 누가 알았겠어요."

"그러니까 말야. 아주 좋아."

강혁은 아주 흐뭇한 얼굴이 된 채, 계약서를 품에 안고 숙소동으로 돌아왔다. 점심시간을 아껴 다녀온 것이었기에 식당엔 사람들이 꽤 몰려 있었다. 몰려 있다고 해봐야 의료진들뿐이다 보니 북적거리는 느낌은 없었다. 게다가 전 세계 공통으로 의료진들은 다른 직종 사람들에 비해 밥을 빨리 먹는 편이지 않나. 이미 식탁은 한가해진 지 오래였다.

"교수님."

"응?"

해서 강혁이 막 여유롭게 식사를 하려는 찰나 누군가 다가와 말을 걸었다. 재원이었다. 약간 상기된 얼굴을 하고 있었는데, 이제 재원과 꽤 오래된 사이인 강혁으로선 뭔 생각을 하고 있는지 바로 알 수 있었다.

"뭐 좋은 생각이라도 있냐?"

"네, 있어요."

"근데 너 아이디어는 영 후지잖아. 아, 수술 얘기야? 그럼 들어줄 만할 거고."

"아니, 아니. 그런 건 아니고요."

"아, 그럼 나 밥 먹고 들으면 안 될까?"

사실 사람 얼굴이 붉어지는 데에는 여러 요인이 있지 않나. 화가 났다든지 아니면 당황을 했다든지. 그럼에도 강혁이 확신할 수 있었던 건 재원의 눈 때문이었다. 이놈은 벌써 중증외상센터 센터장씩이나 되어놓고는 감정의 흔들림을 결코 숨기질 못했다. 하여간 수술 얘기라면야 들어줄 만한 가치가 있을 터였다. 뭐니 뭐니 해도 재원은 강혁이 뒤를 믿고 맡길 수 있는 실력자니까.

'하지만 다른 쪽 아이디어는 똥이지.'

똥이라 말하면 똥한테 실례가 될 지경이었다. 지금까지 재원이 제안했던 의학 외적인 것들은 죄다 귀담아들어서는 안 될 것들뿐이었다. 한 번은 강혁조차 기함할 아이디어를 내기도 했더랬다.

'앞으로 뽑는 펠로우들 말이에요. 진짜 정식 명칭을 노예라고 하면 어때요? 노예 1년 차, 2년 차. 졸국을 해방이라고 하고.'

'농담이지?'

'아뇨? 의욕이 더 고취되지 않을까요? 아, 빨리 여기서 해방되려면 더 열심히 해야겠다, 뭐 이런.'

'장미야, 이 새끼 입 좀 막아줘.'

세상에 별칭도 아니고 정식 명칭을 노예로 하자니. 그러면 해방을 위해 열심히 하는 게 아니라 아예 안 들어오려고 애를 쓰지 않겠나. 아무리 강혁이라고 해도 그렇게까지 할 생각은 결코 없었다.

"이건 진짜 대박이라니까요?"

"넌 항상 대박이라고 하잖아."

"들어나봐요."

"아, 나 배고픈데……."

"어차피 귀 막을 것도 아닌데 나 그냥 입 텁니다."

"알았다……."

아마 예전 같았으면 강혁이 이렇게까지 인상을 구기고 있을 때, 아무리 재원이라고 해도 입 털 생각은 하지 못했을 터였다.

하지만 재원은 이제 많이 뻔뻔해지기도 했고 강혁은 성질이 좀 많이 죽기도 한 상황이었다. 게다가 재원도 강혁과 지낸 세월이 하루 이틀이 아니다보니 상대가 뭔 생각을 하는지 대강은 유추가 가능해진 상황이었다.

'오늘처럼 기분 좋은 날은 드물지?'

다 발 뻗을 구석 보면서 뻗고 있다는 얘기였다. 하여간 재원은 그렇게 열심히 밥 먹고 있는 강혁을 방해하며 입을 열기 시작했다. 밥 먹을 때는 개도 안 건드린다는 말이 있다는 걸 생각해보면 정말이지, 위대한 도전이라고 할 수 있었다.

"자, 생각해봐요? 지금 평일인데 태화호텔은 만실이래요."

"어, 요새 계속 그렇대. 너 설마 사업 얘기야? 나 그럼 진짜 안 듣고 싶은데."

"어차피 제가 계속 떠들면 안 들을 수 있어요?"

"와, 이 새끼."

새끼까지 나왔으면 사실 멈추는 게 도리였다. 강혁은 아무리 기분이 좋은 상황이라 해도 순식간에 돌변할 수 있는 인간이니까. 게다가 상대가 양재원같이 제자라면 더더욱 그럴 확률이 높았다.

'역시 형님…… 미쳤다.'

그걸 아는 리처드는 남몰래 박수를 보냈다. 재원은 그런 리처드를 힐끔 쳐다보고는, 다분히 의식하고 있는 얼굴로 말을 이었다.

"하여간 봐요. 여기가 이제 사실 오지인데 오지가 아닌 느낌이 됐잖아요."

"우물우물."

"그럼 어떻게 돼요? 사람들이 오고 싶어졌다고. 딱 봐도 그렇잖아요. 그런데 여전히 오지야. 이게 포인트예요."

"이건 또 뭔 신박한 개소리지."

강혁은 쌩까려고 했으나 너무 이상한 소리를 해대는 바람에 결국, 대꾸를 하고야 말았다. 확실히 재원이 비범한 인간이긴 한 셈이었다. 강혁을 이렇게까지 마음껏 방해할 수 있다니.

"사람들이 생각보다 봉사에 대한 열망이 있잖아요. 근데 오지라서 쉽게 못 와. 게다가 우리나라 휴가가 넉넉한 것도 아니라…… 1년에 한 번 있는 휴가를 봉사로 때우는 건 어려운 일이죠. 그죠?"

"후."

"근데 여기는 휴양지이면서 오지잖아요? 휴가랑 봉사를 한데 묶어서 할 수 있다고요. 예를 들어 5일 휴가 내고 한 7일 온다고 치면 3, 4일은 봉사하고 나머지는 노는 거예요. 사실 봉사하는 날도 저녁엔 이 근처 관광도 하고 뭐 그러는 거지."

"오?"

방금까지만 해도 강혁이 고민하고 있던 건, 재원이 내뱉는 단어의 나열에 대한 것이 아니었다. 그저 이 밥을 빨리 먹고 재원을 조질 텐데, 과연 어떻게 조져야 할 것인가에 대해서만 골몰하고 있었다. 하지만 재원이 마지막에 내놓은 묶음 상품 아이디어는 그간 강혁이 품었던 분노를 모조리 내던져버리기에 충분한 위력을 지니고 있었다.

"그럼 사람들이 훨씬 많이 오게 될걸요? 어쩌면 매주 한 팀 아니면 두 팀씩 올 수도 있어요. 여기가 저희야 뭐 맨날 보니까 그런데…… 확실히 이국적이잖아요. 서남아시아인데도 덥지도 않고. 콜롬보에서 인도양 좀 보고 올라와서 봉사하고 하루 이틀 보고 내려가면 어때요."

"미쳤다. 이 새끼 이 아이디어 내려고 지금까지 내내 삽질했나."

"거봐요. 제가 대박이라고 했죠?"

"내가 진짜 어지간하면 인정하고 싶지 않은데, 이건 인정. 데니스 네가 보기엔 어떠냐?"

강혁은 아까 재원이 그랬던 것처럼 상기된 얼굴이 되어 데니스를 바라보았다. 데니스는 현직 사업가이니만큼 벌써 계산을 하고 있었다.

"괜찮은데요? 실제로 봉사에 관해서 긍정적으로 생각하는 사람 비율은 높으니까요."

"그래, 그렇지? 걸림돌이 있어서 실제 행동으로 이어지는 경우는 드물지만…… 여긴 그게 해결이 된 곳이지."

"네, 맞습니다. 음."

"좋아. 좋은데? 한석준이 오라고 해. 걔 통해서 광고 돌리라고 하자."

"네."

일이 진행되기로 하자마자 뜬금없이 한석준이 불려왔다. 헐레벌떡 뛰어온 것으로 미루어 볼 때 꽤 바빴던 모양이었다. 그 와중에 새로운 일감이 떨어진다고 하면 당연히 기분이 나빠야 했다. 하지만 한석준은 임 작가 건으로 인해 강혁에게 빚진 게 많은 상황이었다. 놀랍게도 이쪽 연애 전선은 꽤 잘되어 가고 있었다.

"부르셨어요?"

"어, 너 임 작가님하고 계속 대화 나누고 있지?"

"아, 네. 덕분에……."

비밀도 아니었다. 사실 비밀로 하려고 했어도 소용은 없었을 터였다. 이 작은 공동체에서 대체 무엇을 숨길 수 있겠는가. 심지어 리처드가 혼자만의 시간 마니아라는 것조차 모두가 알고 있지 않나. 휘이익. 몇몇이 휘파람을 불어주었다. 강혁은 상기된 한석준의 얼굴을 보면서 말을 이었다.

"그거 관광지 영상이랑 우리 병원 영상 적당히 편집해서 홍보 영상 하나만 만들어달라고 해줘. 당연히 추가 비용은 드리는 거고…… 콘셉트는 묶음 상품."

"네?"

"봉사랑 휴가랑 한 방에 할 수 있는 곳이라고 광고하는 거야. 세상에 그런 곳이 어디 흔하냐? 아프리카 봉사 현장 가봐. 잘못 관광 돌아다니다가는 뒈져."

"아, 하긴. 그건 그렇죠."

"근데 여기는 치안 진짜 좋잖아. 사람들이 아직 범죄가 뭔지도 잘 몰라. 게다가 풍광도 살풍경이 없지."

"아……. 무슨 말인지 알아먹었습니다."

"그래, 너 이거 여기 문화관광부 같은 데랑 일해보라고. 안 그래도 너 입지 좋아졌지?"

"네. 덕분에."

생각해보면 한석준은 정말 여기 와서 무럭무럭 크고 있는 입장이었다. 한국에 있을 땐 상상조차 할 수 없었던 굵직한 일들을 거의 단독으로 처리하고 있지 않나. 승진은 따놓은 당상이라 할 수 있었다. 심지어 퇴사하면 대기업에서 모셔 갈 가능성도 굉장히 커졌다. 안 그래도 서남아시아 쪽 시장의 중요성이 점점 커져가고 있는데, 한석준은 원치 않아도 이쪽으로 인맥과 경험을 쌓고 있기 때문이었다.

"좋아, 해봐. 급할 건 없어. 우리도 손님 받으려면 준비해야지."

"네, 교수님."

때문에 한석준은 허리까지 숙이고서야 밖으로 나섰다.

"여, 백 교수."

그렇게 한씨가 나가자마자 또 다른 한씨가 들어왔다. 한유림이었다.

"아, 밥을 못 먹게 해. 여기도 대박 아니면 뒤집니다."

"난 방금 들어왔는데 뒤져? 백 교수 어떻게 나한테 이럴 수가 있어."

"아, 알았으니까 말해봐요."

한유림은 잠시 강혁의 퉁명스러운 반응에 상처를 받았으나, 잠시뿐이었다. 다년간 단련된 그의 영혼은 불굴의 정신력을 갖게 되었다.

"태화에서 연락 왔어."

"나 방금 보고 왔는데."

"그쪽 말고, 의료원."

"아……. 한국대학교에서 벌써 넘어갔어요?"

"이거 얘기 나온 게 벌써 몇 해 전인데. 이름만 한국대 병원 쓰고 있었던 거지. 하여간 인원 완전히 결정되었나봐. 우리 쪽에서 이제 숙소 준비하고 해야 해. 다다음 주에 온다는데…… 대부분 조교수나 레지던트, 신입 간호사들이래. 대강 몰아넣자고. 어차피 재원이보다도 아래라 후배야, 후배."

"악마네. 거 자료나 줘봐요. 누구 오나 보게."

"보면 알아?'

"그렇진 않지."

강혁은 고개를 가로저으며 한유림이 들고 있던 파일을 받아들었다. 이름과 과가 주르륵 적혀 있었다. 눈에 띄는 사람들이 있다면 다음과 같았다.

'순환기내과 이현종, 감염내과 신현태…… 영상의학과 이하언…… 성형외과 박태수…… 진짜 아는 이름은 하나도 없네.'

아는 이름이 있건 없건 해야 할 일은 같았다. 주체가 태화의료원이고, 그 위에 이제 대한민국을 넘어 전 세계를 아우르고 있는 기업 태화가 있어서는 아니었다.

'걔네들이야…… 한국대학교 샀으니까 뭐라도 어필하려고 하는 거지, 뭐.'

강혁이야 무안대 출신이지만 한국대학교는 누가 뭐래도 국내 유수의 대학이지 않나. 한유림이나 양재원 같은 애들만 봐도 거기 출신이라는 것에 대해 엄청난 자부심을 가지고 있었다. 굳이 다른 대학 출신인 데다가 공감 능력도 떨어지는 강혁에게 한국대학교 의과 대학 이름 바뀐다고 방방 뛰어봐야 별 소용이 없을 테니 입을 다물고 있었지만, 둘이서는 아쉬움에 대해 벌써 여러 차례 토로했다는 썰이 있었다. 내부적으로만 비판이 있는 게 아니라 외부적으로도 그러했다. 이제 명실공히 대한민국은 태화 공화국이 되는 거 아니냐는 둥 하는 소리들이 있다는 얘기였다. 사실 태화에서 공약을 건 장학금 제도나 우수 장학생 유학 지원 제도 같은 것을 찬찬히 들여다보면 지금 거기 다니는 친구들에게는 무조건 좋은 일일 텐데도 그랬다.

'그거 여론 반전시키려면 앞으로 열심히 해야지 뭐. 이장복 회장이 나름 이쪽으로 관심이 있어서 세 개 대학 타진하다가 얻어걸린 게 한국대학교라고 하던데.'

하여간 태화에서 봉사 활동을 급하게 추진하는 데에는 다 이런 계산이 있다는 소리였다. 암만 강혁이 의도보다는 행위 그 자체를 더 중시하는 사람이라고는 하지만, 본성이 비뚤어진 인간임을 감안하면 딱히 손님맞이 준비를 열심히 하고 싶지 않아질 수 있는 일이기도 했다. 하지만 강혁은 그렇게만 생각하고 있진 않았다.

'이유가 뭐가 됐건 오는 사람들은 봉사에 뜻이 있는 사람들이야. 윗선이랑은 상관없지. 시니어 교수들은 항의의 뜻으로 합류하지 않았다고 하던데…… 그래도 오겠다고 하는 거 보면 좋은

인간들이겠지.'

해서 강혁은 미리부터 크게 지어두었던 숙소동을 다시 한번 점검하고 있었다.

"너, 인마. 손님 왔을 때는 이상한 짓 하지 마."

"네? 아니, 왜 저한테만 그래요."

"너만 이상한 짓을 하잖아."

"와……."

"그럼 다른 사람 이름 하나라도 더 대봐."

"그……."

일단 리처드부터 단속시켰다. 노상 방뇨부터 혼자만의 시간까지 무엇 하나 걸리면 안 될 습관들만 가지고 있지 않나. 그나마 한구에서는 정원에서만 싸재끼더니, 이곳은 시야가 탁 트인 경치 좋은 곳들이 워낙 많아서 그런지 자꾸 원정 노상 방뇨를 하고 있었다. 다행히 원주민들은 농장 및 병원에 대한 감정이 워낙 좋아서 그저 괴짜 하나 있는 셈 치고 있는 모양인데, 문제는 관광객들이었다.

"아, 왜 또 때려요."

"생각해보니까 열받아서. 내가 병원 운영하면서 왜 그런 컴플레인을 받아야 되냐. 태화에서 나 어려워하는 거 생각해보면 전화하기 전에 대체 몇 번을 걸린 거냐고."

"조심한다고 조심했는데 사람들이 일부러 와서 본다니까요?"

"이 새꺄. 한적한 곳에 사람이 오도카니 서서 몸 바르르 떨고 있으면 누구라도 와서 뭔 일 난 거 아닌가 하고 보지."

"아니, 그게…….'

"아후."

곱씹어 보면 곱씹어볼수록 어이가 없는 일이다보니 강혁은 또 다시 리처드의 뒤통수를 후려갈겼다. 그러곤 적어도 이곳에서만 큼은 제일 믿음직하다 할 수 있는 장미에게로 다가갔다. 장미는 재원이랑 같이 있었는데 딱 봐도 재원은 별 도움이 되고 있지는 않았다.

"묶음 상품 아이디어 괜찮지 않아?"

"선생님, 그거 한 번만 더 얘기하면 진짜 죽여버릴 거예요."

"왜?"

"왜 맨날 같은 얘기를 하냐고!"

도움이 안 되는 정도가 아니라 방해를 하고 있던 모양이었다. 다행이라고 해야 할지는 모르겠는데, 이 정도는 다 예상했던 일이었다.

"아아아."

강혁은 재원의 귀를 잡아 뒤로 당겼다. 이거 너무 갑자기 당기면 고막에 손상이 가게 되고, 그로 인한 청력 소실이 생길 수도 있어서 꽤 위험한 동작이었지만 강혁에게는 별 관계 없는 일이었다. 놀랍도록 발달한 운동신경으로 인해 딱 손상이 가지 않을 정도만 괴롭힐 수 있어서였다.

"너 가서 경원이랑 그냥 놀아. 가서 게임 해. 아니면 응급실 지키든지."

"아, 왜요. 이번에 온다는 애들 후배라 잘해주려고 하는데."

"그러니까 그러고 싶으면 가라고. 아니 왜 경원이는 미리 알아서 딱 빠지는데 넌 와서 설쳐."

"그놈이 뺀질거리는 거지."

"아니, 그냥 손도 굼뜨고 해서 빠진 거야. 너도 비슷하거든? 수술만 할 줄 알지, 네가 뭘 하니."

"와……. 저 침대 옮겼거든요?"

"뭐. 저거? 딱 봐도 삐뚤지? 일 두 번 세 번 시키지 말고 그냥 가."

강혁은 발로 재원의 엉덩이를 툭 하고 밀었다. 말이 툭이지, 거기에 실린 힘은 어마어마해서 재원은 삽시간에 현장에서 떠밀려 나갔다. 고개를 돌려보니 휴대용 게임기를 들여다보며 혼자 낄낄대고 있는 경원이 눈에 들어왔다. 생긴 것만 멀쩡한 게 아니라 수술실에서는 그렇게 일만 잘하던 놈이 일상생활에서는 허당이라니. 재원은 자신이 경원과 도매급으로 묶인 것이 못내 기분이 나빴다. 하지만 재원은 동시에 강혁을 오래도록 견뎌 왔을 만큼이나 긍정적인 사람이다 보니, 곧 일 안 하게 된 것은 좋은 일이란 생각과 함께 경원을 향해 달려나갈 수 있었다.

"야, 같이하자."

강혁은 그런 재원을 더없이 한심하다는 눈으로 바라보다가, 이내 장미를 마주했다. 장미는 벌써 아까부터 입술을 달싹이고 있었더랬다. 이런 것도 노티라고 하면 너무 직업병 같은데, 다른 단어는 생각나지 않았다.

"일단 2층은 남자, 3층은 여자 숙소로 할당했어요. 간호사분들도 꽤 온다고 해서…… 여자분들이 더 많긴 하거든요? 그래서 일부 방은 이렇게 침대 두 개씩 넣었고요."

"2층 비는데 그냥 하나씩 쓰라고 하면 안 되나?"

"그…… 그래도 층 구분하는 게 좋긴 할걸요? 불편할 거예요, 서로."

"그런가? 뭐…… 네 말이 맞겠지, 그런 건. 또?"

강혁도 예전과는 많이 달라진 마당이었다. 쓸데없는 고집을 부리질 않는다고나 할까. 의학적인 부분에서라면 당연히 고집이 있지만, 다른 부분에서는 더 이상 그러지 않았다. 특히 상대가 장미라면 더더욱 그러했다. 몇 번 믿고 맡겨봤더니만, 너무 잘해서였다.

"식당도 협소할 거예요. 그래서 일단 각 층마다 있는 휴게실을 식당으로 사용하기로 했어요."

"좋아. 그리고?"

"문제가 하나 있긴 한데……."

"문제?"

"화장실이요."

"화장실은 충분하잖아."

"개수는 충분하죠. 근데 여기 이렇게 많은 사람 수용해본 적은 없잖아요. 막히면 어쩌나 해서. 아까 양 선생님도 그러더라고요. 여기 생긴 게 약간 고급화된 군 훈련소 같은데, 거기 진짜 잘 막힌다고. 수압이나 이런 게 높지는 않잖아요."

"아하."

화장실이 막힌다. 강혁은 장미 몰래 몸서리를 쳤다. 완전무결해 보이는 강혁이지만 화장실은 지나치다 싶을 정도로 가리는 사람이라 그랬다. 핑곗거리는 있었다. 더없이 예민하면서 동시에 우수한 두뇌를 가지고 있는 그에게 더러운 화장실은 너무 거대한 자극이었고, 또 잊혀지지 않는 기억이었으니까.

"그건 진짜 큰일인데……. 원정 화장실을 쓰도록 할까."

"네? 그건 또 무슨……."

"호텔 화장실 빌려다 쓰자고."

"그게 허가가 될까요?"

"같은 계열사 아니냐?"

"으음……."

"내가 얘기해볼게. 어차피 식사도 어느 정도 도움받기로 한 마당에 그거 하나 안 해주겠냐."

이번에도 안 좋은 기억이 떠오른 강혁은 장미에게 아주 강하고 단호하게 말했다. 그러곤 등을 두드려주었다.

"아무튼, 엄청 고생했네. 인원별로 다 맞추느라."

"아뇨, 뭐…… 그래도 처음부터 넉넉하게 만들어놔서 배치만 바꾸면 되었거든요. 간이침대 미리 많이 사둔 것도 잘한 것 같고요."

"여기는 인구가 많잖아. 한구보다는 훨씬 커질 도시지."

"아, 거기는 어떻게 됐대요?"

"거기?"

강혁은 그로서는 실로 드물게 장미에게 격려의 말을 해주다 말고 한구를 떠올렸다. 칼날 같은 산맥 바로 아래에 위치한, 더 없이 척박한 곳에 자리한 작은 도시 한구. 지금 생각해봐도 제인이 신기했다. 거길 어떻게 비집고 들어갈 생각을 했을까. 강혁이 도착하기 전까지만 해도 희망이라고 단 한 줄기도 비쳐 들어가지 못했던 곳인데.

"예전보다는 훨씬 낫긴 한데…… 위에 아프간이 문제야."

"아프가니스탄이요?"

"응. 거기 탈레반이 다시 정권 잡게 생겼거든. 그래서 카불에 있던 병원 의료진은 다 철수했어. 원래도 산모들 있는 병원에 테러하던 놈들인데, 걔들이 정권을 잡게 되면…… 무사하지 않겠지."

"아, 아이고."

"어쩌면 제인도 철수해야 할 수도 있어. 이제야 겨우 자리 잡고 있는데…… 안됐지."

지금이라고 해서 뭐가 많이 달라진 것은 아니었다. 아니, 달라지고 있었으나 일개 개인이나 작은 단체가 어찌할 수 없는 변화가 그 모든 것을 집어삼키고 있었다. 세상에 탈레반이 한 국가의 수반이 되다니. 이게 말이 되나 싶을 수도 있겠지만, 원래 세상은 상상 가능한 모든 일이 일어나는 곳인 법이었다.

"그럼 어떻게 하신대요?"

"일단 잠시 본국으로 돌아갈 것 같아. 그러고 나서는 글쎄. 어찌 될지 모르지."

"제가 한번 다들 찾아뵐 생각입니다."

대강 준비를 끝마친 상황이다 보니 여유롭게 두런두런 대화를 나누고 있었다. 그때 누군가 한 명이 끼어들었다. 오진승이었다.

"오, 일 끝났어요?"

손님맞이 준비하는 데 손님을 동원할 수는 없는 노릇 아닌가. 해서 오진승은 여기가 아니라 내내 다른 농장에 있다 온 마당이었다. 무슨 인간된 도리 때문이 아니라, 그저 손님으로 부른 만큼 해야 할 일이 따로 있어서 그랬다.

"아, 네. 애들 그래도 많이 좋아지고 있어요. 거르기도 많이 걸렸고……."

"가르쳐준 대로 하면 되는 거죠?"

"네. 근데 교수님이 직접 하시진 마시고요. 큰일 나요."

"나요? 나는 왜."

"그……."

이 지역 아이들의 유년기는 신체적, 정신적 학대가 만연화되어 있다고 보면 되었다. 아무래도 문제가 발생한 아이들이 많다는 얘기였다. 그저 그들의 조상들이 그랬던 것처럼 차밭의 흙으로 돌아가게 할 생각이라면, 그러니까 미래마저 빼앗을 생각이라면 아무 상관없는 일일 터였다. 다니엘이 그랬던 것처럼 방관해도 좋다는 얘기였다. 하지만 강혁은 이 아이들이 적어도 본인이 원하는 꿈을 찾아 살 수 있기를 바라고 있었다. 그러자면 내면의 숱하게 자리한 상처를 어떻게든 정리해야만 했다. 그걸 오진승이 해주고 있었고, 또 앞으로도 지속할 수 있도록 이곳의 어른들 그리고 학생들에게 가르치고 있었다. 당연히 강혁은 우등

생이었는데 자신은 하지 말라고 하니 이해가 잘 가지 않았다.

"그런 얼굴 하지 마세요. 교수님은 안 됩니다."

"아니, 왜."

"정신과 의사의 고견이라고 생각하세요."

"와……."

"차라리 최 교수님이 훨씬 나아요. 그 사람은 생긴 것도 그렇고 문제아들이 좋아할 상이야."

"내가 노인네보다 못해?"

"세상이 그런 면도 있어야 공평하지. 아무튼, 잘되어가고 있으니까 걱정 마시라고요."

오진승으로서는 다행스럽게도 올리버에게 다녀온 이후론 얼마간 조용한 나날들만 이어졌다. 환자가 없었다는 얘기는 아니었다. 강혁이 토지를 인수하고 공사를 태화물산에서 시행하게 되면서 어이없는 사고는 줄어들었지만, 그렇다고 해서 아예 모든 사고가 없어진 것은 아니었기에 그랬다.

'총질하는 일은 없었잖아?'

그런 환자 보는 건 이제 얼마든지 괜찮았다. 밤새우는 거야 여전히 고통이었지만, 바로 그다음 날 진짜 무서운 일이 뭔지 겪어서일까? 강혁이 총만 안 들면 다 괜찮은 것 같은 기분이 들었다. 그리고 지난 열흘 남짓한 시간 동안 그런 만한 일이 전혀 없었다. 덕분에 오진승은 오늘도 마음 편히 아이들의 정신 건강을 챙기고 숙소동에 돌아올 수 있었다.

"야야, 그거 이리로."

"아니, 멍청아. 그리로 놓으면 어쩌냐? 밖에 못 봤어?"

차에서 내리기 전부터 무언가 복닥거리는 분위기가 전해져 오고 있었다. 평소에도 간혹 커다란 픽업트럭들이 오가는 곳이긴 했지만, 지금처럼 여러 대가 한꺼번에 주차되어 있는 건 본 적이 없었다. 뭔 일인가 해서 가보니 강혁을 필두로 여러 사람들이 트럭에 실린 짐을 내리고 있었다.

"이, 이게 다 뭐예요?"

그냥 여행 가방 같은 게 아니라 본격적인 설비처럼 보이는 것들도 있었다.

"이따, 이따 물어봐!"

얼마나 무거운지 강혁이 나섰음에도 불구하고 끙끙대고 있을 지경이었다. 옆에는 그래도 누와라엘리야 병원 완력 2, 3위인 한유림, 리처드가 붙어 있었음에도 그랬다.

"시발 이거 뭐예요?"

겨우 끝 거 위에 내려둔 리처드가 이마에 흥건한 땀을 훔치며 물었다. 목장갑을 끼고, 왜인지 모르게 미군 주제에 한국 옛 군복을 입고 있어서 그런지 굉장히 힙해 보였다. 거기에 더해 찰진 욕설까지 더해지니 느낌이 묘했다.

'얘 「대한 외국인」 같은 데 나가면 핫 하겠다.'

강혁은 잠시 어이없음에 멍하니 있다가 이내 품목을 확인했다. 사실 내려야 되니까 내린 거지, 뭔지는 강혁도 몰라서였다.

'태화가 진짜 이미지 메이킹 제대로 하고 싶은가 본데.'

원래 대기업이라고 하면 뭔가 좀 나쁜 놈들 이미지가 있지 않

나. 영화에서도 대기업 2세는 하는 일도 없이 갑질이나 하다가 갑자기 슈퍼카 타고 위스키나 마시는 모습이 주로 나왔다. 아니, 위스키면 차라리 다행이었다. 요새는 마약도 심심하면 빨았다. 이제 창립자 이장복 회장에서 이유원 회장으로 넘어가야 하는 타이밍인 태화에서는 그러한 것들이 꽤 걸림돌로 여겨질 것이 뻔했다.

'하긴 여기는 어필하기 좋지? 나도 있고.'

그래서 그런가, 최근 태화에서 대대적인 홍보에 나선 모양이었다. 대체 어떻게 스리랑카 오지에 있는 양반이 이러한 것들을 다 알고 있나 싶을 수도 있는데, 강혁은 한국 주식 시장에 수십억 이상을 깔아 둔 자산가였다. 증권사 PD들이 듣기 싫어도 알아서 업계 변화를 알려주고 있었다. 그에 따르면 강혁의 현 이미지는 일종의 성인이라 했다. 예능에 나와 의외의 모습을 보여 주면서 기존 팬덤 외의 인물들에게도 호감으로 비치고 있었고. 게다가 대한민국 사상 최고의 호황기를 이끌어내고 있는 박성민 대통령의 절친이기도 하지 않나. 그런 인물은 태화라는 기업에서 물심양면으로 돕는 장면을 보여준다면 엄청난 플러스가 될 거라 계산했을 터였다.

'의도가 뭐가 중요하냐.'

강혁 정도 되는 사람에게는 속이 빤히 다 들여다보이는 일이긴 했다. 하지만 원래 기업이라는 곳이 다 이윤을 추구하는 곳 아닌가. 그 과정에서 도움을 받을 수 있다면 환영할 일이었다. 특히 강혁은 그렇게 생각했다.

"와…… 이거 초음파네. 어쩐지 무겁더라."

"지금 우리 초음파를 들어서 내렸어요? 내 완력 머선 일이고."

"너무 한국 사람처럼 말하지 말라고. 헷갈려."

"하여간 초음파를 다 주네. 이거 설마 봉사 기간 끝나면 가져가나?"

"기부 물품이라고 써 있잖아. 설마 그러겠냐."

"아, 하긴. 그건 그렇네. 근데 저건 또 뭐래요?"

"아, 저거."

태화에서는 픽업트럭만 보내온 것이 아니었다. 여기에 실린 물품만 해도 약이니, 기구니 뭐니 해서 엄청난 고가의 물품들이 그득했는데 지금 병원 빈방에 설치 중인 것들을 생각하면 별것도 아니었다.

"C-arm이래."

"C-arm……? 그거 우리 쓸 줄 아는 사람이 있나?"

"없지. 있겠냐? 오는 사람 중에 재활이랑 정형외과, 마취과…… 거기에 순환기내과도 끼어 있다고 설치하는 거라던데."

"아……. 저건 회수?"

"몰라. 회수할 수도 있고 아닐 수도 있대. 우리 마음."

"뒤봐야 공간만 차지하는 거 아니에요?"

C-arm이란 말 그대로 C자 모양으로 생긴 X-ray 기기를 말했다. 실시간으로 방사선을 쏘면서 무언가 시술을 할 때 안쪽 위치를 확인하는 용도로 쓰였는데, 적어도 누와라엘리야 병원에서 쓰일 만한 일은 아직까지는 단 한 번도 없었다. 주로 통증을 조

절하는 주사를 놓거나 심혈관 중재 시술 또는 영상의상과적 중재 시술에 쓰이는데, 누와라엘리야에는 그걸 할 수 있는 사람이 없어서였다. 제아무리 강혁이 수술의 천재라 해도 배우지도 않은 걸 막 할 수는 없는 노릇 아닌가. 심지어 강혁은 아직 이곳에서는 이런 종류의 의술은 시기상조라고 보고 있었다.

"지금 상황에서는 무조건 그렇지. 그런데 일단 보자고. 여기 사람들 반응 보고…… 저게 또 효과가 즉각적일 수 있잖아."

"아, 하긴 그렇긴 하네요. 아픈 건 바로 없어지기도 하니까요."

"그래. 완치라기보다는 견디게 해주는 개념이 더 크기는 한데…… 하여간 뭐."

하지만 언젠가는 필요하게 될 터였다. 그때 가서 또 저만 한 설비를 설치하려고 하면 얼마나 돈이 많이 들까. 해서 강혁은 일단 잠자코 두고 보기로 했다. 어차피 이번 봉사단 일정은 2주라 꽤 길기도 하거니와, 태화의료원에서 전폭적인 지원을 약속해서 가능한 일이었다.

"하여간 우리는 이거 옮기자. 와, 드럽게 무겁네, 이것도. 뭐냐 이거?"

"책이네요."

"책? 책을 시발, 누가 이렇게 무식하게 한 박스에 다 담았어."

"전집…… 영어책이네요. 의학 서적도 아니네?"

"애들 건가보다. 여기 애들. 전집 여러 개인 것 같아. 좋은 일이긴 한데."

"아우. 이거."

강혁은 잠시 병원 쪽을 바라보다가, 다시 짐을 옮기기 시작했다. 예수님이 계시다 해도 욕을 하셨을 만큼이나 무거웠다. 성자가 아닌 이들밖에 없다 보니 사방에서 욕이 흘러나올 수밖에 없었다. 오진승은 잠시 멀찍이 떨어진 채 그 광경을 바라보았다.

'이렇게만 보면 무슨 강도들 같네.'

연신 욕을 해대면서 픽업트럭에 있던 것을 내리고 있는 군상들이라니. 심지어 몸들도 의료진 같지 않고 우락부락했다. 특히 한유림은 나이가 있는데 저러니까 진짜 좋은 일 하는 사람처럼 보이진 않았다. 중간에 끼어 있는 최윤섭 때문에 더더욱 그렇게 보였다.

15권에서 계속

중증외상센터 골든 아워 XIV

초판 1쇄 인쇄 2022년 8월 17일
초판 1쇄 발행 2022년 8월 30일

지은이 한산이가(이낙준)
펴낸이 김선식

경영총괄 김은영
책임편집 한나래 **디자인** 박수연 **책임마케터** 배한진
콘텐츠사업6팀장 임경섭 **콘텐츠사업6팀** 박수연, 한나래, 정다움, 임고운
편집관리팀 조세현, 백설희 **저작권팀** 한승빈, 김재원, 이슬
마케팅본부장 권장규 **마케팅3팀** 권오권, 배한진
미디어홍보본부장 정명찬 **홍보팀** 안지혜, 김민정, 오수미, 송현석
뉴미디어팀 허지호, 박지수, 임유나, 송희진, 홍수경 **디자인파트** 김은지, 이소영
재무관리팀 하미선, 윤이경, 김재경, 안혜선, 이보람 **인사총무팀** 강미숙, 김혜진, 황호준
제작관리팀 박상민, 최완규, 이지우, 김소영, 김진경, 양지환
물류관리팀 김형기, 김선진, 한유현, 민주홍, 전태환, 전태연, 양문현, 최창우
웹 콘텐츠 작가컴퍼니

펴낸곳 다산북스 **출판등록** 2005년 12월 23일 제313-2005-00277호
주소 경기도 파주시 회동길 490
대표전화 02-704-1724 **팩스** 02-703-2219 **이메일** dasanbooks@dasanbooks.com
홈페이지 www.dasanbooks.com **블로그** blog.naver.com/dasan_books
종이 아이피피 **인쇄·제본** 갑우문화사 **코팅 및 후가공** 평창피앤지

ISBN 979-11-306-9292-0 (04810)
     979-11-306-9288-3 (세트)